田涯坤 ○ 著

彝茶传奇

中国出版集团　现代出版社

图书在版编目（CIP）数据

彝茶传奇 / 田涯坤著. -- 北京 ：现代出版社，2022.2
ISBN 978-7-5143-9668-3

Ⅰ．①彝… Ⅱ．①田… Ⅲ．①长篇小说－中国－当代 Ⅳ．①I247.5

中国版本图书馆CIP数据核字（2022）第031213号

彝茶传奇

著　　者　田涯坤
责任编辑　刘　刚
出版发行　现代出版社
地　　址　北京市安定门外安华里504号
邮政编码　100011
电　　话　010-64267325　64245264（传真）
网　　址　www.1980xd.com
装帧设计　圣轩文化
印　　刷　北京建宏印刷有限公司
开　　本　787mm×1092mm　1/16
印　　张　21.75
版　　次　2022年3月第1版　2022年3月第1次印刷
书　　号　ISBN 978-7-5143-9668-3
定　　价　55.00元

版权所有，翻印必究；未经许可，不得转载

目 录

第一章　唐家山上有茶痴……………………………………… 1
第二章　初出茅庐闯祸事……………………………………… 7
第三章　山雨欲来风满楼……………………………………… 13
第四章　口若悬河舌做刀……………………………………… 18
第五章　制茶初心终不改……………………………………… 23
第六章　八仙过海显神通……………………………………… 28
第七章　异军突起惊众人……………………………………… 33
第八章　卧薪尝胆终夺魁……………………………………… 38
第九章　一朝成名风云动……………………………………… 43
第 十 章　狼狈逃窜终回乡……………………………………… 48
第十一章　毛遂自荐护茶园……………………………………… 54
第十二章　辨茶有术心如镜……………………………………… 59
第十三章　江湖险恶念成灰……………………………………… 65
第十四章　贡茶危机仍四伏……………………………………… 71
第十五章　一着不慎露踪迹……………………………………… 77
第十六章　锦衣夜行祸自来……………………………………… 82
第十七章　英雄自有美人救……………………………………… 87

第十八章	千钧一发救兵来	92
第十九章	蜀中唐门现江湖	97
第二十章	玛瑙苗寨有圣女	103
第二十一章	妙手回春治金蚕	108
第二十二章	唐家秘辛终见日	114
第二十三章	厉兵秣马只等闲	121
第二十四章	各怀鬼胎心思异	125
第二十五章	攻山受挫梦断肠	130
第二十六章	江湖势力闻风动	135
第二十七章	突有圣旨显杀机	140
第二十八章	虎穴谈判为洗冤	145
第二十九章	上下卷宗诉疑案	151
第三十章	抽丝剥茧寻破绽	156
第三十一章	一波未平一波起	161
第三十二章	以史为鉴可做判	166
第三十三章	惨绝人寰锦衣卫	171
第三十四章	诛心为上应强敌	177
第三十五章	人性薄凉为哪般	182
第三十六章	玩弄鼓掌示恩威	187
第三十七章	军中重器破山庄	193
第三十八章	唐门儿郎死如归	198
第三十九章	癫狂贪婪误性命	204
第四十章	生死抉择终有命	210
第四十一章	险死还生中毒掌	215
第四十二章	连绵大山陷绝境	219
第四十三章	百草轩中解奇毒	224

第四十四章	金蚕救命渡难关	229
第四十五章	江湖虽大无处去	234
第四十六章	去而复返为道义	239
第四十七章	五龙纳水明王寺	244
第四十八章	烟峰山寨遇变局	249
第四十九章	摘星崖设鸿门宴	255
第五十章	彝人禁地遇古猿	260
第五十一章	洞天福地古茶树	265
第五十二章	妙手回春至重生	271
第五十三章	融会贯通百家技	277
第五十四章	四重心境制神茶	283
第五十五章	护卫禁地有古猿	289
第五十六章	禁地谷口陷死战	294
第五十七章	妙计逆转清门户	300
第五十八章	扑朔迷离寻真相	306
第五十九章	通州驿站遇刺杀	312
第六十章	万千线索在深宫	317
第六十一章	图穷匕见争端至	323
第六十二章	相生相克战强敌	330
第六十三章	彝人禁地神仙侣·大结局	335

第一章

唐家山上有茶痴

孟河流淌，大山苍茫。

河水滔滔不绝，青山连绵不断。

蓝天白云之下，一只雄鹰振翅飞过，矫健的身姿掠过大明西南边陲的这一片古老土地。

这里是边城，是四川承宣布政使司西南部的最边缘，是一个彝人、汉人、苗人杂居的地方，是由官府和土司共同治理的羁縻之地，也是中央朝廷势力在西南的绵绵大山中能够抵达的边缘。一条滔滔孟河绕城而过，无数马帮来来往往，驼铃声声，吆喝阵阵，好不热闹。

边城虽然只是一座边关小城，然而其因坐落于茶马古道的枢纽之间，成千上万的马帮逐日地将茶叶、马匹、丝绸、药材源源不断地运送到大明西南之外的缅甸、暹罗（泰国）、安南（越南）等地，乃至沿着整个西洋（南中国海）一路向西，最终抵达遥远的极西之地（欧洲）。于是，小小边城逐渐成为南方丝绸之路的咽喉，茶马古道之中枢，汉夷交会之节点。大山苍茫，虎啸狼嚎之声四处可闻，然而边城及其周边却一直都是人喊马嘶，人声鼎沸，即使是夜晚，灯火也璀璨如星光，因而又有孟河边关不夜城之称。

在这等西南重镇，朝廷委任了品级更高的府令，更在边城周边驻扎了三营战力强悍的镇南军，足见对边城的重视。

当然，西南边陲远离朝廷，除了官府和土司以外，一些江湖势力犬牙交错，有的甚至已经自成一体。而距边城一百余里外的唐家，就是其中之一。

唐家山有一座唐家堡，庄中居住着数百名唐氏族人。数十年来，唐家老太爷经营有方，尤其是药材生意做得风生水起，在西南的莽莽大山中，有的是天材地宝，而唐家人似乎独具慧眼，不但能在山中发现野生的好药材，而且还能将其带回山庄培育种植，批量生产，再加上茶叶、蚕丝等生意也都有涉足，因而已经成为当地一股不小的势力，无论黑白两道都要给唐家些颜面。而山庄周边的七八个村庄的村民，多多少少都为唐家做工，也因山庄兴盛而安居乐业。

此时在无尘山庄，清晨的阳光透过层层浓雾停滞在灰黑色的瓦板房上，山庄中一缕缕炊烟汇聚在郁郁葱葱的青山周围，将唐家山藏在了缥缈的白雾间，透着一股静谧和神秘。唐老太爷站在山庄后门，望着蜿蜒曲折的路上三两个黢黑的人影渐行渐远，他的眼睛微微眯起，眼前仿若浮现出三十多年前，自己的前辈和兄弟们离去的背影。

"繁华盛业一场空，而今唯我独寂寥，都是命啊！"老太爷感慨了一句，些许唏嘘在他脸上一闪而过。

此时，一位俊俏少年背着个竹篓从后门偷摸着出来，当他看到眼前站立的老太爷时，脚步微微一顿，心中生出几丝敬畏。这少年正是唐萧，他的指尖还留有茶叶的清香，显然是刚制完茶叶，正要趁早去茶园再采些新茶。

"老太爷。"唐萧心中咯噔一下，没想到一大早，老太爷就在山庄后门等他！唐萧遥望眼前的青翠的山峦，他紧了紧身上的背篓，身子偷摸继续往路上挪。

老太爷面色严肃，盯着唐萧慢慢挪动，厉声喊停："站住，你要去哪里？"

唐萧抬头望向老太爷严肃的面容说："老太爷，我去茶山，这时段的茶吸足了晨露最适合采摘，我……"

"你一天到晚去摆弄那些茶树做什么？让你和你二叔学管账，你学了吗？"老太爷的语气不容置疑，他知道唐萧想要干什么。作为一个农家人，唐萧侍弄茶树似乎也不是什么歪门邪道，但是他却想成为天下第一制茶人，想要出风头，振大名。

唐萧很是不情愿，双眼没有半点儿畏惧地望着老太爷。唐萧说道："老太爷，制茶大赛将要在边城举办，我要赶在开赛前多加练习，一旦夺魁，咱们唐家的茶就能成为贡茶，所以……"

"闭嘴,我教过你多少次,木秀于林风必摧之,什么大赛、贡茶和咱们唐家没关系,咱们唐家要的是过安生日子!"老太爷一掌拍在门栏上,满脸褶子的脸孔陡然变得青黑一片。

"好男儿志在四方,大丈夫生不能五鼎食,死亦当五鼎烹!"唐萧年轻气盛地撂下一句话。说完这句话,唐萧直奔茶园,他的脚踩在那日日走过的青石板上,石板冰冷,好像踏在冰面上,冷意让人感受到刺骨心寒。

老太爷望着唐萧远去的背影,他伸手想要去抓,终究是抓了一把空气。这样的背影莫名让他感觉到心乱如麻,仿佛看到了当年被迫离家的自己一样。

前往茶园的路上,唐萧紧绷的面容渐渐随着茶园将近有了几分放松。茶树的清香远远飘来,让人不由得神清气爽。不过,唐萧却微微皱起了眉头,他对芬芳的茶树香味额外敏感,仔细嗅闻之下,飘来的清香中似乎夹杂着浓浓的汁水味。唐萧感到了一丝不安,加快赶往茶园的速度。

凌乱、碎落、破败……

入眼的景色令唐萧的心顿时沉入了漆黑的河堤,好半天都提不起来,甚至连呼吸都要一度停止。娇嫩翠绿的茶树枝七零八散地倒在微微红的泥土中,就像是倒在了血泊里。有些茶树被连根拔起,有些拦腰砍断,有些破碎得早已分不清枝干,他的茶园毁了,毁得彻彻底底!唐萧捡起地上的一根茶枝,将它放在脸庞上摩挲,再也无法挽回眼前的一切!

唐萧用力捏紧茶枝,急如星火般朝家的方向奔去,一路上跌跌撞撞的他如同喝醉了酒,几次都差点脚步不稳摔在地上。唐萧满怀牵挂,无论如何也不能停下脚步,只能一路向前奔跑。

"老太爷,请你别杀了我的一切。"唐萧心中默念,家中还有不少制茶工具,各种珍稀茶叶,有关茶道的书籍,一切都是他的心血。

但唐萧心中十分不安,一种心如刀绞的感觉涌上心头。唐萧知道老太爷的性格和自己相似,认准做的事情九头牛也拉不回来。

无尘山庄的大门由远及近出现在唐萧的眼前,但他却觉得大门明明距离自己很近,此刻竟然没有半点儿温暖,似乎变成了一只巨大的野兽要吞噬撕碎他的一切。

穿过大门,唐萧便瞧见家中的下人们从他房间往外搬运东西,各种制茶工具破碎散落了一地。那些东西是唐萧多年的心血，尤其是唐家旁支堂弟的手中，提着的是他最近才炮制好的茶。

"住手！"唐萧声嘶力竭地大吼了一声，一切瞬间静了下来。

堂弟手微微一抖，差点将怀里的白瓷罐掉在地面上。堂弟眼神躲闪，不敢直视唐萧，原以为老太爷叫自己来是有什么重要的事，万万没想到是让自己把唐萧的宝贝都搬走。堂弟知道唐萧的性格，他平常连唐萧的一片茶叶都不敢翻动，更别说是茶罐子了。但老太爷的安排堂弟又不得不听，没想到被撞了个正着。

"谁让你们碰我的东西的，都给我放下。"唐萧将背篓用力地掼在地上，双眼通红，恨不得上去将那些动他宝贝的人全都赶出去。

"大哥，放……我立刻放……"堂弟马上认了怂，其他的下人们也全都瑟缩手脚，从来没见过大少爷发这么大的火。

"拿走！"房间内传出老太爷的声音，他从唐萧的房间里信步而来，目光如刀般刮过周围的人，言语中没半点儿回旋的余地。堂弟和下人们顿时全都僵住，放也不是，拿也不是，全都没了主意，只能愣在当场。

"老太爷！"唐萧重重地喊了一声，他捏紧放在身体两侧的拳头，面容沉沉蒙上一层铁锈色，从来没有如此大声朝老太爷喊过。

"愣着干什么？"老太爷似乎没有听到唐萧的呼喊，步伐坚定地走过下人身边。而此刻的唐萧眼中满是愤怒、委屈、倔强、痛苦，各种复杂情绪交织在一起，让他的神情也变得绝望。

旁支堂弟如同做了贼，捧着两罐茶贴着墙边想要赶紧脱离这是非之地。大家在唐萧的要吃人的目光下低垂着头，完全不敢抬头。

见老太爷完全没有想要理会自己的意思，唐萧挡在了一个下人面前。下人手中抱着的是唐萧费了很大功夫才买到的紫砂壶。这壶泡出的茶色泽鲜嫩，香气浓郁，是难得的宝贝。

"大少爷……"下人吓得手足无措，捏着紫砂壶进退不是。

唐萧一把夺过那把几乎要被捏断壶嘴的紫砂壶："给我，谁也不准碰我的东西，就算收拾，也该由我自己来。"

唐萧终究还是服了软，他知道自己拧不过老太爷，冷静过来后他想到的唯一补救的办法就是先把自己的宝贝完整地护下来。

堂弟和下人们都没有想到唐萧竟然会这么说，而他嗓门那么大，明显是说给站在中院的老太爷听的。唐家山的唐大少爷爱茶如命，有关茶的书籍他要看，不惜把山川、水文、医药的书也通读一遍，是个出了名的茶痴。众人夹在老太爷和大少爷之间不知如何是好，在听见唐萧要自己处理这些茶以及茶具后，全都停了下来，准备将手中的东西物归原位。

唐萧摩挲着手中的紫砂壶，悬着的心停在了自己的心窝处，这样就好，至少他的宝贝还在。

此时，一只大手从唐萧的手中夺过紫砂壶，狠狠地往地上一砸，接着就听见砰的一声清脆响声。紫色的碎片四溅，如同一朵被人用脚踩蹦践踏过的兰花。

"还愣着做什么，给我砸！"老太爷去而复返，狠狠地说道。堂弟和众下人一咬牙，在老太爷的监督之下，也只能纷纷做起了帮凶。

一时间，房间里到处都是打砸之声，这些声音如同尖刺，一刀刀刺进唐萧的心里。唐萧心中难受万分，呼吸也变得十分急促，目光所及之处只有破碎的日光，而后晕晕乎乎，倒地不起……

唐萧病了，气急攻心，虽然不至于卧床不起，但脸上却出现了不少麻疹，密密麻麻看着十分瘆人。

大夫来看过之后，要求唐萧不但要静养，而且要隔离，以免传染给他人。

老太爷冒着风险来看过一次，也只有摇头叹息。好在堂妹唐倩自告奋勇，愿意给唐萧送饭送水。

唐倩自幼和唐萧一起长大，两人无话不说，感情深厚。和其他唐家人尤其不一样的是，唐倩非但没有认为唐萧醉心茶道是不务正业，反而对他高超的种茶、制茶技艺非常崇拜，一直在偷偷地向唐萧学习，并且有所小成。此次唐萧生病，因为会传染，其他人都有些唯恐避之不及，唯有唐倩自告奋勇，义无反顾，让唐萧十分感动。

当然，也正因为来照顾他的人是唐倩，唐萧才能实施自己的下一步计划。

因为他的病，是装的！他想要偷偷下山，只身参加制茶比赛，一举夺魁，为唐家山拿下贡茶皇商的金字招牌！

在此之前，他只能以装病为理由暂时避开其他人的视线，这样既可以避免他参赛的想法被唐老太爷阻止，也能避开夺魁不成被人嘲笑的尴尬。所幸他不但精通茶道，还一直研习药理，方能骗过大夫和唐家的其他人。

在说服了表妹唐倩配合自己以后，他急匆匆收拾好东西，从小路下山去了。

第二章

初出茅庐闯祸事

晌午，火辣辣的烈阳当空，逼仄的热气简直让人无法呼吸，而通往边城的官道上，来往的客商依旧络绎不绝。

这条官道延绵而崎岖，穿行于纵横的群山中，虽然狭窄，却至关重要。因为它连接着朝廷的西南边陲和中原地区，乃是一条兵家必争的要道，也是一条以茶马交易为主的繁荣商道。日日夜夜，芸芸众生奔波在这条道路上，或为富贵，或为生计。道路漫长，大山无言，岁月变迁，这条官道不知见证了多少离合悲欢和人间故事。

此时，在官道一侧的简陋茶棚内，歇息着许多旅人。此刻，已是人声鼎沸，声音虽然嘈杂，内容无非是些买卖和江湖之事，偶尔还夹杂着几句荤话和淫笑。而在茶棚一角，却突然传出了不一样的声音，在充斥着江湖气息的茶棚内与众不同。

"茶气虽香却不浓厚，茶水色泽混浊不透，光彩有些暗黄，净度也略差了几分，啧啧，可惜了咱好山好水种出来的好茶叶。"

茶客们纷纷被这声音吸引，朝着茶棚角落看去。茶棚角落坐了一竖冠少年，那少年穿着青色短衫，腰间系着两个大大的竹筒，此刻正眉头紧蹙，仔细地盯着手中那碗茶，接着轻呷一口，又摇了摇头，一副惋惜的样子，正是偷偷下山的唐萧。

当老太爷毁掉唐萧心爱的茶园和茶具之后，唐萧就已经明白，和老太爷在任何言语上的沟通都没有意义，他只有离开，必须离开！于是，唐萧简单地收拾了一下行李，义无反顾地偷跑下山，向自己的梦想前进。

唐萧第一次独自下山,虽然也曾暗中告诫自己要多看少说,然而作为少年人,突然一遭得自由,之前心中的委屈和愤怒早已消失得无影无踪,如今满脑袋都是各种新鲜、好奇和莫名的、想要显摆自己的冲动。

于是,当唐萧喝到这茶水的时候,就忍不住开口了。

"喂,你说什么呢!"壮硕的茶棚小二喝了一声,气冲冲地走到唐萧面前,瞪着一双怒眼,像是要吃了少年一般。

唐萧倒也处乱不惊,本想就此结账了事,但见茶棚小二手中的茶壶,顿时被醍醐灌顶一般,他急忙拍了拍自己的脑袋不由得大笑:"原是如此,原是如此!"

"什么这如此,那如此,小子,你不把话说清楚,就别想离开这迎客茶棚!"小二冷声呵斥,这也让更多茶客注意到这里。

唐萧笑了笑,朝着小二抱了一拳,不慌不乱地说道:"这茶叶并非嫩尖,炒制也并不完全,本想着这口茶倒是能喝,但喝了一口,却难以下咽。"

"你胡说什么!"店小二越发恼怒,竟直接从腰间摸出一把短刀,嗖的一下插进桌子里,场面顿时极为尴尬。

唐萧见了短刀,身子微微一挪,指着温热的茶壶,却还是开口道:"你听我说完,这壶不保温,茶水只温不烫,确实泡不出好……"

"把你舌头割下来!"不等唐萧把话说完,小二一把抄起短刀,对着唐萧便一刀挥了过去。

唐萧身子倒是灵活,心惊之余立马一溜烟闪到一边,还不停地抚摸胸脯:"好险,好险……"

"这小子疯了吧,这茶棚可是桐岭帮的产业!"

"谁不知道桐岭帮心狠手辣,连官府都要让三分呢。"

"瞧你这眼力见,这青衣少年或许不一般呢?"

"反正有好戏看咯。"

顿时,茶客们交头接耳起来,包括在茶棚对面树荫下歇息的一行彝人。彝人们来自烟峰山山寨,行事十分低调,只是坐在树荫下不曾站起,以他们端坐的顺序和穿着的衣物判断,一行人以一男一女两位年轻人为首。女子此刻黛眉微蹙,眉下有一双黑色明亮的大眼睛,麦芽色的皮肤虽称不上白,但也别有一番韵味,叫作阿妞。男子皮肤黝黑,十分俊朗,眼神淡漠,叫作曲布。

"阿哥,这人真有意思,他也懂茶吗?"阿妞指着青衣少年,眉宇间有着一丝好奇,她常年居住在山中,不曾见过这些,只听头人曾说江湖卧虎藏龙。

一旁的曲布有着不少江湖经验,他点了点头说:"年纪轻轻的,倒像个行家,他说得一点没错。"

"小子,你活腻了吧,我桐岭帮在官道上开设茶铺,一壶茶一两碎银,喝的是茶,保的是平安。"小二冷声对唐萧冷喝,招呼了几个同伴,个个膀大腰圆,不是善茬。

实际上,桐岭帮掌控官道,过往商客交银子不是为了喝茶,而是为了获得一张茶票,凭茶票可在官道安全无虞。

"一两?好一家黑店,这些茶叶最多三文钱一壶,大家觉得对不对?"唐萧见情况不妙,索性豁了出去,实话实说,想要得到茶客们的认可。和唐萧想得不一样,茶客们只是耸肩叹气,依旧看着好戏。确实,唐萧没有太多江湖经验,城府也不深,否则也不会祸从口出,一而再,再而三得罪桐岭帮。

"抓住他!"小二呼了一声,或许是觉察到少年有别样的身份,他倒也不是非要置唐萧于死地,招呼众人一拥而上。

唐萧见状撒腿就跑,他虽然略显瘦弱,但身子却极为轻灵,在众多茶客间穿梭,显得游刃有余。只是桐岭帮爪牙众多,有几个茶客抄起刀剑,竟也加入了抓唐萧的行列,拦住了少年去路。

"糟了,这下闯大祸了!"唐萧心下一凉,好不容易溜出无尘山庄,难道又要被抓,请家里人来救?

容不得唐萧多想,一只大手已经朝着他抓去。唐萧心下一急,径直穿过官道,向官道对面大树下乘凉的彝人冲过来。

看着唐萧狼狈不堪的样子,阿妞忍不住笑出声。

这一笑,恰如清水芙蓉,恰如皎洁白月。

即使在逃跑,唐萧也被这一笑弄得微微失了神,而两人就此双目相对。

"不相干的人滚开!"桐岭帮的人毫不客气,继续冲了上来。

曲布倒也不说话,直接一把拉过唐萧,再狠狠一脚踢到他屁股上,让唐萧滚出去挺远，摔了个狗吃屎。唐萧顿时缓过神来，趁着这股子劲，连滚带爬，逃之夭夭。桐岭帮众人咋咋呼呼，继续追了出去。

"阿哥，你刚才怎么不救他，他这么懂茶，倒是可以和我切磋一下茶道。"阿妞皱眉问道，似有一丝不满。曲布慢悠悠地端起茶，喝了一口，低语道："阿妹，方才我已经救他，况且，头人让我们少管闲事。"

阿妞虽有不满，却还是点了点头。

另一面，多嘴的唐萧已跑出去很远，回头并未发现桐岭帮之人，他这才喘着大气停下来，背靠一棵大树瘫坐着休息。

"江湖险恶，早知道下山前我就该偷一点儿钱，请两个保镖，也不会像现在这么狼狈。"唐萧自言自语地说道。

唐家虽然产业众多，在当地说话极有分量，但在唐萧的印象中，还从来没和江湖人打过交道。以致他毫无这方面的经验，结果一下山就闯祸，好在唐家人虽然不会武功，但在药理上颇为精通，他自小就吃一些调理身体的汤药，因此虽然称不上强壮，但论身手灵活倒也是远超常人，否则今天说不定就直接交待了。

唐萧拿下腰间的一个竹筒，打开塞子，慢悠悠地喝了一口茶，顿觉全身放松清爽。

休息了一会儿，唐萧继续赶路，他这次铁了心要去边城参加制茶大会，而且要一举夺魁，让唐家众人刮目相看。

一直以来，唐萧对家族事务生意不闻不问，一门心思醉心茶道，多年积累倒也有所心得。若是普通的唐家子弟，有这一技傍身，非但不会被非议，说不定还会被提拔，弄个统管家族茶业之类的差事。然而唐萧偏偏是唐家嫡孙，是唐家家业的继承人。

唐家不需要唐萧懂茶，只需要他懂得如何管理和经营家族生意，而一心醉心茶道的唐萧，自然是不务正业，离经叛道！

更何况，唐萧还性格轻佻，处处想着出风头，整日里就把出人头地、扬名立万八个字挂在嘴边。这让一心只想低调做人，安稳度日的唐老太爷十分恼怒，对唐萧自然越发严厉，然而此时少年人正是热血沸腾，初生牛犊不怕虎之时，唐老太爷的一番苦心自然是付诸东流，反而更加推波助澜，坚定了唐萧要为自己正名的决心。

在唐萧看来，他这二十年的人生，就是和以老太爷为代表的家族传统势力斗智斗勇的人生，由此，几多挫折、几多唏嘘。

然而人不叛逆枉少年，家族越是反对，唐萧越是要证明自己。而制茶大会，就是他的机会！

因为他已经听说，这次在制茶大会夺魁的茶叶，将成为皇室贡品，能提供这种茶叶的商家，将是堂而皇之的皇商！

这将是滚滚的财富和无上的荣耀！

如果能夺魁，唐萧将为家族做出别人无法做出的贡献，由此证明他的价值和理念！

所以唐萧志在必得，哪怕前面是刀山火海，他也在所不辞！

歇息片刻的唐萧取出地图，继续沿着官道赶路，可惜他的马留在了茶棚，只得朝着边城步行，好在边城已是不远，最多走个两日。

翌日，天蒙蒙亮，唐萧便听到了婉转的山歌，犹如天籁之音，响彻在崇山峻岭之间。唐萧顾不得肚子饿，顺着山歌一路小跑，一不小心更是摔了一跤。

不久之后，唐萧果真见到一位漂亮的女子，站在崖边唱着山歌。

"这……这不是茶棚里的姑娘吗？"唐萧马上将女子认了出来，"云海漫漫，美人凄凄，妙，太妙了！"唐萧兴冲冲地小跑上前，想要打个招呼，还不等他靠近，一支箭便划过近前，深深地射入树干。

唐萧心惊之余顺着弓箭方向看去，发现拉弓之人正是当初踹他之人——曲布，曲布对弓箭的力道控制极为精准，只怕功力不浅。

"小子，你要做什么？"曲布不冷不热地问道，看样子并不喜欢唐萧，或许是为了不惹麻烦。

唐萧下意识地摸了摸自己的屁股，虽不喜欢被人踹，却还是呵呵笑道："在下唐萧，还要多谢大哥的救命之恩。"

还不等曲布说话，唐萧又对着不远处的阿妞挥手，大喊："姑娘，是我，是我啊，我们又见面了！"听到唐萧的声音，阿妞果然停下了歌唱，当她见到穿着狼狈的唐萧，越发觉得唐萧有趣，不加掩饰地笑了笑。

清水出芙蓉，天然去雕饰，唐萧又见到这让他神魂颠倒的笑容，不由得看得痴了。

　　阿妞也被唐萧直愣愣的眼神看得脸红，急忙低下头。

　　此时，曲布仍旧不冷不热，对唐萧下了逐客令："你要没事，快点离开！"

　　"好，好。"唐萧笑了笑，仍要继续往前走，压根不明白曲布的意思。曲布朝前跨了一步，拦在唐萧身前，另几个彝人也赶了过来，他们的眼神越发不对。

第三章

山雨欲来风满楼

"小子,我家阿哥让你滚蛋!"一位彝人拦在唐萧身前,十分直白地说道。

唐萧初次行走江湖,还以为自己的礼数不到位,急忙抱拳道:"多个朋友多条路,在下只想和诸位英雄认识认识。"

"哧。"

一位彝人抽出明晃晃的弯刀,弯刀的血槽上,还有未干的血迹,有些瘆人。那彝人冷声道:"我再说最后一次,滚。"

唐萧欲言又止,他皱了皱眉头,方觉得自己唐突,又觉得对方太过谨慎。他学着家里长辈的语调,想要缓和气氛,这才说道:"各位英雄,莫要动刀子,我这就走,这就走。"说话之际,唐萧下意识地多看了阿妞几眼。

此时,阿妞也只有别过头去,似乎拒人千里之外。唐萧初见少女的兴奋被一压再压,心中自感无趣,转念想说什么道别的话,可彝人已经骑上了快马,策马扬鞭而去,唯独留下一片灰尘。

唐萧捂着口鼻,啐了一口:"不就是人多刀多么,牛个什么!"

想罢,唐萧才觉有几分饥饿,吃了随身携带的干粮,继续赶路,然而阿妞的面容却始终在他脑海中挥之不去。

翌日,唐萧风尘仆仆地来到了偌大的边城。这是一座在这边陲地区难得一见的砖石砌成的城池,耸立着森严的高墙,城门外,站立着一排排持刀甲士。持刀甲士严格盘问过往的商队,依次查看官府颁发的通关文牒,收取一定的过路银两。

今日的边城热闹非凡,带着骡马的商队在城门口排起了长队,唐萧认出里面有好几家都是制茶大家，唐家也一直在做茶叶生意，唐萧曾跟随父亲和他们的掌柜有过接触。如今看这些制茶大家都是被人前呼后拥，明显是为了参加制茶大会，而且是有备而来，唯有自己孑然一身还要偷偷摸摸，唐萧心里就觉得不是个滋味。

人少倒也有人少的优势，唐萧很快就进了城门，直奔春月茶楼，倒不是为了饱餐一顿，而是来打听有关制茶大会的情报。

一春一月，一茶一楼，按照时令制茶，可分为春茶、夏茶与秋茶，制茶大会选的便是春茶。为了此次制茶大会，官府专门在春月茶楼组织比赛，此地可谓会聚了全国各地最顶尖的制茶好手。

果然，春月茶楼外人山人海，都是来自各地的商客。商客们议论纷纷，都在猜测即将到来的制茶大会，到底谁会脱颖而出。

"听说了没，桐岭帮请来了福建的茶道大师——盲师，双目失明，但一双巧手分茶有道，今年的头魁怕是他们的了。"

"据说今年还来了一帮烟峰山山寨的彝人，彝人善制山茶，他们的制茶手法也颇有传承，不知是否有资格参赛。"

"万金商会也请来了江南的茶道高手，浓浓龙井香，传香十里，欲要和西南的制茶好手一较高下。"

"朝廷也物色了淮西的好手，这回热闹咯。"

……

众人的交谈声传到唐萧耳中，唐萧仿佛听到绕梁之音，久久不绝于耳，回味无穷。唐萧越听越兴奋，更找到了好几个制茶报名处，参赛只需十两银子。每处报名处，都有官府的衙役负责登记，维持秩序。

唐萧兴冲冲地上前报名，却发现了桐岭帮那群家伙，没想到他们阴魂不散地追到了边城！

"不就是说了几句茶叶不好，这些人疯了吗？"唐萧心中愕然。

实际上，桐岭帮非常重视此次制茶大会，不停地将人手调往边城，绝不是为了捉拿唐萧这样的小人物。桐岭帮在边城虽然势力庞大，但放眼整个大明，不过是小地方的小角色，因此，他们也想派人在制茶大会上夺魁成为皇商，趁机洗白并进一步发展壮大。

到处都是"熟人"，这让唐萧进退两难，筹划了许久的制茶大会非参与不可，但由此暴露身份也会麻烦不断。唐萧思来想去，最终决定隐匿身份参加大会。

随即，唐萧找了个僻静处，先是换了一身普通的衣裳，接着捯饬自己的脸。唐萧用特质的药材擦脸，先让皮肤呈现黝黑之色，又贴了一脸络腮胡。易容之后，唐萧脸上多了一些岁月的痕迹，他压低声音说话更沉，成功从少年转变成了中年汉子。

唐家有祖传的易容术，唐萧虽学艺不精，没学到惟妙惟肖，却也八九不离十，不近距离仔细观看，也不太能认出来。有时候唐萧也在想，为何祖宗会传下易容术，估计是江湖纷乱，行商艰难，有了易容术关键时刻能保得一命吧，没想到今日真派上了用场。

很快，唐萧重回春月茶楼，大胆地穿过桐岭帮众人，发现自己并未被认出来。唐萧心中暗暗得意，又用肖唐这个假名，就此报名参赛。

唐萧报名成功，拿到简单的制茶大赛规则和赛程，他正欲找个客栈住下，好好准备和研究明日的制茶比试。此时，不远处却传来了激烈争执，唐萧侧头一看，正是阿妞等一行彝人，他们似乎遇到了麻烦。

唐萧一见到人群中的阿妞，就想到了这两日让他魂牵梦绕的笑容，也忘却了昨日的颓丧，屁颠屁颠地围上去，想要一探究竟。

"这么漂亮的姑娘，参加什么制茶大赛，我看倒可以参加城东的花魁大赛，到时候找个豪商做小妾，锦衣玉食吃喝不愁，岂不美哉？"报名处的衙役眉飞色舞，像是被美色冲昏了头脑。

但周遭的人们可不傻，他们窃窃私语，似乎道出了一些猫腻。

"这是故意为难彝人吧？"

"山野蛮夷，到了边城，哪里有不吃瘪的。"

"听说彝人制作的山茶别有一番风味，让人尝之难忘啊！"

"所以恐怕是有人下绊子，故意刁难他们，想不战而胜！"

果然，人们的议论让衙役们有些难堪。事实也是如此，桐岭帮串通官府的衙役，一个劲地用盘外招，尽量让一些有实力的人无法报名。

这时，另一名衙役想了想，说道："让你们参加制茶大会也可以，一百两银子，少一两都不行。"

"一百两银子可不是小数目，彝人居住于山中，怕是拿不出这么多银子。"

"凭什么别人都是十两，我们需要一百两？"阿妞眸中泛着冷光，冷声说道。

衙役冷笑道："你们这些山野蛮夷，不服王化，谁知道你们来参加比赛，有没有存什么坏心思，这银子就当是担保费了！"

"对，担保费，要是你们真有坏心思，咱们可是要被杀头的！"另一个衙役起哄道。

"我们一向恪守王法，你们不要血口喷人！"曲布身后的一位彝人情绪激动，但曲布却只是冷笑。

"恪守王法？恪守个屁！当初你们彝人三雄互相攻打的时候，咋没见你们恪守一下王法？你们自相残杀一通，实力大损，就知道恪守王法，摇尾乞怜啦？谁知道你们是不是装的！"衙役班头冷哼一声说道。

班头此话一出，在场的彝人都勃然变色，因为班头这一句话正好戳到了他们的痛处。

原来西南彝人历史悠久，源远流长，早在唐朝时，朝廷就在西南册封了洛诺司、鲨麻司和马都司三大土司，命他们世代镇守西南，世有其地，世领其民。为示恩宠，皇帝还专门赐下三件宝物。其中洛诺司受赐了来自大食的汗血宝马，可日行千里，彝人尊称其为大力阿左；鲨麻司受赐了来自西域，声传百里，一羊呼唤，万羊汇聚的神羊，彝人尊称其为哟嘎哈杰；而马都司则受赐了一尊古老神秘的茶鼎，彝人尊称其为拉觉赫机，意为封号茶鼎，神马、神羊和神鼎，成为了彝人的三件神器，彝人中一直流传着谁能拥有三件神器，谁就能成为彝王的传说。

三大土司都想独拥三件神器，统一彝人部落，成为彝王，因而世世代代征战不休，自相残杀不断，最终洛诺司、鲨麻司在漫长的战争中彻底败落，神马大力阿左和神羊哟嘎哈杰也不知所终，唯有马都司苟延残喘，再也不复当年之盛，但马都司却一直宣称自己赢得了战争的胜利，也将神鼎改名为彝王茶鼎，然而彝王之称终究名不副实，而且马都司还因为拥有仅剩的神器而被各方势力所觊觎，得不偿失。而阿妞和曲布就来自马都司烟峰山，如今被这衙役班头公开说来，简直就像是有人在他们脸上吐痰一般！

"你说什么,有种再说一次!"曲布和阿妞身后的彝人勃然大怒,纷纷拔刀怒斥。

"阿哥,我们大老远地赶来,就是来这儿受气的吗?"阿妞微微恼怒地攥起了拳头,对着曲布说道。

"自然不是。"面色冰冷的曲布接住阿妞的话,按着刀柄上前一步,顿时其他已经拔刀在手的彝人汉子都齐齐上前了一步。

"干什么,干什么,你们还想造反吗?"

一名衙役见情况不对,唰的一声抽出自己的佩刀。

顿时抽刀声响成一片,寒光耀眼。

风雨欲来,围观众人纷纷避退。

第四章

口若悬河舌做刀

春月茶楼外的冲突愈演愈烈，众衙役长刀出鞘，全都严阵以待。

"大胆彝人，竟敢在此闹事！"为首的衙役指挥手下将彝人团团围住。很快，更多衙役赶了过来，人数上占了优势。

"嗯？"突然，唐萧发现了奇怪之处，他见为首衙役的眼光十分飘忽，有意无意地瞟着春月茶楼二楼。

"难道……"唐萧随即也看向二楼，果真见到一群厉害的家伙。这些人穿着各种华丽衣裳，站在最前排看着争执，交头接耳低声说话，根本没人敢靠近他们。

"看来都是些人物……"唐萧喃喃，继续审视，尽管他不认识这些人，但也能猜得八九不离十。二楼中央之人穿着红色补服，黑色官靴，手指轻敲栏杆，不露一点声色，想必是边城的府令；府令身边站着一位风韵犹存的女子，多半是春月茶楼的老板娘；除此以外，还有一些商贾和江湖之人分列两旁。

唐萧皱了皱眉头，结合所见所想，他总算明白过来，衙役故意刁难彝人参与制茶大会，定是二楼那帮人作祟！

唐萧气急了，制茶大会本就是茶道中人的切磋，对手当然越强越好，怎能将拥有独特茶道的彝人拒之门外！况且，唐萧曾在迎客茶棚受到彝人的帮忙，又对面前的彝人姑娘颇有好感，理应出手帮忙！

此时，阿妞抽出随身携带的匕首，冷声呵斥："一群朝廷的……"

"姑娘，少安毋躁！"不等阿妞把"走狗"二字说出来，唐萧打断了她的话，冲入了对峙最中心位置。

围观众人纷纷惊疑，这种时候竟然有人敢站出来，难道不知民不与官斗，胳膊拧不过大腿的道理吗？阿妞和曲布也疑惑地相视一眼，他们在江湖上并没有眼前这个朋友。

"我劝你别多管闲事。"衙役冷声呵斥，他打量着唐萧，眼睛里充满了蔑视。

唐萧想到了解围之计，这才敢站出来。他故作老态地咳了咳，大有一副智者的姿态："老夫也劝你们好自为之，莫要自取杀身之祸！"

唐萧的话模棱两可，却又气势十足，顿时让衙役有些捉摸不透。衙役愣了愣，看向二楼的府令，只见府令面无表情，衙役想了想，略显客气地对唐萧说道："你到底是何人？为何替这些山野蛮夷出头？"

唐萧故作高深地说道："此言大谬，小子，今日若非老夫，你满门抄斩之祸就在眼前！"

"满门抄斩？你，你什么意思？"衙役虽然不信，但是言语间的气势又不免低了几分。

唐萧冷声说道："因为你居心不良，诋毁朝廷，蔑视圣上！"

"我，我没有！你别胡说八道啊！"

阿妞不知道唐萧葫芦里卖的什么药，她低语道："阿哥，这人怎么神神道道的，天高皇帝远，朝廷和我们彝人有什么关系？"

曲布的江湖经验足一些，低语道："静观其变，听他说完。"

唐萧学着老太爷谆谆教诲的口气，继而说道："普天之下莫非王土，率土之滨莫非王臣，彝人虽久居山野，但也是朝廷治下之民，你一口一个山野蛮夷，是想让他们自绝于朝廷之外，好酿成祸乱吗？"

"不是，我，我没有！"衙役张口结舌，不知道怎么回答。

"朝廷教化西南百年，付出心血无数，方才有今日之效。这些彝人感念朝廷恩德，圣上天威，方才心悦诚服，前来边城参加制茶大赛，欲将族中绝技献于圣上，你等却刻意阻挠，是想诋毁朝廷的百年教化之功，是想抢夺圣上的贡品吗？"

唐萧的话落下，众衙役都怔了怔，只觉得唐萧的话不仅有道理，而且字字诛心，如果继续阻碍彝人，十之八九要把唐萧的话坐实。此地人多眼杂，如果有人把今日之事散播出去……

衙役们又忍不住看向府令，而府令早已回头坐回了雅间，再也不询问此事，算是暗示衙役们就此作罢。

为首衙役收回长刀，对着阿妞众人无奈地说道："我等非是刻意刁难你等，实在是职责所在，不得不防，既然你等执意参加比赛，那就缴纳十两银子报名，登记造册。"

阿妞顿感意外，没想到眼前的汉子随意一扯，居然让衙役们罢手。接着，曲布上前抱拳道："多谢前辈仗义相助。"

阿妞也急忙抱拳道："敢问前辈尊姓大名，阿妞暂且记下，日后如有机会，定当邀请前辈去烟峰山山寨做客。"

"原来她叫阿妞，真是个好记的名字。"唐萧心中念了好几遍，感受着自己的怦怦心跳，而他的视线都在阿妞身上，全然不顾一旁的曲布。

"前辈？"阿妞觉察到唐萧的眼神不对，后者好像失神了。

唐萧这才回过神来，烟峰山山寨他倒是听说过，是一处彝人聚居的地方。唐萧笑道："举手之劳，何足挂齿。在下一介茶道莽夫，肖唐。在下早就听说，彝人自有一套制茶之法，和传统技法相比别有迥异，所制山茶也另有风味，日后若有机会，一定去烟峰山探究茶道。"

接着，唐萧又问了阿妞一些事，反正三句不离阿妞，纵然曲布想要插嘴，也插不上话。阿妞觉得唐萧怪怪的，方才还思维缜密口若悬河，如今说话乱七八糟，有点为老不尊，简直判若两人。

话不投机半句多，唐萧成为话题终结者，双方渐渐聊不下去，也各忙各的去了。

唐萧自感心满意足，暂时离开春月茶楼，需要寻一处客栈，但他已经被不少势力盯上，一些小道消息在边城疯传。

桐岭帮总坛，两边的太师椅上座无虚席，众高手在压抑氛围中一言不发，内心却乱成一锅粥。原来，桐岭帮没能阻止彝人参与制茶大会，担忧头魁旁落，影响贡茶之事！

桐岭帮，他们是边城霸主，掌控沿途的茶马古道，除了帮主和左右护法，还有青龙、白虎、朱雀、玄武四个分堂。如今，帮主孙志晟和左右护法，三人护送一位京城的重要人物，还在回边城的路上，帮中事物由四位堂主共同处理。

此时，青龙堂堂主打破平静，冷声问道："那人是谁？口若悬河，以舌为刀，胆敢插手制茶大会之事！"

白虎堂堂主指着报名名册："此人名为肖唐，今日刚到边城，再也没有更多其他讯息。"

"查，给本堂主查清楚，肖唐绝不简单，身后或许还有别的势力作祟！"青龙堂堂主狠狠地说道，关乎制茶大会头魁，桐岭帮志在必得。

香主们唯唯诺诺，在等级森严的桐岭帮，唯有死命效力才能活下去。

又是一阵寂静，几个呼吸后，青龙堂堂主岔开话题："刘公公的人到了吗？"

"今晚就能到。"负责情报和联络的香主马上回答。桐岭帮攀上了宫中的刘公公，从而得知不少官场上的消息。确实，一帮帮主和左右护法三人，千里迢迢前往京城，竟是为了亲自护送刘公公派来的人。

除了桐岭帮之外，万金商会的生意在边城做得最大，供奉着不少江湖高手。万金商会动用所有资源，也对唐萧展开秘密调查，却同样查无所获。不过，万金商会查到了另一个重要讯息，这些年轻彝人的茶道并未大成，基本很难夺魁。

春月茶楼的雅间内，叠放着各种山珍海味，而房间内居然只有一男一女两人。正是边城府令沈度和茶楼老板娘徐三娘，两人一道喝酒，竟也聊着唐萧和彝人，当然，一些相似的讯息，早已传到了他们耳中。

"辛苦沈大人了。"说着，徐三娘取出一个锦盒，盒中有着不少银票，事情虽没有办成，也是要收银子的。

沈度将锦盒收下，缓声说道："如此倒也好，大家各展所长，也免得有人胡乱造谣，枝节旁生。"原先，各方势力暗通款曲，默认将烟峰山的彝人排除在外，而今这招不见效，就只有让大家拿出真本事了。

"本府先行回去，三娘留步。"沈度拿到了银子，倒也不磨叽，就此离开雅间。

夜晚，边城的万福客栈刚刚平静下来，来往的诸多高手，暂时居住于此。房间中，唐萧跷着二郎腿，躺在客房的床上，脑海中全是如何制茶的流程，他只等天色将明，可以大显身手。

"咔咔。"

突然，房顶上传来奇怪的声音，唐萧猛地坐起来，怕是有人在房顶盯着自己。唐萧朝着房梁看去，只见三枚飞镖穿过瓦片，迎面而来。

说时迟，那时快，唐萧猛地一个翻滚，看上去颇为狼狈，却很实用地躲开三枚飞镖。不过，唐萧若不是朝屋梁看了一眼，他的反应绝不会这么快。

"有人想杀我！"唐萧霎时反应过来。

第五章

制茶初心终不改

危难时刻，唐萧抄起桌上两个竹筒，这才冲出房门，一个劲地大喊："杀人了，杀人了！"

刺客没有善罢甘休，又对院子中的唐萧射出数枚飞镖。夜色中，唐萧胡乱闪躲，又蹦又跳，只能用这种最原始的方法躲避。

"杀人了，杀人了！"唐萧继续大喊，却没有引起太大的关注，并未有人现身救自己。实际上，边城既然是孟河边关不夜城，那自然是晚上比白天还热闹。此时县城里依然灯火通明，住在客栈的旅客们大多已经上街体会不夜城的万般风景，留在客栈中的寥寥无几，再加上客栈外人声嘈杂，还真没几个人听见唐萧的呼喊，即使有人听见，也抱着多一事不如少一事的心态，只当作耳旁风。

反正这江湖，从来都不差那么几个冤死鬼。

刺客的胆子越来越大，竟然发出了连环飞镖。而唐萧越加狼狈，一阵闪躲后，更是奋不顾身地跳入一口接水的大缸中。

"铛铛，铛铛。"

飞镖精准地砸在大缸上，却刺不穿厚厚的缸壁。

然而，水缸中的唐萧不敢大意，水缸固然可以挡住飞镖，但也让他无法逃跑，如果刺客来到水缸前，他绝对必死无疑了。

危急关头，唐萧心生一计，索性死马当活马医，大喊着："着火了，救火啊！"

唐萧连续喊了很多遍，立刻惊动了客栈中残余的客人，这下客栈老板怕烧了客栈，客人们一听到失火就怕货物被烧，更担心火势殃及自己的生命。

果然，不少客人冲到了院子中抢救货物，尤其是一些高手，径直飞掠上房顶，想要一看究竟。

一击不成，刺客心有不甘地离去。唐萧听到嘈杂的交流声，才心有余悸地爬出大缸，喘着大气坐在地上。江湖险恶，唐萧从小养尊处优，何曾遭受过这种刺杀，他来不及多休息，告诉自己必须更加谨慎。

"哪里失火了，这好端端的，没着火啊！"

"是哪个王八蛋大喊大叫的？"

"还让不让人睡觉了！"

院子里充满了抱怨和辱骂之声，人们并未发现唐萧就是那个始作俑者。

唐萧惊魂未定，取出身后的大竹筒，本想喝一口茶压压惊，却见竹筒上插着一枚飞镖，竹筒里的茶也全部漏光了。

"茶神庇佑！"唐萧感慨自己命大，如果不是习惯带上这个竹筒，他的腰上必然插着这枚飞镖，就算不死也够受的了。

"好兄弟，这次多亏了你。"唐萧拍着这个跟了自己三年的竹筒，曾有人让唐萧换个竹筒，但唐萧说，竹筒虽旧，却已是他的老友。

接着，唐萧将飞镖从竹筒上拔下来，仔细端详，飞镖小巧精致，其上没有任何纹路，倒也看不出来自何方势力。

"我究竟得罪了谁？难道是那什么帮派？或者是那群当官的？不至于吧？"唐萧小心翼翼地收起飞镖，将漏了的竹筒挂回腰间，他刚下山不久，就连续得罪了黑道帮派和白道官场，这惹祸的本事也是没谁了。

天蒙蒙亮，唐萧不敢在万福客栈过多停留，他一大早收拾好行囊，来到春月茶楼，沿途上还能看见不少或狂欢晚归，或烂醉街头的旅客和江湖人士。虽然遭到刺杀，但是他为了参加制茶大赛，已经是不惜一切，此时又怎会轻易退缩。而且他还不信，杀手就算再猖獗，难道还敢在比赛上当众刺杀自己？这可是选拔皇商贡茶的大赛，真要出了血案，本地黑白两道都要摊上大事！

春月茶楼外，唐萧看到不少忙碌的身影，他们沿街搭起了观众台。街道中间还有密密麻麻的灶台，大概有数百口之多。

而后，唐萧又见到不少载货的推车，装着一袋又一袋的货物。唐萧闻到了熟悉的青草嫩香，隔着麻袋就知道里面是刚刚采摘的新茶。

闻着青草嫩香，唐萧脑海中满是各种制茶技艺，仿佛自己已经身临其境。

制茶的第一步为采摘。

采摘标准是单芽、一芽一叶或一芽二叶初展。即采摘时要求大小匀齐、老嫩一致、肥瘦相同；采摘时不带陈年老叶、不带茶梗、不带茶果；采摘时不采病叶、不采伤叶、不采鱼叶、不采水叶、不采夹叶。与此同时，采摘时要根据茶树发芽早晚时间安排，选取同一级别的鲜叶。

"这些茶叶虽没有这么精细讲究，但用来比试却已经足够了。"唐萧嘴中念叨着，看着不远处放着的竹排，想起制茶的第二个步骤。

制茶的第二步是摊凉。

采到鲜叶后，要及时进行摊凉，防止茶叶窝堆发酵变质。摊放场地必须通风良好，阴凉干燥，最好放在竹排上。摊放茶叶要匀、薄，厚度以不超过半指，时间一般以二到三个时辰为宜。摊放还要进行筛捡，挑去老茶叶、茶果，再剔除叶柄上的马蹄脚、杂叶、沙砾等杂物。同时对鲜叶进行筛选，使茶草粗细、长短均匀，大小一致，便于加工，提高价值。

唐萧继而看向灶台，他的双手微微发热，"抓、抖、撒"，脑海中各个步骤流畅衔接，好似自己已经在炒茶。

制茶的第三步是炒制头锅。

传统手工茶制作需要两口锅，头锅的作用主要是杀青。名优茶叶温度可略低，中低端茶叶杀青温度可适当调高。头锅的投茶量在二两左右，用特制棕帚来炒制，杀青时间以半盏茶时间为宜。当鲜叶变软，青气消失，茶香显现的时候，即可二锅。

唐萧本想继续将二锅、初摊、毛火、复摊、足火等流程过一遍，但周围的人越来越多，打断了他的思路。

"前辈，您也要参加此次制茶大赛？"人群中，传来熟悉的声音。唐萧一回头，见到阿妞脸上挂着笑意，正在朝自己挥手。

"阿妞姑娘，老夫只是碰碰运气，倒是你们彝人有独特的制茶之技，这次可要好好比试，让我等大开眼界才行。"唐萧笑着回应，心却怦怦跳，这次可是阿妞姑娘主动和自己打招呼！

阿妞浅浅一笑，如实地说道："我学疏艺浅，这次就是跟着阿哥他们来长见识的。"

"前辈，看您脸色发青，是生病了吗？"曲布走上前来，看着唐萧的样子，似有所指地问道。

"听闻昨夜有人大喊失火，没有睡好。"唐萧笑着敷衍道，但明显可见，曲布眼中有着一丝深意，似乎在怀疑唐萧的话。

"难道是我这易容出了破绽？"看着彪悍的曲布，唐萧心中不禁有些忐忑。

交谈之际，春月茶楼二楼，不少重要人物纷纷安排就座：边城府令沈度、春月茶楼老板徐三娘、桐岭帮帮主孙志晟、万金商会会长、各大商会代表等人。

而坐在沈度和孙志晟正中央的，居然是一个十七八岁的少年。那少年皮肤白皙，面色阴柔，没有一点儿阳刚之气，是刘公公身旁的亲信小太监，名为福安。福安穿着一身锦衣，他这次出京办事属于秘密，故而没有穿宫中的衣服。

而在他们身后的第二排，站着不少江湖高手和制茶好手。

"这贡茶的事，就要靠诸位了。"福安不冷不热地说道。各路高手纷纷抱拳。

辰时，一切准备就绪，数百位各地好手纷纷入场，来自各大商会的九位考官也获得了各方的认可，制茶大会即将开始。制茶一共分八道程序：采茶、摊凉、头锅、二锅、初摊、毛火、复摊、足火。制茶大会的规则非常简单，每两个流程为一轮，跳过采茶和摊凉，直接从头锅和二锅烧制开始，以成色判断参赛者是否晋级下一轮。毕竟采茶和摊凉不是什么艰难的流程，只要是个熟练的采茶者，都可以胜任。而且参与制茶大会的人过多，必须用简便有效的方法筛选。

府令沈度简单致辞，而后敲下铜锣，制茶大会正式开始。顿时，数百口锅齐齐冒出热气，才一会儿，茶香四溢。

唐萧所处的位置很不起眼，让他高兴的是，阿妞的灶台就在他边上，随时可以看喜欢的姑娘制茶，也是一种享受。

不过是半盏茶的工夫，唐萧就制好了头锅，而阿妞的手法稍显粗糙，却也十分顺利，毕竟她也是彝人中比较擅长制茶的。

唐萧和阿妞并不显眼，除了暗中一些势力，偶尔会有观众因为阿妞是彝人多看一眼。曲布则是站在不远处，随时保护阿妞的安全。

此时，人们都关注着制茶现场最中央位置的那几人。桐岭帮请来的盲师眼盲手不盲，他的手法极其纯熟，在一个呼吸内，双手来回交错变化十几次，让所有茶叶都受热均匀。江南的制茶高手是位女子，用"垆边人似月，皓腕凝霜雪"形容也不为过，女子倒是不紧不慢，却也让所有茶叶翻覆多次，茶叶色泽香味都属上佳。淮西的老者双手磨出了茧子，制茶如同练武，一开一合颇有气势，不多时便香气飘溢。

"居然还能这样制茶！"有人擦亮眼睛，伸着脖子从人群中探出来。

"制茶手法极深极简，名不虚传的好手啊！"有眼尖的茶道中人惊叹。

"快，调查清楚他们还有没有弟子，请不到他们制茶，本商会就请他们的弟子。"有小商会的执事惊呼。

不得不说，如此多的制茶好手同场竞技，观众们大呼精彩过瘾。连坐在二楼的福安，眼中都光彩连连，说起制茶，来自宫中的他反倒是乡巴佬了。

头锅之后便是二锅，炒制的方法大同小异，无非更加考验火候的掌控。唐萧不知在唐家山练了多少次，依旧十分快速地制出了二锅。阿妞则用彝人的手法，十分投入地反复翻炒按压抖撒。唐萧摇摇头，这些普通的彝人制茶手法已不是秘密。

一盏茶的时间过去，所有人都制好了二锅，考官正式挨个评审。除了少数重在参与的年轻人外，大部分都进入了下面两个环节，初摊和毛火。

唐萧和阿妞都有些兴奋，殊不知，他们的灶台早被人动了手脚。

第六章

八仙过海显神通

制茶大会进入了下一轮，初摊和毛火，时长为一个时辰。

所谓初摊，便是将茶叶均匀地摊放在特制的桑皮纸上，桑皮纸自带较好的吸湿效果，可将茶叶内水分及时吸收。

制茶好手们每人都领到了一些桑皮纸、特制的竹扇和烘笼。为了抓紧时间，众人纷纷将凝聚成条的二锅茶叶，放置在桑皮纸上。

唐萧一手将桑皮纸摊开，一手将茶叶摊放在纸上，而后双手上下齐动，十指轻轻搓揉，将轻度接连的茶叶分开、摊均匀、摊薄。一旁的阿妞也细致地摊分着茶叶，将茶叶摆弄得井井有条。

其实，初摊的工艺并不难，难的是要在短时间内，让茶叶快速冷却，以便进入毛火环节。

制茶大会只有一天，如若等茶叶自然冷却，所用时间将大大拉长，更无法体现各大制茶好手之间的差距。所以，初摊和毛火环节只有一个时辰，如何抓紧时间和如何分配时间是两个大问题。

茶香四溢，观众们看得津津有味。

才一会儿，制茶好手们已将茶叶均匀摊开，手中的竹扇也派上了用场。这把竹扇的扇面只有巴掌大，扇出的风不大，如果光靠它将茶叶吹冷，不是一件容易的事情。于是，各式各样的辅助吹风手法轮番上场，有让人眼前一亮的，也有让人啼笑皆非的。比如，有人使出吃奶的劲挥动竹扇，有人用嘴大口吸气大口吹，甚至还有人挥动脱下的衣服。

当然，场中真正的制茶好手，他们是不会这么折腾的。

盲师淡定自若，他居然没有用竹扇，而是双手抚在茶叶之上来回交错，不停地催动内功，去除茶叶的余温。看官们连连惊叹，不曾想盲师是江湖中人，竟然可以用内功降温！

江南来的女子不落下风，她不停地变换站位，一连换了八大方位，右手的竹扇朝每个方位扇动四下，左手不停地翻动茶叶，也达到了非常好的效果。

淮西制茶好手的手法古板，却极为老到，他依旧是不停地翻动茶叶，手法快到了极致，纯粹依靠手法和手速，弥补时间上的不足。

不起眼处，唐萧也用竹扇对着茶叶吹风，他的动作十分缓慢，没有丝毫火急火燎，让人有所不解。

实际上，唐萧深知短时间内让茶叶降温很难，索性将茶叶等分为三份，一份极力降温，一份看情况降温，还有一份自然降温。

另一边，阿妞的手法和唐萧相差无几，她是将茶叶四等分，急急忙忙地扇着扇子，额头满是豆大的汗珠。

"啊，这两人真是奇葩，如此也能制茶？"

"堂主太小心翼翼了，吩咐我们盯着这两个小角色。"

"先盯紧了，看他们还有什么花招。"

看着唐萧和阿妞的制茶手法，纵然是暗中盯梢的桐岭帮探子，也觉察出唐萧和阿妞的"不专业"。

不到半个时辰，以盲师为首的制茶好手们，进入下一个环节——毛火。

所谓毛火，就是将茶叶放置在竹制的烘笼上，依靠烘笼的温度，将茶叶烘到八成干，去除水分和青气。

烘笼之下是灶台，灶台中的柴火以松木、栗树为主。原先还有复烘一说，但既然是制茶比试，也就省去了重复的此环节。至于制茶好手们是否进入下一轮，以当前呈现的茶品为参考。

热闹的大街上，一大半的制茶好手往灶台上架好了烘笼，顿时一阵阵蒸汽四溢而出，整条街都是茶香。反观唐萧，还是不紧不慢，仍旧在做初摊的工作。

"前辈，已经过了半个时辰，时间快不够了！"阿妞见唐萧这么慢悠悠，在旁边提醒了一句。

唐萧把时间掐得紧紧的，不缓不急地笑道："时间够用，差不多。"

又过了半盏茶的工夫，唐萧终于开始往锅里舀水，往灶台底下添加柴火，可他却发现了大问题，他的一半柴火是湿的！

"有人动了手脚！"唐萧联想昨晚遇刺，再看周围没有一个人遇到湿柴火，得出这个结论！

"怎么会这样！"唐萧耳畔传来阿妞的惊呼，她也遇到了麻烦。阿妞倒不是手足无措，只是十分痛惜，心想这次制茶大会到此为止了！原来，阿妞的铁锅出了问题，铁锅中部的锅壁竟然有两条小裂纹，粗看不明显，加入水后才发现有漏水迹象。

"这帮人，真是无所不用其极！"唐萧冷声自语，但他绝不会轻易认输！

"算了，或许是我运气不好。"阿妞摇了摇头，但仍能听出她有一丝不甘。远处的曲布不知发生了什么，也为阿妞捏了一把汗。

"阿妞姑娘，看我的！"唐萧见招拆招，立刻找了三枚大小不一的石块，三枚石块依次架在铁锅的一端，于是，铁锅两端变得一高一低，底部位置也相应发生了改变，盛水时刚好避开裂纹。

"竟然可以这样，多谢前辈再次帮我！"阿妞茅塞顿开，眼中又有了光亮。打从心里佩服唐萧。实际上，唐萧的锅曾被老太爷砸得变形，也用这个办法救过急。

接着，唐萧要解决自己的麻烦，他从腰后拿出两个装茶的竹筒，其中一个上面还有刀痕。唐萧打算用竹筒替代未干的柴火，虽不是上好柴火，但也可以保证毛火环节的顺利。

"真是可惜了。"唐萧虽然十分不舍两个竹筒，但他准备多年，一心想要夺魁，也顾不得这么多。

唐萧必须加快速度，他将竹筒丢入灶台后，快速进入毛火阶段，三份不同温度的茶叶，分置于烘笼之上。接着，唐萧居然又开始用扇子，继续初摊时干的活儿！

"胡闹，初摊和毛火怎么能混合？"

"三份茶叶，每一份的含水量都不同，这小子想要做什么！"

唐萧并非明星人物，他的举动不走寻常路，顿时招来一些旁人的非议。

而唐萧并不在乎这些，他将这招命名为"两流三分法"，早在唐家山尝试了多次，如果没有八成把握，怎会在制茶大会上用出来？

唐萧继续我行我素，对于三份不同的茶叶，他的扇风力度也是不同的。渐渐地，更多人提前关注到了唐萧，毕竟他是被盯上的人物。

"沈大人，那人并不简单，或许是夺魁的劲敌。"风情万种的徐三娘说道，她见过多次制茶比赛，夺魁者有不少都默默无名。府令沈度似有所思地敲着手指，顺带多看了唐萧一眼。

"帮主，那人油滑得很，昨晚算他命大，没能将他给杀了。"桐岭帮白虎堂堂主凑上前，低声对着帮主孙志晟说道。

孙志晟转头低语道："福公公在这里，容后再说，不要打扰了他的雅兴。"

内行看门道，外行看热闹，外行的福安公公，仍旧颇有兴致地看着制茶，时而发出几声叫好。

作为内行的万金商会执事也对着几位同行说道："这种制茶手法曾听说过，却没人敢在比试上这么用。"

时间飞快，茶香未消，一个时辰便已过，第二轮制茶比赛正式结束。各大商会的九大考官再次进入现场，以茶品、茶色、茶香、茶味等多方面标准进行评判。

最被看中的各大制茶好手纷纷晋级，阿妞脸上挂起了笑意和酒窝，她的运气还算不错，勉强进入了第三轮。

不久，考官们来到唐萧身前，不由得对他和他的茶叶多看了几眼。

为首的考官是个老者，一副老气横秋的模样，他端详着茶叶，毫不客气地说道："茶品、茶色、茶香十分普通，只能说勉强合格。"

"你虽有几分制茶的功力，却不好好沉淀，偏要走不入流的捷径，年轻人应当稳重。"另一位考官摇头说道。

但是，也有考官对唐萧投去赞赏的目光，说道："几位，他的制茶手法不失为一种变通。"

更有考官接着说道："敢于尝试新的制茶手法，后生可畏！"

考官们有不同的意见，他们之间居然产生不小的争执，而唐萧没有回复，还是非常淡定。此时，无论是制茶好手，还是普通百姓，纷纷将目光投向了唐萧,他再度成为焦点人物。

百姓们看着唐萧,一个个议论纷纷。

"他不是昨天替彝人解围的那人吗?"

"没想到还有这么两手,真是看走眼了。"

"有个屁用,班门弄斧,我看他都没办法晋级下一轮。"

"前辈不会无法晋级下一轮吧?"阿妞看向唐萧,也暗中替他担心。唐萧却朝着阿妞微笑,没有丝毫慌乱,他有自己的撒手锏。

正如几位考官所说,唐萧炼制的茶,茶品、茶色、茶香都比较普通,毕竟还只是半成品。其实,唐萧深知,这茶的茶味绝对是顶级,只不过他们还未品尝而已!

最终,五位考官赞成晋级,四位考官不赞成晋级,唐萧以一票微弱优势,惊险进入最后一轮。

"有意思,真有意思。"福安公公也注意到唐萧的得票,乐呵呵地拍了拍手。包括府令沈度在内,众人急忙连连附和。

制茶大会进入最后一轮,正常的制茶流程是复摊和足火,但同样为了考验制茶好手的顶尖工艺,这轮只保留足火一项。而进入最后一轮的,只有不到二十位制茶好手。

制茶好手间的真正对决,即将上演。

第七章

异军突起惊众人

制茶大会现场人头攒动，场内的二十多位选手获得短暂时间的休息和调整，而场外喧嚣不止。

"来来来，往这边看！"

"买多买少，多少要买，早中晚中，早晚要中！"人群中发出高声呼喊。原来，万金商会旗下的赌场，趁着这个节点，开了制茶大会的赌盘。

"制茶大会押注，是各位赌友的翻身之日。"开盘者大声呼喊。顿时，人头攒动，吸引了许多看客，包括不少江湖高手。

万金商会的赌场设下不少盘口，诸如某人能否获取前五名，某人能否获取前三名，某几人将无缘前十等，由此又衍生出三合一、二合一多种玩法。其中最火热的盘口，当数谁能夺魁。

"买盲师十两！"

"我看好江南女子，买三两！"

"买淮西好手五两！"

看官们纷纷下注，从赔率上来看，盲师等几大高手夺魁最被看好，他们的赔率相对也最低，只有一赔一点二；唐萧和阿妞也是候选人之一，他们显然最不被人看好，赔率也高达一比三十多。

"让一让，让一让。"人群中，挤出一位穿着邋遢的老者，半白的头发，看上去五六十岁，他浑身酒气，醉眼惺忪。

"老头，你有银子吗？"赌场之人不客气地问道。

"银子，老夫有的是银子！"老头随口说道，一边喝酒，一边从怀里掏出了不少碎银，一把拍在赌桌上。

"这么多碎银，估摸着有三四十两吧。"有看官低声议论。

"老乞丐也有这么多银子？"还有看官小声轻叹。

老者不管闲言碎语，把银子往前一推说："全押，老夫押盲师、江南女子和淮西好手包揽前三。"

"酒鬼，这可是制茶大会，不是制酒大会，他们三人包揽前三的赔率只有一成，就算押中也挣不了几两银子。"赌场之人摇头说道，好心暗示老者多押几个盘口。

"老夫爱怎么押，还用得着你管吗，怎么，不服啊？"老者变了个脸，浑身酒气，却最不爱有人喊他酒鬼。

赌场之人只得耸耸肩，不再多语，给他开了张押注票据。小小的闹剧翻过，但暗中各大势力仍在争斗。

制茶大会的赌场盘口开启，桐岭帮、万金商会、春月茶楼、官府、各大商会，都不会放过这次机会，跃跃欲试地进行押宝。

这次大会不同以往，有京城来的福安公公在场，暗中操作的机会很小，所以，本场赌局近乎公平。

西南的江湖势力势均力敌，各大势力明争暗斗多年，都无法在西南独占鳌头，必须抓住每个机会消耗其他势力。当其他势力逐个倒下，本势力才能趁机崛起，才有机会逐鹿中原。而各大势力间的武斗太过血腥，文斗则相对文雅了许多，赌局上过招，便是文斗的一种。

经过前两轮的制茶比试，各大势力对场中的选手做出评估，都要不惜血本地下注。同时，一些实力不足的小商会，纷纷派人进入现场，拉拢各方顶尖制茶好手，连唐萧和阿妞都收到了邀请，如若同意成为某小商会的首席制茶师，每月能获得二十两的银子。

"月银二十两，真是一笔大数目！"阿妞心中惊讶，这次离开烟峰山山寨也只支取了二十两银子。

"阿妞姑娘不必心急，获取更好的名次，找你制茶的人会更多，到时候何止月银二十两。"唐萧的反应平静了许多。

阿妞并不在乎银子的多少，她对着唐萧笑了笑，说道："多谢前辈提醒，大会之后，我也将回到烟峰寨。"

唐萧皱了皱眉头，突然说道："烟峰寨？可是江湖人称'雾里十八坡，竹山十九座'，'烟雨十八峰，部落十九寨'的烟峰寨？"

阿妞："正是，前辈听说过咱们烟峰寨？"

唐萧点头道："当然听过，传言烟雨山竹海浩瀚，大雾弥漫，十八座山峰下各有一处彝人山寨，而唯有烟峰寨是立于烟雨山山顶。传言烟雨山山顶有一块天赐的巨大平地，还有一个大湖，景色绝伦，可滋养生民无数，因此烟峰寨人强马壮，是十九寨的头寨，在下对如此奇山奇景一直心向往之，没想到竟然会遇见烟峰寨来的朋友，实在是缘分啊！"

"好呀，等前辈来了烟峰山，阿妞和头人老太爷一定好好招待。"阿妞咯咯笑道，殊不知唐萧话中的另一层含义。

"铛铛。"

铜锣声再次响起，所有制茶好手会聚在会场正中央，经过简单的作息调整，最后一轮比试正式开始。

足火，也是制茶的最后一道环节，并不是越大的火越好，而是控制火候和烘笼的温度，以中温烘制茶叶足够的时间。烘烤时，更要防止部分茶叶掉落到炭火中，引起烟雾，从而影响茶叶的香气。总之，足火考验的是制茶好手的耐力和细微操作，最能区分个人的工艺和茶道领悟的环节。

这一次，唐萧获得了足量柴火，他在灶台中放入三根干柴火，搭建成三角形，让火势不大，又能持续地烧下去。

而后，唐萧凝神深呼吸，尽量放空自己，他伸出双手，小心翼翼地对三份不同的茶叶，用以搓、揉、抖、撒等不同的技艺。

"用心去制茶。"唐萧嘴角呢喃，他的精神非常集中，每一次出手都恰到好处，从不多用一分力，也不漏了一片茶叶。

随着时间的流逝，唐萧身前的三份茶叶的茶品变得越来越好，连颜色都变得一样，像是一种蜕变。当然，场外的看官们无法看到这些，而且他们更加关注三大高手之间的对决。

盲师内功高强，用武功去制茶，看不出是什么体系；江南女子的手法温柔，如同春雨啄新泥；淮西的制茶好手力道控制精准，速度奇快无比。三大制茶好手用了三种不同的制茶体系，看官们也看得眼花缭乱，发出一阵阵惊呼。

微风吹起，唐萧却闻到了一股焦味，原是阿妞抖撒茶叶之时，不小心将一部分茶叶掉入了炭火中。焦味顿时影响了整个烘笼上的茶叶，茶香受到了影响，茶品顿时从上品变为了中上品。

"心不静，还不够细。"阿妞拍了拍自己的脑袋，之前烟峰山山寨的头人也常这么说她。既已如此，阿妞只能无奈地摇摇头，但她也不怎么灰心，能够走到最后一轮，已是收获满满。

一旁的唐萧没有继续分心，他将三份茶叶合而为一，而后再进行搓揉，顿时，茶叶弥漫出一种混香，而三份茶叶的茶色已经一致，从茶品上看，这份茶叶必然是上品。

今日的天气风轻云淡，制茶大会如火如荼。

不多久，三大高手率先制好了茶，一炷香后，绝大多数制茶好手也收起烘笼，唯有唐萧和阿妞还在忙活。

"还好没有押他们俩，赔率最高，最不可靠。"有看客幸灾乐祸地说道。

"老夫也看他们俩不顺眼……"邋遢的老者胡乱说了一句，又猛地喝了口酒，不知道是真醉还是假醉。

"又是这两个制茶不精的半吊子，就不该让他们晋级。"考官中也有人说道。

"我看还是别等了，浪费时间。"又有考官发出牢骚。

尽管有考官对唐萧和阿妞不满，但他们也不敢提前结束比赛。半盏茶后，唐萧和阿妞终于制出成品茶，收起烘笼。

"铛铛。"

铜锣声响起，制茶大赛结束。

九大考官再次入场，他们从成品茶的茶色、茶香、茶品等方面入手，对茶叶细细观察，反复嗅闻，逐叶比对，比之上一轮不知严谨了多少。

最终，十几位制茶好手被淘汰，但他们也都得到了一枚专属铜牌，上面刻有名字和一品制茶师的称号。

阿妞摸着手里的铜牌，感到心满意足，当她看向唐萧之时，却见他手中没有铜牌。阿妞感到有些疑惑，直到好一会儿，她才恍然："前辈，你……你进入了前十！"

唐萧点了点头，他多年磨一剑，进入前十也在预料之中。

前十名已出，看客们不胜自喜，三大制茶好手都表现稳定，人人都觉得自己押中了一大半，如果不出意外，无论二合一还是三合一的赌局，一定是押中了。

接着，唐萧等十人各自获得一个号码，他们十份茶叶排序打乱，由九大考官品尝确定头魁。

热水充分冲泡茶叶，每一份茶叶都是先漂浮在水面，接着悬浮水中，最后沉入水底，茶叶彻底舒展，无一不是上品茶叶。这也从侧面说明，无论是制茶好手，还是品茶考官，绝对是真正的茶道行家。

但是，茶叶漂浮、悬浮、落底、茶叶彻底舒展的时间有长有短，用极为苛刻的评判标准衡量，又淘汰了其中的五份茶叶。

随即，考官翻开淘汰茶叶的号码牌，其中不乏几位小商会的当家制茶师，或在边城小有名气的制茶师，甚至包括上一届比赛的前五名。他们也获得了刻字牌子，比铜牌更高级的银牌，简称银牌一品制茶师。

"酒鬼，你最稳了，早早就押三大高手！"赌场之人居然开始对老者刮目相看。

"老夫义薄云天，生财有道，平生行走江湖，就喜欢一个字'稳'。"爱喝酒的老者有些飘了。

"唉，我不应该贪心，就该押三大高手！虽然赔率低，但是好歹稳赚不赔啊！"

"人心不足蛇吞象，莫大师居然没进前五……"

人群中有人发出哀叹，有看官当即撕了赌注的票据，原来，一些人想押个黑马，赌某位实力强劲的制茶好手进入前五，这回算是落空了。

有人欢喜有人愁，而人群中不知谁喊了一声："你们看，那个替彝人解围的汉子，居然也进了前五！"

第八章

卧薪尝胆终夺魁

场上,还剩下五位制茶好手,分别是盲师、江南的女子、淮西的制茶好手、唐萧,以及一位苗人老者。

徐三娘风情万种地对着苗人老者点了点头,对他进入前五表示肯定。原来,苗人老者是春月茶楼的首席制茶师,早前就小有名气,进入前五虽是意料之外,但也在情理之中。

与苗人老者不同,中年汉子装束的唐萧,是个无名小卒,而且上一轮勉强晋级,如今居然进入前五,当真出乎所有人的意料,从万金商会的赌坊给出的赔率来看,唐萧是一匹真正的黑马!

"这么大一匹黑马,有人押他夺魁吗?"看官中有人好事,多问了一句。

"有人押了一百两!"赌场之人拿着票根说道。

吼。

看官们纷纷倒吸一口凉气,还真有人胆子这么大,难道他的银子是大风刮来的吗?实际上,押唐萧夺魁的不是别人,而是春月茶楼的徐三娘。徐三娘的消息八面玲珑,总觉得唐萧是个变数,索性暗中派人押了唐萧,她有自己的盘算。

九大考官错愕连连,看官们议论纷纷,有很多人提出疑问,但考官对十份茶叶都是实打实的盲选,确实无法作弊。

"阿哥,咱们也都看走眼了,前辈是真正的制茶大师!"回到人群中的阿妞见到曲布,就说了这句话。

曲布却皱了皱眉头,别有所指地说道:"阿妹,我们确实看走眼了。"

"嗯?"阿妞听出了深意。

"你注意到了没,前辈有两个惯用的竹筒,他好像……"曲布已怀疑唐萧并非中年大汉,而是当初在迎客茶棚遇到的少年。

"竹筒?"阿妞原本没想这么多,如今听到曲布提起,她若有所思地低头,回想制茶的一幕幕。

"他的手……还有他的眼睛……"阿妞眼中也多了一丝光亮,唐萧的双手滑嫩,眼睛漆黑明亮,怎么也不像中年人。阿妞暗自攥了攥拳头,等大会结束,她要一探究竟!

同时,各大势力也更加关注唐萧,打算在制茶大会之后,一定将他的背景查个底朝天,最好为他们所用。如果不能为自己所用,也一定不能被对手所用,哪怕来个杀人灭口!

"制茶、品茶一波三折,有意思,太有意思了。"福安公公也发现了黑马唐萧,拍手叫好。

进入最后的品茶阶段,除了九大考官外,各大势力为了讨好福安公公,竟然让他也加入了品茶的行列,且拥有一票否定权。人们不知福安公公的真正身份,对让他加入评审心中腹诽,却也不好多说什么。

抽签,标号,上茶,没人知道对应的选手和茶叶!

五壶好茶混放在众人面前,浓浓茶香汇聚在一起,吸上一口让人心旷神怡。随即,众人开始品尝。九大考官和福安公公轮流品茶,细品,先苦后甜,先浓后淡,先香后甘……各种味道都不一样。

不久之后,每个人都按照自己的标准,排出一、二、三、四、五的顺序,却出现了让人震惊的结果。每个人都将标号为一的茶奉为第一,标号为三的茶为第五,其他三个号码相差不多,分别拿下第二、第三、第四。

"怎么回事?"

"乱套了,一号的究竟是谁啊,每个人都认同他的茶好喝,这多少次没出现了?"

"络腮胡的大汉一定是第五了,大家不用想了。"

看官们争相低语着,但各大势力也急不可耐,这可是有关贡茶的大生意啊!九大考官都是茶道中人,对于第一的认知也一致,但他们却不知第一是谁。

此时，福安公公在众人的簇拥下，开始了揭秘仪式，每个人心里都充满了期待。福安公公看了看第一个号码牌，笑道："第五名，三号，白长老。"

"那大汉居然不是第五……"

"老夫尽力了。"白姓的苗人老者叹气，对着徐三娘抱拳。徐三娘眉目一挑，笑道："白长老如今是金牌一品制茶师，奴家更要倚仗你了。"

福安公公继续翻牌："第四名，二号，春江楼，雪霜姑娘。"

原来，来自江南的女子获得了第四名。

"沈大人，小女子让您失望了。"雪霜姑娘对着府令沈度道了个福。

沈度难得地露出笑意："雪霜姑娘，无妨。"

"络腮胡大汉也不是第四名，没想到他进入前三了，真是走了狗屎运！"

"这也不是运气吧，人不可貌相！"

这时候，有看官急忙提醒嗜酒老者："老头，别喝酒了，三大高手的雪霜姑娘没有进入前三！"

"你说什么，我没听清。"嗜酒老者摇头，挖了挖自己的耳朵。

"我说，雪霜姑娘没有进入前三！"看官重复了一遍。

"哐当！"嗜酒老者手中的酒葫芦掉在了地上，而后他瞪大了眼睛，将目光停留在唐萧身上。"老头，赔率低也不一定稳啊！"

"酒鬼，你不是嗜酒如命吗？"

顿时，嗜酒的老者成了被吐槽的对象。而嗜酒老者气鼓鼓地呢喃："你小子真不上道，得还老夫血汗钱，你等着。"

接着，福安公公继续不缓不慢地翻牌，各大势力却十分着急。福安公公念道："第三名，四号，淮西老手。"

"天哪，络腮胡大汉和盲师争夺第一，我没听错吧！"

"到底谁才是一号！"

此时，就连唐萧也很紧张，盲师更是呼吸沉重，他俩都极为看中头魁。

"一定是他！"不远处，阿妞心中默默祝福，都已经到这个份上了，希望唐萧可以一举夺魁。

福安公公看了看号码，没有立刻报出号码，他脸上露出一丝笑意，真是太监不急急死所有人。不久，福安公公才说道："第二名，五号，盲师。恭喜肖唐大师，一举夺魁！"

听着福安公公的话，盲师差点儿没有站稳，急忙给自己点穴，这才没有喷出一口老血。而所有势力也是心中一凉，他们推出的高手都没有夺魁，反而让一个来路不明的中年人拔得头筹，有关贡茶的生意该如何是好，而且赌局也亏了一大笔银子！

场外的看官们哭声一片，因为唐萧的"意外"夺魁，导致一大半的看客赌输了银子。万金商会小赚一笔，偷着乐的只有意外押唐萧夺魁的徐三娘了。

这时，福安将所有的目光都投放到了唐萧身上，甚至走上前去，亲自端详起他来。唐萧全身微颤，做梦都想获得头魁，如今梦想成真，却感觉还是跟做梦一样。

"大师的茶味道与众不同，喝下一口唇齿留香，待我等快马加鞭将其送至御前，圣上品尝了，一定会龙颜大悦。对了，不知大师是何方人士？在边城可有宅院？"福安公公微笑着说道。

"我，我就住边城附近。"

"那再好不过，近段时间还请大师不要四处走动，耐心在家等待，等圣上钦定贡茶之后，大师可就是堂堂皇商了，届时说不定还要进京面圣，觐见天颜！"福安公公拍了拍唐萧的肩膀，而后转身离去，还带走了唐萧方才所制的茶。

只剩下唐萧站在原地，努力克制着自己微微颤抖的身躯。

皇商！觐见天颜！这是家族奋斗多年也未曾获得的荣耀和企及的高度，自己做到了，终于做到了！

制茶大会正式结束，前五名得到了刻有名字的一品制茶师的金牌，而唐萧的金牌上，更刻有与众不同的头魁字样。

此际，各大制茶好手纷纷恭喜唐萧，有人还留下一点信物，供双方日后往来登门切磋。唐萧心想多一个朋友多一份力，全部照单全收。

接着，唐萧收到了一份又一份的邀请函，全部都是有关贡茶和茶叶生意的大事。各大势力的说客将他围得水泄不通，都想把他拉走。

阿妞本想找唐萧问一些问题，但她也成了各个小商会关怀的对象，根本脱不开身，只得以暂时没有想法为由先脱身。

然而，唐萧锋芒毕露地全部逐一推掉，心想要干自己的大事，以制茶大会头魁的身份，重做唐家山的茶叶生意！

夜晚，唐萧总算忙完了，拖着疲累的身体，重新在万福客栈住下。而万福客栈早就准备好了客房，只等唐萧入住。

唐萧觉得有点奇怪，或许这就是边城制茶大会夺魁的待遇吧。只是，唐萧刚躺下没多久，一个人影便快速闪入了房间中，正是桐岭帮青龙堂堂主。

"肖唐大师，等你许久了。"青龙堂堂主笑道。

"你要做什么？"唐萧心中一惊，不知对方是何人，但一定来者不善。

青龙堂堂主抱拳，自报家门道："在下桐岭帮青龙堂堂主青木，奉帮主之命，特来请大师往府上一叙，共商大事。"

"好一个桐岭帮，昨晚刺杀先生的是你们，今天盛情相邀的也是你们，你们到底打了什么算盘？"一声冷笑传来，一位拄拐杖的老者出现，他穿了万金商会的衣服。

"万金商会莫要血口喷人！"青龙堂堂主冷声，绝不会承认昨晚刺杀唐萧之事。

"几位倒是好雅致，这么晚了，怎么能少了奴家呢？"徐三娘也出现在附近，几个掠步便来到唐萧房间。

"你们……你们想挟持我？"唐萧缺少江湖经验，此刻才明白对方的来意，如果他在白天能够左右逢源，而不是一口拒绝一个势力，绝不会陷入如今这么被动的局面。

第九章

一朝成名风云动

万福客栈灯火阑珊，唐萧的房间里却热闹非凡。

徐三娘脚步轻柔，扭着腰："肖唐大师，桐岭帮蛮横来者不善，万金商会重金唯利是图，唯我春月茶楼以茶会友，如若他们要对大师用强，奴家绝不会坐视不理。"

青龙堂堂主皱眉，从道义上说，桐岭帮确实失了请走唐萧的先机。

此时，万金商会老者摸着胡子，不紧不慢地说道："徐三娘，大家都是开门做生意的，凡事以银子计，万金商会愿以月银两百，邀请肖唐大师成为商会的首席制茶师。"

徐三娘笑了笑，打开天窗说亮话："万金商会真是打了一手好算盘，月银二百两岂能买走贡茶的生意？"

边城各大势力都清楚，得到唐萧等于得到贡茶的生意，是一本万利的买卖。

唐萧也猜到了这点，但他绝不会和三大势力合作，他要将生意留给唐家自己做，证明给老太爷看，自己能用茶叶光耀唐家！

唐萧暂时平复心情，只得用缓兵之计，抱拳道："诸位，贡茶事宜牵扯颇大，容我再考虑两日？"

不过，三位高手有备而来，唐萧就在眼前，他们岂会作罢。

"肖唐大师，得罪了！"青龙堂堂主冷不防地朝着唐萧一把抓去。唐萧眼看一只大手朝自己的肩膀而来，却来不及闪躲，生生地被人抓住。

"走！"青龙堂堂主冷声，他的手法十分高超，大拇指卡在唐萧锁骨下，只要稍稍一用力，就让唐萧肩膀生疼，连带全身无力。

"哼!"万金商会的老者后发先至,长长的拐杖隔在青龙堂堂主和唐萧之间,顺带着往上一提,顿时,一股强劲的风随之而起。

青龙堂堂主骇然,急忙松开抓住唐萧的手,如果不是收回得及时,非要断臂不可。

万金商会老者冷声:"老夫的眼皮子下,也想把人带走?"

不等万金商会老者把话说完,徐三娘突然丢出一抹粉色迷雾。粉色迷雾十分呛人,还遮蔽了众人双眼,众人纷纷捂住口鼻。趁着这个机会,徐三娘也是身形一动,抓起唐萧的手腕,蹿出了房门。

唐萧手腕半翻,疼痛难忍,不得不跟上徐三娘的脚步。很快,徐三娘带着唐萧掠出万福客栈,两人没入边城交错的羊肠小道,再也循不出踪迹。

不久,万金商会老者和青龙堂堂主追出万福客栈,已看不见两人的踪影,稍稍寻思之后,也追入小巷深处。

夜色迷蒙,子夜的边城泛起了阵阵迷雾,更有一番湿冷。

城西的土地庙,湿漉漉的地上倒映出一男一女两个身影,正是唐萧和徐三娘。

徐三娘咯咯一笑,把手搭在唐萧的肩膀上:"肖唐大师,此处应该安全了。"

唐萧感觉右手发麻,根本使不上力气,可他觉得右手事小,眼前的女人事大,徐三娘是个大麻烦!

感受着徐三娘嫩滑的手,唐萧身体一颤,硬着头皮说道:"多谢徐老板。"

"喊奴家三娘就好,肖唐大师何必见外。"徐三娘在唐萧耳畔柔柔地说道,白皙的手却放到了唐萧胸口。

唐萧一直醉心茶道,没有江湖经验,更不懂男女感情,怎能受得了徐三娘的这般拨弄。随即,唐萧无措地将徐三娘推开,下意识地摸了摸络腮胡,还好胡子没有掉下来。

"肖唐大师不喜欢奴家吗?"徐三娘眨着大眼,一副小女人的姿态。

"我……我不喜欢女人。"唐萧如此说道,心下却左右看了看,想要找个机会溜走。

徐三娘掩嘴一笑,往后退了两步,边走边说道:"大师既然不喜欢女人,奴家也不便叨扰了。"

说着,徐三娘嘴角掀起一抹弧度,她手中多了一枚金牌,正是金牌一品制茶师金牌,刻有肖唐和头魁字样。

"就这么把我放了?"唐萧摸了摸脑袋,有点不知所解。

一阵阵冷风吹着唐萧的脸,唐萧看着徐三娘的背影,只觉得这个女人很厉害,能躲多远就躲多远,他也是时候溜走了。

忽然,夜色中多出第三个身影,他的速度快到了极致,就这么闪了出来,站在徐三娘的身前。

徐三娘大眼睛一瞪,只看清对方是个糟老头,可糟老头已一把抓向她的金牌。徐三娘急忙侧身闪躲,但糟老头的动作更快,不但到了徐三娘的身侧,还一把抢走了金牌。

糟老头拿到了金牌,马上停下了攻击,他掂量着手中金牌,乐呵呵地说道:"差不多能抵几十两碎银了吧?"

说着,糟老头猛地喝了口酒,浑身散发出一股酒味,他正是当初押了几十两碎银,最后血本无归的酒鬼。

唐萧看到糟老头掂着金牌,急忙摸了摸自己的胸口,回想方才徐三娘摸他的胸口,才恍然金牌已被徐三娘给顺走了!

唐萧看在眼里,急在心里,如果没有这枚金牌,谁还相信他能制作出贡茶,他还怎么将唐家的茶叶生意做大?但今晚所见的江湖中人,一个比一个厉害,他也没什么办法!

徐三娘不知这糟老头是谁,脸上又挂起了盈盈微笑:"前辈,不知三娘何处得罪了您,还请将金牌还给三娘。"

"老人家,这金牌是我的。"唐萧连忙走上去澄清事实,像极了愣头青。糟老头伸了个懒腰,笑道:"什么你的她的,现在金牌是老夫的了。"

"金牌牵连不少大事,三娘劝您莫要说笑。"徐三娘绵柔的话语转冷,反手从腰上抽出一把软剑。

"什么大事,能大过老夫解气的事?"糟老头碎碎念,又喝下一口酒。

徐三娘深吸一口气,运转一股内劲,而后软剑往前一挑,身子则是与剑一样绵柔,刺向了糟老头。而糟老头站在原地一动不动,还不紧不慢地收好金牌,等徐三娘杀到近前。

"春风化雨剑！"徐三娘嘴角一念，长剑如同春雨点点，绵密地刺向了糟老头。但糟老头仅仅是扭腰摆胯，动动脑袋，提一提脚，竟然轻易地躲了过去。

徐三娘倒吸一口凉气，何曾遇到过这么强劲的对手，她眼中凶光连连，抽起软剑，又刺向糟老头的脖颈。

"脾气不小。"糟老头感受到徐三娘的剑气，伸出双指，对着软剑随手一弹。

"铛！"

糟老头竟然直接将软剑弹了回去！

软剑上的力道传到徐三娘的手中，她的整个身子往后飞退，一连退了三四步才站稳。

"咕噜。"

唐萧吞下一口口水，强中自有强中手，这个糟老头未免也太强了吧！

徐三娘的手还在微颤，她站定了身子，明知难以战胜糟老头，心下已放弃争夺金牌，但远处又见两个熟悉身影，她又端起了软剑。

"徐三娘，你倒是打了一手好牌。"青龙堂堂主快步走近，冷声喝道。万金商会的老者也赶到现场，他扫视周遭，并未径直走向唐萧，而是看着糟老头。

徐三娘如实说道："头魁金牌就在这位前辈身上，奴家不是他的对手，不知两位可有兴趣一起将之取回来？"

"徐三娘的春风化雨剑法早已小成，也有吃瘪的时候？"青龙堂堂主皱了皱眉头，审视着糟老头。

糟老头眼见徐三娘三人磨磨叽叽，他懒得搭理，似醉非醉地朝着唐萧走了过去，还念着："金牌量足，给你找……找零……"

糟老头武功高强，性格怪异，他自恃江湖道义，竟然打算拿了金牌，再还唐萧几两银子，这样才算扯平了。

"难道是要还我头魁金牌？"唐萧不知该高兴还是该害怕，不知所措地问道，"老人家，你找我？"

糟老头竟然嘿嘿一笑，露出一口大黄牙，还点了点头。

此时，万金商会的老者已是忍不住了，喝道："让老朽来会一会你！"

说着，万金商会的老者飞身上前，铁黑色的拐杖砸向糟老头的肚子。糟老头身子一扭，一转，贴身到了万金商会老者身前，接着，糟老头屁股一撅，竟是将万金商会老者撞到了一边。

眼看万金商会老者不敌，青龙堂堂主从胸口摸出两枚飞镖，凝聚一股内劲之后，朝着糟老头击射而去。糟老头随手一甩，将带有内劲的两枚飞镖甩到了一边。

"噌！"

一枚飞镖深深地插入了唐萧身侧的墙壁上，唐萧盯着这枚飞镖，又从怀里取出昨晚留下的飞镖进行对比，这两枚飞镖一模一样，可见昨晚确实是桐岭帮的人刺杀自己！

而徐三娘十分确定昨晚桐岭帮刺杀一事，也就是说，昨晚出现在万福客栈的，还有春月茶楼的人，甚至还有其他势力！唐萧心乱如麻，不想不知道，一想却如此危险和复杂，自己竟然卷入了多方势力之中！

街上的战斗还在持续，徐三娘和青龙堂堂主相视一眼，两人索性一剑一刀，冲上去共同对付糟老头。万金商会的老者也重新加入战圈。

"软绵绵的，都没吃饭吗？"糟老头被三人围攻，仍旧嘻嘻哈哈，丝毫没有落下风的迹象。

不得不说，徐三娘三人也算高手，两人左右开弓，一人攻击下盘，逼迫糟老头进行防御。但糟老头只是随意闪躲，偶尔发出一击攻击，就让徐三娘三人措手不及。

三十招之后，徐三娘三人气喘吁吁，糟老头却依旧兴致勃勃。

"来，再来。"糟老头笑道。徐三娘三人心有不甘，各自拿出压箱底的功夫，继续围攻糟老头。

第十章

狼狈逃窜终回乡

　　并不宽敞的大街上，糟老头如同戏耍般地以一敌三，如此精彩的对战，让唐萧看得怔怔出神。

　　喧闹的月夜之下，冷风依旧吹拂着边城。忽然，唐萧又是心中一冷，这些江湖高手都是为自己和夺魁金牌而来，他们分出胜负之时，也是对付自己之时。

　　到底是走是留，唐萧心中懊恼万分。思来想去，唐萧最终选择悄悄溜走，一心想着只要回到唐家山，和老太爷说明一切，晓以利弊，再动用唐家在边城的关系，拿回夺魁金牌。

　　唐萧已然偷偷溜走，可街上的争斗仍在继续。

　　"春风化雨剑，春雨如潮！"徐三娘使出压箱底的剑术，霎时绵绵的软剑连连出击，如同潮水一般涌向糟老头。

　　万金商会的老者凭借不错的轻功，三两步飞掠到屋顶，而后一招雪花盖顶，由上而下冲击糟老头。

　　桐岭帮青龙堂堂主早早绕到了糟老头身后，凝聚全身的内力，使出一招狂刀三斩，瞬间斩出三道刀光，每一刀竟然都带着刀气。

　　三位江湖高手合力出手，三个方向三种劲气，誓要击败眼前的糟老头。

　　这一次，糟老头认真应对，他双手不断地结印，周身散发出一股强大的气势，而后身体浮现出一股淡淡的金芒，似乎催动了一种强大武功，隐隐传出虎啸龙吟。

　　刹那间，软剑、拐杖、长刀纷纷落在糟老头身上，可他却毫发无伤！但是仔细观察，可见软剑、拐杖、长剑停留在距离糟老头身体半寸处，无论徐三娘三人怎么使劲，都再也无法靠近。

"吼！"

糟老头抖了抖身体，又是混杂着龙吟虎啸之声，一股强大的劲道自他身上冲出，直接将徐三娘三人弹飞。

万金商会老者跪伏在地，嘴角喷出一口血，青龙堂堂主更被震得昏迷不醒，唯有徐三娘还颤颤巍巍地站着。

徐三娘擦去嘴角的鲜血，问道："劲气外放，你是江湖一等一的高手，敢问前辈尊姓大名。"

江湖上高手众多，武功有强有弱，境界有高有低，按照不成文的实力划分，可分为三流高手，二流高手，一流高手，绝顶高手。

三流高手停留在对普通武功的修炼已经炉火纯青乃至进入顶尖；二流高手除却所练之功法乃江湖中的上层武学之外，更对武学有着自己的体验并创新；一流高手则已经脱离了传统武功的范围，内劲浑厚，能够做到劲气外放，俗称刀枪不入，行走江湖难遇敌手；绝顶高手以身为刃，战无不胜，即使两手空空也能取人命于百步之外，开宗立派不在话下，乃至成为一代宗师。

徐三娘等人都是三流高手，寻常十几个武林人士都不是他们对手，在边城处于顶尖。相对来说，桐岭帮帮主孙志晟的武功最高强，勉强达到一流高手，一心想要在武学上更进一步，将桐岭帮做大做强，甚至逐鹿中原。而糟老头方才展露劲气外放，绝对是一位一流高手。

听到徐三娘的问题，糟老头摆了摆手，反而有些生气："怎么每次打打闹闹，就有人问老夫的名字，真是扫兴。"

徐三娘拿捏不准糟老头的性格，不敢多问什么。此时，糟老头瞟了一眼不远处，发现唐萧早已不见踪影，他顿时皱起了眉头，呢喃道："老夫义薄云天，欠我的我要拿，欠你的要还你，你跑不掉。"说着，糟老头追着唐萧所在的方向，消失在了夜幕中。

万金商会的老者勉强站起来，说道："徐三娘，肖唐此人绝不简单，有如此一流高手在身边，万金商会、春月茶楼、桐岭帮都没戏。"

"一流高手又如何，贡茶的生意总要有人做，这是一笔大买卖。"徐三娘笑了笑，也不知道心里打着什么算盘。

"那也是，金牌一品制茶师又不止一位，关键看咱们如何操作。"万金商会的老者听出了弦外之音。

确实，到底什么是贡茶，到底谁来提供贡茶，如果可以打通关系，还不是宫里说了算，大不了多花点时间，多花点银子，反正一品制茶师的茶叶相差无几，有几个人能喝出来？

不久，徐三娘和万金商会的老者离去，青龙堂堂主也被桐岭帮的探子们背走。

清晨，唐萧正小心翼翼地走向城门口，此时城门已经洞开，出城入城的人络绎不绝，唐萧怀着忐忑的心情混在人流中，顺利地出了城门，心里不禁松了口气，径直往唐家山方向去了。

唐萧在驿站的马厩里将就了一夜，又用剩下的碎银买下一匹快马，面孔换回了原来的模样，马不停蹄地赶路。

唐萧小心谨慎，不敢走官道，顺着原有的小道多绕了一天路，多花了一天时间，才回到了唐家山。唐萧见到唐家山，原有的疲惫一扫而空，继续沿着唐家山的小路，往山腰方向而去。

当清晨的阳光再次洒向唐家山时，在书房内，唐老太爷正在和主管账房的唐智明核账。

唐智明作为老太爷的第三个儿子，在算学上一直极有天赋，将唐家的账目打理得井井有条。这些年来，借着茶马古道不断繁荣的东风，唐家的生意也越来越大，此次核账，发现唐家今年的收益又比去年增加了三成，老太爷顿时老怀安慰，喜笑颜开。

"老三，辛苦你了。"唐老太爷拍了拍唐智明的肩膀，慈祥地说道。

"父亲说的哪里话，这些都是父亲教导有方，大哥日夜操劳之功，我只是略尽绵薄之力而已。"唐智明连忙谦让。

"你大哥主持家族生意固然功不可没，但你这么多年将账房打理得清清楚楚、明明白白，我也是看在眼里的。兄弟同心，其利断金，我们唐家人就是要上下一心，方能长久兴旺！"

"儿子明白！"

这时老大唐智杰走了进来。

"父亲，三弟！"唐智杰分别向唐老太爷和唐智明施礼。

"大哥！"唐智明连忙还礼。

"智杰这次怎么这么快就回来了？"唐老太爷有些疑惑。

唐智杰这次到边城是要销售大批布匹，这些都是唐家人在唐家山上设的布坊制作的商品，价廉物美，深受欢迎。但这次唐智杰带去的布匹数量颇大，唐老太爷本以为至少要耽搁十天半个月才能全部出手，没想到才三天就回来了。

"父亲，儿子在边城联络上一个从缅甸来的夷商，他见咱们家的布匹物美价廉，就全部盘下来了！"唐智杰恭敬地回应道。

"不错不错，这南丝路的生意是越发兴旺，好一条茶马古道啊！"唐老太爷忍不住感慨了一声，却突然注意到唐智杰的神色有些奇怪，一副欲言又止的样子。

"你还有话说？"唐老太爷疑惑地问道。

"父亲，儿子在边城的时候，听说刚刚举办的制茶大赛，一个叫肖唐的中年汉子异军突起，战胜了各方制茶高手，一举夺魁。我刻意打听了一下，发现他制茶的手法有点像……"

"肖唐？肖唐？"唐老太爷喃喃低语，突然双目圆睁，眼睛里似有精光射出。

"唐萧！"唐老太爷近乎咬牙切齿！

"走，随我来！这个孽障，闯下弥天大祸了！"唐老太爷急匆匆走出房间，向后宅走去。唐智杰和唐智明对视了一眼，连忙跟在了唐老太爷身后。

此时在唐家后宅，唐萧房间前，唐倩正坐在一张石头凳上，手里拿着一本西厢记看得入神。

十六岁的少女，正是花一般的年纪。窈窕的身材，乌黑的长发，长睫毛，大眼睛，细柳眉，就如同一个从古画中走出的小仙女，即使略施粉黛，也能倾倒众生。

此时少女还专注在西厢记那催人泪下又让人懵懂向往的故事中，就见唐老太爷带着大伯和自己父亲气势汹汹地走过来。

少女一惊，连忙把书藏在自己身后，忙不迭地站起来行礼。

"老太爷，大伯，父亲！"唐倩乖巧地挨个敬礼。

"唐萧呢?"唐老太爷沉声问道。

"大哥刚喝了药,正在休息。"唐倩怯生生地说道。

"带我去见他!"

"老太爷,大哥还在生病,会传染人的,还是……"

"让开!"唐老太爷也不和唐倩废话,径直推开唐倩,朝房间走去。

"老太爷!"唐倩顿时脸色大变,手足无措,万分焦急却又不敢上前阻拦。

"我要看看这孽障,到底在玩什么花样!"唐老太爷气势汹汹,就要推开唐萧的房门。

就在这时,吱的一声,房门打开了,一脸病容,脸色还残留着些许麻疹印记的唐萧走了出来。

"老太爷!"唐萧恭敬地施礼。

"唐萧?"老太爷看见唐萧主动走出来,竟然一时怔住了。隔了片刻才道:"你一直在房中?"

"孙儿自生病以来,一直在房中,今日才得以初愈。刚才孙儿听见老太爷叫我,可是有什么吩咐?"唐萧一脸疑惑地说道。

"没,没什么,就是来看看你是否康复。"唐老太爷一时间竟有些支支吾吾。

"多谢老太爷关心,孙儿已经基本痊愈了。"唐萧再次恭敬施礼。

"你大病初愈,还是多多休息,快回房吧!"唐老太爷点点头,径直转身离开了。

"父亲,三叔!"唐萧又朝自己父亲唐智杰和三叔唐智明施礼。

唐智杰和唐智明对视一眼,彼此苦笑一下,也点点头,径直走了。

"大哥,你什么时候回来的,刚才真吓死我了!"唐倩看见三位长辈走远,连忙扑上来问道。

"就比老太爷他们早了片刻,小妹,这次真的辛苦你了!"

"辛苦倒是不辛苦,就是老太爷刚来的时候,我以为你还没回来,这把我魂都吓飞了。对了,你去参赛了吗?赢了没有?"

看着唐倩天真的眼神,唐萧犹豫了一下,还是如实说道:"我化名肖唐,易容成了一个中年大汉参赛,成功夺魁,现在咱们唐家制的茶,就是贡茶了!"

"真的？太好了！我就知道大哥你是最棒的！"唐倩顿时欢呼雀跃，突然又意识到自己太大声，连忙捂住自己的嘴，末了还调皮地吐了吐自己的舌头。

"对了大哥，你去参赛为什么还要易容？还改名字？这下谁知道肖唐就是你？咱们唐家又怎么做皇商？"

第十一章

毛遂自荐护茶园

面对唐倩的疑问，唐萧犹豫了一下，还是从头到尾把自己下山后的遭遇详细说了一次。从如何祸从口出得罪江湖帮派，到被阿妞和曲布救下，进了边城以后自己如何被迫易容参赛又出面替阿妞和曲布解围，然后自己如何在客栈被刺杀，如何在制茶大会上一举夺魁，如何被边城三大帮派争抢乃至金牌被夺，自己狼狈逃回唐家山，其中惊险处，让唐倩忍不住花容失色，乃至潸然泪下。

"大哥，贡茶之事如此凶险，真的是江湖险恶、人心叵测。怪不得老太爷要我们低调做人，不要树大招风，反正你金牌也被抢了，以后千万不要再沾惹这些事了，好吗？"

"我知道，我就是，我就是不甘心！我努力了那么多年，我吃了多少苦，挨了多少骂，受了多少白眼，才在制茶大会上夺魁。就这么放弃了，我，我真的，真的不甘心，不服！"唐萧越说越激动，最后竟然眼眶发红，双目含泪。

"哥哥！"唐倩急得直跺脚。

此时一名族人急急忙忙跑进来："大公子，有江湖帮派上山要买咱们家的茶园，老太爷让你马上到前厅去！"

"什么？"唐萧心中一惊，连忙向前厅走去。

唐萧和唐倩二人进入前院，远远地就听到嘈杂声，只见庄内的下人们神色紧张，一个个纷纷抄起棍子、柴刀，朝着前厅拥去。

无尘山庄前庭的大厅里，前前后后围了不少人，其中一大半是唐家下人，另一半则是桐岭帮的帮众。

客厅主位的椅子上，坐着一位白发老者，双目矍铄，不怒自威，时而摸一摸白须，正是唐家老太爷唐震。老者身边有三位中年的汉子，三人的相貌有几分相似，但内在的精气神却完全不同，一人穿着质朴的布衣，一人穿着商贾的锦衣，一人是文质书生打扮，他们分别是唐家三兄弟，大爷唐智杰，二爷唐智仁和三爷唐智明。

客位的椅子上，端坐着两位壮汉和一位老者，唐萧甚至还认识其中两人。为首之人是青龙堂堂主青木，第二人是金牌一品制茶师盲师，第三人则是白虎堂堂主白啸。三日前，青龙堂堂主青木被酒痴周不仪打得昏迷不醒，但他并未受伤，为了稳固在帮中的地位，又急急忙忙地接下新的任务。

唐萧两人来到人群外围，看到客厅内坐着的桐岭帮高手，嘴角呢喃："居然是他们，真是阴魂不散。"

此刻，唐家人和桐岭帮的高手唇枪舌剑，只是为了唐家荒废的茶园。原来，自从肖唐大师不辞而别，头魁一品制茶师金牌被酒痴周不仪带走，边城三大势力就为了贡茶的生意争破了头。

同时，做贡茶的生意离不开茶园产出的茶叶，导致茶叶价格暴涨。三大势力为了手中拿有足够的筹码压制对方，拼了命地抢占优质产业。而桐岭帮未雨绸缪，将目光投向了一些茶园，以便日后坐地起价，哪怕没有抢到贡茶生意，也能将紧缺的茶叶卖给对手。

"老太爷，我们桐岭帮愿意做出让步，花一万两银子买下唐家茶园。"青龙堂堂主青木狠心再次加价。

唐家老太爷是个火暴脾气，火急火燎地喝道："唐家有祖训，不卖祖产！"

"啊，我们早就打听清楚了，唐家茶园已被你们自行荒废，与其暴殄天物，不如卖给有用之人。如果是觉得价格低了，咱们还能再谈嘛。"白虎堂堂主白啸冷笑道，和青木一压一抬打起配合。

唐家老太爷重重地拍了拍桌子："哼，不错，茶园是被老夫亲自毁的，但那地还是唐家的地，是唐家的祖产！就算是十万两，老夫也绝不会做不肖子孙，卖祖宗产业！"

"老匹夫，你当桐岭帮是泥捏的吗？"白啸怒气上涌，何曾见过有人敢跟桐岭帮这么说话。

唐震和白啸的对话充满了火药味，唐家下人们一个个都打起鸡血，桐岭帮帮众们也精神紧张，双方剑拔弩张。

此时，青木尚有一些理智，唐家的本事他是知道一些的，虽然不是江湖中人，但在黑白两道都有一些关系，不到万不得已，青木也不想随便撕破脸。

青木站起来，对着白啸低声耳语道："白堂主，少安毋躁，唐家在边城也是有头有脸，我相信大家能够再好好谈谈。"

听着青木这般说，白啸只得暂时压制怒火。接着，青木又对唐震抱了一拳："老太爷牢记祖训，青某佩服，要不双方各让一步，我桐岭帮租用唐家茶园三年，一年一千两，一次付清。"

"一千两银子租用一年，而且是一次性付清，我没听错吧？"

"堂主是不是疯了，桐岭帮哪有做亏本生意的？"

"姜还是老的辣，老太爷这么一僵持，白赚了这么大一个便宜。"

唐家下人和桐岭帮的帮众们交头接耳，说了不少心里话。

不得不说，青木这个办法确实是个好办法，既没有让唐家出卖祖产，又能获得一个双方都比较满意的结果。

作为账房的三爷唐智明点了点头，对着唐震耳语道："爹，这个买卖划算。"

"莫贪心，小心有诈哟，桐岭帮惯常出尔反尔。"二爷唐智仁摇头晃脑地补了一句。大爷唐智杰没说话，似乎在思考什么。

听着儿子们的话，唐震也眉头紧皱，他当然也会算账，但唐家茶园关乎重大，这个买卖做不得！不过，青木的话已经说到这个份上，且他的背后是桐岭帮，如果没有正当理由，根本无法回绝！

"老太爷，这是我桐岭帮最大的诚意。"青木笑道，他挥了挥手，有几位帮众抬着箱子上前，一打开，全部都是白花花的银子，他们早就有备而来。青木笑道："只要老太爷发话，这些银子都是你们的了。"

此时，最紧张的莫过于唐萧，唐萧想着靠自己的制茶手艺，重新经营茶叶生意，当然少不了这片茶园！

眼看这笔交易就要完成，千钧一发之际，唐萧终于忍不住了，远远地喊了一声："不行，我唐家的茶园绝不能租！"

随着唐萧的话语落下，所有人的目光都看了过来，唐萧被这阵势吓住，愣了一愣，没有第一时间走出人群。

"刚才是谁说的，有胆量就站出来！"白啸冷眼盯着众人，双眸中泛着一丝冷意，让人不敢与之对视。

唐萧豁出去了，欲要走出人群。而唐倩紧紧地拉着唐萧的手，对他狠狠地摇了摇头。唐萧深吸一口气，示意唐倩不用担心，他不会轻易放弃茶道，一定要保住这片茶园。

"是我！"唐萧从容地从人群中走出来。

"这人谁啊？"

"唐家大少爷唐萧。"

"只是一个小辈，唐家没人了吗？"

"这毛头小子想阻止交易，简直异想天开啊！"

桐岭帮的帮众们纷纷诧异，话语中带着一丝不屑。但唐家众人却是一惊，他们都知道大少爷唐萧从小痴迷茶道，是个不折不扣的茶痴，这个时候出来反对这单绝好的生意，这是又犯了痴症？

"行了，你们都别吵了！让萧儿把话说完！"唐震逐字逐句地说道。

唐家人顿时安静下来，足可见唐震在唐家一言九鼎的地位。

"是，老太爷。"唐萧心中大喜，随即看向来者不善的青木等人说，"众所周知，边城刚刚进行了制茶大会，一举夺魁的茶叶已经成为贡品，贡品的生意谁不想做，但是巧妇难为无米之炊，要想做贡茶，首先得有茶叶！现在的茶叶都涨价涨疯了吧？何况做贡茶可得用上好的茶叶，咱唐家茶叶的品色，在边城首屈一指。"

青木等人冷冷一笑，却没说话。

唐萧继续说道："我唐家原本就经营茶叶生意，茶园也未伤根基，随时可以再起，总比将茶园租给你们，赚得更多。"

唐萧只是寥寥数语，却点出了桐岭帮租赁茶园的用意，又变相告诉所有人，一年一千两银子租茶园，在这个节骨眼上，说不上大赚。

"这小子滑头。"三爷唐智明点了点头。

"小子，油嘴滑舌，小心闪了舌头！"白啸冷声，死死地盯着唐萧。

青木则是连连摇头，又说道："小子，光有茶园可远远不够，你们唐家有能做贡茶的制茶师吗，你知道这次夺魁的茶师就出自我们帮派吗？"

唐萧心中感到气愤，他化名肖唐夺魁，什么时候是桐岭帮的人了？不过，唐萧忍住气愤，也摇头道："我们唐家有制茶师！而且是一品制茶师！"

"在哪里？"青木环顾左右，怎么都觉得唐萧在胡说。

此时，唐萧深吸一口气，指了指自己："我。"

第十二章

辨茶有术心如镜

"你会制作贡茶?"青木心里一惊,看向唐萧的眼神中犹如有雷电射出。

唐萧笑了笑,摇头说道:"不会!"

"他妈的,你敢戏弄我们堂主!"听了唐萧的话,有按捺不住的帮众当即想要拍案而起。

"我不会制作贡茶,但我却是一名出色的制茶师。所谓一人得道鸡犬升天,既然咱们边城出了贡茶,那么其他茶叶也一样水涨船高。只要有茶园在手,自然不愁销路,你们说对不对?"唐萧丝毫不在意那些两眼喷火的帮众,自信满满地说道。

"乳臭未干的毛孩,也敢自称制茶师?"白虎堂堂主白啸冷声,言语中满满地都是不屑。

"小子,你说自己能制茶,就能制茶吗?我还说自己是天皇老子呢!"青龙堂一位香主冷声。

"满嘴胡说,口说无凭。"

顿时,桐岭帮的帮众纷纷附和,都在质疑唐萧的制茶能力。

唐家的下人们也交头接耳,他们都知道唐萧是个茶痴,但不知道究竟能不能制出成品茶。

此时,青龙堂堂主青木淡笑,走向唐萧,近距离地审视,笑道:"少年,你未免太过狂放了一些,制茶可不是简单翻炒茶叶。"

说起制茶,唐萧淡定自若:"制茶一共有八道工序,分别是采摘,摊凉,头锅、二锅、初摊、毛火、复摊、足火八道工序。我可以从采摘注意的地方说起，阁下愿意听吗？"

"一口气说出这么多工序，这小子有两下子。"

"难道他真的会制茶？"

"不可小觑。"

桐岭帮众人微微惊讶，说话的声音都小了很多。

唐萧趁着这个时机，又说道："采单芽、一芽一叶或一芽二叶初展，保证大小匀齐、老嫩一致、肥瘦相同；不带陈年老叶、不带茶梗、不带茶果……"

唐萧一口气说了很多，众人都听得发愣，暗中对唐萧能够制茶又信了几分。唐震对唐萧颔首，认可他替唐家解围。人群中的唐倩更是发出咯咯笑声。

"够了，听得心烦。"白啸听得不耐烦，打断了唐萧的话。

唐萧看向白啸，理直气壮地说道："在下虽没有制茶师的名分，但自认已有一品制茶师的实力，不会比你们的制茶师差！想要制出好茶，得心应手，绰绰有余，所以唐家要留着茶园，自己做茶叶生意。"

桐岭帮众人哑口，一时半会儿真找不出强买强卖的理由，纵然桐岭帮是边城一流大势力，但唐家也是家大业大之辈，没有一个好的理由，他们还真不好像对待普通百姓那样无理取闹。

此时，唐智杰、唐智仁和唐智明三人看向老太爷，都在等老太爷的态度。

"好！"老太爷拍了拍太师椅，脸上展露一丝笑意，"桐岭帮的各位乘兴而来，如今只能空手而回了。"

大厅里传着老太爷的笑声，桐岭帮之人或许要扫兴而回。

"噔！"

一条拐杖狠狠地砸下，将地上的石砖砸得四分五裂，一直不说话的盲师站了起来，终于要介入这场乱局了。

唐萧早就注意到了盲师，这是一个强劲的制茶好手，制茶大会上仅输自己一筹，他既然来到了唐家，就一定会适时出手。

"小子，制茶和品茶缺一不可，不然，如何做好茶叶的生意？"盲师淡漠地说道，他朝着唐萧看过来，眼珠子翻着眼白，好似在打量唐萧。

"请问前辈是何人？"唐萧继续保持镇定，明知故问。

青龙堂堂主青木介绍道："盲老乃是金牌一品制茶师，眼盲心不盲，深谙茶道，从福建远道而来，是我桐岭帮的贵客。"

听着青木的介绍，盲师微微仰了仰头，他身上自有一股傲气。唐萧也不失时宜地对着盲师抱了一拳："原来是茶道前辈，不知前辈有何请教。"

"请教不敢当，倒想看看你这茶师的道行。"说着，盲师从怀里取出一个小木盒，打开盒子，只见盒中有黑褐色的茶叶。

"晚辈道行浅薄。"唐萧瞟了一眼茶叶，不敢说大话，暗道这或许是个局。

果然，盲师笑道："小子，你若能品出这是什么茶，老夫便认可你的品茶能力，也不再质疑唐家经营茶叶生意的计划；若是品不出，那你刚才大放厥词，戏弄本帮堂主、香主及众多帮众，唐家要是不给我们个说法，我们就给唐家一个说法！"

盲师一语说完，杀气顿显，气氛顿时沉重了几分。

所有人都伸长了脖子，朝着盒子中的茶叶看去，他们倒是开了眼，从未见过黑褐色的茶叶。

"茶叶不都是绿色的吗，还有黑不溜秋的茶叶？"

"我听说过绿茶和白茶，这看着也不像啊？"

外行看热闹，内行看门道，唐萧认出盒子中的茶叶不一般，七八种茶叶的名字从脑海中一一闪过。茶叶一共分六种，分别是绿茶、红茶、白茶、黑茶、黄茶、青茶，每种茶都有不同的制作工艺，而边城一带主要产绿茶。

"爹，这个茶不好判断。"二爷唐智仁在一旁嘀咕着。老太爷一听这话，心中担忧唐萧，冷声说道："唐家要做茶叶生意，不需要你们的同意。"

"别敬酒不吃吃罚酒，当桐岭帮是摆设吗？"白啸也冷喝道。老太爷和白啸言语交锋激烈，唐家和桐岭帮又是剑拔弩张。

唐萧环顾四周，如若不能让桐岭帮心服口服地退走，日后一定会夜长梦多，他原先看过很多书，见书如见茶叶，心中不知道品过多少茶，也悄悄买过不知多少外地的奇茶。

此时，唐萧见到盒子中的茶叶，心中亦有了几分答案，他有这个自信。

随即，唐萧沉声说道："好，一言为定！"

老太爷等人均是一惊，但见唐萧朝着众长辈点头，示意他有把握，众人也就不再多说什么。

接着，唐萧走到盲师身前，认认真真地端详眼前的茶叶，他拿起一片茶叶，仔细翻看，细细一闻，顿时喜上眉梢，有答案了！为了稳妥起见，唐萧又拿起第二片茶叶时，却是神情一凝！

这两片茶叶外形十分相似，就连味道都近乎一致，如果不仔细区别，根本分不出它们不一样！也就是说，盒子里装着两种茶叶！

唐萧心中狐疑，抓起第三片茶叶，细闻之下，又闻到了不一样的味道，盒子里至少有三种茶叶！

唐萧顿时有些紧张："果然有阴谋，就是不知道这里面到底还有几种？"

"萧儿这是怎么了？"老太爷见状，不免担忧地问道。

唐智仁也皱眉道："怕是遇到麻烦了。"

唐萧努力让自己保持镇定，回想茶书上有关茶叶的区分描述，他又抓起第四片茶叶、第五片茶叶。最终，唐萧松了一口气，盒中确实只有三种茶叶，味道相似，外形相似。

唐萧当即冷笑一声，说道："这些茶是由三种看似一样，实则各不相同的茶叶组成。"

唯有盲师笑了笑："小子，没想到你竟能区分出此中茶叶有所不同。就是不知你能否区分出来到底是哪三种。"

"这难道不是一种茶叶？我看着都一样啊！"青龙堂的一位香主震惊。

"盲老不愧是盲老，手艺果然是巧夺天工。"又有桐岭帮的帮众说道。

而唐家的人越发担心，一个个交头接耳的，就怕唐萧答不上来。唐萧闭眼陷入了沉思，脑海中翻过五六种相似的茶叶，他在寻找答案。

不知不觉，已是过了一炷香的时间。

白啸冷哼，不耐烦地喝道："小子，你到底分不分得出来！"

青龙堂香主冷声："你倒是说啊！"

唐萧缓缓地睁开眼睛，他深吸一口气，心中有了答案，是时候揭晓了。

众目睽睽之下，唐萧沉声道："大红袍、肉桂、水仙。"

"胡说八道什么呢，有这些茶叶吗，我还桂圆莲子呢。"白啸哈哈大笑，桐岭帮众人也忍俊不禁。

"完了……"唐震全身一软，发出一声叹息，他也不认可这个答案。唐家人个个愁眉不展,这个答案太奇怪了。连唐智仁等人也摇摇头,他们只听说过大红袍。只有唐倩攥着拳头,不知道为什么,她相信唐萧一定是对的!

"不可能,这不可能!"盲师的反应让人出乎意料,他呼吸微促,连连摇头,差点一个跟跄倒地。

青木急忙将盲师扶住:"盲老,你这是怎么了?"

盲师不说话,青木众人则是明白过来,一定是唐萧答对了!

好一会儿,盲师才顺过气,他在制茶大会含恨失去头魁,气急攻心,仅仅隔了几天,又第二次气急,自己苦心设置的茶局,就连很多成名的茶道大师都无法解开,怎么可能让一个少年解开!

盲师真的急了,一定要问个究竟:"小子,你给我说清楚,如若说不出来个所以然,老夫绝不与你善罢甘休!"

唐萧早就等着盲师发问,他认真地说道:"前辈来自福建,我自然想到了一些闽茶,闽茶中名声最大的,则是大红袍。"

盲老仍旧不甘心说道:"你能认出大红袍老夫不意外,为何你能认出肉桂和水仙,它们的味道极难分辨!"

"大红袍是半发酵的青茶,发酵轻则是花香味,发酵重则是果香味,这种茶边城一带没有,但书中有详细的记载……"唐萧状态越来越好,进入了为茶癫狂的状态,将他所知的全部一一道来,仿佛心中有一面亮晃晃的镜子。

唐萧从盒子里取出三种茶叶,分发给众人,当即说道:"大红袍茶叶有一丝果香;肉桂茶叶则是桂皮香,桂皮香之后又有一丝果香;水仙茶叶则有浓浓的兰花香。这三种香味混在一起,互相影响之下,更加难以区分。"

众人闻了闻这些茶叶的味道,果然有一点不同。

盲老的气渐渐消掉,也从唐萧的话里学到很多。接着,唐萧又说道:"光从味道来说,我仍然无法确定,于是,我又从茶叶的外形入手。大红袍外形条索紧结,稍扭曲,色泽绿褐鲜润,油润带宝色;肉桂茶叶外形条索匀整卷曲,色泽褐禄,油润有光;水仙茶叶外形肥壮,部分叶背呈现沙砾,叶基主脉宽扁明显。"

听着唐萧所言,众人一一对比之下,这些茶叶果然有细微的不同。

盲师心中的傲气渐渐流失,他长叹一声:"英雄出少年,这小小的边城,竟是卧虎藏龙，老夫，老夫自诩一生为茶，竟然比不过一个毛头小子！"

盲师苦笑，语气也缓和了很多，问道："唐公子，博学多才，你可知道大红袍的由来？"盲师称呼唐萧从一开始的小子，变成了如今的唐公子，可见对他的认可。

唐萧点了点头："书中曾有提及，这是本朝洪武年间的一段佳话。"

接着，唐萧又将有关大红袍的故事说了出来。

大明洪武十八年，举子丁显上京赴考，路过武夷山时突然得病，腹痛难忍，巧遇天心永乐禅寺一和尚。和尚取其所藏茶叶泡与他喝，病痛即止。

不久，丁显竟然考中状元，心想若无和尚帮助，哪有如今皇榜提名。于是，丁显特来致谢和尚，问及茶叶出处。和尚带着丁显来到茶树旁，丁显脱下大红袍绕茶丛三圈，将其披在茶树上，以示感谢，茶树故得"大红袍"之名。

唐萧说得绘声绘色，大厅里的众人也听得入迷，直至他把故事说完，众人才恍然竟有如此茶道故事。

第十三章

江湖险恶念成灰

唐萧对茶叶的认知，折服了大厅里的所有人，盲师拄着拐杖连连苦笑："江山代有才人出，唐公子，老夫输得心服口服。"

盲师已经表态，桐岭帮的众人也不好说什么，就连脾气一向暴躁的白啸，也仅是狠狠地瞪了唐萧一眼。

"盲老？"青木在盲师耳畔低语了几句。

盲师摆了摆手，轻叹道："也罢，老夫自会给孙帮主一个交代。"

青木和白啸也不多说什么，他们深知盲师不仅是一位茶道高手，还是一位武道高手。在青木的示意下，桐岭帮众人抬走了一箱箱银子，确定不再纠缠唐家茶园。

"我们走！"青木下令，一众人离开唐家大厅。盲师也转身而去，临走前，他又回头说道："唐公子，小小的边城未免将你埋没了，天下之大，何处不可去？"

"晚辈谨记。"唐萧不卑不亢地抱拳道，实际上，唐萧也想云游天下，尝遍天下的所有美茶。

桐岭帮已经离去，唐家的茶园保住了，所有唐家人都欢欣鼓舞。

"我们唐家不惧怕任何挑衅！"

"唐萧真是英雄出少年！"

这时候，唐情从人群中挤出来，更是冲上去，拉起唐萧的手："哥哥，哥哥，你真厉害！"

唐萧松开了紧绷的神经，也笑了笑："还行吧。"

老太爷唐震将一切看在眼里，他摸了摸胡子，十分肯定地看着唐萧，如果孙儿有如此担当，绝对是唐家之福，唐家之幸。但老太爷没欣慰多久，他还有很多顾虑。

夕阳落下，夜幕降临。

唐家最重要的几个人，围坐在一起吃饭，包括老太爷、大爷、二爷、三爷，还有唐情和唐萧。席间，唐萧很想提出关于茶叶生意的构想，包括寻找头魁金牌，但是想到唐老太爷的一贯态度，以及唐情对自己招惹了江湖纠纷的各种担忧和劝告，他就难以开口，因为他知道，如果他开了口，局势肯定不会向他向往的那一边发展。

宴席吃得七七八八，唐萧终于忍不住还是想侧面试探一下，他想了想，慢慢说道："老太爷，我听说这次制茶大会的头魁是被一名叫肖唐的中年汉子夺得。此人来历神秘，应该不是边城人，要想在边城发展，只有找人合作。如果能将他招入我们唐家，那贡茶生意就是我们唐家的，我们唐家成为皇商，发扬光大指日可待！"

然而，老太爷给唐萧泼了一盆凉水，冷冷地说道："你可知道江湖险恶，金牌牵扯到边城三大势力乃至官府，唐家没有相应的实力，如何做得了贡茶？何况那肖唐为何一定要在边城发展？"

"老太爷，这制茶大会的规矩就是参赛者只能用边城的茶叶，那肖唐是用边城的茶叶做的贡茶，他不在边城发展又能去何处再找如此上等的茶叶呢？至于您说的江湖纠纷之类的事，咱们也可以用银子请江湖高手看家护院，也绝对不会怕了他们！"

"胡闹，唐家不卷入江湖纷争！"唐震狠狠地拍着桌子。

唐萧铁了心要做茶叶生意，猛地站起来反问道："老太爷，既然你不想制茶，那不如卑躬屈膝，把茶园外租，反正匹夫无罪，怀璧有罪！"

"逆子，放肆！"唐智杰怒喝。

"大伯，哥哥不是故意顶撞老太爷的。"唐情在一旁缓和气氛。

老太爷见唐萧还是不服，于是沉声道："祖宗产业岂可随便与人，租给他们也不行，但制茶之事咱们也不能参与，还是那句话，无论如何，我唐家绝不能卷入江湖纷争!"老太爷的理由很牵强,但无人敢反驳。

"可笑,可笑。"唐萧苦笑着,原本火热的心,顿时变得冰凉,他把一切都想得太美好了,老太爷明摆着要阻止自己做茶叶生意,哪怕自己夺取了头魁!

"老太爷,我不服!"唐萧眼眶转着泪,心中满满都是委屈。

"不服就回屋反省去!"老太爷对唐萧的委屈根本不屑一顾。

唐萧啪的一声放下碗筷,径直回屋去了。

"孽子,你怎敢无礼!"唐智杰大怒,拍案而起。

"行了,他心里难受,就别和他计较了。"唐老太爷语气突然缓和了不少。

唐倩看着唐萧的背影,无奈地叹了口气。

月光透过窗户静静地洒在唐萧的房间里,显得孤独又凄凉,就好似唐萧现在的心境。

唐萧长叹一声,目光看向了桌上的一本发黄的书稿。

这本书稿,是他几年前在边城的时候,在茶馆邂逅一名老者,双方交流茶道,顿生知己之感,老者当场送他这本书稿,声称是自己多年的制茶心得,唐萧观后,发现里面种茶、制茶的技艺理论果然无比高深,让他茅塞顿开,如获至宝。有了这本书稿后,唐萧种茶、制茶的技艺突飞猛进,才最终能在边城制茶大会上一举夺魁。

唐萧将这本书稿视若生命,一直保存在自己房间的暗格里,也因此成功避开了老太爷的搜检。如今看到这本书稿,想到自己苦心努力多年却最终一场空,唐萧顿觉悲从中来,不可断绝!

"不行,不能这样放弃!我努力了那么多年才获得头魁金牌,绝对不能让那些卑鄙小人抢走我的心血!"唐萧咬牙切齿地说道。

他下定了决心,即刻下山,既然家族不帮助自己,那他就自己想办法!就算要冒生命危险,他也在所不惜!

说干就干,唐萧即刻开始收拾细软,就在此时,房门外忽然响起敲门声。

"谁?"唐萧忍不住一惊。

"哥哥,是我!"门外响起唐倩的声音。

"我已经睡了,你有什么事明天再说吧。"唐萧敷衍道。

"哥哥,我知道你想干什么,你快开门,放我进来!"

"我……"唐萧有心想要争辩,但知道自己这个堂妹向来聪明伶俐,而且又知道自己的密事,自己怕是瞒不过她,无奈只有打开了房门。

"哥哥,你是不是又想去边城?"唐倩一进门就开门见山。

"我……"唐萧欲言又止。

"你就不能不去吗?"

"不行,我必须去试试,不然我会后悔一辈子!"唐萧看着唐倩,眼神充满坚定。

"那能不能让我和你一起去?"唐倩追问。

"不行,此去可能有危险,带着你反而会让我分心!"

唐倩看着唐萧充满决绝的脸庞,无奈叹口气,探手入怀,拿出一沓银票。

"这是我的私房钱,你拿着吧。你要记得,千万不可以勉强,留得青山在,不怕没柴烧!"

"谢谢!你放心,我就是去看看,不会强来的!"唐萧感动地点点头。他自然知道当你想做的事情有一定危险的时候,钱财这种东西是越多越好。当下他也不和唐倩客气,直接接过了银票。

"哥哥,一路小心,我等你回来!"唐倩看着唐萧,万分不舍。

"我知道!放心,我命好!"唐萧笑了笑,背起行囊,直接消失在茫茫夜色里。

两日后,马不停蹄的唐萧就赶到了边城,接着唐萧从各个渠道打听糟老头和头魁金牌的下落,甚至不惜花银子买消息。这一回,连同唐倩的私房钱一起,唐萧带了三张百两银票和一些碎银,足够很长一段时间的开销。

"酒痴周不仪,江湖一等一的高手,数日前曾出现在边城的赌坊。"这是唐萧花了十两银子买到的消息。

"周不仪可曾携带一枚头魁金牌?"唐萧不加设防地直接问道。

"小娃娃,你也打听头魁金牌的消息?"卖消息的汉子审视唐萧,见他是个毛头小子,暗自摇了摇头。

"不错，只要能弄到头魁金牌，银子不是问题。"唐萧学着江湖人士的口吻说道。

卖消息的汉子摇头道："这条消息不要钱，实话跟你说，桐岭帮已经做了贡茶的生意，周不仪手里的头魁金牌，最多值几十两银子。"

"啊？"唐萧愣了愣，心中受到了巨大冲击，这和他想象的不一样。

"这就叫有钱能使鬼推磨，反正官字两张口，说谁真时假亦真，说谁假时真亦假！江湖再会。"汉子飞身掠走。

"他们，他们做了贡茶生意？"唐萧整个人跟丢了魂一样，不知在原地站了多久。

唐萧瘫坐在一旁，他心中十分不甘，贡茶生意应该属于自己，这么不明不白地被人夺走，就像把人挖走心肝一样！唐萧喃喃自语道："没有头魁本人，没有头魁金牌，怎么可能做贡茶生意呢？"

"我要找桐岭帮说个明白！"唐萧心下一横，打算重新化装成肖唐大师，拿回属于自己的一切。

唐萧快走了几步，但很快，他又像泄了气的皮球，桐岭帮根本不讲理，如果他敢贸然前去，不但不能拿回贡茶生意资格，反而会被扣留，甚至成为傀儡。

唐萧又想到了官府，万金商会和春月茶楼，但细想之下，这些大势力的关系千丝万缕，根本帮不上自己！

一念成灰，摧毁一个人的信念可能只是一个消息。

此时，唐萧心如死灰，踉踉跄跄地走在大街上，不禁大呼："老天爷，你为什么要和我开这样的玩笑！"

"这人有毛病吧？"

"神经病，别大喊大叫的。"

街上来往的人们纷纷投来异样的目光。

唐萧并不在乎这些，继续浑浑噩噩地走着，他不知道自己去哪里，等下要做什么，只是这么走着。同时，唐萧脑海里不断回想老太爷的话：你可知道江湖险恶，唐家没有相应的实力，如何做得了贡茶？

天色渐渐暗淡，天空下起淅淅沥沥的小雨。唐萧漫无目的地驻足在春月茶楼之前，一个月前，他曾在此化名肖唐，夺取制茶大会头魁，一时间风光无限。如今，唐萧站在这里，又有谁能认识自己。

"可笑，夺魁又能如何？"唐萧苦笑，转身而走。忽然，一只小手搭在了唐萧的肩头，接着是一道轻灵般的声音："唐萧？"

第十四章

贡茶危机仍四伏

"唐萧?"

一道轻灵般的声音传入唐萧的耳中,让他死寂的心泛起了一丝波澜。唐萧猛地一回头,只见一位可爱的少女笑靥如花,对自己眨巴着大眼睛。

"阿……阿妞姑娘!"唐萧别提多兴奋,却因太过兴奋,结结巴巴地说不出话来。

"唐萧,你怎么还在边城?"阿妞笑着问道。

唐萧本想说为了贡茶之事,但话到嘴边又咽了下去,老太爷多次让自己不要招摇,低调一些没错。

"我……我只是来边城逛逛。"唐萧胡诌了一个理由,连说话都变得扭扭捏捏。阿妞绕着唐萧转了一圈,仔仔细细地审视,她突然问道:"你是为了贡茶来的吧?"

唐萧顿时一惊,阿妞怎么知道自己为了贡茶而来。唐萧急忙伸出食指放在嘴边,又示意阿妞轻点说话,好在两人身边没什么人。

"难道不是?"阿妞又试探着问道。

阿妞这次独自来到边城,只为找制茶大会的头魁肖唐大师。烟峰山山寨发生了一些事情,只有肖唐大师或盲师等三大高手可以帮忙。但彝人有很多顾虑,他们不愿和边城三大势力有牵扯,更倾向于找神秘的肖唐大师。阿妞在边城已经三天,本想这次一定空手而归,不曾想到偶遇了唐萧,顿时喜出望外。其实,之前唐萧虽然经过了易容,但还是有一些蛛丝马迹被曲布和阿妞发现,事后曲布和阿妞也商议所谓肖唐是否就是唐萧,但始终无法确认。这次在边城偶遇唐萧，阿妞觉得或许是上天注定的机缘，于是忍不住出言试探。

"不是，不是，不为贡茶而来。"唐萧连连摇头。

阿妞见唐萧如此推托，以退为进，深深地叹了一口气。唐萧急忙问道："阿妞姑娘，为何叹气？"

阿妞百无聊赖地摸着头发，摇头道："只是觉得可惜，白白得到了这个消息。"

"阿妞姑娘，到底是什么消息？"唐萧被吊足了胃口，单从心性来说，远不如阿妞。

阿妞噘了噘嘴巴："你又不是为了贡茶来的，跟你说了也没用。"

唐萧心想无法开脱，只得半真半假地说道："唐家有一座茶园，制茶大会以后，茶叶价格猛涨，我特地来探探行情，确实多多少少也和贡茶有点关系。"

阿妞的大眼睛直直地看着唐萧，见他偶有闪躲，想来这话也是半真半假。不过，阿妞也不再卖关子，对着唐萧轻声耳语了几句，原是有关头魁金牌的消息。

头魁金牌！唐萧心中一惊，惊讶又变为大喜，但很快变成懊恼和不安："就算找到了那醉汉周不仪又如何，他武功那么强，也拿不到他手中的头魁金牌。"

阿妞不紧不慢地说道："周不仪自称义薄云天，难道还会为难你，再说，他不是好酒吗，你把他赌输的银子还给他，再取些好酒去换金牌，不就成了吗？"

听着阿妞的话，唐萧好像被醍醐灌顶，顿时茅塞顿开，他怎么没想到这些事情！而且，如果能够拿回头魁金牌，就算不做贡茶的生意，也能助力普通的茶叶生意吧？至少，至少是个纪念，纪念自己也曾辉煌过！

一想到这些，唐萧的心再度活了过来，他还没有输，他还有机会！

"阿妞姑娘，快带我去找周不仪吧！"唐萧拉起阿妞的手，兴奋地说道，全然不顾男女授受不亲。

阿妞将手缩了回去，唐萧这才意识到自己失态。两人双目相对，均是不好意思地微微一笑。阿妞没好气地说道："急得跟猴子一样，你总得先请我吃一顿，再买些好酒吧。"

唐萧拍了拍脑袋，连连称是，两人随即来到一处酒楼饱餐一顿，顺带买了不少好酒，一托盘的美食，这才去了城南的土地庙。

一路上，唐萧担心见不到周不仪，但阿妞十分肯定地表示，周不仪已经在这里住了半个月。

说来也是神奇，周不仪从边城三大势力手里抢走金牌，逼得这三大势力不得不剑走偏锋，贿赂东厂搞假金牌，假贡茶。按理说这三大势力应该对他恨之入骨才对，然而却任他在边城逍遥，竟然是没一家敢去招惹，也由此可知周不仪的强悍。

不久，唐萧两人来到城南土地庙，远远就听到了打鼾声，当两人进入庙中，只见一个邋遢的糟老头躺在几个蒲团上，浑身都是酒气，早已烂醉不已。

"酒痴周不仪，你可认出了他？"阿妞姑娘低语道。唐萧一眼就认出了糟老头，狠狠地点了点头，当日可是亲眼见他以一敌三。

"快，往那儿看。"阿妞姑娘指了指，发现了周不仪腰间的头魁金牌，上面刻着"肖唐"二字。

"金牌！"唐萧兴奋不已，即刻想要躬身上前去拿！

"你这急性子得改改！"阿妞一把拉住了唐萧，这般提醒道。

唐萧点点头，阿妞又低语道："似醉似醒酒痴周不仪，他没醉。"

"没醉？"唐萧有些不相信。

阿妞点头道："这些都是头人跟我说的，行走江湖，万事要小心一些，莫要不明不白地吃了亏。"

唐萧点点头，这段时间的种种遭遇，也让他在不断成长。接着，唐萧和阿妞相视一眼，按照来时路上的排练，唐萧抱拳道："晚辈唐家山无尘山庄唐萧，见过酒痴前辈。"

周不仪仍是死狗一样地打鼾。而阿妞也说道："晚辈烟峰山山寨阿妞，见过酒痴前辈。"

周不仪翻了个身子，背对着唐萧两人，更是放了一个屁，周遭弥漫起一股难闻的味道。唐萧和阿妞脸色一变，两人受不住臭气，急忙闪出土地庙，直至好一会儿，才回到庙中。

"素闻酒痴前辈义薄云天、生财有道，平生最爱一个稳字，亦爱助人为乐，路见不平拔刀相助。"阿妞学着周不仪的口头禅说道。

果然，周不仪的鼾声一窒，像是一种回复。

接着，阿妞继续说道："今夜微凉，外面下着小雨，我与朋友暂且在这里避雨，前辈应该不会介意吧？"

说着，阿妞对着唐萧使了个眼色。唐萧马上从托盘中取出各种美食，再加上带来的好酒，一一陈列在周不仪身旁，慢悠悠地吃了起来。

唐萧和阿妞吃得很慢，而在菜香和酒香吸引下，周不仪翻了个身。

周不仪没有其他动作，他有些自恃身份，偷瞄了唐萧两人一眼，想着两人是来求人的，应该会叫醒自己。岂知，唐萧和阿妞把握住了分寸，竟还是自顾自地吃着。

"哇，坨坨鸡，这可是我们彝人的特色佳肴，吃上一口美滋滋。"唐萧笑呵呵地说道。

"还有这条清蒸鱼，真香，你也多吃点。"阿妞故意说得很大声。

"咕噜噜。"周不仪的肚子不争气地叫了起来，他咂了咂嘴巴，吞下一口口水，慢悠悠地从蒲团上坐起来，又慢慢地靠了过来。

"你们，你们在吃什么？"周不仪明知故问，还瞅了瞅坨坨鸡和小猪肉。

"坨坨鸡，小猪肉，还有好酒。"阿妞的酒在周不仪身前晃了晃。周不仪习惯性地一伸手，一把将酒壶抢了过去。

阿妞噘嘴，不满地说道："前辈义薄云天，不会跟我们小辈抢酒喝吧？"

顿时，周不仪的手一抖，作为一流高手，行走江湖有自己的底线，抢江湖小辈的酒，传出去未免太不好听。

但是，周不仪犯了酒瘾，哪能没有酒喝，他的眼中多了一丝埋怨，就这么看着唐萧和阿妞，像极了一个怨妇。阿妞哈哈一笑："前辈，我和你开玩笑呢，你若想喝便喝。"

听到阿妞的保证，周不仪立马咕噜咕噜地喝了起来，就跟喝水一样。接着，唐萧也不失时宜地递上一双筷子，让周不仪大快朵颐。

雨停了，周不仪也吃了个七七八八，唐萧和阿妞看着他把东西吃完。

"说吧，有什么事儿。"周不仪剔着牙，半躺在蒲团上，懒散地说道。

唐萧和阿妞开门见山，说明来意，想要这枚头魁金牌。周不仪爽快地从腰上取下金牌，毕竟对他来说金牌无用，他摆了摆手："此物不详，谁得了它，就会有很多麻烦。"

周不仪江湖经验十分丰富，有关贡茶之事一清二楚，那日出手搅局，一来是"义薄云天"的性格使然，二来是看不惯各大势力。

此时，唐萧仍然说道："有了头魁金牌，哪怕做不了贡茶，也能做大家族的茶叶生意，何况晚辈苦心钻研茶道数十年，这枚金牌是晚辈心血的见证，请前辈成全。"

周不仪点了点头，吃人嘴短，对两位后辈观感不错，但他又突然想起了什么："你等刚才自报家门的时候，老夫没有听清楚，你们再说一遍。"

阿妞说道："烟峰山山寨阿妞。"

唐萧也复述道："唐家山无尘山庄唐萧。"

"唐家山，无尘山庄？"周不仪皱了皱眉头，根本没听说过，但是他马上话锋一转，"老夫年轻的时候，最恨的就是姓唐的，所以，这头魁金牌不能给你！"

"姓唐也有错？"唐萧顿时错愕。

"前辈！"阿妞也感到愤愤不平。

周不仪气鼓鼓地说道："老夫一生义薄云天，却情路坎坷，就是不喜欢姓唐的！"原来，周不仪年轻的时候，爱慕一位年轻女子，但年轻女子最终嫁给了姓唐之人。

"前辈，你若是不给我头魁金牌，我明日就去春月茶楼，告诉所有的茶客，就说您为了喝酒而欺负两个手无寸铁的晚辈。"阿妞说道。

"你……你……"周不仪说不上话，遇到了伶牙俐齿的女孩子，竟不知道该怎么回答。

阿妞想了想，又说道："前辈，要不这样，你把头魁金牌给我，我再给唐萧，经由我的手到他手里，也不违背你的初心。"

"好像也是。"周不仪点点头，却还是感到不妥，又急忙摇摇头。

头魁金牌就在眼前，唐萧生怕出了幺蛾子，抱拳道："前辈，素闻你爱赌，我用银子换这金牌，以助前辈赌场得意。"

"你出多少银子？"周不仪瞟了唐萧一眼。

唐萧忐忑不安，从怀里摸出一张银票："一百两。"

周不仪一把拿过银票，自己看了看真假，将之收了起来，像极了一个财迷。接着，周不仪竟然从怀里取出四五十两碎银，连带金牌一起给了唐萧。

唐萧手捧银子和金牌感到错愕，本以为会被狠狠地敲诈一笔，没想到周不仪竟然公平交易，好像还多给了自己七八两。

"小子，念你心肠不坏，这头魁金牌还你，你我之间再不相欠。"周不仪认真地说道，他已然第一时间认出了唐萧就是制茶大会夺魁的肖唐大师！

一流高手耳力极好，唐萧和阿妞踏入土地庙的那一刹，他就已经认出唐萧的真正身份，也诧异唐萧是个毛头小子。

听着周不仪的话，阿妞也喜上眉梢，一把挽住唐萧说："唐萧，肖唐，果然是你！"

不等唐萧解释身份，周不仪又继续说道："小子，另外再提醒你，贡茶的纷乱并未结束，老夫昨晚见到了锦衣卫。"

第十五章

一着不慎露踪迹

酒痴周不仪是江湖上的一流高手,别看他每日醉生梦死,但他对江湖上的事却一清二楚。昨日,周不仪混迹在赌场中,亲耳听到赌客们聊起锦衣卫之事,直言当初随福安到边城的一群锦衣卫,竟然没有跟着福安公公回京师,而是留在了边城。

赌客们还没来得及多聊几句,就被几位江湖刀客无端打断。几位刀客穿着寻常的衣服,却躲不过周不仪的眼睛。周不仪断定他们就是当初随着福安一起到边城的锦衣卫。

"这些锦衣卫还留在边城做什么?"唐萧很诧异。对唐萧来说,锦衣卫是很神秘的存在,曾经也听到过一些锦衣卫的传闻。传闻中,锦衣卫一直为圣上办事,神出鬼没,手眼通天,上至朝廷命官,下至江湖悍匪,无不闻之丧胆,人人自危。

"或许是有案子要查,边城地处西南,鱼龙混杂。"阿妞这般推测道。

周不仪伸出一根手指头,嘿嘿地笑了笑,露出满口黑牙:"不不不,他们在寻找一个人。"

"找人?"唐萧和阿妞瞪大了眼睛,异口同声。

周不仪点了点头,略带戏谑地说道:"他们在找制茶大会的头魁肖唐大师,对了,也就是你。"

"找我?"唐萧略感错愕,而后突然神情一振,"我明白了,他们一定是想找到我,想让我制作贡茶!"

"不应该啊?"阿妞马上摇头,感觉有些奇怪。

"一定是这样，阿妞你就别多想了，我们马上去找锦衣卫！"唐萧越想越兴奋。

周不仪喝了口酒，抄起地上的鸡骨头，丢向唐萧脑门，骂骂咧咧地说道："我说你小子是不是傻，若有这样的好事，何须偷偷摸摸寻你？"

"唐萧，前辈说得没错！"阿妞也在一旁认真地说道。

周不仪话糙理不糙，鸡骨头更是丢中了唐萧的脑门，让他清醒了不少。唐萧静心一琢磨，身上的兴奋劲就少了一半。

"唉，我这脑袋……"唐萧狠狠地拍了拍自己的脑袋，他是个不折不扣的茶痴，一提起茶叶生意，往往就被蒙住了双眼，不管不顾，只剩一腔热血。

"还请前辈指点迷津。"阿妞对着周不仪抱拳道。

周不仪摆了摆手："没啥指点，总之是福不是祸，是祸躲不过，你小子好自为之，老夫要休息了，雨也停了，你们走吧。"

说着，周不仪重新躺下，才一会儿又开始打鼾。唐萧和阿妞又多问了几句，周不仪翻动着身子，憋出几句话："锦衣卫素爱找江湖之人打探消息，说不定，他们已经盯上了老夫。"

听得这话，唐萧和阿妞知道周不仪不会再说什么，两人只得先行离开土地庙，找个地方暂住一晚。

雨后，夜空中挂着一轮圆月，皎洁的月光投射在青石板的路上。唐萧和阿妞边走边聊，打算去万福客栈。

微风习习，一男一女就这么相伴而行，感受着静谧的夜晚，两人似乎忘记了潜在的危险。此时，唐萧不由得多看阿妞几眼。阿妞也径自低下了头，双颊微红。

"阿妞姑娘，谢谢你帮我找回了头魁金牌。"唐萧将手里的头魁金牌攥得更紧了，这枚金牌被赋予了不一样的意义。

阿妞也取出自己的铜牌，笑道："肖唐大师，制茶大会上若不是你，我也无法获得一品制茶师的铜牌。"

"阿妞姑娘，莫要说笑了。"唐萧笑道。阿妞故意称唐萧为肖唐大师，两人并肩而行，时而双肩触碰在一起，更亲近了一些。

"唐萧，我……"阿妞想到了烟峰山山寨的事情，却欲言又止。

唐萧看出了阿妞的为难，说道："阿妞姑娘，但说无妨。"

阿妞说道："我要请你帮我一个忙。"

唐萧自第一眼见到阿妞，就对阿妞有强烈的好感，怕是已经喜欢上了她。此时，阿妞提出帮忙，唐萧高兴还来不及呢。唐萧笑道："阿妞姑娘，莫说帮你一个忙，只要我唐萧能够做到的，帮十个忙都没问题！"

阿妞见唐萧这么信誓旦旦，她的内心也颇为欢喜，不由得掩嘴一笑。阿妞说道："我既不要你上刀山，也不要你下火海，只要……"

阿妞将烟峰山山寨的事情说了一遍。原来，山寨上有一尊年代久远的彝王茶鼎，相传，彝王茶鼎可以炼制出上好的彝茶，但因彝人中再无厉害的制茶好手，让这尊茶鼎空置了很多年。直至前些日子，烟峰山山寨的头人炼制出了极品好茶，想要重启彝王茶鼎，再制出绝品彝茶。但独木难支，利用彝王茶鼎制茶，至少需要两位顶尖制茶好手。

"头人顾虑很多，不愿牵扯到三大势力的金牌一品制茶师，故而想到了肖唐大师。"阿妞如实地说道。唐萧顺着阿妞的话，喃喃道："而你在制茶大会的时候，就怀疑我就是肖唐大师了。"

阿妞点了点头，眼中有光地看向唐萧说："我来边城试一试运气，竟真的遇着了你。"

唐萧笑了笑说："我也是千辛万苦逃出唐家山，果然天意如此，这烟峰山山寨看来是非去不可了！"

"你是逃出唐家山的？"阿妞有点惊讶。唐萧索性将他的那些事都说了一遍，还提到了桐岭帮之人与盲师也去过无尘山庄。

"没想到盲师是个真性情，愿赌服输。"听着唐萧的故事，阿妞这般感慨。

"不知道你常说的头人，是个怎样的人……"

"暂时不告诉你，反正等你去了烟峰山山寨，你就知道了……"

一路上，唐萧和阿妞相谈甚欢，两人终于来到了万福客栈。尽管已是大晚上，但万福客栈的一楼依旧有一些食客。

唐萧和阿妞刚刚踏入万福客栈，众多食客纷纷朝着他们投来审视的目光，他们不是来吃饭的，更像是盯梢的。

唐萧和阿妞觉得奇怪，这些人不好好吃饭，为什么要看自己？

"不对……"唐萧意识到了不对劲，急忙拉着阿妞往客栈外走去。此时，八仙桌边的食客齐齐而动，他们三步并作两步、后发先至，竟是拦住了唐萧和阿妞的去路。

食客之中，走出一位带刀的汉子，汉子一脸的胡须，竟是桐岭帮白虎堂堂主白啸，白啸笑道："我当是谁，原来是无尘山庄的唐大少爷。"

唐萧也万万没想到，在小小的万福客栈，竟然也能遇到桐岭帮的人。唐萧硬着头皮说道："白堂主，正是在下。"

白啸上下审视唐萧，时而啧啧称奇，时而又摇了摇头，这让唐萧不知所措。而后，白啸竟然说道："唐大少爷，你可让我好找啊。"

唐萧皱了皱眉头，难道白啸一直在找自己？

唐萧不卑不亢地问道："白堂主，你找我做什么，我唐萧自问没有任何对不住桐岭帮的地方。"

白啸笑了笑，摸着下巴笑道："无尘山庄的唐萧唐大少爷，制茶大会头魁肖唐大师，这两人会不会是同一个人呢？"

"你……你胡说什么！"阿妞急忙说道，替唐萧解围。

白啸将目光投向了阿妞，淫笑道："啧啧啧，还有一位娇滴滴的美人陪着，唐大少爷艳福不浅呢。"

"没工夫陪你，我们走。"阿妞的性子急了些，欲要借此脱身。但白啸岂会让唐萧两人离开。

唐萧有些怕白啸乱来，但他还是故作镇定："白堂主，你不会因为桐岭帮没有租到唐家的茶园，就想挟私报复吧？"

"本堂主公事公办，只是唐大少爷你虽然参赛的时候更名易容，但也莫欺我桐岭帮无人。当日你与盲老切磋茶道之后，盲老就已经断定你就是肖唐！你若还不肯承认，那我只能将盲老请来，让他当面和你分说？"

"对，我就是肖唐。"唐萧苦笑，不得不承认这个事实，他相信桐岭帮说的是真的，何况只要桐岭帮认定了他就是肖唐，他自己承不承认其实意义根本不大。

唐萧亲口承认，人群不免发出阵阵惊叹，虽说众人都有心理准备，但见到肖唐大师竟然是个如此年轻的毛头小子，他们依然非常震惊。

"白堂主，你一连问了那么多，可否让我也问问你?"唐萧卸下身份的包袱，反而轻松自在了很多。

"唐大少爷，请问。"白啸笑了笑，谅唐萧也逃不出他的手掌心。

唐萧深吸一口气，问道："为何你方才说找了我许久，还在万福客栈等我?"

白啸哈哈大笑，也没有任何隐瞒："我桐岭帮眼线遍布边城，你今天早上一进城门，就已经被我们的人发现了。我们跟着你转了一天，当真是受累不轻呢!"

此刻，唐萧心中愤愤，被人这么盯着的感觉很不好，他微怒道："原来你们一直都在找我，到底是为了什么?"

白啸笑了笑，说道："自然是邀请唐大公子，共商大事。"

第十六章

锦衣夜行祸自来

"共商大事?"唐萧低语道,这几个字怎么听都不舒服。同时,唐萧又想到了很多,尤其是桐岭帮已经做了贡茶生意,有的是制茶大师,根本不缺他。唐萧摇头道:"桐岭帮自有不少制茶好手,又走通了东厂的路子,我想用不着我来制茶,你们的贡茶生意也会做得有声有色吧。"

白啸耸了耸肩,指着万福客栈角落里喝酒的几位刀客,笑道:"请唐大少爷制茶的,并非我们桐岭帮,而是他们。"

万福客栈正中央的八仙桌边,坐着三位刀客,为首之人将近四十,另两人二十出头,他们正是制茶大会结束后,没有和福安一起回京师,而是刻意留在了边城的锦衣卫。

为首者是锦衣卫百户陆浩峰,曾是一位顶尖的江湖二流高手,后投靠了锦衣卫,这些年也为锦衣卫立下了汗马功劳,是锦衣卫的一名干将。

陆浩峰自顾自地喝着酒,虽然隔了五六张桌子,但听清楚了方才唐萧和白啸的所有对话。而脾气火暴的白啸之所以耐着性子和唐萧说个不停,并不是他性子变了,而是他要确定唐萧就是肖唐大师,以便在锦衣卫跟前邀功。

唐萧的视线随着白啸所指看去,果真看到了绣春刀和飞云靴,他不禁呢喃道:"他们是……锦衣卫!"

"唐大少爷,倒是有眼力。"白啸说话"斯文"了不少,做了个请的手势,"陆大人等你多时了,请吧。"

唐萧根本无法脱身,只得硬着头皮走上前去,阿妞也被桐岭帮之人牢牢盯住，她只得跟着唐萧一同上前。

"陆大人。"白啸恭恭敬敬地对着陆浩峰抱了一拳。

陆浩峰不紧不慢地笑道："有劳白堂主了，孙帮主有白堂主这样的得力助手，一定能够办大事。"陆浩峰仅用几句话，就点出他会替白啸在帮主孙志晟之前邀功。

"这些都是在下应该做的。"白啸像是一只乖巧的猫。

随即，陆浩峰又看向唐萧和阿妞，笑着让两人坐下，他开门见山地说道："唐大少爷，不瞒你说，我是奉福安公公之命，想和你做一桩生意。"

"生意？什么生意？"唐萧有些疑惑。

"贡茶生意！"

"桐岭帮不是已经在做了吗？"唐萧脸色浮现出激愤的神色。

"假的终究是假的，即使有我们的帮衬，他们的贡茶还是假的。既然有机会让假的变成真的，我们总要试一试，你说对不？"陆浩峰微笑着说道。

"你们想让我帮桐岭帮制茶？不可能！"唐萧愤然站起。

"我知道唐少爷和桐岭帮有过节，也不屑于和这些江湖帮派合作。要不这样，唐少爷你把制茶秘籍交出来，此事就此揭过，我以锦衣卫百户的身份向你保证，从今往后，桐岭帮绝对不敢再找你麻烦，你看如何？"

"陆大人，你要抢我的制茶秘籍？"

"官府要的东西，怎么能说是抢呢？"陆浩峰看着唐萧，脸上浮现一丝戏谑。

唐萧皱起了眉头："陆大人，在下确实没有制茶技艺，当日制茶大会临场发挥，身心进入了空灵的状态，这才制出那等绝品好茶，若是让我再制一次，也不能保证可以再制出绝品好茶。"

"陆大人，唐萧说得没错，心境也能影响到制茶品质。"阿妞见唐萧说得太直白，也急忙插嘴道。

听着唐萧和阿妞的话，陆浩峰笑了笑，很明显，他的笑声变得冷了很多。陆浩峰还未投靠锦衣卫时，人称笑面刀，时常两面三刀。

"既然唐大少爷忘了制茶工艺，那就请你去桐岭帮好好想想。"

"陆大人，你这话是什么意思？"唐萧顿时无所适从。

"走!"白啸推了一把唐萧。

"大人,这个女人怎么办?"一位锦衣卫问道。

陆浩峰笑了笑:"阿妞姑娘与制茶之事无关,我们锦衣卫秉公办事,把她放走。"

"是!"锦衣卫少年点了点头,果真放走了阿妞。

实际上,陆浩峰岂会这么好心,他是指望阿妞去无尘山庄报信,等着唐家人送制茶技艺回来换人呢!

阿妞没有多说什么,也没有胡闹,她远远地跟着陆浩峰一行人,亲眼看着他们押着唐萧进入城西的一处宅院。

阿妞无法靠得太近,只得在宅院外观察了一阵子,她发现宅院外守备森严,外围是桐岭帮的人,内部或许就是锦衣卫!

"唐萧被软禁了!"阿妞心中自语,她很想救出唐萧,但单凭她一个人的力量绝对不够,她想到了尽快给无尘山庄送信。她想要救唐萧一是为了两人的情谊,二是有关烟峰山山寨用彝王茶鼎制茶一事。

第二日,天蒙蒙亮,阿妞就欲出城去无尘山庄报信,刚来到城门口,就遇到了来到边城的曲布。

"阿哥,你怎么也来到了边城?"阿妞又惊又喜。

"你啊,都让大家担心死了!"风尘仆仆的曲布摇头,原来,阿妞离开山寨多日,让山寨之人颇为担心。

"我又不是孩子了,没什么好担心的。"阿妞皱了皱眉头。曲布点点头,道:"走吧,跟我回山寨。"

"阿哥,我要先去唐家山的无尘山庄,把唐萧被锦衣卫和桐岭帮扣留的消息传回去。"阿妞摇头说道。

"唐萧,无尘山庄?"曲布虽然不是很明白,但也猜到了不少事。

"我路上跟你说。"阿妞说道,迫不及待地想要出城。

曲布拉住了阿妞,说道:"傻丫头,边城有唐家的据点,你随我来。"

听着曲布的话,阿妞才恍然。随即,曲布带着阿妞来到了一处贩卖蚕丝的门店，两人匆匆忙忙地进入。

"我们要找唐家二爷唐智仁，有重要的事情告诉他。"曲布一进门就急匆匆地说道，他对边城还算熟络。

迎接阿妞的不是别人，而是在唐家有着铁面无私称号，专管唐家家规的唐伯。唐伯给阿妞和曲布倒了杯茶，请两人坐下慢慢说。阿妞哪里敢怠慢，急忙将昨夜之事一五一十地告诉了唐伯。

"竟然是这样！"曲布听到这些事也感到非常意外。唐伯得知消息后，依旧是面无表情，他火速写了一封信，差人将消息传回无尘山庄。

做完这些，阿妞和曲布离开了蚕丝门店，两人找了个地方吃早点。

曲布见阿妞忧心忡忡，心中不是滋味，试探性地问道："阿妹，唐萧虽然是肖唐大师，但他牵扯到了锦衣卫，只怕不再是用彝王茶鼎制茶的合适人选。"

阿妞闷闷不乐地摇头道："唐萧心性纯良，绝对是使用彝王茶鼎的不二人选，你是想让我不管不顾，直接回山寨吧？"

"我的任务便是将你安全带回山寨。"曲布不喜地说道，他从阿妞的话里觉察出，阿妞和唐萧的关系不一般。

阿妞仍旧十分固执地说道："如果不能救出唐萧，让他与我一起去山寨，我是不会回去的。"

曲布见阿妞性子倔，他也没有别的办法，只能暂时从了阿妞，两人吃完早点，先行在边城里安顿下来，再想想怎么救唐萧。

城西宅院，唐萧被好吃好喝地供着。锦衣卫给唐萧准备了笔墨纸砚，让他写下唐家的制茶秘籍，而且时时刻刻都有人盯着他。

"我说了我没有什么制茶秘籍！"唐萧不耐烦地对着陆浩峰说道，他不知解释了多少次，根本没有制茶秘籍。

"唐大少爷，你听说过诏狱吗？"陆浩峰手持一把匕首，摸着匕首上的刀锋，不冷不热地问道。

唐萧自然听说过诏狱，诏狱里关押的都是朝廷命官，锦衣卫使用各种变着花样的恐怖酷刑,将朝廷命官们折磨了个遍,想要套出一些有用的信息,却不知道制造了多少冤案。

陆浩峰将匕首插在桌面上,半带威胁地说道:"你若真写不出制茶秘籍,陆某倒不介意让你尝一尝诏狱酷刑的味道,到时候不要追悔莫及。"

"咕噜。"看着明晃晃的匕首,唐萧吞下一口口水,秀才遇到兵,有理说不清,如果自己真写不出什么东西,他相信陆浩峰绝不会让自己好过。

第十七章

英雄自有美人救

一连过了数日，唐萧一直被软禁在城西宅院中，偶尔写点制茶心得，怎么也憋不出所谓的制茶技艺，这让陆浩峰对唐萧越来越不满。

唐萧感受到了危机，每日尽量敷衍，不管如何仍旧写点东西，不敢太过刺激陆浩峰。

每日晚上，唐萧就在院子里晃悠，时而驻足于池塘前发呆，时而仰天长叹，有时还往院中池塘丢树叶解闷。唐萧明面上为了散心，实际上却想着如何脱困。陆浩峰岂会不知道唐萧的小心思，但他依然没有阻止，只因宅院守备森严，里三层外三层，全部都是桐岭帮高手和锦衣卫，唐萧根本插翅难飞。

这段时间，唐萧的心性又有了一些变化，更加深刻地认识到什么是江湖，什么是生意，如何才能做得更好，以至于办事滴水不漏。

这日晚上，唐萧一如既往地写着制茶心得，而负责看守的还是两位年轻的锦衣卫。原来，陆浩峰另有要事，暂时不在城西宅院。

"唐大少爷，你可真够能写的，这么久了，还没有写好。"一位锦衣卫晃荡在唐萧身前。另一位年轻锦衣卫坐在一旁，还打了个哈欠说："今晚，我们兄弟要陪你熬夜咯。"

"夜色已晚，两位还不如早早回去休息。"唐萧不以为意。

两位年轻锦衣卫相视一眼，其中一人笑道："陆大人说了，如果唐大少爷今晚还是写不出制茶秘籍，明日，就要好生伺候你了。"

"好生伺候我？"唐萧心中一惊，恍然陆浩峰已经不耐烦，想要来强的。不过，唐萧不再是愣头青，他觉得该来的一定会来。

唐萧放下手中毛笔："让陆大人费心了，但我实在没有制茶秘籍，就算日日逼我，我也写不出来。"

"唐大少爷，你现在倒还能淡定地说上几句，到时候，只怕要跪着求饶了。"一位年轻锦衣卫阴冷地笑了笑。确实，不少硬骨头也受不住诏狱的折磨，何况唐萧这样的年轻人。唐萧摇头苦笑，他的计划也该提前实施了。

早前，唐萧也想到了一些办法，只是一直在观望，而没有决定去实行。前日，唐萧见院中池塘鱼多，又无人投喂，心想池塘可能联通暗河。为了印证自己的想法，唐萧曾仔细观察水流，更往池塘中丢过一些树叶，果然，树叶缓缓地随着水流而走，消失不见。唐萧几乎可以确定，池塘边那处小豁口，可以通往外界河道，而且水流不急，就算自己水性一般，也能游到河中再上岸。

此时，唐萧急需支开两位年轻锦衣卫，再实行自己的计划。接着，唐萧将手中的笔放下，重重地叹了一口气，像在释放一种妥协的信号。

两位锦衣卫冷笑，心想唐萧这么快就认怂了。

唐萧语气放软，笑道："想来真是罪过，让两位大人陪着我一起熬夜受苦。"

"唐大少爷，莫要套近乎，你想说什么？"年轻锦衣卫并不吃唐萧这一套。

唐萧对着两人拱手道："还是瞒不过两位的眼，我只想早点休息，反正我也逃不出这院子，还不如今晚休息个够。"

然而，年轻锦衣卫却冷冷地说道："晚了，今晚就是要盯着你，如若让你休息够了，明日还怎么整你？"

唐萧略为错愕，如果真是这样，他还怎么脱身，明日非被折磨得不成样子。

"唐大少爷不必担心，今晚我们还准备了夜宵，咱们今天肯定和你耗到底。当然如果你能在夜宵来之前写完秘籍，那咱们好好喝两杯，明天早上就放你出去，从此大路朝天各走一边，你看可好？"另一位年轻锦衣卫说道。两位锦衣卫一唱一和，他们见识得多，都是磨人的好手了。

唐萧微微皱眉，小鬼难缠，这两个锦衣卫还真是麻烦。

唐萧摇摇头，只得再拿起毛笔，胡乱写了一些《茶经》中的制茶技艺，希望可以暂时蒙骗陆浩峰几人，或许能够再拖延几日。

"唐大少爷慢慢写，到天亮还有几个时辰呢。"一位年轻锦衣卫笑道。唐萧微笑着称是，心中想着如何拖延时间，如何脱身。

不多久，院子里飘起了一阵肉香，正如两位锦衣卫所言，今晚的夜宵来了，但没有唐萧的份。

"两位大人，这是你们要的夜宵。"端盘子的桐岭帮帮众说道。

唐萧也对着宵夜瞟了一眼，当他看到盘子里的两份菜肴之时，却是心跳加速。眼前的两盘子菜，一盘是坨坨鸡，一盘是小猪肉！

唐萧立刻想到了阿妞，前几日，自己和阿妞就是点了这两个菜，才从周不仪手里拿回了头魁金牌，难道送菜之人是阿妞！

唐萧仔细地看了看送菜之人，但见此人头上围了一块头布，身子明显比阿妞高一些，也有喉结，绝对不是女人。

"或许只是凑巧吧。"唐萧心中暗想，不免有一点失望。

"两位大人请用。"送菜之人又说道。

"真香，咱们尝一尝西南的美味。"一位锦衣卫迫不及待地拿起了筷子，享受起了美味。

"鸡头给我，可别跟我抢。"

"味道真不错。"

晚风微凉，端菜之人却站着一动不动，仿佛在等待什么。果然，没过多久，两位锦衣卫感到迷迷糊糊，竟是昏睡了过去。

唐萧大感意外，竟然有人敢对锦衣卫动手，但他转念一想，不会是更强的势力想要杀自己吧？

"你，你要做什么？"唐萧强自镇定。此时，端菜之人发出一声轻哼，将头上的头布拿掉，露出了本来的模样。

"是你！"唐萧又惊又喜，眼前之人自己认识，正是烟峰山山寨的曲布！

"我该称呼你肖唐大师呢，还是称呼你唐大少爷？"曲布有点冷漠地说道。

唐萧愣了愣，笑道："喊我唐萧就行，你是来救我的吗？"

不等曲布说话，一道轻灵的声音从不远处飘来，一位少女飞掠而至，她笑道："我们当然是来救你的！"

少女便是阿妞，她笑脸盈盈的，再见到唐萧，别提有多开心了。

"嘘，阿妞姑娘，说话轻点。"唐萧被吓了一跳。

阿妞笑道:"外面那些人,中了我们彝人的特制迷药,没有两个时辰醒不过来。这两个锦衣卫,更是直接吃进嘴里,能昏睡一天一夜。"

彝人是属于大山的民族,大山里有许多天财地宝,在旁人手里或许无用,在彝人手里却能发挥出意想不到的效果。这特制的迷药就是其中一种,它是用山里罕见的药材加上彝人特有的配方制成,效果强大,因此纵然唐萧被重重看守,曲布和阿妞依然能畅通无阻,如入无人之境。

"不对呀,既然你们放了迷药,为什么我没有昏迷?"唐萧有些疑惑地问道。

"我在你晚上的饭菜里偷偷放了解药,你自然不会晕了。"阿妞微笑着回答,甜美的笑容让唐萧一时有些失神。

"阿妞姑娘聪明绝顶,坨坨鸡、小猪肉,当真是一绝!"唐萧一边看着两盘菜,一边感慨不已。

"你是我阿妞的朋友,救朋友本来就是应该的。"阿妞小脸微红,说着还低下了头。

"阿妹,他一直都这么啰唆的吗,是不是不想走了?"曲布见阿妞对唐萧如此亲昵,心中不是滋味。他本就不想招惹锦衣卫,如今又见唐萧和阿妞这般作态,心中醋意很浓。

"兄台说得对,我们马上就走!"唐萧急忙说道。随即,唐萧三人连夜跑出了城西宅院,一路上,唐萧也知道了曲布的名字。

然而,唐萧三人还是大意了,三人离去没多久,就遇到了三个人。这三人都用刀,绣春刀、大刀和半月弯刀,三种刀都不一样。

"糟了。"唐萧隔着老远,便认出了拦路的三人。三人不是别人,正是锦衣卫百户陆浩峰、青龙堂堂主青木、白虎堂堂主白啸。

今晚,桐岭帮帮主孙志晟设宴款待陆浩峰,顺带说了不少江湖上的事情,更让他转交一些好礼打点京城之人。后半夜,陆浩峰半醉而归,却见宅院守备的众人全部被迷晕,马上意识到不对劲,立刻发信号联络帮手,并采取锦衣卫内部惯用的追踪之法,锁定了唐萧等人的踪迹,抄近路拦在了他们的前面。

陆浩峰三人实力强劲,直直地站在前方,不发一言,却给人一种很大的压力。

曲布呼吸微微急促,他审时度势,低语道:"阿妹,我们不是他们的对手,唐大少爷,你好自为之。"说着,曲布拉起阿妞的手,就要先行离开。

"我不走,要走你自己走!"阿妞一把甩开曲布的手,让曲布惊讶不已。

"阿妹,你不要命了!"曲布低喝道,他觉得阿妞变得和以前不一样了,不再那么听从自己的建议。

"还未和他们交手,我们也不一定会败!"阿妞倔强地说道。实际上,阿妞会一点武功,但也仅比普通人强一些,是个不入流的高手。

曲布已经是三流高手,识人有术,正如越强越能认识到对方的可怕,曲布心中有敬畏。但这个时候,阿妞不愿意走,他又如何能走呢?

"这次要被你小子害死了!"曲布狠狠地对着唐萧说道,看样子他要拼一次命了。

此时反而唐萧心里过意不去:"阿妞姑娘,曲布公子,我唐萧一人做事一人当,你们先走,他们厉害着呢。"

阿妞直勾勾地看着前方,冷冷地说道:"我就不信,他们敢对我们怎样,头人一定会为我们主持公道!"正如阿妞所说,彝人中也有高手,只是不愿意牵扯太多,平常非常低调。

唐萧几人低语了不少话,陆浩峰几人倒是有耐性,就这么听着他们说完。

而后,陆浩峰将手放在绣春刀上,冷声问道:"你们三个,商量好了吗?"

第十八章

千钧一发救兵来

陆浩峰欲要拔出绣春刀,自从他成为锦衣卫百户之后便很少出手,一出手就要见血。而今晚唐萧等人的举动,让早就不耐烦的陆浩峰已经彻底失去了耐心,此刻心中十分愤怒,只想杀人泄愤。

陆浩峰右手微微拔刀,长刀缓缓出鞘,寒气中寒光闪闪。此时,白啸上前一步:"小小的蚂蚱,哪用得着陆大人亲自出手,让我来动一动身子骨。"

听得白啸的话,陆浩峰想了一下,又停下了继续拔刀的举动。他虽然知道唐萧不会武功,阿妞他也不放在眼里,但曲布却让他有些看不出深浅。而且彝人向来有些非常手段,因此他也乐意让白啸先试试对方的根底,免得自己在阴沟里翻船。

"彝人诡计多端,你自己小心。"陆浩峰叮嘱了一句,白啸点点头,握着手中的半月弯刀,深吸了一口气,朝着唐萧三人冲杀了过来。

唐萧不会武功,又知道白啸是江湖高手,心中有些紧张,却也没有了以前的慌乱,这段时间的经历让他成熟了很多。

阿妞担心地看了一眼唐萧,取出怀里的小刀,对着曲布说道:"阿哥,我们一起出手!"

"嗯!"曲布点了点头,心中虽一万个不愿意,也只得抽出腰上的弯刀,和阿妞一同战斗。

下一刻,阿妞和曲布齐齐而动,两人一同围攻白啸。

"两个小娃娃,真是不自量力。"白啸冷哼,半月弯刀朝着身前一扫,立马阻止了阿妞和曲布的攻势。

而后，白啸快速身形一闪，转守为攻，杀入曲布和阿妞之间。

阿妞的招式绵软无力，不但杀不到白啸，更有点妨碍曲布的闪躲。突然，白啸一个转身，重重对着阿妞拍出一掌。

阿妞虽然会一点武功，但她天赋平平，哪里招架得住这么突然的一击，顿时被白啸一掌击飞。

"阿妹！"曲布急忙喊道。

阿妞没什么大碍，从地上站起来，又朝着白啸扑了过去。

白啸见阿妞又来，他冷喝道："小妮子，本堂主方才手下留情，你若不识趣，休怪我辣手摧花！"

"阿妹，你在一旁策应！"曲布担心阿妞安危，让阿妞在外围打策应。阿妞点了点头，往后退了两步，她也清楚自己的实力。

战斗持续，曲布正面应对白啸，一来一回，竟是撑住了十余招。曲布毕竟是烟峰山山寨年轻人中的佼佼者，无论是武功还是见识，都比常人高出了许多，更是一位三流高手，他全力出击，反倒缠住了白啸。

唐萧帮不上忙，忽然想到白啸此人脾气火暴，于是出言讥讽道："想不到堂堂的桐岭帮堂主，实力竟与你看不起的小娃娃一般无二。"

"想要激本堂主，马上成全你！"白啸脾气火暴，但脑子十分清醒，霎时出手更加迅猛。

霎时，曲布感受到了压力，堪堪又接了几招，不得不逼得后撤。阿妞方才也小心翼翼，差点也中了白啸的刀。

唐萧皱眉，绝对的实力差距下，方才的攻心计弄巧成拙。此时，曲布和阿妞站在唐萧身前，他俩压根不是白啸的对手。

"胜负已分，让开。"白啸呼吸平稳，咄咄逼人。

阿妞气喘吁吁，她攥了攥拳头，不愿看着唐萧又被带走。曲布也是一脸难色，却又不好再出手阻拦。

"如若不让开，小心弯刀无眼！"白啸冷哼。

到此时，白啸还没有痛下杀手，倒不是他心存慈悲，而是在边城，彝人也是一股强悍的势力，不到万不得已，他还是不想轻易和彝人结怨。

情势发展超出预料，唐萧不愿阿妞和曲布为自己做无谓抵抗。随即，唐萧上前几步，认真地对着阿妞和曲布说道："阿妞姑娘，曲布公子，今日的恩情，我唐萧记住了，此事与你们无关，你们先走。"

阿妞摇摇头，眼眶也跟着湿润了。

唐萧摸了摸阿妞的脑袋，笑道："放心吧，我唐萧命大，不会有事的。"当然，唐萧只是随口一说，想让阿妞不要担心自己。

阿妞拭去眼角的泪滴，冷声道："唐萧是我们彝人的贵客，彝人内附多年，尽心尽力听命朝廷，尊崇圣上，如若你们锦衣卫乱来，我就请头人老太爷禀告官府，府令包庇你们，我们就找按察使，按察使包庇你们，我们就去京城告御状！"

陆浩峰皱眉沉思，大明推行改土归流多年，但在西南依然存在大量的土司。这些土司自成一体，让官府十分忌惮又不得不刻意笼络。如若这件事情闹到圣上跟前，上面的人不会有事，倒霉的绝对是自己！

白啸见陆浩峰有所犹豫，他也有点拿捏不定，不知如何是好。接着，陆浩峰又想到了不少事，东厂和锦衣卫规矩林立，等级森严，如果他无法将制茶秘籍带回去，轻则被革职，重则被查办，一样没好果子吃！

"陆大人，您看……"白啸试着问了一句。陆浩峰微微抬头，眼中泛出一丝冷光，他当机立断地挥了挥手，道出一个字："杀！"

陆浩峰动了杀心，如果将眼前一男一女两个彝人斩杀，今天的事情就不会有人知道，就算日后有人怀疑，也绝不会有证据！剑走偏锋，做人要狠，不然谈何加官晋爵，无毒不丈夫！

作为狠人的白啸立刻明白，他嘴角微微勾起："陆大人，小事一桩！"

"你们敢！"阿妞很震惊，没想到自己搬出头人，反而刺激到了陆浩峰。

"有何不敢？"不远处的青木缓步上前，桐岭帮黑白两道通吃，他也暗中做过不少上不得台面之事。青木微微一笑："只不过……要做得干净一些。"

青木对白啸点头示意，接着两人齐齐出手，杀向阿妞和曲布二人。阿妞顿时脸色煞白，只怕她要死在了这里。唐萧拉着阿妞转身就跑，但显然无济于事。曲布持着弯刀快步往后撤，做防御的姿态，不远处就是一条河，跳入河中或许还有一丝生机。

"死！"青木三步并作两步，往前一跃，双手发力，手中大刀落下，眼看着就要砍中阿妞。

千钧一发之际,一柄飞刀急速而来,像是破开了空气,带着呼呼之声,而后重重地打在大刀的刀面上。

"铛!"

飞刀带着强大的劲道,竟将大刀连带青木一同逼退。

青木侧身卸力,调整自身姿势,而后朝着飞刀击射方向看去。

此际,一个人影飞速而至,一把将唐萧和阿妞拉到了身后,将他们护住。另一面,曲布和白啸对了好几招,急忙脱身来到黑衣人身后。

唐萧三人不知黑衣人是谁,陆浩峰三人同样不知。但黑衣人仅仅出了一招,便让陆浩峰不敢大意。

"原以为我的飞刀十分精准,不曾想他的飞刀更是出神入化,飞刀上还带有一股劲气!"青木嘴角喃喃,仔细审视眼前黑衣人。青木几乎可以肯定,黑衣人绝不是周不仪,两者之间的气质相差太大。

"劲气外放,一流高手!"白啸心中一惊。

"小小的边城,竟然出现了劲气外放的高手,虽然只是小成,却也不可小觑。"陆浩峰从不远处走上前,他的眼力更强,一语说出黑衣人的真实实力。原来,陆浩峰发现黑衣人虽然劲气外放,但劲气明显后续不足,否则刚才一击,就已经让青木血溅当场,根本不会给他反应的时间!

"劲气外放,即使是小成,实力也与帮主不相上下!"青木又第一时间想到了帮主孙志晟。白啸也点了点头,青龙、白虎、朱雀、玄武四位堂主联手,也不一定能在孙志晟手里讨到便宜。

"几位,老夫劝你们罢手。"此时,黑衣人终于开口,他的声音带有一丝沧桑,想必是个老者。

"前辈,他们都是狠毒之人,绝不会善罢甘休。"唐萧低声向黑衣人透露,提醒后者小心为上。

"刚才好险,多谢前辈搭救。"阿妞也对黑衣人连连道谢。曲布则是对黑衣人抱了一拳。黑衣人不怎么理会唐萧三人,只是沉声道:"不用道谢,先避过此劫再说。"

"阁下武功虽高,却蒙着脸,行事鬼鬼祟祟,有何见不得人?"陆浩峰一语中的，暗喻自己为正义的一方。

黑衣人笑了笑，他是个不善言谈之人，不怎么反驳。唐萧清了清嗓子，似有所指地说道："有的人冠冕堂皇，暗中做着见不得人的勾当，有的人不以真面目示人，却默默伸张正义，陆大人，你说你是哪一种人？"

"唐大少爷，莫呈口舌之利，此人虽强，也不一定能在陆某的手中将你们平安带走。"陆浩峰淡漠微笑，缓缓地抽出了绣春刀。

"噌——"绣春刀真正出鞘，其上的血槽清晰可见，刀面更在月色下泛起寒光。陆浩峰低喝着身形一闪，一眨眼的工夫就杀到了黑衣人身前。

紧接着，陆浩峰快速出刀，一刀，两刀，反正一刀比一刀快，快到让人眼花缭乱的地步，他的刀术极为纯熟，是顶尖二流高手。

"好快的刀，根本看不清楚！"唐萧皱紧了眉头。

"阿哥，他一个呼吸可是出了两刀？"阿妞不太确定地说道。

曲布却摇头道："不对，他一个呼吸出了三刀，三个刀影互相重叠，所以看上去像两刀。"

实际上，陆浩峰一个呼吸出了四刀，劈、砍、挑、刺，各种刀法在他手中转化自如。不得不说，陆浩峰的刀法至臻大成，正面对攻之下鲜有敌手。

不过，黑衣人也非常强，他左右闪避的幅度不大，表现得游刃有余，每次都刚好躲过陆浩峰的刀，且没有消耗太多力气。

"仅是如此吗？"黑衣人闪避之时冷声。

"嘴硬，看你能躲到何时！"陆浩峰冷喝。

此时，陆浩峰一呼吸仅出两刀，但每一刀的速度又快了三四成。果然，黑衣人不敢大意，闪避的幅度也变得很大，更往身后退了几步，好几次险被砍中。

"陆大人将身法和刀法配合，极大加快了刀速！"青木呢喃，他神情专注地看着两位高手大战，不敢有任何分心，刚才能学到的一招半式，对他益处良多。

"锦衣卫高手如云，陆大人明显占了上风！"白啸也低语道。

青木却摇了摇头："不对……陆大人，好像处于下风……"

第十九章

蜀中唐门现江湖

陆浩峰和黑衣人仍在交手。

"下风？"白啸有所不解。

青木觉察到了不一样的讯息，解释道："从场面上看，陆大人主动出击，逼得黑衣人不得不闪避，他确实占了上风，但陆大人已经呼吸急促，显然是用尽全力却未能得手，而黑衣人的气息却依旧绵长，游刃有余，如此下去，局势必然扭转。所以黑衣人并不是被陆大人的进攻所迫无法出手还击，而是压根还没有出手！"

"青木堂主，确实如此！"白啸也感受到细微变化，逐渐恍然。而后，白啸又惴惴不安地低语："我等岂能坐视陆大人败了？"

"白堂主有何妙计？"青木有点不动声色地问道。

白啸提了提半月弯刀："我俩何不助陆大人一把，以二敌三，我就不信这黑衣人还有三头六臂！"

青木笑道："何须如此麻烦。"

说着，青木看向一旁的唐萧三人，黑衣人出现在这里多半为了救唐萧，只要将唐萧扣留，岂不是抓住了黑衣人的软肋？

白啸顿时明白过来："不愧是青木堂主，高明！"

果然，青木和白啸调动体内内劲，朝着唐萧三人飞掠，欲要在第一时间拿下唐萧！

唐萧三人见到青木两人冲过来，急忙往后退，心中大感不妙。

"咻！咻！"

空中传来两声破空之声，随即，两柄飞刀如闪电般射来，青木和白啸还未做出反应，两人头顶的发髻就已经被射散，顿时披头盖面，显得十分狼狈。

黑衣人朝着青木和白啸看去，沉声道："如果敢乱来，莫怪老夫无情。"

青木和白啸心中震撼，黑衣人刚刚射出的这两刀和之前的一刀明显不同，竟然快到两人根本无法做出任何反应。由此可见这才是那黑衣人的真实实力，而之前袭击青木的那一刀只是一个"善意警告"！

而且黑衣人已然把话说得通透，如果两人还要上前，恐怕就躲不过下一柄飞刀了！

青木和白啸相视一眼，暂时打消了出手念头，不管如何，自己的小命才是最重要的。

另一面，陆浩峰和黑衣人缠斗得难解难分。慢慢地，陆浩峰刀法变幻莫测，逐渐忘记自我，随性发招，他一连又砍了数刀，一刀接一刀顺畅延绵，更带有一丝内劲。

内劲外放！

所有人都被震惊，陆浩峰竟然在关键时刻，施展出了内劲外放，已然是一位准一流高手！之前显出的不支之势，竟然是在麻痹对方，意图扮猪吃老虎！

此时，黑衣人并不好受，一不小心闪避不急，更是被绣春刀所伤，伤口虽很浅，却也溢出了一丝血液。

"前辈受伤了！"唐萧为黑衣人捏了一把汗。

"那锦衣卫可能隐藏了实力，他本身也应该是一名一流高手，如此下去，前辈必然会输！"曲布看出了端倪。

阿妞心中也十分紧张，不自觉地挽起唐萧的手。

"一流高手又如何，真当我锦衣卫无人乎？"陆浩峰颇为得意，仍没有停下手中的刀。

黑衣人已然觉察到战局的危险，不敢再藏着掖着，他突然抬起手臂，袖口之中另有玄机，从中击射出两枚袖箭。如此近距离，陆浩峰反应极快，绣春刀挡下一枚袖箭，又施展身法，惊险躲过第二枚袖箭。

"卑鄙！"陆浩峰心惊，对黑衣人更为警惕，一时反倒不敢进逼。

黑衣人飞步跑向唐萧三人，陆浩峰保持距离跟上前，紧紧地咬住黑衣人。此时，黑衣人又是一个转身，双手一甩，刹那间又丢出几根长短不一的飞针。

陆浩峰早已有所防备，他双脚一用力，立刻扭身腾空，眼见着飞针从自己面前飞过，硬生生地插入墙中！

陆浩峰稳稳落地，不等他做出更多反应，只见黑衣人又丢出两枚弹丸，弹丸落地发出爆炸声，顿时扬起一阵浓浓的烟雾。待烟雾散尽，黑衣人和唐萧三人均已不见。

"哼，让他们跑了！"陆浩峰心有不甘。

青木和白啸姗姗地赶到陆浩峰一旁，他俩知道自己的表现只算差强人意。青木急忙问道："陆大人，还追吗？"

陆浩峰若有所思，而后摆了摆手："这黑衣人擅使暗器，种类繁多，本身又是一流高手，再打下去我对黑衣人交手并无胜算，最多四六开，我四，他六。"

接着，陆浩峰从地上捡起一柄飞刀，仔细端详，竟发现飞刀上有不少锈迹！

"锈迹！飞刀有些年头了。"青木低语道。

白啸也说道："这黑衣人到底是谁？唐家确实聘用了几个不入流的武师，但绝对没有一流高手，否则上次我们也不敢上门租茶园！"

听着青木和白啸的话，陆浩峰却想到了更多，边说边思索："暗器，唐家，一流高手，难道……"

"陆大人，难道什么？"青木和白啸齐声发问。

陆浩峰眼中逐渐有神，一字一顿地说道："蜀中唐门！"

蜀中唐门！

青木和白啸均是一震，天下谁人不知蜀中有一绝强的门派，名为唐门。唐门之人惯用暗器、毒药，擅长刺探、暗杀，从来都是神出鬼没。唐门也一度强大到让中原武林谈之色变。

二十年前，唐门青年掌门唐靖成，在华山论剑上击败十八派掌门拔得头筹，大有问鼎中原一统武林的架势。就在这关键时刻，少林寺释空大师被毒杀在密室，线索直指唐门，中原武林十八大门派一起向唐门讨要公道，恰好此时唐门产生内乱,内忧外患之下,唐门被中原十八派武林围攻,近乎全军覆没,至此在江湖彻底销声匿迹,未曾想竟然会出现在边城?

"唐门早已烟消云散,应该不是唐门之人。"青木想了想说道。实际上,青木担心唐门重现江湖,这对地处西南的桐岭帮绝非好事。

"是不是唐门的人,不是你说了算,是我们锦衣卫说了算!"陆浩峰嘴角掀起一抹弧度,反正这是一条大鱼!

陆浩峰有敏锐的嗅觉,如若能够找到唐门余孽,必定是大功一件,飞黄腾达也指日可待,即使唐家山真的和唐门无关,自己也可以指鹿为马,听说唐家山经商多年,储存颇丰。想到这里,野心和贪婪的火焰忍不住在陆浩峰的心里熊熊燃烧!

陆浩峰又说道:"青木堂主、白堂主,你们立刻就今日之事向帮主汇报,立刻调动你们桐岭帮全部人马,封锁边城及周围出入通道!"

青木和白啸连连点头,哪敢不听陆浩峰的话,他俩快速赶往桐岭帮总坛,准备召集数百帮众搜城,重点照顾唐家的蚕丝门店。

陆浩峰则是连夜去了府令沈度之处,他要出示锦衣卫的身份,暂借官府之人封锁边城和官道,并往京城发消息,请求支援。

月儿高高挂,将月光铺洒在边城中。偌大的边城一角,黑衣人带着唐萧三人,匆匆忙忙地来到此处。

"前辈,你受伤了。"唐萧看着黑衣人胸口的伤,不忍地说道。

"我有疗伤药。"阿妞也取出彝人的特有疗伤药物,递给黑衣人。

"有人!"曲布率先发现了不对劲。

很快,黑暗中走出几个人,黑衣人却不为所动,往伤处开始敷药。唐萧定睛一看,这几人全部是唐家人,为首的更是唐家二爷唐智仁。

"二叔,你怎么在这里?"唐萧大感意外。

唐智仁没好气地说道:"我们还不是为了救你,阿妞姑娘将你被锦衣卫带走的消息传到了蚕丝门店。"

"为了救我吗,这位前辈也是二叔你请来的?"唐萧指了指黑衣人。此时,黑衣人拉下了面罩,竟然是一向对唐萧十分严厉的唐伯!

"唐……唐伯!"唐萧差点没有摔倒,从小和自己朝夕相处的唐伯,居然是一位一流高手,还擅长使用暗器!

"唐伯,你怎么会武功?"唐萧脑子里一连串问题,对唐伯又多了一些敬意。

唐伯少言寡语没有回答,唐智仁却说道:"城内到处都在抓你,你马上从这个狗洞钻出去,跟我先回无尘山庄。"

唐萧往墙边一看,果然有一个小小的狗洞,刚好够一个人钻,他犹豫再三,心想总不能在阿妞面前丢人。

"二叔,能不能不钻狗洞?"唐萧有点犯难。

唐智仁是位生意人,他摇头道:"萧儿,你要学会算账,钻狗洞不仅时间短,还更安全,难道从城门走吗?"

"可是……"唐萧还是有些抗拒。

"没什么可是的!"唐智仁拉着唐萧,一把将他塞进了狗洞。

"二叔,你力气怎么也这么大!"唐萧吐槽了一句,随即他咬了咬牙,心想大丈夫能屈能伸,钻狗洞又如何?

好一会儿,唐萧才钻出这个小小的狗洞,而唐伯和唐智仁一行人早早地站在了他的面前。原来,唐伯他们个个都有点武功,竟是借用绳索、钩子等工具,翻过了高高的边城围墙。

"你们也不带带我。"唐萧顿时感到憋屈。

"让开,后面还有人。"二叔唐智仁又一把将唐萧拉开。

很快,阿妞和曲布也从狗洞钻了出来,这让唐萧心里平衡了很多。实际上,并非唐智仁和唐伯有意让唐萧三人钻狗洞,而是带着人翻高墙十分消耗体力,他们需要节省体力,以防有追兵。

城门外,早就停着三辆马车接应,唐伯替阿妞和曲布的安全着想,希望他们一同前往无尘山庄。

"好啊,好啊,我也去无尘山庄看看。"阿妞心中欢喜,倒是想跟唐萧一起。

"不行,头人一定会担心,我们必须尽快回到烟峰山山寨!"曲布有些不愿意，更看了看一旁的唐萧。

唐家长辈在此，唐萧没有做太多表态，只说欢迎大家去无尘山庄做客。

……

阿妞和曲布争执了好一会儿，最终，曲布还是拗不过阿妞，只得跟着唐家人去无尘山庄。

不久，唐萧一行人快速坐上马车，连夜离开边城。

第二十章

玛瑙苗寨有圣女

夜幕下的边城，全城搜捕的纷乱刚刚开始，而唐萧一行人坐着三辆马车，趁着夜色悄然潜出边城。三辆马车鱼贯而行，第一辆马车搭载着几位唐家人，第二辆马车搭载着阿妞、曲布和唐伯，第三辆马车搭载着唐萧和唐智仁。

一路上马车有些颠簸，使人难以入眠。此时，唐萧也没有心思睡觉，他有很多不明白的地方：从小看着自己长大的唐伯，怎么就变成了一个江湖高手？关键时刻，唐家人为何可以迅速地做出安排，他们在盯梢锦衣卫？唐萧好几次欲言又止，一双眼睛憋屈地看着身旁的唐智仁。

"别这么看着二叔，二叔知道你想问什么，等你回到了山庄，老太爷会和你说，我知道得也不多。"唐智仁还是老调重弹，他口才不错，但什么都不愿意多说。实际上，唐智仁也只知道一部分唐家之事，唐家老一辈对很多往事都守口如瓶。唐萧得不到答案，只得微微闭上眼睛，忍受着马车的颠簸，尽量让自己休息一下，恢复下精神。

翌日中午，唐萧一行人来到了青牛镇驿站，选择在驿站暂歇。青牛镇位于三山之间的一处平缓凹地，也是两条官道的交叉处，来往中原和西南的商旅众多。从青牛镇沿着官道出发，往南是唐家山无尘山庄，往西是彝人的烟峰山山寨，往东是苗人的十二连寨。

嘈杂的驿站中，人们议论纷纷，谈论的多半是药材、茶叶、马匹、蚕丝等生意，时而聊到一些江湖上的事，当然也会提及最近很火热的贡茶生意。

唐萧一行人尽量低调行事，进入驿站之后，众人分别坐在驿站角落的两张桌子边，唐萧、阿妞、曲布、唐智仁和唐伯五人一桌，剩下的唐家人一桌，众人点了一些面食和牛肉。

然而，树欲静而风不止，驿站的另一角，一行苗人盯上了唐萧等人，还对他们评头论足。其中，一位面容姣好的少女最惹人注意，她穿着黑色的大襟衣和百褶裙，脖子上和头上戴有银饰，看上去不过十七八岁。同时，少女被众星拱月般地护在最中央，可见她的地位最为尊崇。

"二叔，他们在看我们！"唐萧低声说道。唐智仁喝了口水，也低声说道："我们和苗人素无间隙，不要管他们。"

直觉告诉唐萧，假装若无其事不能解决问题，这群苗人反应有点不正常。果然，少女带着两个随从，朝着唐萧等人走了过来，她每走一步，身上的银饰就发出碰撞声，更是引人注意。

"几位朋友，不介意小女子坐在这儿吧？"少女温柔妩媚，操着不一样的口音，还不等唐萧等人同意，就坐在了八仙桌旁。

唐萧一行人十分警惕，却不知苗人少女要做什么。唐智仁也不愿招惹苗人，说道："不介意，不介意，姑娘请便。"

少女早已坐下，一双水灵的大眼睛，时而端详着唐萧，时而又看着一旁的曲布，简直清澈无比。唐萧和曲布被看得有点不好意思。阿妞皱了皱眉头，急忙拉了拉唐萧和曲布的手，示意他俩不许看！

接着，少女伸出一双白嫩的手，十指张开，正反翻了翻，朝着众人展示她手中并无一物。但人的神态和性格可以伪装，手中有无东西却不一定能看清，此时，几只绿色小虫早已爬到少女的手背。

"哼。"少女冷哼一声，把手一挥，绿色小虫们快速飞向唐萧等人。

唐萧等人霎时面色大变。说时迟那时快，唐伯奋力推出一掌，强大的劲气将几只绿色小虫拍飞。几只小虫掉落在地，发出绿色的荧光，挣扎一会儿便死去。

"好强的劲气，不曾想是位前辈高人。"苗人少女掩嘴而笑，方才的青涩转为一股娇柔妩媚，神色转换自如。

"我等并未得罪姑娘，为何要下黑手？"唐智仁冷声说道。

阿妞和曲布也很恼怒，如果不是唐伯反应快，他们也早已中招。唯独唐萧看着地上的小虫子，若有所思，至少，他确定这几只虫子不是毒虫。

"我和你们闹着玩呢。"少女咯咯一笑，试图一句话将这事儿掀过。唐智仁选择隐忍，说到底不愿意惹事。

此时，少女身后的一位随从低语："圣女，办正事要紧。"

"圣女？"唐智仁想到了什么，他虽只是一介商人，但知道不少江湖中事，西南地域中，只有玛瑙十二连寨的苗人有圣女！

所谓苗山十二寨，寨寨入云中，在山高峰险，直耸入云的玛瑙山上，大批苗人结寨自守，占据了玛瑙山及方圆一百多里的区域，号称玛瑙十二连寨。他们行事极为低调，固守自己的一片境域，不让外人踏足。传闻苗人圣女善良美丽，不但善言还善蛊，从不做害人之事，但眼下圣女突然布虫的举动，让人对传闻生疑。

"二叔，什么圣女，她就是圣女吗？"唐萧忍不住问道。唐萧知道对方是苗人，当年为了制出更好的茶，他也看过苗茶和蛊虫的书籍，但对苗人的势力不太清楚。

唐智仁低语道："十二连寨是苗人的势力，既然苗人这么称呼她，那应该是真的。我们可能有大麻烦了！"

"应该没什么麻烦吧。"唐萧看着地上的绿虫，与唐智仁的想法不同。

"圣女，何须与他们多说，直接盘问便是。"十二连寨圣女身后的另一随从催促。

"盘问？"阿妞关注点在这两个字上，曲布也神情一怔。

"你们两位是烟峰彝寨的人吧，实不相瞒，我养了一些金蝉，但着实难养，因此想借用一下你们的拉觉赫机，就是彝王茶鼎，用它炼制一些金蝉圣食。"圣女眨巴大眼睛，一脸无辜的样子。

原来半月之前，圣女豢养的金蝉不知为何渐失生机，她觉得定是各种大补之物杂质甚多，喂坏了娇弱的金蚕。于是，圣女想到烟峰山寨借彝王茶鼎炼药祛除杂质，这才借道青牛镇，欲要前往烟峰山山寨。然而，彝王茶鼎是彝人的三大神奇之一，也是在神马、神羊不知所终以后，目前唯一还存于世的神器，怎能轻易借给外人，所以，当圣女在青牛镇见到彝人装束的曲布时，顿时心下一喜，她在出发之前做了充足的准备，知道曲布是彝人年轻一辈中的佼佼者，因此想借机试一试他们的实力，好为自己的下一步行动做一下参考。

"彝王茶鼎是用来制茶的，不是用来煮吃的！"阿妞气愤地说道，一点儿也不给圣女面子。圣女的明眸打量着阿妞，发现她的皮肤是麦芽色，与寻常的汉家少女不同，耳垂更有小小的耳坠，应该也是一位彝人。

"未煮过你怎知道不行，传闻彝王茶鼎可以制出绝品好茶，茶理与药理相通，我就想试一试。"圣女又这般说道，像是一个性情多变的小姑娘。

"拉觉赫机是我们彝人三神器中唯一还存于世的神物，绝不会借给你用！"阿妞索性也直来直往。

圣女只是笑了笑："阿妹好倔的脾气，听说烟峰山是烟雨十八峰中的最高峰，常年大雾环绕，山高路远，山顶却有一块巨大平地，还有一个风景秀美绝伦的大湖，不知你能否引路？"

"为什么要给你引路，难道带你去山寨抢茶鼎吗？"阿妞冷声。

"圣女，这妮子嘴硬，用万虫噬心磨一磨她的性子，让她知道什么叫作生不如死。"圣女身后的一位随从故意发声。

"你们敢！"阿妞气鼓鼓的，狠狠地拍了拍桌子。

驿站角落动静很大，一行苗人都围了过来，一个个握着手里的腰刀，一股寒气弥漫在客栈中。圣女性格多变，阿妞直来直往，争吵下去，必然引起更大矛盾。唐萧本想说上几句，但唐智仁对他摇了摇头，示意他静观其变。

曲布有些江湖经验，便用上缓兵之计，说道："圣女，如果烟峰山的头人知道你要挟持我们，他会怎么想，还会借你们彝王茶鼎吗？"

圣女想了想，慢慢地摆了摆手，一众苗人才纷纷收手。圣女又说道："你们俩拒人于千里之外，我也不好勉强什么，但彝王茶鼎，我势在必得。"

"你！"阿妞气得说不出话。

此时，唐萧终于忍不住，想要化解这场误会，他开口道："圣女想要茶鼎用来炼药，无非是为了救金蚕，用大量补药养着金蚕，也只是为了救人治病，你若把话摊开了说，相信烟峰山山寨也会成全你。"

唐智仁拍了拍脑袋，他一个不留神，还是没管住唐萧，心想唐萧这回又要招摇了！但作为唐家二爷，不能不管唐萧，他马上低喝："萧儿，胡说什么！"

接着，唐智仁笑着对着圣女轻语，"圣女，我家侄儿无礼，还请见谅。"

阿妞在气头上，也不喜欢唐萧刚才所说，嘀咕着："她哪有什么好心肠，还会救人？"

唐伯还是没说话，暗中运转内劲，随时应对突发事件。

唯独十二连寨圣女咯咯一笑，笑得有些娇媚，她看着唐萧说道："小阿哥的嘴巴挺甜，你怎么知道我要救人，如果说不出个所以然，小心我割了你的舌头。"

第二十一章

妙手回春治金蚕

十二连寨圣女的话带着杀气,在场之人均是大惊。不过,唐萧差不多摸透了她多变的性格,觉得她是个内心善良的人。

唐智仁对唐萧彻底无语,索性表明了身份。唐智仁对着圣女抱拳道:"圣女,我们是唐家山无尘山庄之人,侄儿唐萧方才只是随口一说,还请你别放心上。"

"原来是无尘山庄的人,你们唐家与我们苗人在生意上多有往来,倒也称得上是童叟无欺,那我就不为难他了,不过方才的问题,我倒是想听听答案。"圣女忽冷忽热,让人不太适应。

唐智仁示意唐萧继续说。唐萧对着圣女抱拳,指着地上的绿虫:"如果我没有认错,地上的虫子是西南特有的益虫,名为绿萤静心虫,一旦见光便会快速死去,死前散发出一股清气,对人有提神醒脑的功效。"

"绿萤静心虫,这是什么虫子,没听说过啊?"

"不会是乱编的吧?"

"这个少年是谁啊,知道这么多东西?"

驿站内的商旅们悄然议论,唐智仁一行人听得唐萧之语,都露出一脸惊色。难道方才圣女突然布虫,并没有坏心眼?

"唐萧,你确定这是绿萤静心虫,而不是其他毒虫?"阿妞满心疑惑地问道。

唐萧对着阿妞点头:"刚开始我不太确定,但现在我万分确定,绿萤静心虫死后,只留一双薄翼,不信你们往地上看。"唐智仁一行人又往地上看去,正如唐萧所说,地上的虫子消失不见,只剩下几双薄翼!

"真的是这样，唐萧，你居然这么了解这虫子！"阿妞惊诧地看向唐萧。

唐萧对她笑道："平日忙里偷闲，偶尔看过一些杂书，见到了这种虫子，觉得很有意思，就把它记了下来。"

"有趣，有趣。"圣女慢慢地拍了拍手，一双美目流转，不停地打量着唐萧。而后，圣女又问道："小阿哥，这又能说明什么呢？"

唐萧不缓不急："昨晚坐马车赶路，我们一夜都没好好歇息，圣女一眼便看出我们疲累，对症用以绿萤静心虫，想必医道上颇有建树吧。"

"算是一种试探吗？"圣女咕哝。听得圣女的话，一位随从冷声道："小子，你讲故事的能力不错，但我们可不是来听故事的。"

"无妨。"圣女又摆了摆手，让随从不要插嘴。

唐萧继续说道："茶理和药理相通，我也看过苗医的书，书上说金蚕是能够化瘀祛毒的圣虫，养一只金蚕不但需要许多天地灵药，但主要作用也不过是治病救人，对自身的武功修行并没什么明显益处，圣女耗尽心力饲养这样的金蚕，当然是心地善良的人了！"

唐萧和其他人不一样，他看到了圣女善良的一面，一层一层揭开神秘面纱，让同行的一众人都分外惊讶。接着，唐萧又依照唐智仁透露的信息，说道："传闻十二连寨圣女精通医道，救人无数，今天总算见到真人，果然名不虚传！"

圣女确实精通医道救人无数，但她的性格也是诡异多变，喜怒无常。毕竟十二连寨中竞争激烈，再加上她长期和毒虫异草为伍，不知不觉间也被这些毒物所影响。

当然，唐萧的话对圣女很受用。圣女笑着反问道："小阿哥狠狠地夸了我，但说到底，你是让我不要夺鼎咯？"

唐萧笑道："圣女夺鼎是为了治疗金蚕，如果用别的方式也能达到目的，何必千里迢迢去烟峰山？"

"咦，你有办法治疗金蚕？"圣女双眸放光，似乎听出了唐萧的弦外之音。

唐萧并未马上答应，只是认真地点了点头："圣女能不能让我见一见金蚕。"

圣女有些犹豫，但还是从腰间的布兜里掏出一枚红木锦盒，打开红木锦盒，只见一只灰不溜秋、小拇指大小的蚕，一动不动地躺在各种大补药之上。

"传闻中的金蚕，它怎么一动不动的？"阿妞喃喃，怎么看都觉得是灰蚕。

"兴许是累了。"旁边有人回答道。

不少人和阿妞的想法一样，但没敢说出来。唐萧则是眉头紧皱，茶理通药理，药理通毒理，毒理便是蛊虫的一种。

圣女叹了一口气："金蚕以天地灵药为食，如今它病了，再好的药都治不好，唐大公子，你有什么手段？"

唐萧仔细观察金蚕，他发现金蚕虽然呈现灰色，但通体湿润，像是浮肿了一般。接着，唐萧又仔细地看着盒子中的各种药材，认出了其中一部分，包括人参、灵芝、当归、枸杞、虎鞭、鹿茸等，其中大部分都是极烈的大补品，一个念头顿时涌上心头。

唐萧不由问道："圣女，你是不是第一次养金蚕？"

圣女点头道："我偶然在十万大山中找到了这只金蚕，用晨露和灵药喂养，虽然把它养大了一些，但确实是第一次养。"

"那你是按照何种饲养方法？"唐萧不确定地问道。

圣女摇头道："金蚕是天地中的奇兽，可遇不可求，典籍中也没有记载饲养方法，全靠我自己摸索。"

听得圣女的叙述，唐萧恍然大呼："那也难怪了！"

"什么这个难怪，那个难怪，唐萧，你别卖关子了！"阿妞有点不耐烦地说道。所有人都不明白唐萧为什么一惊一乍的。

圣女也问道："唐大少爷，你想到办法了？"

唐萧点了点头，对着阿妞说道："阿妞，你身上还有茶吗？"

"有！"阿妞拿出身上的一罐子茶叶。

唐萧取出茶叶，当即泡了一壶茶，又将茶水倒掉，仅留下湿润的茶渣。唐萧笑道："圣女，你这金蚕虚火旺盛，湿气上身，简而言之，就是它上火了。"

"上火了？"圣女将信将疑。

唐萧又说道："晨露性寒，灵药性热，每天用寒热的东西喂它，它当然没办法适应了。况且蚕是畏水的虫子，每天都喂它晨露，它也受不了，以后也只能喂点茶渣消消火。"

"说得神神道道，谁知道是真是假。"圣女的一位随从插嘴道。

"你要是不相信，现在就可以一试。"唐萧大大方方地说道。

"金蚕要是吃坏了，你负得起责吗？"随从冷声说道。

"金蚕可能已经被我养坏了，与其看它天天病恹恹的，不如让他尝试一下。"说着，圣女双手夹起一抹茶渣，将茶渣丢入了盒子中。

所有人的目光都盯在了小小的锦盒里。很快，金蚕挪动着身体，竟然朝着茶渣爬了过去。而后，金蚕在茶渣上蹭了蹭，竟然大口啃食起来，才一会儿，就将茶渣吃了个精光。

"它吃东西了！"圣女惊喜，又丢了一部分茶渣。而金蚕胃口大开继续吃，它身上也逐渐变得透亮。

"金蚕变透亮了一些，也更有活力了。"圣女喜上眉梢。

所有人都对唐萧投去佩服的目光，连唐智仁也对唐萧刮目相看。阿妞更是打趣道："唐萧大师，原来你在医理上也这么厉害！"

唐萧松了一口气，又说道："圣女，仅仅靠茶渣还不够，需要炼制出绝品茶叶，以茶叶的良性驱除大补之物的残余影响，才能让金蚕完全恢复。"

"多谢唐大公子提点。"圣女对着唐萧抱了一拳，但马上又有了愁容，"只是炼制绝品茶叶何等艰难，连我十二连寨的制茶高手，也多年未曾炼制出，这该如何是好。"

"圣女，你这次找对了人，唐萧一定可以炼制出绝品茶叶！"原先对圣女并不友好的阿妞，对唐萧信心满满。

不知为何，圣女对唐萧也投以期许和信任的目光。唐萧笑着打包票："不久之后，我要去烟峰山山寨，配合头人用彝王茶鼎制茶，如果得到绝品茶叶，一定送到十二连寨。"

"唐大少爷的恩情，阿瑶记在心里。"圣女对着唐萧行双手一拜之礼，还说出了自己的名字。唐萧急忙双手拖着圣女的手，他也受不住这个礼。

"这么说，圣女应该不会要挟我和阿哥，也不会去找茶鼎了吧？"阿妞试探着问道，她也明白唐萧方才这么做，都是为了自己着想。

曲布虽然不喜唐萧又出风头，但至少唐萧替他和阿妞解了围，他也就没说什么。

"小阿妹,已经找到了治疗金蚕的办法,我当然不会再去烟峰山借鼎。"圣女如是说道。十二连寨的众人也纷纷点头。

"很好,江湖上又多了个朋友。"唐伯也笑着摸了摸胡子。

此时,圣女对着唐萧说道:"唐大少爷,日后有用得着阿瑶的地方,只管来十二连寨找我。"

唐萧嘿嘿地笑道:"如果有机会,我一定去十二连寨找你,到时候看看神秘的苗寨,学习一下苗药。"

"唐萧,你怎么哪儿都想去,哼!"阿妞有点不高兴了。唐智仁和唐伯笑了笑,似乎看出了阿妞的心思。曲布在一旁不说话,因阿妞对唐萧亲昵,他内心更加厌恶唐萧了。

此时,圣女又从头上取下一枚银簪,递给唐萧:"如果你来十二连寨找我,就用这枚簪子做信物。"

唐萧点了点头,将银簪子收下。而后,十二连寨一行人纷纷对唐萧抱拳,径直离开了青牛镇驿站。

驿站之事已经了断,但驿站内的人们依旧议论纷纷。此刻的二爷唐智仁心事重重,虽和十二连寨结了善缘,但也让唐萧暴露在更多人的视野下。

时间不早,唐萧一行人吃饱了饭,继续朝着唐家山赶路。而在片刻之后,桐岭帮白虎堂堂主白啸急匆匆地率人赶到了青牛镇驿站。

一到驿站,白啸就找来了桐岭帮在驿站中的眼线,问了很多问题。而眼线也将方才的一切告知白啸。

白啸嘴角冷笑:"就怕你悄无声息,如今这般招摇,我便直接去无尘山庄要人!"

"白堂主,我们这就行动吗?"白虎堂中一位立功心切的香主问道。

白啸摇摇头,一把将手中的筷子捏断:"莫要轻举妄动,本堂主要他们好看!"

桐岭帮众人均是不解,白啸做事一向奋勇当先,如今却是瞻前顾后,殊不知,白啸已有自己的打算。

"堂主,我们再不抓紧一些,帮中各堂的兄弟,只怕要抢走我们的功劳啊！"香主急切地劝说。

白啸憋着一股子气，冷声道："你懂个屁，兹事体大，不是我们几个就能搞定的。"

香主也憋屈地说道："可这么干等着，也不是个事儿啊！"

白啸轻蔑地冷笑："等左右护法和其他堂主来到，我们再一起行动，这一次，我要踏平无尘山庄！"

第二十二章

唐家秘辛终见日

三辆马车在官道上疾驰，待到太阳将要下山，终于回到了唐家山的无尘山庄。山庄内的唐家下人们严阵以待，早前，唐智仁便飞鸽传书到无尘山庄，书信中有着营救唐萧的计划，唐家人也做好了准备。

唐萧刚回到山庄，来不及吃东西补充体力，便被老太爷唤了去。唐伯则安排阿妞和曲布的住处，让两人先行休息。

阿妞和曲布知道唐家人肯定要商量如何应对接下来的局面，他们作为外人确实不好参与，因此都听从了唐伯的安排。其实按照曲布的想法，他是想在半路上就和唐家人分道扬镳的，但是阿妞却坚持要送唐萧回家，再加上曲布也想看看这唐家到底有什么隐秘，竟然还隐藏着江湖一流高手，因此也和阿妞一起来到无尘山庄，但心里却早已打定主意，情况稍有不对，自己就立刻带着阿妞下山。

唐萧随着唐智仁来到山庄的前庭大厅。山庄的前庭大厅里，老太爷和他的几位老兄弟都在，唐萧父辈的一些叔伯左右排开，而唐萧父亲唐智杰和三叔唐智明，竟然也都只是站着，排不上号。

唐萧从没见过这种大阵仗，就算过年或者中秋时节，唐家人也没有这么齐，唐萧心想一定发生了大事！

"爹，路上耽搁了点时间，我把萧儿带回来了。"唐智仁恭敬地说道，没具体说遇到十二连寨圣女之事。说着，唐智仁看了看几位长辈，他也没想到阵势这么大。

早在阿妞报信当天，老太爷就召集了所有唐家族人，只因牵扯到了锦衣卫，必须提前做准备！要知道，锦衣卫手段通天，无论什么事都能查出个所以，他们通过唐萧，必然查到唐家。唐家若是个普通家族也就罢了，可它偏偏不是！

"萧儿见过老太爷，见过各位老太爷，见过各位叔叔伯伯。"唐萧老老实实的像一只小绵羊。

"给老夫跪下！"老太爷转过身子，一见到唐萧就重重地喝道，他被气得不轻。

"老太爷，您消消气，我这就跪下。"唐萧马上跪下，低着头，面对老太爷一行人。

老太爷又喝道："别跪我，朝南跪！"

"朝南跪？"唐萧心中十分疑惑，却不敢问什么，急忙挪动膝盖，直至背朝唐老太爷。

以往唐萧犯错时，老太爷只是家法伺候，用竹板鞭子打个二十下，唐萧疼得咧咧直叫，事情也就这么揭过。但这一次，老太爷让唐萧朝南跪，非比寻常。

大厅里十分肃静，唐智仁也站到了一边。

此时，老太爷又喝道："来人，家法伺候！"

顿时，有人拿了一根长长的藤条，藤条上满是倒刺，光看着就让人有点儿后怕。老太爷接过藤条，狠狠地朝着空中一抽，顿时发出呼呼的破空声。

老太爷喝道："唐萧，你可知错！"

唐萧觉得自己确实有错，错在太过招摇参加制茶大会，错在太过天真以为自己可以做贡茶生意，乃至招惹了锦衣卫，但想到自己辛苦制茶十几年，最终竟然落得这个下场，心中顿时百感交集，一时竟无语凝噎。

"你到底知不知错！"老太爷见唐萧不回答，又沉声说了一遍。

唐萧深吸一口气，闭眼说道："我有错，错在太过招摇，在边城惹了麻烦，错在太过天真，妄想做贡茶的生意。"

唐萧至少认错了，其他唐家人都为他松了一口气。但老太爷又皱眉问道：

"没有了吗?"

唐萧咂了咂干裂的嘴皮,想要为自己辩解,可一想辩解无用,又何须多费口舌,而且大厅这么大的阵势,不就是针对自己的吗?

唐萧低声说道:"老太爷,没了。"

老太爷苦笑,他怎会不知唐萧心中所想,但自己的良苦用心,唐萧又何曾知道,又何曾体会!老太爷缓步走上前,看着跪在地上的消瘦身影,他摇了摇头,日积月累,仍然无法将唐萧培养成接班人,他对唐萧太失望了。慢慢地,老太爷举起手中的藤条,稍稍一顿后,狠狠地抽向唐萧的背部。

"啪!"

藤条和皮肤接触的声音响起,一鞭子落下,一道血印子清晰可见。若是平常,唐萧早就疼得叫了起来,但这一次他没有叫,他咬紧牙关,甚至没有吭声。

"这一鞭,因为你招摇过市,让无尘山庄再无宁日,让唐家成为江湖谈资!"老太爷沉声说道。老太爷说得很对,至少每个人都是这样认为的,包括唐萧自己。

很快,老太爷又举起了藤条,狠狠地抽打了第二鞭。

"啪!"

大厅里回响着让人心悸的声音。

"这一鞭,因为你痴心妄想,妄想做贡茶生意,妄想当什么皇商,树大招风,为家族招来血光之灾!"老太爷说出了第二个理由,他还没有停手的意思。

二爷唐智仁闭起了眼睛,不忍多看。大爷唐智杰也微微攥拳,很想为儿子求情,但他说不出口。三爷唐智明拉了拉唐智杰的衣角,示意他先说话。一直以来,唐智杰三兄弟对唐萧疼爱有加,如今都十分不忍唐萧受此折磨。

"啪!"

老太爷的第三鞭落下,唐萧的身子微微颤抖,他感受到了切肤之痛,好像皮肤被人硬生生地切开一般。

"这一鞭,因为你不务正业,不按祖规继承唐家的产业,让唐家几至后继无人！"老太爷说出了第三个理由。

三鞭落下，唐萧后背皮开肉绽，鲜血直流，没个十天半个月，根本站不直身子。老太爷喘着气，他还要继续鞭打唐萧。

此时，唐智仁终于忍不住开口道："爹，萧儿年纪尚小，很多事情都不明白，现在你也责罚了他，要不就算了？"

"爹，萧儿他根本不会武功，挨了你三鞭子，怎么受得了！"唐智明也于心不忍地劝道。

"他该打，该打！"老太爷不听两个儿子的话，又重重甩出一鞭。

"啪！"

"这一鞭，因为你冥顽不灵，屡教不改！"老太爷手握着藤条，大口喘气。

唐萧挨了第四鞭，已经疼得全身冒汗，双手紧紧地扣在膝盖上，他热爱制茶之道，没有什么可以剥夺他对茶道的痴迷！

"这一鞭，因为你不服管教，逃离山庄！"说着，老太爷又举起了藤条。

此时，唐倩从后堂跑过来，径直挡在了唐萧的身前。

唐倩双眼泪汪汪："老太爷，你别打哥哥了，要打，你就打我吧，是我让哥哥逃走的。"

"你……你给老夫让开！"老太爷不忍心打唐倩。唐倩紧紧地抱着唐萧，鲜血也染红了她的衣裳。

"倩儿，让开，我活该被打。"唐萧苦笑着，帮着唐倩擦去眼角的泪滴。

唐倩连连摇头说："不，哥哥，老太爷不该将他的想法强加给你。"

"爹，我管教萧儿不严，你也打我吧。"一直没有开口的唐智杰从一旁走出来，跪在老太爷面前。

"家主，要不就算了吧？"

"这么打下去，会把他打死的。"

"锦衣卫找上唐家，也不能全怪唐萧。"

老太爷的一帮老兄弟看不下去，也纷纷这么说道。

"也罢，也罢。"老太爷见所有人都为唐萧求情，只得收起藤条。唐倩和唐智杰见状，这才拉着唐萧站起来，三人站到了大厅的一旁。唐萧的后背鲜血淋漓，就如同火烧一般，但他依然坚持站着，因为他感觉到老太爷接下来还有大事要说。

惩罚唐萧就这么揭过，但更大的事情却没办法揭过。老太爷叹道："老夫愧对祖宗，今日召集所有唐氏宗人，就是要告诉你们，我们唐家并非寻常家族，唐萧这次，实在是为我唐家招来大祸！"

唐家众人面面相觑，不知老太爷这话是什么意思，唯有几个唐震的老兄弟，跟着叹了叹气，他们本想让一些唐家的记忆永远消失，让后辈子孙过上平淡的日子，但唐家有意远离江湖，江湖却还要牵扯上唐家。

老太爷目光扫视众人，久久之后叹道："事已至此，这事也不能再瞒着大家，茶园之下，就是我唐家的祖宗坟墓。"

"茶园，祖宗坟墓？"唐萧呢喃，他终于明白，为什么老太爷死活不肯将茶园租给桐岭帮，也乐见自己保住茶园！本以为自己保住茶园，就能够经营茶叶生意，岂知老太爷的态度又变了，现在终于找到了答案！

"朝南跪，我在跪祖宗们。"唐萧又想到了更多，他从来都不知道茶园里有祖宗坟墓，如今，老太爷让自己这么跪，是在给祖宗谢罪啊！

"其实我们唐家，就是曾经让江湖中人谈之色变的蜀中唐门！"老太爷一字一句地说道，脸上的表情十分复杂，有追忆，有自豪，有惋惜，有痛苦，不一而足。

"啊！"众人惊讶，他们没想到，一直以来务农经商的家族，竟然会和蜀中唐门，这个江湖中传闻杀人无数，留下无数诡异传说的门派牵扯在一起。

关键在这些年轻的唐家人听过的传说里，蜀中唐门可是被中原正派武林联合剿灭的邪派！

"这些年，你们应该或多或少听说过唐门的名声。尤其是那些名门正派，把我们唐门说成是杀人如麻、无恶不作的邪魔外道，这些都是污蔑！我唐门，行得端坐得正，从未做过伤天害理之事！倒是那些名门正派，表面上道貌岸然，实际上都是男盗女娼！"唐老太爷恨恨地说道。

"老太爷，那到底是怎么回事，您能不能和我们详细说说？"唐萧忍不住开口了。

"今天叫你们来，就是要告诉你们这段往事！"老太爷叹了口气，从头讲起。

两百年前，江湖中出现一名神秘的绝顶高手，以机关暗器、毒药毒物和制药炼丹三大绝技纵横江湖，江湖人称"摄魂老九"。这名高手，就是唐家先祖，江湖中人闻之色变的蜀中唐门创始人唐九。

唐九一代宗师，凭借三大绝技创立蜀中唐门，并亲自撰写出《毒经》、《器经》和《药经》三本旷世奇书，将他毕生所悟所得尽皆记录于此，乃是武林中关于机关暗器和制药用毒的无上秘籍，由历代唐门掌门亲自掌管。然而后世子孙中却再也没有出现一个能向他一样将机关暗器、毒药毒物和制药炼丹三大绝技融会贯通于一身的武学天才。渐渐地，唐门内部弟子开始根据自身天赋和爱好在机关暗器、毒药毒物和制药炼丹中各选一门全力钻研，另外两门则作为可有可无的辅助，最终在唐门内部产生了擅长机关暗器的器门、擅长毒药毒物的毒门和一心制药炼丹的药门。当然，相比于威力强大，立竿见影的器门和毒门，药门子弟始终人脉单薄，因而也一心钻研药理，几乎不问世事。

四十年前，出身器门的唐靖成成为唐门的新一代掌门，他提出了暗器亦明器的主张。意为暗器如同刀法、棍法、剑法一样，都只是一门武功，意图摆脱世人对唐门擅用暗器，阴险毒辣的印象，将唐门的地位与少林、武当这样威震江湖的名门正派相提并论。为此，在华山论剑时，唐靖成光明正大地告知对手自己要使用暗器，而且每次发射暗器之前都会出言提醒，却依然凭借一手独步天下的暗器功夫连挫少林寺方丈、武当派掌门为首的十八派高手，奠定了自己江湖第一人的位置。唐门由此也迎来了发展的巅峰时期，正式走出巴蜀，在大明两京十八省都设有分舵，大有一统江湖之象。

以正统自居的中原武林不肯承认唐门的地位，甚至多次主动挑衅，导致双方冲突不断。唐靖成深知唐门出身西南边陲，想要在中原立足十分艰难，面对中原武林的挑衅多做忍让，这也让内部一些人产生了不满，尤其是唐靖成的弟弟唐靖礼。

和唐靖成正大光明的作风相反，唐靖礼从小性格阴暗偏执，偏偏又在毒药毒物上天赋极高，是当时的毒门第一人，也是上一任唐门掌门离世前，呼声极高的掌门继承人，然而最终还是败给了器门的领头人唐靖成，这让他和毒门一脉的弟子都非常不满，怀恨在心。再加上他认为既然得不到中原武林的承认，唐门又何必去遵循他们的规则。唐门就应该作为黑暗里的使者，成为包括至高无上的皇帝在内的所有人的梦魇，这种危险的思想让唐靖成十分警惕和反感，作为兄长的唐靖成多次劝说唐靖礼，却收效甚微，器门和毒门之间长期的利益冲突，以及掌门之争带来的私人恩怨，使这对兄弟早已经貌合神离，形同陌路。

就在此时，少林寺方丈释空在闭关修炼时被人毒杀于密室之中。中原武林认为是唐靖礼干的。唐靖成被迫质问唐靖礼，但唐靖礼拒不承认，双方最终撕破脸皮，发生激烈冲突，最终演变为整个唐门的内乱。

追随唐靖成的器门和追随唐靖礼的毒门自相残杀，互相斥对方为唐门叛徒。唐门的实力在这场内乱中受到极大的消耗。中原武林趁此机会联合起来，对唐门展开围剿。唐靖成此时才醒悟，原来中原武林消灭唐门的心思一天都没变过！最终，唐靖成和唐靖礼相继战死，而人数稀少又无比低调的药门一脉，早在器门和毒门剑拔弩张之际，就已经不知所终，自此唐门彻底消声灭迹。

而唐家山一脉便是药门的后人，当年唐靖成进军中原大展拳脚的时候，以为祖宗守墓为名留下了人数稀少、行事低调的药门，就是因为他知道江湖险恶，专门留下的后手，让唐门不至于后继无人。唐门覆灭后，老太爷唐震执掌唐家，一心远离江湖，专心向普通商人发展，谁知唐萧依然将江湖的风波拉向了唐家。

唐萧和其他的年轻族人听得心中翻江倒海，完全推翻了他们对唐家的认知。此时，唐萧终于明白唐伯为什么武功那么强，还擅长使用暗器；明白唐家为什么消息这么灵通，可以在短时间内做出应对和集结；原来自己家族是蜀中唐门仅剩的血脉！

第二十三章

厉兵秣马只等闲

老太爷唐震将唐门往事一一道出，言语中有自豪也有不甘，想当初唐门是何等荣耀，后来又是何等悲凉。

老太爷悠悠叹道："当年，江湖各大门派合力对付唐门，唐门死伤惨重，几乎已经灭门。幸好在此之前，掌门让我们药门一脉带着《毒经》、《器经》和《药经》三本秘籍先行离开，回到唐家山，方才为我们唐门留下最后的血脉。"

"老太爷，当初咱们药门一系的离开，是掌门刻意安排的吗？"唐家旁系的一位少年问道。

"不错，掌门知道我们药门一脉向来不问世事，也不想器门和毒门的争端波及我们，所以让我们集体离开唐门，回到唐家山为先祖守坟。想来，这也是掌门高瞻远瞩，或许他在当时，就已经预料到了唐门的结局吧！"老太爷摇了摇头，叹息着说道。

"老太爷，既然咱们药门一脉只是醉心于制药炼丹，那为何叔伯长辈们的武功如此高强，为何我们这些小辈又没有修炼武功？"唐萧疑惑地问道。

"咱们药门一脉，虽然主要是研究药理，但咱们好歹也是唐门中人，器门和毒门的武功，咱们还是要多少学一点的。实际上咱们唐门中人也都勉强算是三门兼修，无论是哪一门的弟子，除了精通本门之道外，另外两门的东西也多少会一点，只是再也没有出过祖师爷这般天资纵横的人物，无法将三门融会贯通罢了。何况《毒经》、《器经》和《药经》三本秘籍由我亲自掌管，这些年我们虽然远离江湖纷争，但也时常提防仇家上门寻仇，因此我和你的叔伯们也是日夜修炼，不敢有丝毫怠慢。至于你们这些小辈，我们唐家既然决定隐姓埋名远离江湖，就没有想过再让你们修习武功，只是想让你们做一个普通人，却没想到终究是宿命难逃，如今还是大祸临头！"

老太爷长叹一声，继续说道："如今，唐家从各渠道获取信息，一帮江湖高手正在前往唐家的路上，树欲静而风不止，唐门想要隐匿于江湖，江湖势力却依旧牵扯上唐门！无尘山庄是唐门最后的据点，祖宗坟墓在此，我们绝对不能后退。既然他们愿意来，那我们就奉陪到底，要让江湖之人知道，唐门虽不再辉煌，但也不是好惹的！"

"对，唐门没有孬种，我们奉陪到底！"

"为了祖宗坟墓，必须和他们厮杀到底，让他们知道我们的厉害！"

"我已经很久没有动身子骨了！"

"就让唐门再现江湖吧！"

唐家人一个个义愤填膺，为的是唐门的荣誉，为的是守护祖宗坟墓，为的是心中的一口气。如今，唐家年轻一辈了解到唐门的过去之后，虽然不会武功，但个个求战心切。

"老太爷，我要学武！"一位唐家少年说道。

"还有我和哥哥！"唐倩也忍不住说道，顺带也把唐萧带上。唐萧虽对武功没兴趣，但如果能学，他也愿意学一些。

"都怪老夫，不该禁止小辈们学武。"

"家主，等度过这一劫，再让小辈们学武，我们几个手把手教。"一位唐家老一辈说道。

"事已至此，只能兵来将挡，水来土掩。这些江湖高手来势汹汹，不给他们一点苦头吃，他们是不会善罢甘休的。也罢，唐门在江湖消失了四十年，很多人都忘记了唐门当年是怎么让他们闻风丧胆的！现在，就让他们重温一下这种感觉吧！"

……

夜幕降临，无尘山庄里一片静谧，但唐门之人都在夜色中秘密地忙活，重启唐家山的机关陷阱。唐萧因为挨了鞭打，暂时免去了体力劳动。

偌大的后院中，唐萧在唐倩的搀扶之下，拖着挨了四鞭子的身子，颤颤巍巍地来到住客人的厢房。

厢房中点着蜡烛，阿妞和曲布在相邻的两个房间，此时都还没有睡下。唐萧先是敲开了阿妞的房门。

"阿妞姑娘，开开门。"唐萧十分直白地说道。

房间内马上有了声响，阿妞一听到唐萧的声音，就心头有如小鹿乱撞。

"吱嘎。"

阿妞开开了房门，一开门，她就看到唐萧面色苍白，似乎不对劲。

阿妞关心地急忙问道："唐萧，你这是怎么了？"

"没事，小问题。"唐萧咬牙说道，不想告知阿妞真相，径直往房间里走。

此时，阿妞才注意到唐萧身旁的唐倩，她见唐倩一个漂亮的女孩子，竟然不见外地扶着唐萧，顿时心生醋意。

阿妞翻了翻眼睛，又说道："我看你确实没什么事儿，反正有这么漂亮的姑娘陪着你，就算疼，也变成不疼了。"

听着阿妞的话，唐倩也打量着阿妞，当她发现阿妞头上漂亮的发簪时，心中恍然了解了后者的身份，她不由得掩嘴笑了笑。

"阿妞姑娘，你好像不高兴了啊？"唐萧即使再傻，也感受到了阿妞的心情。

此时，感受着阿妞敌视目光的唐倩笑道："你就是哥哥常提起的阿妞姑娘吧，哥哥因为偷偷离开山庄，方才被老太爷责打了。"

"哥哥？"阿妞呢喃，没想到唐萧和眼前女子是兄妹关系，阿妞原本对唐倩的敌意消失得无影无踪。

"她是我妹妹唐倩，我三叔的女儿。"唐萧忙着介绍。

阿妞听着唐萧的解释，自来熟地拉起唐倩的手，像是认识很久了一样。阿妞说道："唐萧经常在你面前提起我吗？"

唐倩笑了笑："哥哥每次提起你的时候，总是眉飞色舞的呢！"

"倩儿，别胡说，我哪里眉飞色舞了！"唐萧急忙说道，这回怎么都洗不清了，好想找个地缝钻下去。

阿妞瞅了一眼唐萧，她心里美滋滋的，但仍旧嘟囔道："我只是普普通通的一个人，他干吗眉飞色舞的，倩儿姑娘，你不会骗我吧？"

唐倩看着阿妞头上的发簪，笑道："哥哥说，阿妞姑娘头上的发簪很漂亮，所以我看到你头上的发簪，就认出你是阿妞姑娘。"

"倩儿姑娘，你若是喜欢，我就将这枚簪子送给你。"阿妞从头上取下发簪，二话不说地塞到了唐倩的手里。唐倩没有推搪，也欢喜地将之收下了。

两女有说有笑，叽叽喳喳说了不少无关紧要的事情，唐萧就这么在一旁听着。等两女说得差不多了，唐萧也说起了正事："阿妞姑娘，有一件事情我不该瞒你。"

"什么事儿？"阿妞不解地问道。

唐萧早先犹豫了很久，但现在觉得唐家就是唐门的消息，一定会传遍江湖，再过一阵子也就不是秘密了。唐萧说道："唐家就是二十年前在江湖销声匿迹的唐门，唐门背负恶名，更有唐门暗器秘籍和制毒秘籍这等宝物，江湖势力都想得到，无尘山庄不日将非常危险。"

"唐萧，你说了这么多，是想赶我走吗？"阿妞关注的不是唐家到底是什么，而是唐萧要让她离开无尘山庄。

"我……"唐萧有些语塞。

阿妞想了想，说道："唐萧，即使我现在离开唐家，外面也到处都是其他江湖高手，你忍心看我被他们抓走吗？"

第二十四章

各怀鬼胎心思异

阿妞的话问住了唐萧，唐萧一时间不知如何回答。实际上，二爷唐智仁方才来过厢房，让阿妞考虑一下，到底要不要暂时留在唐家。

此时，门外出现一个身影，曲布从隔壁厢房走了过来。

曲布也不打招呼，直接开口道："阿妹，我觉得我们应该马上走，即使我们遇到江湖高手，只要他们见我们不是唐家人，就不会为难我们。"

"曲布兄弟，这么晚了，你也还没休息。"唐萧笑着站起来，对着曲布抱了一拳。曲布却没有搭理唐萧，穿过唐萧和唐倩两人之间，径直走向了阿妞。

唐倩觉得不对劲，低语道："哥哥，刚才那人怎么这么没有礼貌？"

"我也不知道。"唐萧耸了耸肩，不知道自己哪里得罪了曲布。

听着曲布的话，阿妞摇了摇头，说道："我们同时得罪了锦衣卫和桐岭帮，他们不会放过我们俩！"

曲布摇头道："我们是烟峰山山寨的人，咱们马都司虽然不复当年之盛，但好歹也是自唐朝以来就传袭至今的大土司，如果没有重大利益牵扯，锦衣卫和桐岭帮也不敢对我们怎么样，多一事不如少一事，他们也巴不得我们现在离开。"

"阿哥，你一直说江湖险恶，行走江湖应该小心行事，现在唐家外面都是江湖高手，谁知道他们心里到底怎么想的，我看留在无尘山庄躲避最好。"阿妞有些担忧地说道。

曲布又说道："阿妹，如果我们坚持留在此处，那锦衣卫和那些江湖中人来攻打唐家的时候，我们如何自处？难道你真的想给山寨，想给族人招去灾祸吗?"

"可是……"阿妞看了看唐萧。

唐萧想了想说道:"阿妞姑娘,曲布兄弟,你们还是连夜下山吧,走山后的小路,宜早不宜迟。阿妞你放心,我们唐家家大业大,门路广阔,老太爷已经在着手处理这些问题,我们不会有事的!"

"阿妹,你如果因为一己之私,给山寨和族人招来灾祸,你会内疚一辈子的!"曲布厉声说道。

"好吧。"阿妞纵然有些不舍,但也不是磨叽的人,她又说道,"唐萧,我在烟峰山山寨等你,你可一定要来!"

唐萧重重地点头:"我一定来!"

"阿妹,走吧。"曲布催促。阿妞三步一回头,终究咬了咬牙,离开了无尘山庄。

不久,天空下起了蒙蒙的小雨,阿妞和曲布连夜从小路下山,并未遇到其他人,两人算是远离了旋涡中心。

雨夜子时,唐家山山脚下并不平静,西南的不少势力都出动了。桐岭帮先行到达唐家山周边,没多久,春月茶楼和万金商会紧跟而至。

无尘山庄就是唐门的消息,就像一束烟花一样惹人注目,一时间在西南传得沸沸扬扬。人们也相信用不了多久,整个江湖都会闻风而动。传闻,当年唐门被众多门派联合绞杀,但一直没有找到有关唐门的暗器秘籍和制毒秘籍。

江湖上,但凡有问鼎中原想法的门派,都想得到唐门的暗器秘籍和制毒秘籍。另一方面,唐门牵扯到少林释空大师被毒杀一案,道义上来说,江湖门派对付唐门就是正义的举动,哪用管唐门是不是被冤枉的!所以,桐岭帮前脚刚动,弄出了不小的动静,春月茶楼和万金商会便跟着赶来了。

唐门人马早早埋伏在唐家山的各个要道,所有机关重新启动,一些新的机关也准备就绪,只等这群自诩为江湖正道的人士上山。

"掌门,探子来报,唐家山山脚下至少有一千余众,除了来自边城的桐岭帮、万金商会和春月茶楼三大势力,还有一些无门无派的江湖人士,更有一队锦衣卫,只怕今晚将要发起突袭。"唐智杰悉数告知老太爷。

老太爷点头道："只是一群乌合之众，还不足为惧，唐智杰，唐智仁，唐智明，唐智奇，你们率领梅兰竹菊四大堂，暂时分别守住上山的四条通道，局势一旦有任何变化，及时派人到山庄大厅，老夫要亲自坐镇，调度人马及时支援！"

"是！"唐智杰等四人纷纷抱拳。

此时，唐门年轻一辈纷纷转入密室避难，也包括了唐倩。而唐萧作为直系血脉和将来的唐门继承人，他被要求留在唐震身边，参与决策。

"萧儿，今夜之战，你有什么想法？"老太爷这般问道。

唐萧想了想说道："我有一事不解，黑夜，雨天，更有利于躲避和偷袭，非常有利我唐门作战，为何山下那帮人，非要选择这个时候攻山？"

老太爷摸了摸胡子："这群乌合之众，利欲熏心，才不会想那么多，或许，现在应该吵翻了吧……"

正如唐震说的那般，山脚下的各大势力争吵不休，还爆发了两次小规模的冲突，伤了七八人。锦衣卫百户陆浩峰头疼不已，为了调解各大势力的关系，不得不召集各大势力首领商讨对策。

天空下着微微小雨，但雨水在陆浩峰身体不远处就纷纷避让，竟然没有落在陆浩峰身上。懂行的人呢都知道，这是真气外放的表现，由此可见陆浩峰的深厚修为。陆浩峰提着很少出鞘的绣春刀，他两边站着一队锦衣卫，让他不怒自威。各大势力高手有的穿着蓑衣戴着斗笠，有的打着雨伞，还有的干脆淋着雨，三三两两地站在一起。

桐岭帮帮主孙志晟也来了，他身后站着五男一女六大高手，正是桐岭帮的左右护法和四大堂主。桐岭帮动用了在边城的八成人马，已经倾巢出动。

此时，孙志晟对着白啸使了个眼色，白啸马上意会，他上前一步说道："陆大人，我桐岭帮愿意打头阵，替朝廷分忧！"

"陆大人，桐岭帮办事不利，老夫记得前几日的城西宅院中，他们连个少年都看不住！桐岭帮不堪重任，万金商会愿意承担重任，率先出击。"万金商会的老者拄着拐杖说道。

人群中传出咯咯的笑声，春月茶楼徐三娘笑着走了出来，雨水打在她的脸上，依旧无法掩盖她的妖媚。徐三娘笑道："陆大人，春月茶楼倒不想打什么头阵,只是上山的路有多条,总得让一条给我们吧?"

"管他什么头阵不头阵,杀上去便是!"一些无门无派的江湖人士叫嚣,他们不属于任何势力。

陆浩峰何尝不知道这群人的心思,他们个个都心怀鬼胎,不是省油的灯。但陆浩峰也立功心切,想要在东厂和锦衣卫的人马到来之前,拿下剿灭唐门余孽的首功,此时正值用人之际,不得不用这群人。

"陆大人,还请你做出决断,我们都听你的。"青木也得到了孙志晟的眼色,故而这般说道。

陆浩峰缓了缓,看向在场的所有人,一双冰冷的眼睛,让人生寒,他已是一位真正的一流高手。陆浩峰说道:"陆某感谢诸位来到唐家山共襄盛举,一同剿灭唐门余孽,报效朝廷。以陆某愚见,唐门之人善用机关、暗器,时常隐匿在黑暗中,我们选择从主路出击,齐心协力攻上唐家山,当是最好选择。"

陆浩峰说得一点没错,如若能这样执行,他们一定可以攻入无尘山庄!但是,各大势力是乌合之众,他们无法拧成一股绳,而且他们也绝不同意!

白啸随便找了个理由,喝道:"呼啦啦一群人一起上,万一中了唐门的机关,大家一起受困,那该如何?"

万金商会老者也说道:"桐岭帮势大,容不下我们,而且夜黑看不清,万一伤了自己人怎么办?"

徐三娘也掩嘴笑了笑:"从小路走,才不容易引人注意呢。"

实际上,大家都想第一个攻入无尘山庄,搜刮山庄中的宝物,以及最为重要的暗器秘籍和制毒秘籍,再就是缉拿唐萧。

一群人叽叽歪歪,听得陆浩峰头大。陆浩峰沉思了一会儿,眼下众人并非他的手下,真到了关键时刻,还不一定听他的,如果混乱起来,后果不堪设想。

陆浩峰做出了决定,笑道:"诸位剿贼心切,都不愿落人之后,陆某也不好拂了各位的雅致,一共有四条上山的路,诸位随意选一条,如何?"

"小路太拥挤,我桐岭帮走大路。"白啸代表桐岭帮开口道。

"大路可不一定太平,你们可要想好了。"徐三娘似笑非笑地随口说道。

白啸对着徐三娘冷声道："徐三娘，你什么意思，我们桐岭帮势大，不太平就把它打太平！"

徐三娘无奈地翻了个白眼，也没有更多人接话，众人算是认可了桐岭帮走大路的决定。

"他们走他们的，咱们走咱们的，如何？"徐三娘看向万金商会的老者。

老者点了点头："咱们人少，反而好行动，一起走倒也不错。"

春月茶楼和万金商会算是暂时结盟，他们选了一条小路一起行动。

至于其他江湖高手，各有各的想法，有的跟上了桐岭帮众人，有的跟着春月茶楼和万金商会联盟，有的则独自行动。

雨渐渐停了，春寒料峭，子夜的山中泛着凉意，偶尔可以听到一些虫鸣声。

大路弯弯曲曲不太好走，但直通山腰的无尘山庄。白啸和青木打头阵，他俩率领一部分桐岭帮帮众在前方探路，中间则是桐岭帮的大部分人马，至于陆浩峰和孙志晟等人在后头压阵。

桐岭帮众人都听说过唐门的威名，都不敢大意，众人小心翼翼地探路，几乎是十步一回停，二十步一回头。

大路路程未半，前方竟然出现一阵阵浓烟随风而来，顿时让桐岭帮众人警惕起来。很快，桐岭帮众人发现，浓烟呛人口鼻，有可能还会含毒！

"有毒！"

"快跑啊！"

"冲过去！"

人群中不知谁喊了这么几句，桐岭帮前段的帮众顿时军心不稳。一来，众人都不知道这是什么烟雾，反正太呛人了，让人睁不开眼睛。二来，这烟雾太呛人了，根本没办法呼吸，会直接熏死人。于是，众人一个个纷纷朝前冲去，试图快速冲出迷雾，包括带头的青木和白啸。然而，噩梦才刚刚开始！

队伍前部二十多位桐岭帮帮众冲出迷雾，触发了地上埋着的机关，顿时，一排排极为锋利的竹排从左右两边而来，发出"呼呼"的破空之声。

第二十五章

攻山受挫梦断肠

密集的锋利竹排左右夹击，众人命悬一线！

青木和白啸武功高强，反应也快了很多，一个人蹬腿腾空，一个人立刻趴在地上翻滚，两人勉强躲开了致命竹排。而二十多位帮众们根本来不及闪躲，马上就被竹排刺穿了身体，一时间，到处都是惨叫声。

"唐门余孽如此恶毒，竟然布下这等机关！"青木看着满地尸体，一股怒意上涌，这些帮众有不少是他青龙堂的人。

"青木堂主，是我们大意了！"白啸也冷声说道。

不多久，风向发生了变化，烟雾也慢慢地散去。桐岭帮其他帮众也赶了上来，见到眼前血淋淋的一幕，一个个都感到心悸。

"继续前进，将无尘山庄的唐门余孽，杀个鸡犬不留！"孙志晟冷冷地说道，根本不在意死去的二十多位帮众，大不了日后再招募一些。

陆浩峰也点了点头，他早就猜测主路不会顺利。

接下来，桐岭帮众人分成数个方阵，前方只留少数几个身手矫健之人负责探路。这一次，桐岭帮众人都相对安全了不少，如果遭遇袭击，遭殃的也只有前方几人而已，很快，一行人慢慢地摸到了半路。

但是，唐门的人处于暗处，他们早就有了应对之计。老太爷根据最新得到的消息，快速调遣数位唐门长老以及菊花堂的人马，一起防守大路。众人抓大放小，没有对前面几位探路者出手，而是等待更多人进入陷阱。

黑夜中，唐门众人各就各位，再次打算开启机关。

"有埋伏！"处于队伍前段的青木听到了窸窸窣窣的声响，大喝了一声。

顿时，桐岭帮所有人背靠着背，随时准备迎击。

然而，众人没有等来暗器攻击，却等到了地面塌陷！一瞬间，至少有十几位帮众掉入坑中，而坑中竖立着各种锋利的竹子，让掉下去的帮众必死无疑！

孙志晟等人飞身而起，快速避开陷阱，他们的武功更高强，竟然在第一时间找到了暗中开启机关的唐门之人。

"哪里走！"孙志晟催动内劲，脚步轻点地面，速度快到了极致，朝着一个方向抓了过去！

孙志晟分明看到了一个人，他的眼中露出一股凶狠，眼看就要将此人抓出来。此时，一道黑色身影突然闪出，对着他狠狠地拍了一掌。黑影正是负责支援大路的唐伯。

孙志晟急忙对了一掌。

"啪！"

两掌交错在一起，发出很大的声响，孙志晟竟然没占到任何便宜，还往后退了两步。

"岂有此理！"孙志晟恼怒，想要继续出手之际，却见两根银针袭来，他只得急忙闪躲，错过了最佳时机。待孙志晟想要第三次出手时，黑影早就带着唐门的人，消失得无影无踪。

锦衣卫百户陆浩峰和桐岭帮的其他高手，也都发现了唐门之人，并且纷纷出手，但却没有留下任何一个唐门之人。只因唐门之人在暗中来去无踪，更有一些唐门长老保护！

"唐门余孽中竟有这么多的高手！"桐岭帮左护法冷声攥了攥拳。

"帮主，唐门余孽准备得远比我们想象中的充分，要不我们从长计议？"青龙堂堂主青木不由得低声说道。

"青木堂主，你怕了吗，孙帮主，你应该不会怕吧？"陆浩峰笑了笑，他绝不同意撤退，这么问算是给桐岭帮施压。

孙志晟眼看帮众死伤甚多，但他也有自己的野心："都已经杀到了这里，怎么能说退就退，本帮的兄弟们都白死了吗？"

"本帮的兄弟们不能白死，我就不信，唐门余孽还能玩出什么花样！"白虎堂堂主白啸冷喝，他有点杀红了眼睛。

桐岭帮左护法也说道:"现在路程过了一大半,我们马上就要杀到无尘山庄了,只需一鼓作气便可!"

右护法也开口说道:"帮主,我等不可轻慢兄弟们,攻入无尘山庄,庄中宝物任由兄弟们瓜分,待事成之后,更给每位兄弟赏银百两!"

"右护法之言即本帮主之言,事成之后,人人有赏!"孙志晟一口答应,他觉得唐门余孽实力不弱,帮中的兄弟多半要成为炮灰。

众多高层纷纷发言,未来还有银子激励,这让桐岭帮的帮众们恢复了一部分士气,除了重伤的先行下山治疗,其余数百人纷纷继续上山。

不多久,桐岭帮众人率先杀到了半山腰,偌大的无尘山庄已经若隐若现地出现在他们眼前。

但还不等众人高兴,四周响起"唰唰唰"的声音,只见一大片弓箭自前方而来,密密麻麻如同蜂群,竟是隐藏在暗处的箭雨大阵!

箭雨大阵需要十分精密的机关构造,乃唐门最辉煌的时候,掌门唐靖成派人耗费巨资督造。而今,老太爷重启了箭雨大阵,只要有人踏入阵中,就会被重新激发!

这些年来,老太爷等人精心呵护这套护庄机关,且足足准备了十万支弓箭,以防唐家遭遇不测!所以,老太爷对守住无尘山庄有很大的信心!

此时,箭如雨下,阵中的众人却在空旷的大路上,来不及找地方躲避,全都成了活脱脱的靶子!一瞬间,数十名桐岭帮帮众来不及反应,中箭倒地不起。

箭雨依旧连绵不绝,让人心中震颤!

"结阵!"孙志晟大喝。

桐岭帮帮众听到命令,慌乱中纷纷结成一个简单的防御阵。然而,密集的箭雨来自四面八方,挡住了左边却挡不住右边,挡住了前面,后面的弓箭又至!

仅仅不到二十息,又有几十位帮众倒下!

"这是唐门的箭雨大阵,根本无处可躲,挡也挡不了多久!"陆浩峰拼命地抵挡弓箭,他听说过箭雨大阵!

"没想到唐门余孽,竟然还能造出此等机关!"孙志晟也十分快速地闪躲,他试图冲出大阵，但竟然举步维艰。

"扑哧，扑哧！"两个锦衣卫中箭倒地。

陆浩峰眼见手下中箭，却还是冷声喝道："孙帮主，无毒不丈夫，死几个人算什么！"

孙志晟咬了咬牙："本帮主就不信，唐门余孽有这么多的弓箭，我们再坚持片刻，就能将他们的弓箭耗光！"

然而，唐门拥有十万支弓箭，远远超出陆浩峰和孙志晟的估计。不多久，一阵惨叫声中，又有数十名帮众中箭身死！

陆浩峰有些心急了，如此下去，还怎么剿灭唐门余孽，怎么向朝廷请功！陆浩峰喝道："孙帮主，咱们杀上前去，直捣黄龙！"

孙志晟早已杀红了眼，一听到陆浩峰的建议，他马上答应，随口喝道："左右护法，四大堂主何在！"

"在！"左右护法和四大堂主齐齐应声。

"随我杀上前去，杀出一条路！"孙志晟喝道，早已一马当先。

左右护法和四大堂主见状，咬了咬牙，也纷纷杀上前去。箭雨依旧密集，且袭来的方向变换不定。大阵中的众人有点精疲力竭，武功稍低的也跟着吃不消。

突然，孙志晟身旁又闪过了十几支密集长箭，只听得一声惨叫，玄武堂堂主被四枚箭羽击中，口吐鲜血。

"啊！"又是一声惨叫，来不及头尾相顾的朱雀堂堂主后背中箭，身体一滞，又被连连击中了几箭，看样子是活不成了。

"帮主，撤吧！"青木见兄弟们的惨状，终于忍不住喝了一声。

"帮主，撤吧！"好战的白啸也劝道，他的肩头也中了一箭。

实际上，孙志晟的双目闪烁不定，竟然有着一丝惧意，还没见到唐门之人，己方就已经几乎全军覆没了！唐门，唐门到底有多么恐怖，必须及时退走，但眼下的情况，他想走也走不了了！

陆浩峰和孙志晟等人运气不错，快要撑不住的时候，密集的箭雨居然停了！四周响起装填弓箭的声音，显然，下一次袭击马上会来！

"呼呼……"陆浩峰喘着粗气，他的手臂和大腿上都中了箭，好在他在锦衣下面穿了一套锁子甲，有效挡住了弓箭，受伤不重。但他也不敢再直面这恐怖的箭雨大阵，见到箭雨一停，二话不说地转身就走。

"撤！"孙志晟也急忙下令。

顿时，寥寥数十人，慌不择路地原路返回。

雨停了，大路上有数百多具尸体，唐门取得了一场真正的大胜！穷寇莫追，唐门之人并未追杀出去，而是立刻清理战场，清点回收弓箭。

小路上，唐门各种机关暗器层出不穷，万金商会和春月茶楼也死伤惨重，至少有一半的人死于非命，还好他们撤退得早，没有硬扛到底。万金商会老者和徐三娘面色难看，他们也终究为自己的贪婪付出了代价，思索下一步的行动。至于一些无门无派的江湖人士，由于缺乏配合，在唐门的各类机关面前更是近乎全军覆没。

山脚下，西南众多势力聚集在一起，而今，他们由原先的一千多人到如今只剩不足三百，而且人人带伤，这次攻山，连唐家的大门都没有摸到，竟然就折损一大半！

"陆大人，接下来怎么办？"徐三娘脸上没了妩媚，不由得问道。

万金商会老者狠狠地拄了拄手中的拐杖，说道："如果再不走，唐门之人或许反会杀下山，将我们一网打尽！"

"如果我们就此离开，唐门余孽逃走怎么办？"一位无门无派的江湖高手说出了担忧。

"咱们自己能活着就不错了，你还担心人家会逃走？"一位受伤的江湖高手冷声。

很快，一众人又开始吵吵闹闹，他们真的是一群乌合之众，怎么都没办法统一意见。

最终，陆浩峰决定先撤回边城，留下一些暗哨时刻观察唐门之人的动静，等东厂和锦衣卫的高手前来，再杀回无尘山庄！

第二十六章

江湖势力闻风动

经历了一夜的喧嚣后，唐家山又恢复了往日的宁静。晌午，唐家山上春意盎然，山脚下通往无尘山庄的四条路上，早已看不见任何尸体，如果仔细往地面看去，倒还能见到一些打斗的痕迹和血迹。

无尘山庄的前庭大厅，老太爷宣布昨晚战绩：唐门斩杀六百三十余人，己方没有死伤一人！唐门众人为之振奋，想必经历此战之后，唐门的威名又将响彻江湖！

唐门暂时解除了危机，但唐门之人绝没有掉以轻心，以更加积极的态度应对下一次危机。今日凌晨，唐门长老团决定采纳唐萧的建议，改变被动的局面，主动派人去边城展开刺杀行动，以威慑对唐门有企图的人，做到以战止战！

数日后，江湖上有关唐门再现的消息传得沸沸扬扬，一时间，不少江湖高手闻风而动，只为觊觎唐门的暗器秘籍和制毒秘籍。

小小的边城，成了江湖最热闹的地方。人们茶余饭后都在谈论唐门、几乎全军覆没的桐岭帮、任务失败的锦衣卫百户陆浩峰等，至于唐萧化名肖唐夺取制茶大会头魁一事，反而没那么受人关注了。

这几日，唐门高手也在暗中行动，他们一把火烧了春月茶楼的仓库，暗中逼迫万金商会交出三万多两白银，更杀了几个恶贯满盈的桐岭帮头目。万金商会和春月茶楼遭遇重击后开始示弱，决定不再参与唐门之事，更派人送信到唐门，无人知晓上面写了什么。

桐岭帮帮主孙志晟召集边城外的各大香堂，呼啦啦地又有了上千人，得以在众多江湖高手面前暂时撑住门面。

锦衣卫百户陆浩峰十分低调，对外宣称不见任何人，无人知晓他到底在搞什么！

很快，唐门高手也停止出手，只因江湖高手越来越多，都在关注唐门的行动。边城变得鱼龙混杂，一些成名已久的江湖一流高手竟然也出现在边城。反倒是酒痴周不仪乐开了花，日日向着后辈和同辈们讨酒喝。

"没想到唐门再现江湖，江湖又要热闹咯！"

"二十年前，唐门掌门唐靖成在华山论剑上一路击败十八派高手，依靠的就是唐门的暗器秘籍，唐门的水可深着呢！"

"据说唐门树敌不少，现在人人觊觎唐门秘籍，不知他们如何应对……"

边城的江湖高手们聚在一起不停地谈论，透露出不少极为有用的讯息。

当然，这些重要的讯息，也都经过探子的手，传回了无尘山庄。

无尘山庄的前庭大厅，唐门长老团依据最新的信息，不停地做出最新决策。而唐萧作为唐门的掌门继承人，也被允许参与决策。

"禀告掌门，最新制造的各类暗器箭支，已全部入库！"兰花堂堂主唐智仁向着老太爷做报告。原来，唐智仁利用万金商会的三万多两银子，大批购买各种材料，雇用附近村民中的木工和铁匠，连日连夜赶制弓箭和暗器。

"禀告掌门，从山脚到山庄的四条路，布上了上百处明暗机关。"梅花堂堂主唐智杰满头大汗地说道，他参与并检查了所有机关。明面上的机关和暗中的机关相配合，可以迷惑敌手，虚虚实实，杀个出其不意。

"禀告掌门，密室中的三口巨型水池均打满了水，囤积的食物足够食用半年。"青竹堂堂主唐智明笑着说道。

一则接一则的好消息，加上之前万金商会和春月茶楼示弱的信件，都十分利好于唐门。大厅里的唐门众人稍稍松了口气。

老太爷难得笑着捋了捋胡子："我等本来隐姓埋名，只为平淡一生，但如今身份暴露，人家打上门来，我们自然也不能引颈受戮。眼下，也只有全力奋战，以战止战，威慑江湖宵小之辈，只有我们展现出足够的实力，才能得到真正的平安！"

"桐岭帮、万金商会和春月茶楼经此一役，想必再也不敢打唐门的主意了。"唐门三长老也笑着说道。

唐萧却皱眉说道:"老太爷,陆浩峰为首的锦衣卫在攻山中也有死伤,可能会引起不小的麻烦,我们不能掉以轻心。"

唐门众人均是点了点头,纷纷看向老太爷,请他做出决策。老太爷摆了摆手,早就有了应对之策:"锦衣卫之事确实是意外,但据我了解,他们所求的不过是我唐家所谓的制茶秘籍。我唐家本就无心茶道,他们想要,给他们就是。何况这些年无尘山庄依靠官道,将生意做得越来越大,和官场之人也打过交道。官场的事,没有银子解决不了的。"

"老太爷,如果他们只是要什么制茶技艺,事已至此,我给他们就是了。但我怕他们的目的没那么简单!"唐萧有些忧心地说道。

"边城官府一没有发海捕文书,二没有调守城兵卒,应该只是那些锦衣卫贪图边城帮派的好处,自作主张,唐门与官府之间还有很大的斡旋余地。眼下主要是要找对牵线搭桥的人!"老太爷深谙官场之道。

"那我们找谁?"一名唐门长老忍不住问道。

"远在天边,近在眼前。"

"老太爷的意思,是找边城府令沈度?"唐萧开口问道。

"不错,还算你有几分聪明。"

"可是边城只不过是边陲小县,沈度不过堪堪六品,找他有用吗?"唐萧还是十分担忧。

"你懂什么,边城虽小,位置却至关重要。乃南丝路之咽喉,茶马古道之中枢,汉夷交会之节点,这等关键位置的府令,岂是边陲小县四个字能比拟?何况沈度是江南人,与江南各文社都关系密切,即使在京师,也是有人帮他说话的。"

唐萧和唐门不少人都恍然,看来姜还是老的辣。

听着老太爷的话,唐门二长老说道:"掌门说得不错,咱们送些银子去边城,让边城府令沈度出面打点锦衣卫及其幕后之人,大事化小,小事化了。"

"不错,有钱能使鬼推磨,只要咱们银子使得足,把沈度和那些锦衣卫喂饱,萧儿你再写一份制茶秘籍双手奉上,实在不行,我唐家的茶园虽然不能外租,但茶园所产的茶叶每年均可免费提供给边城官府,由沈度全权处置,如此厚礼，应该是足够了。届时唐萧你就老实在山庄待着，你不是喜欢种茶吗，你就在茶园种一辈子茶，无令不得下山！"

"老太爷，我……"唐萧听到一辈子不能下山，心里咯噔一下，第一时间想到的却是阿妞，忍不住想出言争辩。

"孽障，你为唐家惹的祸还不够多吗？"老太爷还没开口，唐萧的父亲唐智杰就已经怒喝。

唐萧自然知道自己这段时间给唐门招来多大的祸事。

唐智仁跟着说道："掌门，诸位长老，我和沈度有一些私交，由我带着银子去找他，应该没有问题。"

老太爷连连点头道："甚好，这件事情就交给你办，银子不是问题，为了安全起见，让唐生随你一起去。"

"掌门，就算能花钱摆平官府，但是中原武林和咱们唐门有血海深仇，尤其是少林寺一直认为是咱们唐门中人杀害了他们的掌门释空大师，如今咱们身份暴露，恐怕他们不会善罢甘休。"

"当年首席长老死前，不断强调释空大师一案，和我唐门无关。这些年老夫苦心调查，总算有了一些眉目，如果中原武林找上门来，老夫自会和他们解释。而且只要通过沈度搭上京师的线，由朝廷出面允许我们唐家在此安然度日，远离江湖纷扰，想来那些所谓的名门正派也不敢公然违背朝廷的命令！咱们唐家众人也算能光明正大安度此生了。事不宜迟，唐智仁，你速速出发。"

"是，掌门！"

唐智仁回答道，半个时辰后，唐智仁带上三万两银票，和唐伯一起前往边城。

月儿高高挂，春风微微凉。

唐萧难得有自己的时间，他在书房阅读一本发黄的书，这并非他偶然得到的茶道奇书，也不是唐门的暗器秘籍和制毒秘籍，而是一本札记！当年，首席长老病故之后，除了留下秘籍和种种不甘心外，还留下一本札记。札记上面写了释空大师一案的疑点，还有首席长老通过各方调查，得到的一些阶段性结论。

上午，唐萧也听老太爷提起札记一事，便拿回仔细翻阅，有心想为唐门洗刷冤屈。晚饭后，唐萧将札记看了数遍，越看越沉入，好似进入了释空大师一案中，并且确实有了一些收获，只等日后去验证！

此时，书房外出现一个偷偷摸摸的身影，原来是唐倩。唐倩神神秘秘地摸进了书房，一见唐萧就笑道："哥哥，你看什么书呢，背上的伤口还疼吗？"

唐萧被打断了思绪，摸了摸唐倩的脑袋："这是首席长老去世时留下的札记，我背上的伤口已经结痂了，想要彻底痊愈，还需要一些日子。"

唐倩对札记不感兴趣，嘟囔着嘴："老太爷出手太狠了，让我看看。"

唐萧脱下衣服转过身，身后四条血痂十分可怖。唐倩看了一眼，就急忙转过身去，不敢再看。直到唐萧穿上了衣服，唐倩回过身来，从怀里取出一瓶丹药："这是三长老炼制的疗伤药，他说他能制毒，也能制疗伤药，这药叫什么……清心玉露丸。"

第二十七章

突有圣旨显杀机

唐萧接过唐倩递来的白色瓶子，倒出一颗乳白色的清心玉露丸。

唐萧仔细观察这药丸，药丸如同黄豆大小，上面十分光滑细腻，并且散发着一阵清香。随后，唐萧将药丸一口吞下。才不久，唐萧感觉全身清爽，身上伤口的灼热感也少了很多。

"哥哥，怎么样？"唐倩期待着，瞪大了眼睛问道。

唐萧伸了伸双手，如实地说道："我全身舒畅了很多，这药的口感也很不错，香中带着微甜！"

"听说药里掺了雪莲、人参，还有各种天材地宝。"唐倩拾人牙慧地说起三长老的话。

"难怪有一阵凉意。"唐萧点了点头。

此时，唐倩十分开心地说道："我要让三长老教我制药之术，日后，我要在边城开一家药店，专门卖疗伤药！"

唐萧笑道："倩儿，你的野心也太小了吧，咱们要把疗伤药卖遍整个大明！"

"对对，卖遍整个大明，一瓶卖十两银子，到时候要赚多少银子啊，一万两，不，两万两……哎呀，这不得把人家给累死了！"唐倩勾着手指头，乐开了花。

实际上，清心玉露丸至少需要三十两一瓶，十两一瓶卖非得亏死不可。

唐萧又打趣道："妹妹志向远大，赚一辈子都数不完的银子，到时候呀，你就是大明最有银子的女子了。"

"最有银子的女子，哥哥，你又拿我说笑。"唐倩从梦中醒了过来，狠狠地拍了拍唐萧的胸口。

"疼疼疼。"唐萧急忙说道，这才让唐倩停下手。兄妹俩其乐融融。而后，唐倩小跑着离开了书房，又去了山庄内炼药的密室，想要实现自己的远大志向。

看着唐倩高兴的模样，唐萧心中很是欣慰，他希望时间可以停止下来，这样一来，唐倩每时每刻都是开心的。接着，唐萧去了山庄的西苑，西苑是唐萧父亲唐智杰住的地方，自从唐萧回到山庄，都没有好好地和父亲唐智杰说过话。

唐智杰以前潇洒自如，广交天下好友。当唐萧母亲难产而死后，唐智杰像是变了一个人，变成沉默寡言，不再与人交往。有时候，唐萧一度认为自己不该来到这个世上，如此母亲也不会难产而死。

小时候，唐萧经常跟着二叔和三叔玩，一年见不到几次四处奔波的唐智杰。唐萧觉得父亲是故意在躲避自己，父子俩的关系一直很平淡。

随着年纪渐长，唐萧感受到唐智杰对自己默默的爱。早前，唐智杰违背老太爷对唐萧的继承唐家生意的要求，默许唐萧痴迷茶道并炼制茶叶。后来，唐智杰更跪在老太爷面前替挨了四鞭子的唐萧求情！

唐萧到了西苑，远远地就看到站在院中孤单单的唐智杰。唐萧嘴角呢喃道："爹才是可怜之人，早早失去了心爱的伴侣，从此性情大变，很少说话了。"

此时，唐智杰也发现了唐萧，他惊讶地站了起来，眼眸中微微一亮，嘴角露出难得的笑意："萧儿。"

唐萧快步走上前去，笑道："爹，这么晚了，你也还没睡呢？"

唐智杰眼中的光亮很快消失，转而又是平静无波，甚至可以说是暗淡。唐萧却敏锐地捕捉到了唐智杰眼中的细微变化。

唐智杰淡然地挤出三个字："睡不着。"实际上，唐智杰在想很多事情，为唐门和官府和解，甚至寻求官府庇佑一事担心，想着相爱的亡妻，想着唐萧身上的伤势。

唐萧走上前，笑道："爹，春寒料峭，夜晚的风冷，要多加一件衣裳。"

唐智杰点了点头，难得多说了句话："你的伤势如何？"

"没什么大碍，吃了三长老的清心玉露丸，用不了多久，就能痊愈。"唐萧扭着腰背笑道。

"三长老的丹药不错。"唐智杰下意识地说道。原来，唐智杰千辛万苦弄来一株雪莲，更让三长老专门为唐萧炼制清心玉露丹。

"嗯，味道也不错。"唐萧勉强回了一句。

仅仅是简单的交流，父子俩都陷入了沉默，一时间也不知道再说什么。

寂静的夜色中，突然，唐智杰又主动说道："萧儿，你若真喜欢阿妞姑娘，便不可辜负了她。"

唐萧心中一惊，没想到父亲关心起自己的感情，他尴尬地笑道："爹，阿妞姑娘有自己的想法，再说了，人家烟峰山没准不同意呢……"

唐智杰微微点头："你像我，当年我也是顺着你娘。"

"爹，可以说说当年你和娘的事情吗？"唐萧满是期待，想要了解自己母亲的往事。唐智杰想了想，难得开口说起了往事，今夜，他说了很多很多，犹如打开了话匣子。而唐萧就这么静静地听着，听得很认真，一听就是一个晚上。

这几日，唐萧在无尘山庄享受着难有的清净，他如今才发现，自己对身边的人了解太少，当初痴迷茶道，反而错过了一些人生中该有的体悟。

同样是这几日，唐智仁带着唐伯拜访了边城府令沈度，用银子开路，好话说尽。正如老太爷所说，官场没有用银子解决不了的问题！沈度收下三万两银子的重金之后，还真的开始上下打点，请一些官场好友，欲要为唐门打通关节。

"唐兄，不必着急，再过几日就有回信了。"府令沈度收下不少好处，喝着茶嘴角淡笑，保证官府绝不插手唐门之事。

昨日，在沈度的调停之下，桐岭帮、万金商会和春月茶楼之人，居然向着唐智仁赔礼道歉！同时，唐智仁一直想见陆浩峰，但陆浩峰却依然没在边城，这让他有些不安，先行回到无尘山庄复命。

几日后，风云突变，消失已久的陆浩峰一行人做商旅打扮，风尘仆仆地来到了边城，为首的是一个彪形大汉。很快，陆浩峰一行人又马不停蹄，径直来到了沈度府上。

"陆大人，这位是……"府令沈度见到了陆浩峰一行人，他见陆浩峰居然站在后面，将一名彪形大汉凸前而站，顿时觉察到了不对劲。

"这位是东厂掌刑千户兼锦衣卫佥事虎威虎大人。"陆浩峰冷声说道。

"东厂？"沈度心下一惊，自己什么时候把这群瘟神给招来了！

沈度定了定神，急忙上前迎接："虎大人车马劳顿，下官有失远迎。"

虎威冷眼看着沈度，却并未有何表示，虽然没有穿飞鱼服，但身上一股不怒自威的气势让沈度战战兢兢。他知道这种气势是在东厂诏狱里折磨无数大小官员所锻炼出来的。大明朝文贵武贱，对普通武人，即使是三品参将，沈度也不屑一顾，但是对东厂，哪怕是个普通番子沈度也不得不小心对待，更何况这虎威是厂公心腹，东厂大档头！

不等沈度说什么，虎威身后又走出一位唇红齿白、面下无须的太监，正是之前主持制茶大会的刘公公。刘公公上下打量了沈度一眼，鄙夷地细声喝道："边城府令沈度接旨。"

沈度愣了愣，还以为自己的耳朵听错了，但看着面前的太监就立马反应过来！沈度急忙跪下，心中却忐忑不安，生怕有一点怠慢，让人抓住了把柄！

司礼监太监赵聪念道："奉天承运，皇帝诏曰：西南缭乱，唐门重现江湖，江湖纷争不止，以致百姓无法安居，地方几近糜烂。命边城府令沈度，竭力协助东厂掌刑千户兼锦衣卫指挥佥事虎威，灭杀唐门余孽。钦此！"

沈度一脸惊色，脑子也乱糟糟的，他前几日才帮唐门打点关系，欲要缓和唐门和锦衣卫的关系，为何锦衣卫一来就带着圣旨，还要剿灭唐门！沈度不敢怠慢，马上口呼万岁，接下圣旨。

虎威径直走向沈度，虽不是咄咄逼人，却让人感觉不舒服。他冷声道："沈大人，圣命在此，望你尽心办事。"

"一定一定。"沈度早就丢了半条魂。

虎威又问道："沈大人，边城一共有多少兵马？"

沈度急忙拱手说道："虎大人，边城乃茶马古道之中枢，汉夷交会之节点，为防叛乱驻扎有镇南军三营，共计九千余人，只是……"

"只是什么？"虎威的语气不容置疑。

沈度犹犹豫豫，叹道："只是调动本地驻军，需要兵部的文书和令牌，下官既没有文书，也没有令牌，无能为力……"

虎威仰天一笑："这有何难，圣旨在此，要什么文书令牌！陆浩峰何在！"

"卑职在！"陆浩峰抱拳。

"你即刻保护刘公公携圣旨前往各处兵营，领带兵将领前来边城聚将！"

"是！"

陆浩峰带人护着刘公公转身就走。

沈度看着陆浩峰离去的背影，暗自吞下一口口水，他知道陆浩峰已是一流高手，却对虎威毕恭毕敬，可见虎威应该更强！

沈度好歹也是一方父母官，有一些定力，马上调整好状态，脸上挂起了笑意："虎大人，不如先行住下，下官为你接风洗尘。"

"如此也好，本官早听闻边城的名食冠绝西南，尤其是彝人菜品别具风味，今天当好好品尝品尝。"虎威倒是不客气。

虎威暂住在沈度府邸，一直在秘密做出安排，欲要对唐门做出致命一击。其间，桐岭帮帮主孙志晟率领帮中高手，更是秘密前来觐见虎威。

虎威在京城收过孙志晟的好处，他对孙志晟大为赞赏，示以笼络，更将桐岭帮视为锦衣卫的依附势力。同日，和唐门有仇的江湖门派关中金刀门和洛阳李家的人马来到了边城。万金商会和春月茶楼也见风使舵，又开始蠢蠢欲动，欲报一箭之仇。而边城三营的驻军将领也分别前来拜见虎威，表示愿意听从虎威调遣。

深夜，神不知鬼不觉地，锦衣卫佥事虎威以二十年前的释空大师一案为切入口，打着剿灭唐门余孽的旗号，率领一万驻军，带着数千江湖人士，将整座唐家山围得水泄不通！

第二十八章

虎穴谈判为洗冤

虎威带着朝廷大军以及数千江湖人士分内外两层围困唐门。唐门所有人大感意外,他们已经打点了官府之人,为何还会被军队围住!唐门经过简单的打听,才得知朝廷居然下旨剿灭唐门,锦衣卫指挥佥事虎威此刻就在山下军营中!

"朝廷怎么会突然下圣旨要剿灭我们?难道是因为当年释空大师被杀一案?"唐萧忧心忡忡。。

"大不了和他们拼了,杀一个是一个,多杀几个就赚了!"不少唐家人愤愤不平地喝道。

"家主,山下被围得水泄不通,现在谁也离不开无尘山庄了!"一位唐门的门人说道。唐门众人束手无策,在唐门的应急预案中,如果到了危险时刻,就将小辈们秘密送到安全地带,为唐门留下一些血脉。原本,唐门上下都觉得和官府和解得十分顺利,不料锦衣卫直接率军包围了唐家山,杀得唐门措手不及。

"锦衣卫实在是欺人太甚!"唐智仁冷声喝道。

唐萧想了想说道:"掌门,诸位长老,诸位堂主,不管是以前还是现在,江湖各派针对唐门,都是以释空大师一案作为借口,如果没有这个借口,他们就没有对唐门动手的理由,我觉得唐门必须主动和锦衣卫谈判,还唐门一个公义!"

"想要还唐门一个公义何等艰难,首席长老都没做到,你又怎么能做到呢?"唐门三长老叹气道。

唐萧摇了摇头:"三长老,我看了首席长老留下的札记,他掌握了不少有利唐门的证据,只是没来得及公布。而且你们也知道当时的一些辛秘,说到底,释空大师一案根本不是唐门所为!"

接着,唐萧又说了很多,试图说服在场的所有唐门之人。说到最后,唐萧表示要亲自前往军营与锦衣卫进行谈判,顺便洗刷唐门的冤屈!

"万一锦衣卫对你们下黑手……"唐智杰担忧地说道。

唐萧按照常理推断道:"爹,锦衣卫就算想要对我们下黑手,也绝不会在众目睽睽的谈判之时。等谈判结束,我们离开军营,他们倒是可能会下黑手。但只要有人在军营外接应,我们就能安全撤离。"

老太爷摸着胡子点头道:"萧儿说得没错,不管如何,谈判这步棋必须要走,哪怕无法阻止锦衣卫攻山。也要让江湖众人知道我们唐门虽然擅使机关暗器,但也是光明正大,坦坦荡荡,是我们做的我们一定会认,不是我们做的我们也一定不会背这口黑锅!萧儿,老夫这儿还有几颗劲霸丹,吃下劲霸丹可做到劲气外放三个时辰,但它的短处也很明显,劲道一过,全身筋脉生疼,但它对你们应该有用处。"三长老也取出三颗劲霸丹,送到了唐萧的手中。"

"我愿意和萧儿一起去!"唐智仁主动请缨,他的口才和武功都不错,是个很好的人选。

"我也去!"

"还有我!"

唐门的中生代高手个个不甘人后。

"好,大家齐心协力,我们一定能渡过难关!"

唐门以火箭搭载纸张,大批量朝着山下散发,纸张中写着,唐门表示不愿意和朝廷为敌,唐门无罪,要当面向朝廷及江湖各派解释清楚,洗刷二十年前的冤屈。

江湖高手们乐得看热闹,一些自称名门正派者,也宣称要听一听唐门的自述。确实,当年的释空大师一案表面看似公允,实则疑点颇多乃至不了了之，存在很多疑点。

东厂掌刑千户兼锦衣卫佥事虎威，他作为朝廷代表，无论从哪个角度出发，都应该接受唐门的要求，以免被朝中或者江湖中的其他人诟病。唐门既然表示要派人解释，他不管心里愿不愿意，终究还是要见上一见才行。

"唐门有高人指点，好一招以退为进。"刘公公阴柔地说道。

"哼！"虎威没想到唐门还有这么一招，他狠狠地捏碎了手中的杯子，心中一万个不愿意，却只能暂时同意谈判，毕竟这事已经人人皆知。

"虎大人息怒，唐门之人狡诈，我们不如早点想应对的计策。"陆浩峰在一旁说道。

虎威冷哼道："真当本官没有准备吗，我看他们能耍出什么花样！"

不多久，锦衣卫同意唐门的提议，并且邀请一众江湖高手来到镇南军军营，一起见证谈判过程！下午，唐萧和唐智仁自称唐门的大长老和二长老，高调进入了镇南军军营。这一次，老太爷亲自替唐萧和唐智仁易容，没人认得出他们。

镇南军军营空地上，密密麻麻挤了上千号人，有的穿着毛茸茸的皮衣，一看就知道来自漠北；有的皮肤黝黑个子矮小，只怕是岭南来的百越人；还有书生打扮、道士打扮之人，更有一些女人。

同时，上千号人的武器也不同，刀剑棍棒最为常见，双锏、戟、弯刀、九截鞭、绳镖、盾，应有尽有，样数种类数不过来。数百号人中大部分是有头有脸，在江湖上叫得出名号的；没有脸面的，都挤在军营外等消息呢。

此时，唐萧和唐智仁两人径直上前就座，面对此等场面没有丝毫畏惧，两人带着决绝之意，只许成功不许失败。

唐萧两人对面隔着十几米，坐着掌刑千户虎威、百户陆浩峰、司礼监太监赵聪等人。两旁的座位上，依次坐着关中金刀门、洛阳李家、桐岭帮、万金商会等各大势力的高手。至于沈度和徐三娘，根本就没有出现在军营。唐萧和唐智仁也慢慢明白，沈度根本拿不定锦衣卫，之前的允诺都已无法实现。同时在军营中，居然还有少林和武当的德高望重之人，他们听说唐门重现江湖，为了心中的公义，直接来到了边城，本意是想铲除唐门，为释空大师报仇，谁知唐门中人却想要当面辩解，他们自然也想听听唐门的解释。

唐萧和唐智仁两人刚刚入座，顿时成了场中的焦点。江湖高手们对他俩上下打量，充满了好奇，毕竟二十年没有见到过唐门的人了。

"唐门没人了吗，竟然是两个老头。"

"只来了两个人，也不怕被锦衣卫当场拿下吗？"

"我倒要看看，唐门的暗器有什么厉害之处。"

此时，虎威稍稍动了动手指头，一道持枪的人影顿时跳上了空地中央，竟是洛阳李家少家主。洛阳李家的少家主气势汹汹，一上来就咄咄逼人："唐门余孽已是过街老鼠，竟敢出来招摇，嫌命太长了吗？"

"你是何人，江湖上尊卑有序，老夫大了你几轮，你也敢如此口不择言？"唐智仁冷声喝道。

"过街老鼠，自然是人人喊打，年长又有何用！"说着，李家少家主一枪刺了过来，枪尖带着寒芒，发出了呼呼的破空声。

"雕虫小技！"唐智仁不甘示弱，仅仅是数个闪躲，便巧妙地躲开了长枪的攻击。而后，唐智仁袖口一甩，两根飞针急速而出。

"铛铛，铛铛。"少家主以长枪抵挡，就在他想要再次进取的时候，突然眼前一花，头上的发髻上竟然已插上了一枚飞刀。

"胜负已分，看来唐门高手不少啊。"

"李家少家主太年轻，一时大意吃了亏，换个人就不一定了。"

"咱们继续看好戏，估计还会有人挑战。"

镇南军军营中的江湖高手们交头接耳，也有其他高手蠢蠢欲动，只是替人做个试探。在这个时候，唐萧示意唐智仁吃下劲霸丹，迎接更强的敌手。唐萧也明白道理和拳头比起来，很多时候一文不值，必须将挑衅的人击败！

"我也不服唐门之人，你们若要在军营说话，先问问我的金刀！"金刀门门主冷哼一声，持着一柄金刀杀上前来。

"哼，如此无礼，让老夫教训你！"此际，依旧是唐智仁出手。

唐智仁再一次出手，这一次，他劲气外放，收着力一招接一招，有点到为止的意思。然而，金刀门门主的大刀带着杀意，一刀比一刀凶狠。

"金刀门出手好狠啊。"终于有人这般开口说道。

"李家和金刀门和唐门有隙，二十年了，居然还来凑热闹，都是一些小心眼的。"有人似醉非醉地说道，原是酒痴周不仪，他也混进了镇南军军营。

"酒鬼，你胡说什么，喝你的酒去。"一位剑客摇头说道，确实，绝大部分人都知道当年唐门和李家、金刀门的恩怨。此时，剑客闻到周不仪身上难闻的酒味之时，果断和后者保持了距离。

唐智仁感受到金刀门之人的杀气，有些恼怒，便不再留手。唐智仁吃了劲霸丹释放出劲气，出手越来越快，在没有使用暗器的情况下，就折断了金刀门门主的手。唐智仁冷声喝道："自讨苦吃，断你一臂算是惩戒！"

金刀门门主疼得直咧嘴，生怕唐智仁继续出手，忙连滚带爬逃到一边。顿时，军营中响起一阵哄笑。

唐智仁表面看起来威风无比，其实心里知道，洛阳李家和关中金刀门都是实打实的高手，若非他吃了劲霸丹，硬生生把实力提升了一截，实际上不会赢得这么容易。而在场众人中，如洛阳李家和关中金刀门这样的高手不下百数，更有少林、武当这些名门大派，唐门这次光是应付这些江湖人士都会极为吃力，更别提锦衣卫和军队的力量。顿时，唐智仁心里一阵死灰，只觉得这次唐门凶多吉少，偏偏在表面还不能露出丝毫破绽。

"唐门来了两个人，出手的是二长老，一直没说话的就是大长老了。"

"大长老气息平稳，看上去一点武功也没有，不会真的没有武功吧？"

"你懂什么，宗师比一流高手更强，他们已经达到了返璞归真的境界，看上去就跟普通人一样！"

"难道大长老是一位宗师！"

军营空地的高手议论纷纷，尤其看向唐萧的时候，一个个都觉得他深不可测。唐萧经历过数次大场面，而今十分淡然自若，更是端起茶杯自在喝茶，像是一位神秘高人。

此时，陆浩峰铁青着一张脸，他曾经和唐伯交手，如今又见到了可以劲气外放的唐智仁，还有疑似宗师的唐萧，他误以为唐门一流高手众多！

"大人，他们很强。"陆浩峰贴着虎威低声耳语。

虎威也不得不暂时收住火气，一副正气凛然地说道："来者便是客，唐门有心化干戈为玉帛，想要解释当初的所作所为，这是一件好事。李家和金刀门，不分青红皂白就出手，打打杀杀算什么？"

"虎大人说得是！"

"李家人别丢人现眼了！"

"唐门之人实力不弱……"

军营空地上，说什么话的人都有，但至少没人质疑唐门的高手。此时，江湖众人都在等待唐门长老说话，说出一些往日辛秘。

第二十九章

上下卷宗诉疑案

镇南军军营空地中高手齐聚,人们的目光都注视在唐门的两位长老身上。此前,唐智仁的两次强势出手,让人认定再现江湖的唐门依旧高手如云,震慑住不少蠢蠢欲动之徒。而东厂掌刑千户兼锦衣卫佥事虎威一番故作好心的说辞,暂时稳住反对唐门的戾气。

纷乱的军营暂时恢复平静,所有人都在等着唐门之人开口,想要听一听他们究竟如何翻案。

唐萧不缓不急,他将目光投向场中的一位和尚和一位道士,有意露出一丝吃惊,并快步走上前去。和尚和道士都是江湖前辈,分别是少林高僧释难大师和武当的冲虚道长,两人听到唐门重现江湖,特地从少林和武当赶来,为的就是探究释空大师一案。

"少林、武当乃武林泰斗,老夫见过两位。"唐萧恭敬地对释难大师和冲虚道长抱拳,一开口就拍了个马屁,拉近彼此间的距离。

实际上,唐萧根本不知释难大师和冲虚道长的身份,只是觉得两人坐在重要位置上,又是和尚和道士的打扮,多半是少林和武当的人。

围观众人见唐萧的举动,一个个纷纷皱眉,难道唐门大长老认识释难大师和冲虚道长?

释难大师和冲虚道长不但武艺高强,两人的品行在江湖上也是有口皆碑,他俩见"唐门大长老"唐萧的示好举动,也纷纷站起来抱拳。

"阿弥陀佛,当年释空之事,贫僧确有疑惑,而今听闻唐门中人另有证据,特此前来一观。"释难大师单手放在身前,行了个佛门禅宗的单掌礼。

冲虚道长也用拂尘行了个道家的礼，也说道："贫道冲虚，和释空和尚有点交情，当年的事也知道一些，自觉还是有些疏漏，今天特来看看，这和尚到底是否死于你们唐门之手。"

"唐门大长老确实是个人物，连少林的释难大师和武当的冲虚道长都对他彬彬有礼。"

"废话，释难大师和冲虚道长德高望重，对谁都彬彬有礼。"

"大家听到了吗，释难大师说要亲自鉴定此案真假！"

"武当的冲虚道长也说当年的事有些疏漏，难道真的不是唐门的人干的？"

"唐门之人在故弄玄虚，板上钉钉的事情，怎么翻案？"

军营中的江湖之人议论纷纷，暗中又拉升了唐门的气势。至于唐萧装扮的、疑似宗师的唐门大长老，任何一举一动都似乎有深意，让人想入非非。

"老夫冒昧，想请求大师一事。"唐萧再度对着释难大师抱拳。

释难大师单掌于胸前："大长老请说。"

唐萧深吸一口气，说道："大师，可否将当日释空方丈被毒杀之时的情景，当着江湖朋友的面，再说一遍？"

释难点了点头，眼神一滞，想起不少过去的事情："当年的案子，只怕江湖英雄皆已知道，但时隔二十年，很多人已记不清当日之景，老衲便将那日的情况再说一次。"

"慢着！"

正当释难大师想要说话之际，锦衣卫百户陆浩峰却冷声喝止。说着，陆浩峰从座位上站起来，当着所有人的面，从怀里取出一份泛黄的纸。

"诸位看，陆某手中拿的是什么？"陆浩峰将手中泛黄的纸对着众人展示。在场众人纷纷看了过去，只见纸上写有大大的"卷宗"二字，竟是当年锦衣卫结案的卷宗！

卷宗！

军营中的江湖众人纷纷恍然。

虎威有备而来，早就调取了当年有关释空大师一案的卷宗。此时，陆浩峰提着卷宗笑道："当年锦衣卫已有论断，何须让释难大师再说一遍？"

当年的卷宗广为流传，更有六大派高手的印记，所以札记中也有卷宗的备份，唐萧也早就研究过卷宗。卷宗分上下两卷，其中的内容看似逻辑合理，实际上漏洞百出，光首席长老就指出了其中两处，奈何没等到公布天下，他就驾鹤西去了。

"锦衣卫的卷宗只是一面说辞，释难大师当年就在少林，他的话才让人更可信。况且，释空大师之案乃江湖中的大案，诸多有名望的前辈曾共同探查，你们锦衣卫却在半路插手，得出的结论让人如何信服？"唐萧义正词严地说道。

"唐门大长老，你在质疑锦衣卫的办案能力，还是质疑卷宗的内容和当初发生的事情？到底由谁办案对此案重要吗？"陆浩峰嘴角一笑，反将一军。

唐萧皱了皱眉头。

此时，陆浩峰又说道："卷宗上留有少林、武当、青城、峨眉、崆峒、点苍等六派前辈高人的印记，说明他们认可这份卷宗。"

听着陆浩峰的话，唐萧马上冷声指出当年路人皆知之事："卷宗分上下两卷，上卷说的是案发当时的状况等客观存在的事实，留有六派高手的印记；但下卷是锦衣卫自作主张的判断，属于无中生有的臆想推断，并没有六派高人的印记！"

唐萧点出了重要之处，所以当年围攻唐门之时，很多名门正派都没有参与。如今，少林释难大师和武当冲虚道长愿意旁听，多半也因为当年的案子疑点重重。

陆浩峰脸不红心不跳地说："唐门大长老，你是怕了吗？如果从头让释难大师再说一遍，耗时耗力，何不让释难大师直接点出卷宗中的不妥之处？"

陆浩峰有些咄咄逼人，但他说得不无道理，让释难大师直接指出，总比再说一遍快。但卷宗极具引导作用，让人不知不觉陷入锦衣卫的主观逻辑陷阱中。

"对啊，大家在这里干等了这么久，还要再这么耗下去吗？"

"锦衣卫做了多少见不得人的勾当，江湖上的朋友都应该有所耳闻吧，没准连卷宗也是假的。"

"哼，唐门的手也不干净，但我相信释难大师的话更加接近真相。"

围观之人议论纷纷，而说话最冲的，无疑是喝着酒的周不仪，以及关中金刀门和洛阳李家的人。

虎威满意地对着陆浩峰点头，心想有了这份卷宗，唐门更加难以翻身！金刀门、李家和桐岭帮之人都露出冷色，想要看唐门如何出丑。释难大师一时间也不知该说还是不该说，不得不看向唐萧和冲虚道长。

唐萧本就没想让释难大师帮上忙，刚才只是临时起意，而今让所有人看卷宗，只不过是拉回他制订的原有计划中。

"大师，贫道觉得依了锦衣卫所言，无妨。"冲虚道长客观地说道。唐萧也对着释难大师抱拳："大师，烦请你指出卷宗中的错漏之处，还我唐门一个清白。"

释难大师点头道："阿弥陀佛，出家人不打诳语，老衲只管指出卷宗中与当日情景的不符之处。"

随即，泛黄的上下两份卷宗被摊开，上卷果然有六派高手的印记，而下卷只有锦衣卫的印记，这也是唐门借以翻案的依据。

众人的目光盯着上卷的内容，上面大致写了当时的情景。四月十六日卯时一刻，少林弟子悟法请释空大师做早课，屡次敲门不应之下，破门进入房中。悟法只见释空大师盘坐在蒲团之上，却已经没了气息。悟法情急之下大喊，跑去大雄宝殿找人。少林众僧这才来到房间中。

少林众僧经过仔细探查，房间中没有任何打斗痕迹，又发现释空大师面目发黑。众僧用银针刺进脖颈，查验出剧毒。少林众僧封闭现场，请来不少江湖高手共同查验。后来，六大派高手发现水壶中有毒药残留，正是唐门的镇派剧毒噬心散。当时，少林弟子悟昆等人回忆，唐门之人出现在少林附近，更与护山僧人发生过冲突。

上卷内容大抵只有叙事，没有表面立场，而下卷内容则是锦衣卫的结论。

锦衣卫认定唐门的动机十分简单。唐门毒杀少林方丈释空大师，铲除江湖中的高手，震慑其他反对唐门之人，以便唐门真正立足中原武林，甚至统一江湖。锦衣卫找到的人证，就是当日目睹唐门之人出现在少林附近的悟昆等人。锦衣卫认定的物证，就是唐门拥有的剧毒噬心散。卷宗中又对密室毒杀做出猜测：唐门之人混入少林寺，往释空大师所用的水壶中下毒，因为此毒为唐门镇派之宝，无色无味，根本无法分辨。释空大师喝水后中毒而亡。

最终，得出唐门毒杀少林释空方丈的结论。

同样因为此案，唐门陷入内乱中。江湖各大势力更在锦衣卫的怂恿之下，围攻唐门，导致唐门几近灭门，唯独留下一条血脉隐匿了二十年。

"确实有疑点啊！"

"唐门的嫌疑很大，他们若无法自证，跳进黄河也洗不清哪。"

围观众人议论纷纷，提出各自的看法。

确实，光从各种迹象显示，唐门的嫌疑无疑很大，但由此就下定是唐门所为，难以说服所有人。但在当时的特定情况下，唐门掌门在华山论剑中一连击败十八派高手，甚至有问鼎中原、统一江湖的趋势。中原各派自视甚高，岂会坐看西南的唐门做大，而且江湖人人畏惧唐门，在这样微妙的局面下，确实不能完全排除唐门是被人陷害的可能。

不过，唐萧想要从卷宗上翻案，在没有新物证也没有新人证之下，无疑也难于登天！所以虎威和陆浩峰有恃无恐，敢直接晒出卷宗。

唐萧正欲开口辩驳，可陆浩峰又先行一步。陆浩峰对着释难大师正色道："大师，卷宗上卷所诉之事，可有不妥之处？"

释难大师叹了口气："老衲再看卷宗，恍如置身二十年前，又将往事亲历了一遍。卷宗上卷所诉皆为真，老衲没有发现不妥之处。"

卷宗上卷有六大派高手印记，自然是真的！陆浩峰故意这么问道，有意让德高望重的释难大师为自己站台。不过，释难大师话锋一转又说道："卷宗下卷，老衲并未参与调查，姑且不做置评。"

"大师心如明镜，陆某也不便强求，在场的江湖朋友自有公论。"陆浩峰笑了笑，他只要释难大师承认上卷卷宗即可。

第三十章

抽丝剥茧寻破绽

释难大师承认卷宗上卷，却对下卷不做置评，可见他也不喜锦衣卫的作风。在场众人窃窃私语，对唐萧和唐智仁两人指指点点。可见释难大师只承认卷宗上卷，也对唐门极为不利。

唐萧依旧十分镇定，他笑了笑，指着下卷便要开口。此时，冲虚道长突然说道："上卷有武当高手的印记，贫道没有意见，只是关于下卷，贫道有一些看法。"

唐萧感到十分意外，不曾料想冲虚道长居然会为唐门说话。

"还请冲虚道长指出来。"陆浩峰自如地说道。

"锦衣卫认定唐门之人下毒，毒杀了释空大师，最终可有捉拿到凶手，凶手有无交代他们的行凶过程？"冲虚道长如此问道。

唐萧暗中点头，他也想问这个问题，倒不是借这个疑点翻案，只是为了证明锦衣卫判案逻辑不严谨。如今，德高望重的冲虚道长发问，比唐萧自己问不知要好多少。总之，唐萧感受到少林和武当的正义做派，他们不愧为武林公认的各大门派之首。

"各派围攻唐门之际，锦衣卫捉拿到了几个唐门余孽，多番审问之下，唐门余孽供认不讳。既然他们供认不讳，锦衣卫也给了他们一个痛快，为江湖伸张正义。"陆浩峰淡定地说道，又命人呈上唐门之人的口供，上面有签字画押。

"原是如此，贫道知晓了。"冲虚道长点了点头，不再多问，反而若有深意地看了唐萧一眼，像是示意唐萧，他只能帮到这儿了。

唐萧对着冲虚道长抱拳，指着口供说道："锦衣卫是否严刑逼供才拿到呈堂证供？有无各大派高手在审讯现场？光凭如此口供就诬陷唐门，似乎还不够吧？"

冲虚道长的话如果是第一波攻势，那么唐萧的第二波攻势则十分迅猛，两人算是接连抛出质疑，获取在场众人的更多同理心。

陆浩峰不缓不急地说道："唐门长老，不管你如何质疑，还请你举出新的证据，否则既定之案，如何推翻？"

唐萧笑了笑，依照首席长老在手中的质疑，开始第三波攻势："众所周知，唐门的噬心散为剧毒，身中剧毒者穿肠烂肚，痛苦无比。而释空大师中毒之后，仍旧安详地坐在蒲团之上，这合理吗？"

卷宗上卷中确实写了释空大师坐在蒲团之上，因上卷只是陈述事实，没有任何立场偏向，所以很多人都没有察觉这个点。

"释空大师尸体上有噬心散的残留，六大派高手都可以做证。"

"或许释空大师内劲雄浑，刚开始抵御住了噬心散，但后来力竭而死，所以面不改色？"

"难道释空大师不是被毒死的，可房间内并没有打斗的痕迹啊！"

"到底怎么回事？"

主座上的虎威面色微变，他和陆浩峰真没想到这个！陆浩峰将问题重新丢给了唐萧，冷声道："释空大师明明中了噬心散之毒，六大派高手已经印证，至于释空大师为何安详地端坐蒲团之上，想必是大师修为深厚之故。"

唐萧又依照札记中的质疑，说道："噬心散乃我唐门密宝，不知锦衣卫是从何判断这毒药就一定是噬心散？就因为释空大师面色发黑，咽喉有毒吗？天下间，无色无味，能让人面色发黑，咽喉有毒的毒药又不是只有噬心散一种，五毒教的曼陀罗剧毒、隐宗的飞花散等奇毒都有类似效果。所以，老夫有足够理由怀疑，释空大师被人用其他毒药毒杀之后，有人强行将其说成是我唐门的噬心散，想要栽赃嫁祸！"

少林释难大师和武当冲虚道长，皆是双眸闪过一道光亮，他们虽然十分质疑当年的案子，但他俩之前没想到天下还有其他相似的剧毒，也没想到释空大师之死可能是有人嫁祸唐门！

"可笑，唐门可有证据？"洛阳李家之人坐不住了！

"唐门余孽重现江湖，却像狂狗一样到处乱咬人，还敢拉上五毒教和隐宗。"金刀门一位门人也冷声喝道。

"从当年的情况来看，有人想要嫁祸唐门，倒也是可能的。"周不仪大声嚷嚷，还喝了一口酒。

"酒鬼，小心闪了舌头，你不说话没人当你是哑巴！"李家之人毫不客气地对着周不仪喝道。

"老不死的，你处处护着唐门，也是唐门余孽吧！"金刀门门人一个个气势汹汹。

而后，李家人和金刀门的门人相视一眼，竟然对着周不仪走过去。为首的李家少家主喝道："酒鬼，今日就好好教训你，看你还敢不敢胡说！"说着，李家少家主提枪杀了过去。

动静有点大，人们纷纷看向此处。周不仪醉眼惺忪，压根没将李家少家主看在眼里，看似随便踢了一脚，却直击李家少家主的要害，直接将后者踢飞了出去。李家少家主第二次被人踢飞，跟跟跄跄地爬起来，再次知道什么叫人外有人天外有天了。

金刀门门主本也想教训一下周不仪，但见周不仪如此强悍，硬生生闭上了嘴巴。

"老夫就爱管闲事，所以人人都说我义薄云天，最为公道。你们几个小家伙，是不是也想试试？"周不仪随口自恋地说道。金刀门门人急忙摇头，把头摇得跟拨浪鼓似的。

"一招制敌，这也太猛了吧，李家少家主好歹是二流高手。"

"你们外来的吧，酒痴周不仪都敢惹？"

"也让江湖同道看看，咱们西南也是有一流高手的！"

桐岭帮帮主孙志晟急忙在金刀门门主和李家家主耳边低语，显然说了一些事情。金刀门门主和李家家主这才让手下人先收敛一些。此时，唐萧也注意到了远处的周不仪，不知怎么的心生一种安全感。

小小的插曲之后，现场的唇枪舌剑还在来来往往。而今，锦衣卫处于下风，唐门取得了江湖同道在道义上的支持，但唐门还没有完全推翻此案。

陆浩峰依旧坚持之前的立场："正如你所言，陆某还是想知道，释空大师是怎么死的,有谁能够悄然潜入房间中,没有打斗,毫无声息地杀死一位顶尖一流高手?"

确实,唐萧说的都是质疑,自始至终没有提供新的证据,目前还是无法推翻毒杀案。很快,唐萧发起了第四波攻势:"释空大师的房间内真的没有凶手吗?当时,少林僧人悟法发现释空大师死后,又急匆匆地去大雄宝殿喊人,少林上下乱作一团,趁着这个时间点,凶手能否就此离开,而不被众僧发觉?"

唐萧抛出一个又一个质疑的点,无疑让人想入非非。还不等陆浩峰又说什么,唐萧继续说道:"案发前,少林僧人悟昆等人和唐门门人起了冲突,由此怀疑释空大师一案和唐门有关。根据唐门门人出行的记录,唐门器宗梅花堂之人,深夜追踪盗走秘器紫金壶的盗贼,一连数日之后,才路过少林地界。诸位江湖同道应该知道,唐门内部分器宗和毒宗两派,器宗之人善用暗器,毒宗之人善用毒。而梅花堂之人乃属器宗,不擅用毒。"

陆浩峰顺着唐萧的思路,反向推测道:"大长老,陆某能否如此认为,唐门之人确实出现在少林地界,且你无法证明当日到底是器宗还是毒宗之人?毕竟你所谓出现在少林之人是你梅花堂门人的说辞也只是你一面之词。"

如今时隔二十年,唐萧当然找不到人证和物证,只得说道:"陆大人,老夫确实无法证明以上所述,不过……"

唐萧本想再提少林僧人悟昆等人和唐门弟子的交手,但他的话还没说完,一道声音从不远处响起。周不仪醉醺醺地大喊:"老夫,老夫可以证明!"

"又是这个糟老头子,哪儿都有他!"李家少家主站在一旁低声咕哝。

"酒鬼瞎凑什么热闹?"桐岭帮的左护法也冷声。

周不仪武功虽然十分高强,但时常纠结于一些鸡毛蒜皮的小事,故而让不少江湖之人都对他不待见。

"让让,让让。"周不仪乐呵呵地从人群中挤出来,屁颠屁颠地走到军营空地的中间,竟然从怀里摸出一个小小的紫金色茶壶。

"你们瞧,这是啥?"周不仪对着所有人晃了晃,笑呵呵地说道。

在场所有人都盯着这个小巧玲珑的紫金色茶壶,茶壶上雕刻有栩栩如生、张牙舞爪的金龙,正是唐门器宗的秘器紫金壶!实际上,紫金壶乃是一件十分精密的暗器，平日里可以装茶水，关键时刻可以发射出九十九根飞针！

"紫金壶！"唐智仁喝了一声，他看过相关的书籍和插画，认出了这个唐门秘器。唐萧闻言大为惊讶，好巧不巧，没想到紫金壶在周不仪手里，难道他……

"老夫义薄云天，最讲道义，当初看不惯唐门，便从唐门盗走了器宗一脉的紫金壶，当日追我者，确实是器宗之人。"周不仪大大咧咧地说道。

"酒痴周不仪，整日疯疯癫癫，你说的话又有几分是真的呢？"桐岭帮帮主孙志晟站起来说道。

周不仪微微恼怒："姓唐的抢走了我的阿妹，老夫抢他一把壶算什么？"

听着周不仪的话，唐萧恍然想起当时在破庙中，周不仪当着自己和阿妞的面，曾说过最讨厌姓唐之人！

"周不仪疯疯癫癫，每日贪酒误事，谁会相信你的话！"孙志晟又气又急地说道，深怕周不仪坏了虎威的好事，毕竟周不仪是西南地域的人。

"不仪兄是成名已久的江湖高手，岂会空口白话，何况他又何必来蹚这浑水，为我唐门说谎？"唐萧顺水推舟地冷声说道，彻底让孙志晟闭嘴。

"谁跟你是兄弟，老夫只是实话实说，不过你也别高兴太早，这个紫金壶现在是老夫的了。"周不仪还是我行我素，不理唐萧跟他攀兄弟，更将紫金壶据为己有。

唐萧只能对周不仪抱拳，暗中感谢后者的仗义执言，心想有机会一定好好请他喝酒吃肉。的确，紫金壶是物证，周不仪本人是人证，周不仪所言，可直接证明唐门毒宗不在场，这可比唐萧自己推测强了百倍！

唐萧有了很大的底气："周不仪所言与老夫所言一致，当日出现在少林地界的，是唐门的器宗之人，器宗不擅用毒，如何毒杀释空大师！"

唐萧说话的声音洪亮，不禁让人振聋发聩。唐萧又接着发问："虎大人，陆大人，释空大师之案疑点重重，当初为何如此断定唐门是凶手？"

陆浩峰双眼闪躲硬着头皮："陆某不知二十年前发生了什么，但当年的查案者一定有自己的推断。"

唐萧目视虎威等人，义正词严地说道："如今已是二十年后，锦衣卫可否重启调查释空大师之案？"

第三十一章

一波未平一波起

周不仪误打误撞的出场，完全搅乱了锦衣卫的布局。唐萧趁机又发起攻势，请求重启调查释空大师之案，一旦锦衣卫答应，无疑就是否认当初的定案，给唐门一个洗白的机会。顿时，所有人都屏住了呼吸，等待锦衣卫的回答。

陆浩峰没有说话，他也不敢擅自答应，只得皱眉看向了虎威。东厂掌刑千户兼锦衣卫佥事虎威以及司礼监宣旨太监赵聪两人万万没有想到，唐门大长老口舌如刀，酒痴周不仪突然搅局，完全压制住了陆浩峰。虎威和赵聪两人满脸难色，眼前的情况有些棘手。

江湖之人再度交头接耳，他们虽然觊觎唐门的暗器秘籍和制毒秘籍，但表面上自恃是正道之人，却没人敢直接声援唐门。

此时，少林释难大师开口："阿弥陀佛，卷宗所述疑点重重，老衲觉得有必要重新调查释空师兄之案，给少林寺一个交代，给唐门一个交代，给江湖一个交代！"

"武当愿意居中见证，重新调查释空大师之案，给江湖一个交代。"冲虚道长也站起来说道。

释难大师和冲虚道长发话，一小部分有正义之心的沉默者才开口支持唐门。此时，虎威和赵聪的脸色难看至极，已成骑虎难下之势，不得不重启调查案子。

陆浩峰留了个心眼，冷声道："本案案卷牵扯众多，如若需要重启调查，还须锦衣卫指挥使亲自定夺。"

虎威一听陆浩峰的话，马上意识到是先来个拖字诀，最后不了了之。虎威笑道："承蒙江湖同道见证，锦衣卫一定将今日之事，迅速禀报指挥使定夺。"

"锦衣卫是想拖下去吧，等指挥使看到卷宗再决定，要等到猴年马月啊！"周不仅马上嚷嚷，不给虎威一点面子。

此时，唐智仁忍不住说道："虎大人，陆大人，既然你俩不反对重新调查释空大师之案，也就是说你俩也觉得当初唐门无过，那么今日，一万大军和锦衣卫可否先行撤走，不再找唐门的麻烦？"

让朝廷撤军才是唐门最大的诉求，但经唐智仁这么一说，又让虎威等人反应了过来，凡事不必拘泥于过去，想要找唐门的麻烦，随便找个理由就成！

"释难大师，冲虚道长，还有所有江湖同道，虎某向你们保证，锦衣卫一定会将释空大师一案调查得清清楚楚，给诸位一个交代！"虎威像变了个人似的，竟然满口仁义道德，还马上答应了唐智仁。赵聪和陆浩峰均是不解，孙志晟一脸的错愕，金刀门和李家的人也皱起了眉头。

"虎大人……"万金商会的老者最没有定力，更想直接发问。

然而，唐萧却觉察到了不一样的气息，其中有诈！

果然，虎威马上话锋一转："过去之事暂需调查，唐门的罪责暂且放在一边，但如今之事，唐门却必须担责！"

唐萧意识到不对劲，虎威的话里大有文章，他沉声道："唐门光明磊落，有什么责任需要担当，还请虎大人点明。"

虎威眼中闪过一抹狠色，冷声道："唐门重出江湖却意图谋反，不但刺杀锦衣卫，更杀了数百江湖义士！"

唐萧也冷声说道："分明是一些宵小之辈，欲对唐门不轨，杀入了唐门禁地中，这就好比盗贼进入了家中抢夺，难道不能抄起家伙杀盗贼吗？"

虎威咄咄逼人："不管唐门之人如何辩解，也无法让数百江湖义士复活，草菅人命，意图谋反，无论是哪一条，唐门都必须被抹除！"

唐萧索性也不藏着掖着，直接点名道："宵小之辈也算江湖义士，虎大人未免高看了桐岭帮、万金商会和春月茶楼的人，他们背地里干的恶毒勾当，绝不比那些山贼盗匪少。"

"你少他妈胡说八道，信不信我即刻给你来个乱刀分尸！"桐岭帮白虎堂堂主白啸按捺不住地喝道。

唐萧眼中闪过一丝冷色，以绝世高手的姿态低语："老夫只需一只手，就能在百人中要你性命。"

白啸见唐萧如此深沉霸道，不免吞了口口水。唐萧虽然没有属于高手的劲气波动，但这气势确实极为强大，很多人真的将他当成了超越一流高手的宗师，从而不敢轻举妄动。

"我桐岭帮数百兄弟死于唐门之手，还请江湖同道评评理！"孙志晟站了出来自揭伤疤，配合虎威所言。

"万金商会也被唐门洗劫三万多银两！"万金商会的老者拄着拐杖颤颤巍巍。春月茶楼不见徐三娘，楼中管事却哭丧道："春月茶楼的仓库也被唐门付之一炬了！"

"唐门真有这么厉害吗，压得这些势力喘不过气？"

"难怪他们要依附锦衣卫了！"

江湖众人纷纷猜测。

唐萧从怀里取出两份信件，笑道："这是万金商会和春月茶楼的乞和信，保证日后不再和桐岭帮沆瀣一气，也不会再侵扰唐门。"

说着，唐萧直接将两份信件打开，展示在众人面前。唐萧说道："如此无信无义的小势力，反过来污蔑唐门所作所为，实在可笑。"

"万金商会在唐门淫威之下，不得不暂时做出妥协，而今有锦衣卫主持公道，看你唐门嚣张到何时！"万金商会老者否认。

"春月茶楼不屑向唐门低头，当时只是权宜之计，请锦衣卫全权主张！"春月茶楼管事辩驳。

"唐门所做的恶事罄竹难书，二十多年来一直如此！"金刀门门主也开口了。

"李家和唐门二十多年来的恩怨，今日就先收点利息！"李家家主也冷喝。

军营空地中央情势越加紧张，唐萧不管如何都成了众矢之的，桐岭帮、李家、金刀门、锦衣卫完全不顾江湖道义，都跃跃欲试地想要拿下唐萧和唐智仁两人。

唐萧感受到了不安，这帮人什么事情都做得出来，如果现在就被擒住，还不如将水搅浑一些！唐萧冷声说道："你们的动机何人不知，妄图抢夺我唐门的暗器秘籍和制毒秘籍，死有余辜！"

"唐门果然有暗器秘籍和制毒秘籍！"

"人人都想得到这两本秘籍，再造一个唐门也是不无可能！"

"都注意点，可不能让锦衣卫得手！"

不少江湖高手忍不住窃窃私语，一个个看向唐萧和唐智仁，眼中充满了贪婪，都像盯着猎物一般。

此时，陆浩峰急忙喝道："虎大人奉命清剿叛逆，岂能容唐门余孽在这里胡言乱语，给我拿下！"

顿时，不少人直接抽出了兵刃，蜂拥将唐萧和唐智仁团团围住。众多江湖高手也蠢蠢欲动。

唐萧冷声说道："老夫来到边城，堂堂正正与锦衣卫探讨释空大师一案，而今你们却要扣留我等，道义何在？"

"对付唐门恶徒，只须请君入瓮，再来个瓮中捉鳖，何须讲什么道义？"陆浩峰拔出绣春刀，而后长刀一挥，众人纷纷朝着唐萧和唐智仁拥过去。

"啊，当我周不仪是摆设吗？"没想到周不仪竟然愿意替唐门之人出头，换作往日，他早就躲得远远的，找个地方喝酒去了。

"陆某亲自来会会你！"陆浩峰杀向了周不仪。

"你小子讨打，老夫就成全你！"周不仪徒手出击，一招一式极快。不得不说，周不仪确实武功高强，一出手就找到了陆浩峰出手的破绽，仅仅七八个回合，就压得陆浩峰喘不过气，而后更甩了他一个巴掌！

"让你嘴硬，让你不要脸，让你话多！"周不仪一句话一个巴掌，直接将陆浩峰打蒙了。同样是一流高手，周不仪和陆浩峰一个天一个地，只因周不仪在一流高手境界十几年，而陆浩峰只在不久前踏入。

"陆大人，我来助你！"金刀门门主急忙上前救援，李家家主跟着搭了一把手，两人这才救下了陆浩峰，可陆浩峰已被打成了猪头，神志不清。

另一面，唐智仁持续吸收劲霸丹的药力，发挥出一流高手的战力，对付一群锦衣卫倒是不成问题。唐萧则依旧装作高手模样，淡定地站在原地一动不动。

众多江湖高手见状，一个个都不安分起来，军营里顿时危机四伏。但说时迟，那时快，释难大师和冲虚道长也及时出手，直接用强大的劲气将周遭之人逼退，硬生生将打斗的双方隔开。

释难大师对着虎威劝道："阿弥陀佛，唐门施主来者是客，只为追求真相，虎大人又何必咄咄逼人呢？"

冲虚道长也摇了摇头："贫道虽知江湖有血雨腥风，却不忍见到此事在此发生，恳请虎大人今日放过唐门之人。"

虎威有自己的盘算，唐门两位长老分别是宗师和一流高手，加上周不仪、释难大师和冲虚道长三位一流高手，五人加在一起是一股不可忽视的力量，锦衣卫讨不到好处，而且江湖高手加入战斗，极有可能导致场面失控！

"停手！"虎威细思之下做出让步。

"虎大人，机不可失啊！"司礼监太监赵聪细声低语。

"虎某自有论断。"虎威还是摆了摆手，一来不愿意在狭小空间硬碰硬，二来不愿意得罪少林和武当，三来场中的江湖众人也不好惹。

赵聪不再说话。虎威继续说道："唐门意图谋反之罪，是人人得而诛之的大罪，今日有少林释难大师和武道冲虚道长为你们求情，便让你们再多活几日！"

唐萧和唐智仁松了口气，今日之行可以说是失败的，也可以说不算失败。失败的是，唐萧无法阻止锦衣卫和一万大军攻山；不算失败的是，唐萧至少让江湖之人知道，释空大师一案让唐门蒙受二十年的冤屈！

随即，唐萧和唐智仁缓缓退出军营，和周不仪等人做了道别。接着，唐萧和唐智仁两人骑上了快马，第一时间回到了唐家山，迎接不得不来到的大战。

第三十二章
以史为鉴可做判

唐萧和唐智仁马不停蹄地回到无尘山庄。山庄前庭大厅,老太爷和几位长老都在,而唐杰、唐智明、唐智奇等堂主,守备在各个山下通往山庄的道路隘口,以防锦衣卫突然指挥大军攻山。

一盏茶的工夫,唐萧和唐智仁就将镇南军军营里发生的一切,禀告给老太爷和众长老。

虽然老太爷和众长老早已做好了最坏打算,如今听到唐萧和唐智仁两人带回来的消息,却还是有一些惊讶。

"没想到虎威如此卑鄙,随便给唐门安了一个罪名,欲加之罪,何患无辞?"老太爷拍了下桌子,冷哼一声。

"江湖上并非人人糊涂,更多人是揣着明白装糊涂,竟然还比不上酒痴周不仪!"唐门大长老摇了摇头。

"就算锦衣卫不相信释空大师一事和我们唐门无关,但这江湖恩怨他们又何必非要牵扯其中,对我唐门赶尽杀绝?"唐智明非常疑惑。

"老太爷,各位叔伯,我也觉得这其中有猫腻。如果锦衣卫想要制茶秘籍,我已经愿意双手奉上,江湖恩怨远离庙堂,东厂和锦衣卫为何一定要灭我唐门,实在是蹊跷!"唐萧也站出来说道。

"事已至此,多思无益,唐门已无路可退,唯有血战到底!"老太爷声音逐渐变冷。

"老夫活了大半辈子,这次要为守住唐门最后的根基,血战到底,绝不退缩!"唐门大长老也冷声说道。

"来多少，就杀多少，我就不信他们都不怕死！"

长老们面露决绝之色，以杀止杀，以战止战，震慑心怀不轨之人，唐门还有一点机会。听着长老们的话，唐萧心中却五味杂陈。

"老太爷，我有负重托，我……"唐萧心情沉重，说到一半却说不下去了，唐门如今面对的麻烦，和自己因为痴迷茶道而闯祸，多少有些关系。

老太爷看到唐萧，原本冰冷的双眼多了一丝柔和，他难得安慰道："萧儿，你已经尽力了，至少你让江湖同道们都知道，二十年前的唐门极可能背负冤屈，释空大师一案另有隐情。接下来的事情，爷爷会处理。"

老太爷放下了唐家家主、唐门掌门的身份。唐萧从未见过老太爷像今日这般，他也忍不住脱口而出："爷爷……"

此时，大长老也说道："萧儿，不用妄自菲薄。你和你二叔能帮唐门洗刷一些冤屈，居功至伟！"大长老也这般说道。

"家主，如若唐门交出暗器秘籍和制毒秘籍，能否让一些江湖之人退走？"唐门长老团的二长老有点不甘心地问道。

"山下少说有数千江湖之人，如若让他们退走，唐门就能多出一点胜算。"三长老也如此说道。

"这……"为了小辈们，老太爷有点动摇，毕竟唐门之人二十多年未涉足江湖，江湖经验少了很多。

"不行。"关键时刻，唐萧却站出来反对，"如此生死关头，人为刀俎，我为鱼肉，唐门交出两本秘籍不但不能解决问题，反而会让他们更加疯狂，想要从唐门身上压榨更多。"

确实，像释难大师和冲虚道长这样的人，了解到释空大师一案真相后，他们心中有一些正义，不需要秘籍也能退走。而大部分江湖之人就是为获取好处而来，两本秘籍怎么够分，他们岂会轻易退走？

"古人云，以地事秦，犹抱薪救火，薪不尽，火不灭。他们是要灭了唐门的根，唐门绝不能交出秘籍示弱！"唐萧搬出《战国策》如此说道。

听到唐萧的话，老太爷和几位长老全都抛弃了幻想，说到底还是人心难测，江湖险恶！老太爷冷声道："不错，唐门不会屈服，宁愿站着死，也不会跪着求和，血战到底！"

"对，血战到底！"

"全力以赴守山，守出一条生路！"

"上下一心，唐门还有机会！"

几位长老纷纷冷声道，一个个都毅然决然。唐萧也跟着点头，他虽然没有武功，但协助老太爷决策，哪怕到时候帮忙搬东西也行。

接着，大长老又问道："掌门，两本秘籍该如何处理？"

老太爷想了想，沉声道："唐门虽然善用暗器和制毒，但行事一向光明磊落，绝不做下三烂的勾当，即使将它们毁掉，也不能流落到不轨之人手中，否则，江湖将永无宁日！"

大长老回想起唐门往日的辉煌，补充道："暗器秘籍和制毒秘籍，无不是凝聚唐门历代门人的心血，江湖之人谁能得之，便可再造一个唐门！"

"两本秘籍至关重要，绝不能落到锦衣卫的手中！"二长老冷声喝道。

老太爷点了点头，眼中有一抹决然："大不了……一把火将它给烧了！"老太爷虽然是这么说，但究竟是否要烧掉两本秘籍，还要看战局的发展。

唐智杰忧心地说道："爹，我们都可以为唐门的荣誉去战，去死，但唐门不能无后，小辈们是唐门的未来，应该保证他们的安全！"

提起小辈们，老太爷和几位长老均是眉头紧皱，他们早就在想这个问题。老太爷他们心知肚明，接下来的大战生死难料，必须为唐门留个血脉，以图日后东山再起。

此际，三营镇南军和数千江湖之人已将唐家山围得水泄不通，唐门面对几十倍于己的大敌，想要带人突围根本不可能。

"老大哥，要不让小辈们留在密室中，里面备上足够的水和粮食，让他们过个把月再出来？"大长老无奈地说道。

老太爷叹了口气："可以试一试，但愿他们能躲过一劫吧。"

很快，新的消息传到大厅，锦衣卫正将周围村庄的数千村民集结，集结地就是山脚通往无尘山庄的大路。

唐萧等人听闻锦衣卫的举动，一个个都明白过来。原来，锦衣卫想让几千村民走在最前面，用肉身试唐门的机关！

"为什么要牵扯上无辜的百姓，简直无耻至极！"老太爷破口大骂。

"如此歹毒的计划，难道就没有江湖义士反对吗？"

"名门正派在哪里，江湖公义值几钱！"

几位唐家长老也愤愤不平。

唐门的机关虽然精密，但数量有限，锦衣卫想让村民们当炮灰，消耗大量的唐门暗器。而锦衣卫以及一些江湖人士躲在村民之后，等机关消耗殆尽再蜂拥而上！

同时，驻守在外的唐门四大堂都派人请示，事关重大，如若锦衣卫逼迫村民开路，是否要动用机关。

"不能动用机关，这些村民世代依附我们唐家生活，虽无名分，但已算是半个唐家人，何况山庄中不少仆役也来自这些村庄，动用机关射杀村民，恐怕人心浮动！"大长老首先反对。

二长老也摇头道："唐门如果滥杀无辜，和歪门邪道有什么区别？"

"锦衣卫掐住了唐门的命门，我们就不反抗了吗？大不了来个鱼死网破！"六长老表示反对。

还有其他几位长老举棋不定，纵然自己不怕死，但他们都不是无情无义之人。唐萧心中也渐渐发寒，有的人为了达到目的不择手段，简直禽兽不如！此时，唐萧却想到了更多，蒙古人灭南宋时逼迫百姓填沟壑而攻城，如今，锦衣卫逼迫附近村民蹚机关攻唐门，简直是如出一辙！

"老太爷，诸位长老，绝不能心慈手软，有历史的经验教训！"唐萧及时地说道。

"萧儿，你想说什么？"老太爷问道。

随即，唐萧提到了蒙古人攻宋的历史事实。一旦城池被攻破，不但先前的老百姓被杀，城中的所有人也要被杀，没有人能幸存。

老太爷和众长老微微点头，继续听唐萧诉说。

唐萧深吸一口气，说道："锦衣卫一旦让村民当炮灰，消息传到官场，为首的虎威等人，非要被查办不可，也就是说，无论是否能攻下山庄，这些村民都没有活路了，他们已经是死人！"

"萧儿说得不错，为了守住唐门，不能心慈手软。老夫若能苟活到此战之后，自裁以谢村民！"大长老改变了想法，义正词严地说道。

"老大哥，下命令吧！"一向强硬的六长老也急忙劝道。

老太爷下意识地看向了唐萧。这段时间以来，唐萧以自己的才智帮唐门解决了不少问题，绝对是掌门之才！如果他能幸存下来，或许将来唐门复兴的希望就在他身上！

感受到老太爷灼热的目光，唐萧重重地点了点头。

最终，老太爷重重地喝道："传令各堂堂主，不得留手！"

第三十三章

惨绝人寰锦衣卫

山脚下,锦衣卫非同寻常的举动,引起了不小的非议,江湖之人纷纷猜测锦衣卫的意图。镇南军的参将对外宣称搜查藏匿于村民中的唐门奸细,但更多江湖之人认为锦衣卫想让村民做肉盾!

一时间风声四起,各种传闻流传在江湖众人之中。江湖中的正义者抑或道貌岸然者,都把虎威和陆浩峰等人骂得狗血淋头,扬言要他们收回成命。当然,诸如释难大师和冲虚道长等有识之士,已冲到了镇南军的营帐。

营帐中,虎威、陆浩峰、福安等人都在,十几名镇南军的将领环伺而立,众人交头接耳,时不时互相恭维一番。此际,释难大师和冲虚道长突然闯入营帐,且两人面色不善,让众人均是心中一惊。

"释难大师,冲虚道长,你们这是……"虎威明知释难大师和冲虚道长的来意,却假装什么也不知道,以此拖延时间。毕竟,释难大师和冲虚道长都是超一流高手,真要对虎威等人出手,双方胜算都只有对半。

此时,笑面刀陆浩峰迎了上来,微笑道:"两位是江湖中的得道高人,如今突然造访,是有何事?"

"赵公公、虎大人、陆大人,你们将村民们集结在一起,莫非想让他们充当肉盾,破开唐门沿途设下的机关?如果真是这样,贫道绝不答应!"冲虚道长毫不客气地说道。

"阿弥陀佛,出家人以慈悲为怀,老衲劝虎施主和陆施主收回成命。"释难大师声音洪亮,震得周遭之人耳朵生疼。

虎威等人运转内劲挡下音波攻击，状态才好了一些。此时，虎威心下一寒，眼前两人是个麻烦，如若真的不识好歹，就别怪自己心狠手辣。

陆浩峰又赔笑道："大师，道长，你们一定是误会了！唐门之人用心险恶，战端即将爆发，将村民们集结在山脚下，是为了避免他们被唐门当作肉盾！"

陆浩峰的话乍一听有几分道理，但经不起推敲，一来唐门真要这么做，早就把村民带上山了，二来唐门和附近村庄的关系千丝万缕，岂会让村民们去送死？

"贫道曾经说过，不会插手锦衣卫和唐门之事，之所以冒昧打扰，只为了无辜的村民。"冲虚道长解释道。

释难大师也说道："阿弥陀佛，老衲提议镇南军打开包围圈，让村民们先行退到外围，以免被战祸殃及。"

"冲虚道长心怀苍生，释难大师所言有理！"陆浩峰马上点了点头。

赵聪和几位参将均是皱起眉头，不明白陆浩峰想要做什么。而同是锦衣卫的虎威，心中却冷笑连连，不管如何先稳住眼前两人。锦衣卫办事便是如此，心口不一，逢场作戏！

虎威收敛怒容，笑着说道："古人云民贵君轻，当今圣上爱民如子，我等又为圣上办事，岂会违背圣命，伤到百姓一分一毫。大师和道长与我等一样牵念百姓，实乃同道中人！"虎威时长和朝中官员打交道，说话水准颇高，真让释难大师和冲虚道长放松了戒备。

"大师，道长，请喝茶，虎某这就召集诸位将领到营帐。"虎威做了个请的姿势，命人召集诸多将领，送上来两杯好茶，做出将要行动的姿态。

"多谢。"冲虚道长拂尘一甩。

"阿弥陀佛。"释难大师也挂了个单掌。

释难大师和冲虚道长早已口渴，见虎威喝了香茶，他俩便也喝了茶。但仅仅一会儿，释难大师和冲虚道长便面色苍白，浑身无力。

"你……茶里有毒！"释难大师盯着虎威，一脸的不可置信，立刻封住身上的几处关键穴位。

而冲虚道长挖自己的会厌，更是吐出一些茶水："虎威，你为何没有中毒！"

虎威并未多说什么，只是动了动自己的食指。此时，释难大师两人恍然，方才虎威端茶的时候，食指浸入了茶中，一定是放了解药！

"卑鄙无耻，贫道杀了你！"冲虚道长大喝，扬起拂尘便要出手，却发现使不上力气，出手的速度慢了很多。

"就凭你？"虎威脚步一动，身体往身后一退，轻易躲开拂尘。

"老衲也要破杀戒！"释难大师奋力推出一掌。虎威运转内劲，狠狠地一掌接上去，硬生生将释难大师逼退了三步。

"噗……"释难大师口吐鲜血，手掌发麻。

虎威冷声喝道："秃驴，臭道士，先前虎某给你们脸面，不计较你们掺和释空大师一案，如今，你们连东厂和锦衣卫的事也敢管！"

"他们是嫌命长，活得不耐烦了。"一直没说话的福安端起没毒的茶，在一旁阴恻恻地说道，说完径直喝了一口。

"赵公公说得对。"虎威淡笑，朝陆浩峰和几位参将使了个眼色。顿时，陆浩峰等人快速出手，营帐内发生了激烈的打斗。释难大师和冲虚道长身中剧毒，自身实力十不存一，哪里经得住围攻。

没过多久，营帐里的一切都归于平静，陆浩峰几人颇为狼狈，只能说惨胜。

"虎大人，怎么处置？"陆浩峰微微喘气，收起带血的绣春刀问道。

虎威看着地上的尸首笑了笑："江湖名宿释难大师和冲虚道长，死在了围剿唐门的攻山之战中，朝廷当旌表其功绩。"

不久，虎威又秘密对金刀门、李家和桐岭帮下令，铲除江湖人士中的异见者，以血腥封住江湖人士的嘴。

虎威的计划十分顺利，又有数十位心怀正义的江湖有识人士被杀。唯有酒痴周不仪见机得快，抢先离开了镇南军营地，逃得一劫。剩下的江湖人士要么一心想夺唐门秘籍，事不关己高高挂起，要么就是有口不敢言，根本不敢和锦衣卫对抗，再也没人敢发声。

当日丑时，锦衣卫频繁调动大军，正式发起了攻山之战！而攻山战术极其简单，集中兵力只走通往无尘山庄的大路！正如所有人猜测的那般，大军逼迫村民们当肉盾，一路朝着大路前行。

村民们不知前方究竟会发生什么，只是挤在一起慢慢地探路，心中希望有神明可以保佑自己。而负责守备的唐门之人，深谙锦衣卫的阴谋，坚决执行掌门和长老的命令，哪怕村民中有自己的相熟之人！

暗器无眼，村民们触发了竹排大阵。一时间，铺天盖地的锋利竹排从周遭而来，刺入不少村民的身体，造成死伤一大片。

顿时，不少村民纷纷倒地，到处都是鲜血，到处都是惨叫声，有些不忍直视。

"杀人了！"

"血啊！"

"爹……"

村民们乱作一团，哪里见过如此血腥的阵仗，有的人哭天喊地，有的人四肢发软，还有的更要回头溜走。

"咕噜噜。"

一颗人头滚落在地。

接着，又有十几位试图逃走的村民被杀。一队锦衣卫手持长刀，严阵以待。为首的小旗喝道："回头之人，杀！"

村民们手无寸铁，又没有主心骨，一见血就发慌，在锦衣卫的逼迫之下，又只好继续往前走。

很快，第二轮和第三路竹排也被触发，又有数百位村民惨死！唐门之人准备充分，所以暗器机关的数量明显比桐岭帮攻山时更多。

"这样下去，我们都得死！"村民中有人大喊一声。

"反正是死，老子和锦衣卫拼了！"有血气方刚的年轻村民大喊。

"和他们拼了！"不少村民纷纷响应，一些有血性的汉子，捡起地上锋利的竹排，一个个疯狂嘶吼着，回头反击锦衣卫。

这一次，手持长刀的锦衣卫没有上前，而是连连往后退。取而代之的，是一群手持火铳的镇南军士兵。

"可笑。"

压阵的虎威笑了笑,仅仅是挥了挥手,镇南军火铳队排好阵势,一排排火铳击发,硝烟弥漫中,数十名奋起反抗的村民连连倒地。

简单粗暴的镇压,让数十位血性汉子付出了生命的代价,也让剩下的村民们颤颤巍巍,继续充当肉盾往前走。

"爹,我好怕,我们会不会死?"一个六七岁的小女孩扑在父亲的怀中,两眼水汪汪地说道。

"我们是好人,好人有好报,好人会长命百岁。"父亲心中沉痛无比,却摸着小女孩的脑袋柔声说道。

"娘,我好疼……"一位少年被竹子贯穿腹部,眼看是活不成了。

"孩子,你死了,娘也活不下去了。"母亲双手按压在少年的腹部,痛苦地说道。

"咳咳,你们丧尽天良,不得好死!"一位胸口中箭的村民奄奄一息地咳出血,方才他是奋起反抗者之一。

生离死别的一幕幕在不停地上演,让一些江湖人士心中触动。

"锦衣卫这也太狠了……"

"你还想当好人吗,连释空大师和冲虚道长都……"

"嘘……别多嘴!"

"他们是替咱们中的暗器,他们不死,咱们就得死,你们假惺惺的作甚!再说,咱们可是冲着唐门去的,听说唐门内秘宝无数呢。"

周遭的江湖人士听了这句话全都沉默了。

村民们明知必死,虽然迫于锦衣卫的淫威不得不向前,却一路走走停停,哭号连天。虎威不耐烦地挥了挥手,陆浩峰马上明白他的意思。

"加快进度,天黑之前攻下无尘山庄,剿灭唐门余孽!"陆浩峰在阵中下令。很快,阵中想起了擂鼓之声,这是进攻的信号。

擂鼓之声铿锵有力,一声接着一声,特别有节奏感,全然不顾这是用无辜者的鲜血换来的暂时胜利。

锦衣卫开始斩杀落在队伍最后的村民,继续逼着村民们前行。

"让我们先死,老人孩子躲到后面去!"

生死关头,年轻的村民们自发地组织在一起,希望老人和孩子们可以活下去。

然而,唐门布置的机关实在是太多了!村民们接着又触发了地陷阵、飞刀阵、毒气阵。进攻的鼓声被惨叫声和哭喊声淹没,后来又只剩下了鼓声。

最后,两千多名村民全部身死,无一幸免!

此时,无尘山庄已经近在眼前,只剩下不过区区两百多丈的路。

第三十四章

诛心为上应强敌

酉时一刻，进军的鼓声渐渐停息，锦衣卫率领的大军已来到无尘山庄大门外围，只需要再前进两百多丈，便可杀入山庄中。

残阳血色，风中夹杂着浓浓的血腥味，唐家山主路上已是尸山血海，两千多名村民无一生还！

镇南军中军大账里，几位参将强自镇定，他们从军多年，不怕冲锋陷阵，也见惯了血腥场面，但也是第一次执行让大军逼着两千多名村民去送死的任务。他们多是世袭军官，从祖辈的口中听过蒙古人驱赶无辜百姓攻城陷阵的暴行，当时无不目眦欲裂，恨自己生不逢时，未能和蒙古人血战沙场，没想到如今竟然也会参与这种禽兽不如之事，顿时心中皆有不满。

几位参将相视一眼，他们不敢不从圣旨，只得听命于虎威的指挥。但是，他们心中也有很多疑惑，圣上真的允许锦衣卫不择手段地剿灭唐门吗？如果锦衣卫逼迫村民当炮灰之事传到了朝廷，究竟会引起怎样的风波？

然而，几位参将也心知肚明，他们助纣为虐已是骑虎难下之势，如果朝廷真要细查追究滥杀之罪，他们一定首当其冲！反而，作为司礼监掌印兼东厂提督大太监刘公公亲信的虎威，说不定什么罪都没有。几位参将一想到这些，心中越发不满，却也只能咬牙将一条道走到底。

同样是中军大帐里，还有一行人面露喜色。

桐岭帮帮主孙志晟抱拳笑道："虎大人真是妙计，不费一兵一卒，率领我等杀到了无尘山庄附近。"

虎威淡淡一笑："不过是略施小计，唐门的暗器再厉害，也架不住人多。"

此时，陆浩峰抱拳道："虎大人说得是，但万不可轻敌，前方应该有箭雨之阵，还要多费一些工夫。"

听陆浩峰提及箭雨大阵，孙志晟有点心有余悸："唐门的箭雨大阵有些棘手，当日……"

还不等孙志晟把话说完，李家家主便插嘴道："孙帮主，听说小小的箭雨大阵，就让你桐岭帮损失惨重，所以你怕了？"

李家家主故意调侃孙志晟，并不把后者放在眼里，只因双方都为锦衣卫办事，多少有点互相看不顺眼。

青木和白啸闻言有些恼怒，欲要说些话反驳，但孙志晟及时拦下两人，反而笑道："李家主，小心驶得万年船。"

李家家主轻蔑地瞥了一眼孙志晟，而后说道："虎大人，我李家善用金枪，十二金枪大阵乃先祖从军时所创，攻守兼备，足以破开箭雨大阵。李家愿做先锋，待我等攻入无尘山庄，唐门之人必定作鸟兽散！"

"虎大人，无尘山庄近在眼前，金刀门以刀为盾，也愿做先锋，拿下头功！"金刀门门主也跃跃欲试。

虎威点了点头，认真地说道："金刀门和李家赤胆忠心，争先为朝廷效力，若能率先攻入无尘山庄，虎某定向刘公公为两家请功！"

金刀门门主和李家家主顿时心中一喜，如果真能得到锦衣卫的认可，就能走通白道这条路，那是再好不过的事情了。

随即，金刀门门主和李家家主兴冲冲地走出营帐，当真集结两派势力，欲做攻入唐门的急先锋了！

营帐中，孙志晟没有多说什么，他经历过箭雨大阵，知道闯过眼前两百多丈路是何等艰险，既然李家和金刀门不怕死，就让他们先去送死！

"虎大人，他们一旦触发箭雨大阵，十有八九怕是回不来了。"陆浩峰在虎威耳畔低语，想要看看虎威的态度。当日，陆浩峰和孙志晟等人困在箭雨大阵中，如果不是箭镞数量不足，出现了换箭镞的空当，一行人必将死在阵中。

"想要获得朝廷旌表，总是要流血的。"虎威轻描淡写地摆了摆手，心知肚明箭雨大阵的恐怖。

"虎大人英明。"陆浩峰言不由衷地说道，心中却十分震惊，金刀门和李家是虎威自己请来的，这次怕是要遭遇灭门之祸了！

金刀门和李家听说过箭雨大阵很厉害，但他们鄙夷西南的桐岭帮是乌合之众，认为后者夸大了箭雨大阵的威力，故而信誓旦旦想要做先锋立功。金刀门和李家颇为高调，还故意将消息透露给了更多人，一旦自己夺得头功，知道消息的人全部都是见证者。

"金刀门和李家甘做锦衣卫走狗，就让他们试试水呗。"

"唐门的箭雨大阵可不是吃素的，连桐岭帮都吃了大亏！"

"他们敢去冒险，我可不去！"

很多江湖人士反应平平，毕竟之前已经有很多血的教训，他们都不想去冒险，这样一来，金刀门和李家就显得势单力薄。

虎威是东厂和锦衣卫的重要人物，老成狠辣，岂会甘当看客。不久，虎威先是放出大军即将发起猛攻的重要消息，接着又颁布奖赏令。奖赏令上写着：无论是谁率先攻入山庄中，赏银三千两！斩获唐家人人头一颗，按唐家人地位不等，赏银一百两到一千两不等。

锦衣卫抬出了一箱又一箱的白银，堆满了一片空地，仔细数一数，竟然有二十箱，每一箱少说有一千两。

重赏之下必有勇夫，就算五百两银子，也不是小数目，要知道，一个普通的五口之家，一年也才用二十两！

"这是两万两白银，剩下的银子在山脚下的大军中，只要攻入无尘山庄，这些都是诸位的！"陆浩峰当着所有人大声说道。

"富贵险中求，只要攻入庄中，皆有重赏！"

"没什么好怕的，桐岭帮武艺低微，才会在箭雨大阵中吃亏，我们小心一些便是！"

"不能让金刀门和李家的人抢先！"

"若等大军真的开始进攻，还有我们什么事，富贵险中求，大不了十八年后还是一条好汉！"

江湖之人个个眼热心烫，大家刀口舔血，不就是为了一个利字？到了这个节骨眼上，又怎能退缩！不过一盏茶的工夫，上百名江湖之人就赶在金刀门和李家之前,七七八八地结成防御小阵,率先发起了进攻。

"我们也上!"有人出头,更多人马上跟上。

"哼,都是如同桐岭帮一样的乌合之众,还敢和金刀门抢功!"金刀门门主冷哼。

"我们稳扎稳打,先蓄力,再后发制人!"李家家主对着李家人说道,他们也不甘落后。

顿时,主路上人头攒动,乌泱乌泱的一片。上千江湖人士齐齐出动,他们身后观望中的一批人也做着准备。

山庄内,唐门众人密切关注事态变化,以便做出相应对策。在此之前,唐门四大堂主已经回援山庄。

"禀告掌门,两千多名村民血染大山……无一幸免……"青竹堂堂主唐智明不忍地说道。

"唉,太惨了。"大长老狠狠地攥起拳头。

"如果唐门有幸可以躲过一劫,这笔账,全部算到锦衣卫和江湖败类们的头上!"老太爷怒目圆睁。

"禀告掌门,箭雨大阵的所有箭镞全部填装完毕。"兰花堂堂主唐智仁说道。

"禀告掌门,迷香散大阵布置完毕,解药也已发放至每个人的手中。"梅花堂堂主唐智杰说道。

唐门上下紧张动员,只等最后的决战!接着,又是一道人影匆匆走进大厅,是菊花堂堂主唐智奇。唐智奇沉声道:"禀告掌门,锦衣卫允诺重金奖赏,促使近千江湖人士出动,包括金刀门和李家!"

"难道他们不怕箭雨大阵吗?"

"好毒的计谋,如此一来,锦衣卫大军还是不费一兵一卒。"

唐门之人纷纷皱眉,老太爷也冷喝道:"锦衣卫中有陆浩峰这样的高手,他们明白箭雨大阵的威力,也深知冲锋陷阵者有死无生,还许下这等空头支票!"

菊花堂堂主唐智奇又问道:"掌门,诸位长老,近千江湖人士将要进入箭雨大阵,如何应对?"

如何应对？当然启动箭雨大阵的机关，当然是杀！

但是，老太爷和众长老都没有说话，他们的目光齐齐地看向了一位俊朗少年，这少年正是唐萧。

唐萧一次又一次正确的建议，让唐门众人折服。以至于到了关键时刻，唐门众人都愿意听一听唐萧的意见。

唐萧想了想说道："江湖之人身怀武功，用箭雨大阵挡下他们问题不大，但如果能逼他们反击锦衣卫，无疑十分有利于我唐门。"

"萧儿，你有什么计策，不妨直说。"老太爷认真地说道。

唐萧点头道："那些江湖门派冲阵之时，我们自然要给予迎头痛击，但在消灭对方前队之后，不妨放对方后队离开，届时锦衣卫必然会逼迫他们再次冲阵，双方就有可能自相残杀，就如同那些被迫冲阵的村民一般。"

"好计！手无寸铁的村民被锦衣卫逼得走投无路之时尚且能垂死反扑，这些江湖门派自然也不甘坐以待毙！就这样办，杀前队，放后队！"

唐萧的逻辑十分清晰，种种假设也可能性极大，而今的唐门处于弱势，必须抓住每一个可以利用的机会！

锦衣卫使出的计谋一计接着一计，唐门被动应对一招接着一招。双方如同正在对弈的高手，杀得难分难解，只要一着不慎，便会满盘皆输！

第三十五章

人性薄凉为哪般

杀人是下策，诛心才是上策。唐萧严丝合缝的逻辑推理，让老太爷众人纷纷恍然。随即，老太爷众人便依照唐萧所说，先行开启一大半箭雨大阵，再静观其变。

酉时三刻，红日将要落山，余晖洒在并不安宁的唐家山大路上。

江湖人士们神经紧绷，小心翼翼地往无尘山庄前行，他们已经挺进了六十多丈，却还未遭遇到暗器攻击。

乌泱的江湖人士中，李家人处于中前段位置。每一位李家人都手持长枪大盾，他们以十二人为一组围聚在一起，排列出十二金枪阵。一共是四个十二金枪大阵，四个大阵紧靠在一起呈"田"字形，最中央还有一些李家高手，随时准备支援。

不得不说，李家的十二金枪大阵比桐岭帮临时拼凑的阵法高级了许多倍，难怪李家家主会鄙夷桐岭帮。

"爹，我看唐门之人一定怕咱们的阵仗，连箭雨大阵都不敢开启了吧？"李家少家主冷声说道。

"桐岭帮吃过箭雨大阵的大亏，我们不能轻敌，大家小心为上。"李家家主并没有太过轻敌。

近千江湖高手的最前排，金刀门也在稳步向前。金刀门门人以四人为阵，每个人胸口挂着护心铁牌，更将手里的大刀贴在胸口，至少可以挡住一半的身体。

"用不了多久，我等就能攻入无尘山庄，拿下头功和赏银！"金刀门门主笑道，和他的门人们做起了大梦。

当下，以李家的长枪大盾阵和金刀门的披甲大刀阵为前队，上千名江湖人士跟在李家和金刀门的大阵背后且行且走，每个人都不敢大意，往往感觉最安全的时候，危机就会突然降临。

"咻咻，咻咻！"

果然，片刻间，四面八方传来破空之声。

接着，密密麻麻的箭镞如同雨下，又像是蜂群一般，朝着阵中的江湖人士而去。顿时，外围的江湖人士惨叫声连连，至少有数十人顷刻中箭倒下。

"好戏，要开始了。"远远地，虎威低语道。

第一轮箭雨还未结束，第二轮箭雨接踵而至，第二轮箭雨刚刚触发，第三轮箭雨又从四面八方击射过来。

"举盾列阵！"李家家主一身令下，李家门徒立刻列成一个圆阵，用大盾挡住了四面八方击射来的箭雨，金刀门也顺势列成一个四方阵，用大刀护住要害，一时间李家和金刀门的伤亡微乎其微，只是可怜了那些没有大刀举盾的其他江湖人士，瞬间就倒下了数十人。

一轮箭雨过后，似乎发现箭雨对李家和金刀门意义不大，唐门的箭阵竟然停了下来。"注意防护，继续往前！"人群中的李家家主高声喝道，指挥李家人继续列阵往前推进，"我们也前进！"金刀门门主也下令，不想让李家人后来居上。

面对巨盾大刀，唐门的箭阵似乎一筹莫展，竟然再也没有发射一矢。李家和金刀门顿时一马当先，已然杀到了距离无尘山庄不到五十丈的地方。

"唐门的箭雨大阵不过如此，我李家仅仅伤了七人，更无一人是重伤。"李家家主志在必得地笑了笑。

"头功近在眼前，兄弟们加把劲，咱们金刀门要翻身了！"金刀门门主也大喝，金刀门门中只受伤了九人。

当李家和金刀门自觉胜券在握之际，一根根竹筒自远处而来。众人眼疾手快，一如既往地出手，一刀一枪不偏不倚地击中竹筒。

"砰！砰！"

竹筒发出巨响，密密麻麻的暗器从竹筒中炸出来，造成一大片的杀伤，直炸得众人血肉模糊，脑子发晕。顿时，无论是李家还是金刀门，阵形一下子被打乱。恐怖的还在后头，又是数十枚震天子母雷而至，进一步打乱李家和金刀门的阵形。

原来，这是唐门特制的火药暗器，震天子母雷！

密密麻麻的震天子母雷从天而降，将李家和金刀门的大阵炸得四分五裂，同时箭阵再次开启，无数的箭矢再次从四面八方如同暴雨一般扑面而来！

惨叫声此起彼伏，血流满地尸横遍野，失去了大阵的掩护，李家人和金刀门的人如同其他江湖人士一般，在成千上万的箭矢和不断飞来的爆炸的震天子母雷面前就像暴风雨里的纸片，几乎刹那间就要被撕得粉碎。

"爹，我……"李家少家主跟跟跄跄地从地上站起来，双手摸着空气，他不但被炸瞎了眼睛，胸口还中了七八箭，眼看是活不成了！

"我儿！"李家家主救子心切，想要快速搭救儿子，心神被扰乱，背部也中了致命的三箭。李家家主撑着一口气，硬是来到了儿子身前。然而，新一轮的箭雨又至，让李家父子从此倒地不起！

李家家主已死，李家人像是失去了主心骨，开始争先恐后地后退。然而仓皇逃窜的他们却遭到箭阵的重点杀伤，很快最后一个李家人就被乱箭穿身，一头倒在地上一动不动。

"撤！"

金刀门门主眼看大势已去，也不得不下令撤退，而他身边跟着可以动弹的人，居然已经不足十人！撤退中的金刀门门主并未坚持多久，他不慎腿部中箭，鲜血流了一地，行动速度顿时慢了一大半。

"扶我！"金刀门门主感觉生疼，不得不大喊。但是，金刀门门中高手根本不理他，每个人都想着快点撤走！

生死关头，人性薄凉，金刀门门主没能撑多久，也死在了箭雨大阵中。

由李家和金刀门主打的前阵全军覆没之后，箭雨却突然停了下来，剩下的江湖人士连忙争先恐后、连滚带爬地向后跑去，意图脱离箭阵的攻击范围。

"后退者，死！"陆浩峰早已率领锦衣卫督战，数百位镇南军的弓箭手和火铳手也准备就绪。

闻言，正飞跑而来的数百名江湖高手顿感震惊，这招不是用在村民身上吗，怎么也用到了自己身上！

"只要能坚持十轮箭雨，它就会重新装填箭镞。你们就可以借此机会冲过箭雨大阵，突进无尘山庄！"陆浩峰适时给了个"好心"的提醒。

"十轮，老子一轮都坚持不下来！"有江湖人士哇哇大叫。

"就是！你们自己怎么不去，老子不干了！"

"对，再多的钱也要有命花才行，不干了，不干了！"数百名江湖人士纷纷叫嚣着。

"我再说一遍，后退者死！"陆浩峰恶狠狠地说道。

"姓陆的，你别以为你是锦衣卫我们就会怕你！"几名江湖人士骂骂咧咧地向陆浩峰走来。

"杀！"陆浩峰当机立断。

火铳鸣响，弓箭离弦，带头闹事的那几名江湖人士瞬间就成了蜂窝。

剩下的江湖人士面面相觑，他们看着陆浩峰冰冷的眼神，又看了看陆浩峰身后密密麻麻的军队，无奈转身，再次冲进箭雨大阵。

十轮，只要撑过十轮，就有突进无尘山庄的机会！

然而出乎他们意料的是，新的大阵开启之后，箭矢竟然比之前密集十倍！原来之前唐萧刻意压制了箭雨大阵发射的箭矢数量，一是为了节约箭矢，二就是为了让尽可能多的江湖人士得以返回并遭到锦衣卫的逼迫，想迫使他们和锦衣卫发生冲突。但这些江湖人士如今畏惧锦衣卫胜过畏惧唐门的箭雨大阵，竟然又折返回来，那就只能把他们赶尽杀绝！

顿时，箭雨大阵火力全开，震天子母雷如冰雹一般从天而降，短短片刻时间，上千名江湖人士近乎全军覆没。

浓厚的血腥味让人闻之欲吐，密密麻麻的尸体堆积在箭雨大阵中，纵使见惯了江湖厮杀，但如今这如修罗场一般的场面还是让剩下的江湖人士恐惧无比。这不是江湖厮杀，这是屠杀！一边倒的屠杀！

紧接着，后方又响起了击鼓之声，镇南军大军开始有序前行，一部分大军手持弓弩，另一部分大军手持盾牌长枪，他们的目标不是无尘山庄，而是向着桐岭帮等人走来。

"你们要做什么！"

"他们要将我们赶入箭雨大阵中!"

"居然想要卸磨杀驴,卑鄙无耻!"

边城各大帮派的人马纷纷恍然,锦衣卫一而再,再而三的各种出格行为,只是为了找炮灰!

"陆大人,桐岭帮忠心为朝廷,你们可不能让我们冲前面吧?"孙志晟哀求着说道,桐岭帮众人居然也被针对了!万金商会和春月茶楼之人处境同样不好,但他们不敢开口问。

"孙帮主,这是为朝廷立功的机会,你可得好好表现。"陆浩峰皮笑肉不笑,不负笑面刀的称谓。

孙志晟终于忍不住了,厉声喝道:"陆浩峰,你到底几个意思!"

陆浩峰笑了笑,如实地说道:"是虎大人的意思,陆某只是执行而已。"

"虎大人……"孙志晟神情一怔,只觉得丢了魂一样,差点没有站稳。青木和白啸等人急忙将他扶住。

"诸位,锦衣卫的赏银令依然有效,相信唐门已经没有太多的箭镞,你们的机会来了。"陆浩峰代替虎威在人群之前发言。

然而,一千多名江湖之人看到了诸多血腥,早已不相信锦衣卫,其中更有高手喝道:"我看杀了锦衣卫,咱们才有一丝生机!"

"杀了锦衣卫!"

不少江湖之人高声大喝,他们死死地盯着陆浩峰!

第三十六章

玩弄鼓掌示恩威

锦衣卫一而再，再而三地压迫，分明要逼迫剩下的一千多名江湖人士去送死！一千多名江湖人士再也坐不住了，前面是九死一生的箭雨大阵，后面是咄咄逼人的锦衣卫，如今，唯有奋起反抗才有更大的生路！

"陆浩峰，你非要逼我们和你鱼死网破吗？"江湖人士中的一位一流高手叫道。

"你们这些江湖人，在朝廷眼中贱如蝼蚁，我乃堂堂锦衣亲军百户，你们有什么资格和我鱼死网破？"陆浩峰蔑视地笑了笑，把手一挥。顿时，一队又一队的军士从后排齐步上前，密集的大盾长枪和弓箭火铳不断向他们逼来！

陆浩峰铁血冷面地喝道："本官再说一遍，不从号令者杀，擅自后退者杀，停滞不前者杀！"

陆浩峰的声音犹如催魂索命之声，虽然声音不大，却传到了每一个江湖人士的耳中。众多江湖人士不知何去何从，还未做出决断，而镇南军的进军大鼓又响了起来！

"嚓嚓，嚓嚓。"

齐刷刷的脚步声中，近万大军列出军阵往前推进，牢牢地围住了一千多名江湖人士和更内圈的无尘山庄。

一千多名江湖人士哪里见过行军打仗的阵仗，很快有人心态崩溃。

"怎么办，我不想死啊！"

"真的没有生路了吗？我们只是为了求财啊！"

此时在远处的山林里，还有一个糟老头子和一个少女。但见糟老头一边吃鸡一边喝酒好不痛快，似乎从远处飘来令人作呕的血腥味完全没有影响他的胃口。

"哎，一群傻子利欲熏心，非要来蹚这摊浑水，这下失算了吧。还有你，你这个小丫头，老夫本来都走远了，你又非把我拉回来，真是烦透了。"糟老头子一边吃喝，一边埋怨。

"不许吃。"少女一把将糟老头手里的坨坨鸡拿了回来。

"别别别，给我吃，我是自愿来的，自愿来的。"糟老头态度转变极快，又小心翼翼地从少女手中把坨坨鸡接了回来。

少女见糟老头服软，劝道："周前辈，你可是答应我救唐萧的，等你救了唐萧，我天天给你做坨坨鸡吃！"

一老一少便是周不仪和阿妞。前些日子，阿妞和曲布离开无尘山庄后，欲要回到烟峰山山寨。半路上，阿妞听说唐门挫败桐岭帮等势力的夜袭，便又想回头找唐萧，她想游说唐门中人放弃唐家山去烟峰山山寨暂避，顺便让唐萧协助头人用彝王茶鼎制茶。然而，无论阿妞说什么，都无法说服曲布和她一起去无尘山庄。

一连好几个晚上，阿妞怎么都睡不着，心中惦念着唐萧的话，满脑子想的是唐萧的样貌。

"我心里装着一个人。"阿妞嘴角默念。一个晚上，阿妞趁着天黑偷偷地撇开曲布，独自一人上路，只是，江湖之事风云突变，阿妞还没赶到唐家山，就被卷入了数千名江湖人士之中。

昨日，乔装改扮的阿妞冒充江湖人士混入镇南军的大营，在镇南军大营中，远远地见到两位唐门长老舌战群雄，她觉得"大长老"的背影和唐萧很像，不知是不是自己看花了眼。接着，阿妞又见周不仪总是插嘴给锦衣卫难堪，众人却不敢为难周不仪，感佩周不仪人醉心不醉，敢为唐门说真话。

最后，唐门和锦衣卫不欢而散。阿妞更为唐门捏了一把汗，担心起唐萧的安危，她心想无法阻止大军攻山，就要想办法救唐萧。于是，阿妞想要找周不仪帮忙，岂知自己却怎么都找不到他。正当阿妞心灰意冷之际，周不仪竟然闻着坨坨鸡的香味，找到了阿妞！自此，阿妞和周不仪暂且同行了。

一路上，阿妞见到了很多残忍血腥的场面，让她很不适应，甚至整个人浑浑噩噩。好在周不仪一直开导阿妞，才让她慢慢适应过来。周不仪又告诉阿妞，人生短暂，他喝酒吃肉便是为了及时享乐，人活着，便要去追求自己所喜欢的人和事。

"傻丫头，你没看前面那阵仗，咱们要是去了，自身都难保，还救什么人啊，你愿意为你的小情郎去死啊？"周不仪啃着鸡腿，随口说道。

阿妞气鼓鼓地说道："周前辈，你不帮我，我就自己去救，如果我死了，你再也吃不到我做的坨坨鸡！"说着，阿妞往箭雨大阵方向走去。

周不仪一把将阿妞拉了回来："傻丫头，你这么莽撞，咱们怎么救人？"

"周前辈，你有办法了？"阿妞顿时喜出望外。

周不仪表面疯疯癫癫，实际心思缜密，一边吃着坨坨鸡，一边咂嘴巴道："这个虎威不简单，老夫先看看局势怎么发展。"

此刻，中军大帐里的锦衣卫佥事虎威，像个没事人一样喝着茶，但他同时也让近万大军有条不紊地行军结阵。

司礼监宣旨太监福安皱了皱眉头："虎大人，如此逼迫这些江湖中人，只怕会引起不小的麻烦吧？"

虎威笑了笑："福公公，士农工商才能为朝廷效力。这些江湖之人既不是士农工商，又不是军士衙役，他们却整日舞刀弄枪，拉帮结派，说不定哪天就造反了！"

"话虽这么说，但想要彻底将一千多名江湖高手铲除，镇南军也要死伤惨重，对上头不好交代啊。"赵聪有些疑虑地说道。

虎威不缓不急地说道："公公放心，铲除这些潜在的反贼，圣上只会龙颜大悦。至于军士的死伤，既然选择了当兵吃粮，总有那么一天的。何况，我还另有安排。"

"虎大人想到破阵的方法了？"福安眼中一亮。

"一切都在掌控之中，很快就会有了。"虎威笑着卖了个关子。

虎威继续发号施令，几位参将按照行军要典，开始指挥大军作战。同时，虎威也将更多细致的命令，传给了陆浩峰。

"击鼓，进军！"

近万大军开始击鼓前进，最前面的军士都手持一人多高的盾牌，众多盾牌连成一片，就像一道钢铁的城墙。此时，钢铁城墙在往前推进，不断蚕食安全地域，逼迫一千多名江湖之人进入箭雨大阵。

近千名江湖之人被逼入箭雨大阵中，瞬间触发一轮箭雨，杀伤数十人！

唐门在生死关头不会留手，再次开启了箭雨大阵；一千多名江湖人士也没有退路，要么和大军厮杀，要么接受箭雨！而近万大军还是击鼓进军！

第二轮箭雨被催发，又有数十位江湖之人中箭身亡，眼前第三轮箭雨又要触发。

"杀！"

一千多名江湖人士终于忍不住，有人带头开始反水，双目猩红地朝着大军反扑。

此刻，军中却响起了锣声，竟然是鸣金收兵！顿时，近万大军又整齐一致地往后倒退，让反扑的江湖人士扑了个空！

一千多名江湖人士一击不成，自身的气势立刻下降，他们不明白镇南军为何突然收兵，难道不想逼迫他们了吗？不等一千多名江湖人士想明白，镇南军又开始击鼓进军！

这一次，同样有数十人被逼入箭雨大阵中，当箭雨大阵催发之后，又有数十位江湖人士倒地不起。

与此同时，一则又一则讯息传入无尘山庄的前庭大厅，唐萧等人对山庄外发生的事情一清二楚。

"不管踏入箭雨大阵者是谁，依旧杀无赦！"

"让江湖败类们和锦衣卫狗咬狗！"

"萧儿，锦衣卫的做法似乎有点反常。"老太爷觉察到不对劲。

唐萧的想法和众人都不一样，他不太确定地说出心中所想："老太爷，他们可能有别样的目的……明眼人都能看出来，锦衣卫想要让江湖之人去送死，以便一家坐大好处全收。但他们似乎有意在试探大阵，想要破阵！"

无尘山庄之外，一千多名江湖人士人人自危，欲要再次组织反击，可他们刚刚进行冲杀，而镇南军又开始撤退！

一鼓作气，再而衰，三而竭。

一千多名江湖人士气势上弱了很多，凝聚力下降了很多。不多久，镇南军继续重复进军和撤退，如此往复多次，竟然生生地磨死了三四百人！

"锦衣卫想要磨死我们！"

"再不全力出击，咱们都得死！"

"杀出一条血路！"

终于，剩余的七八百江湖人士决心拼杀到底！

此际，镇南军并未再进军，反而在令旗的指挥下，生生地开了一个口子，看样子要止战了。久未露面的陆浩峰走了出来，温润地笑道："诸位，方才辛苦了，协助锦衣卫找出了剩下的几个阵脚。"

"阵脚是什么狗屁东西！"

"陆浩峰外号笑面刀，不要被他给骗了！"

七八百江湖之人余怒未消，他们不知道陆浩峰在说什么，只感受到后者的态度发生了极大的转变。

陆浩峰扫视众人，继续说道："锦衣卫愿意继续和你们合作，一同攻下唐门。"

"锦衣卫不是想把我们都逼死吗？"

"一同攻下唐门，可笑！"

先前发生了太多事情，七八百江湖之人经历了屡次生死，早已不信锦衣卫所言。

陆浩峰继续说道："为了表示出诚意，这箭雨大阵，我们来破。"

言罢，陆浩峰拍了拍手，只听得"嘿哟嘿哟"的声音由远及近，原是军士们抬着一根根黝黑的巨大铁柱子，朝着众人走了过来。

这些巨大的铁柱子一头大一头小，大头封闭小头镂空，它们不是别的东西，正是重达数百斤的火炮，一共有八门！火炮乃是军中的必杀器，每门火炮需要十几名军士才扛得动，它们虽然十分笨重，但可以发射实心铁弹，威力强大无比。

"上面有引信，这么大的火铳！"

"他妈的这是火炮，不是火铳！"

"他们想用火炮攻山！"

江湖人士们也是第一次见到火炮，他们仔细观察，交头接耳。

不久，军士们又抬来炮架和弹药，将炮管安装在炮架上，打开一箱接一箱的实心铁弹，在炮架上面插入引信，在炮管里倒入火药，又将铁弹装入火炮之中，这才完成了火炮装填。然而，锦衣卫并未将八门火炮对准唐家堡，而是将它们对准了山庄的四周！

第三十七章

军中重器破山庄

再精密的机关也需要隐藏在阵脚中,再隐秘的发射方法也会留下发射轨迹。锦衣卫通过仔细观察,再加上逼迫江湖人士进入大阵,又进行好几次往复校正,多少也发现了不少机关阵脚。

"阵脚,我明白了,是箭雨大阵的阵脚!"

"他们想用大炮破箭雨大阵的阵脚!"

"方才我们进入箭雨大阵,是为了更好地确定阵脚的位置!"

很多江湖人士纷纷明白了陆浩峰说的阵脚到底是什么,同时,他们对锦衣卫的手段心有余悸。

"轰隆,轰隆!"

一声声震天巨响响起。

大炮发射出一枚枚实心铁弹,朝着各处阵脚而去。在地面上砸出巨大的深坑,将周遭的成片林木推平,将成块的巨石砸得粉碎。

一轮又一轮的轰击,几乎是地毯式攻击,不管是确定的,还是疑似的阵脚,都将遭受大炮反复轰击。半个时辰不到,镇南军足足击射出上百枚实心弹,将周遭全部轰击了一遍,让箭雨大阵被完全摧毁,简直是碾压式的手段!

江湖众人全都明白过来,镇南军早就有所准备,根本不需要太多的外部助力!而锦衣卫将江湖人士们玩弄于股掌之间,不过是想立威和降低自己的伤亡!

实际上,镇南军用大炮就能轰平无尘山庄,但虎威已将整座无尘山庄当成了战利品,以便向朝廷邀功,故意不让大炮轰击。

此时，无尘山庄前庭大厅，唐门众人可以清晰地听到重炮的轰击声，纷纷陷入了沉默。唐萧的担忧果然成真，如今箭雨大阵被强势破开，唐门此战必输无疑！

"前面死守，后面突围！"老太爷嘴里挤出八个字。

唐门之人同仇敌忾，有人已经开始烧毁各种典籍，还有人在交代后事。唐萧和唐倩也已是唐家下人的装束，他们被唐伯重点保护，只等混乱从后门突围。

紧接着，老太爷将唐萧等人拉到了一旁。

老太爷非常认真地说道："萧儿，倩儿，爷爷接下去要说的话，你们一定要牢牢记住，如果你们能够从山庄突围出去，切记……"

老太爷嘱咐了很多事情，毕竟唐萧和唐倩是唐家的直系血脉，应该将仅剩的一丝生机留给他们。

"爷爷……"唐萧和唐倩都哽咽了，他俩不再称呼唐震为老太爷。

"不许哭，爷爷不是还在吗，你爹他们不是也好好的吗？"老太爷伸出一双大手，擦拭唐萧和唐倩眼中的眼泪。

"老大哥，一切都交给我吧。"唐伯也叹了口气，他务必要带唐萧和唐倩杀出山庄。老太爷狠狠点头，紧紧地握住唐伯的手。

无尘山庄外围，陆浩峰气宇轩昂，对众多江湖人士喝道："箭雨大阵已破，诸位江湖同道，必须与大军重器一同攻入无尘山庄！"

陆浩峰的口气不容置疑，虽不知什么大军重器，但一定也是类似火炮一样的东西。七八百江湖人士虽顾虑重重，但他们已经不再齐心，不得不纷纷点头同意。

"很好。"陆浩峰满意地笑了笑，又大喊一声，"陷阵营准备！"

话语落下，三百名身着重甲的军士从镇南军中缓慢走出来。这些军人都是精挑细选的大力士，身穿三层铠甲，最外面是铁甲，中间夹着一层棉甲，最里面还有一层锁子甲，不管是刀枪剑矛还是火铳弹药，都很难伤到他们，简直可以用刀枪不入来形容！

镇南军终于要发动进攻，他们将无尘山庄当成了一座城池，动用强大火炮和重甲军士。

"开炮！"

大炮轰鸣，直打得无尘山庄砖石横飞，很快唐家堡的围墙就接连倒塌多处，整个山庄已经是一片狼藉。

"陷阵营出击！"

三百重甲军士开始向无尘山庄发起进攻，沉重的脚步让大地似乎都在晃动。

七八百江湖之人见大阵已破，前方又有重甲军士开路，他们也不再犹豫，跟上重甲军士。

此时整个无尘山庄突然安静下来，似乎唐家人已经被吓傻了一般。

"冲啊！"眼见山庄的缺口就在眼前，有江湖人士再也按捺不住，直接越过重甲军阵向前冲去。

"冲啊！破庄！"剩下的江湖人士再也按捺不住，觉得破庄就在眼前，他们如潮水般越过重甲军阵，冲向无尘山庄的围墙缺口。

重甲军阵不为所动，依然慢慢地向山庄接近。

"轰！轰！轰！"

一声接着一声，埋藏于地下的霹雳弹接连发生爆炸，一时间火光冲天！

爆炸连绵不绝，冲向无尘山庄的人潮顿时炸成一片！

又有上百名江湖人士惨叫着倒下。

就在此时，脚步轰鸣，趁着这个机会，三百重甲军士突然加速，推开被炸得七荤八素的江湖人士，跨过被大炮轰塌的围墙，直接冲进了无尘山庄。

剩下的江湖人士顿时士气大振，也不顾刚才又被当作人肉沙包利用了一次，纷纷奋起余勇，跟在重甲军士的身后冲进了无尘山庄。

无尘山庄内前庭，堆着一堆又一堆的柴火，里面是刚刚点燃的毒药，释放出浓浓的毒烟，充斥在山庄内。

"好多烟，根本看不清楚。"

"咳咳，怎么回事……"

"浓烟有毒，快撤！"

率先冲入山庄的江湖人士顷刻间倒下数十人，幸存者又纷纷退了出来，有人面色发紫，有人吐血，仅仅在浓烟中一会儿，就让不少人中毒颇深！

而唐门之人处于毒烟之中，一个个手持连环弓弩对着大院，他们早就服用了解药，且蒙着带水的面巾。

但令人惊讶的是，那三百名重甲军士却似乎完全不受影响。

围墙之外，虎威看着围墙内涌起的毒烟，冷笑道："我早知唐门余孽要用此招，专门委托福安公公从宫里带来了解毒神药，提前让这些铁甲军士服用，我看他们还能使什么招！"

"虎大人智比诸葛，那些江湖匪人没有解药，就不敢进院子，攻占无尘山庄的大功就和他们无关了，哈哈哈。他们肯定没想到，付出那么大代价，最后却为我们做了嫁衣！"陆浩峰满脸钦佩，他本以为虎威多少还会让这些江湖人士沾点甜头，没想到虎威做得这么绝，竟是半点好处也不让他们沾边！

"重甲，出击！"

随着整齐的踏步声和盔甲的铿锵声，三百名重甲军士排成人墙向唐门内宅走来。

"放箭！"老太爷神色冷峻地下令！

唐门众人视死如归，用手持连环弩拼命射击。顿时，密密麻麻的箭镞被击射出去，但却无法穿透重甲军士的三层铠甲，三百重甲军士硬生生扛住所有箭镞，以及各种不同的暗器，愣是没有出现重大伤亡！

唐门中人又扔出震天子母雷，这些重甲军士纷纷抬起手臂护住眼睛，任震天子母雷在自己身边爆炸。震天子母雷里的暗器即使穿过了铁甲，也被里面的棉甲挡住，棉甲还有效地吸收了爆炸带来的冲击力，因此虽然震天子母雷在军阵中炸成一片，但也只有寥寥数名重甲军士伤亡。

重甲军士加快脚步，很快接近了唐门中人，此时大批蒙着沾水面巾的镇南军士兵也从围墙缺口拥了进来。

而那些江湖人士，则被剩下的镇南军士兵挡在了围墙外面，又没有解药和面巾，只能干着急。

唐门已无险可守，一场近身肉搏战正式开启！

"杀！"

唐门之人不甘示弱，展示出过人的武道修为，对最前方的重甲军士展开围杀。重甲军士并非没有破绽，他们行动慢，眼睛和膝盖以下没有受到铠甲保护。于是，唐门之人纷纷袭击重甲军士的小腿和眼睛，做到最大的杀伤！

唐门梅兰竹菊的四大堂堂主身先士卒，众长老、众香主也不甘落后。一时间，喊杀声迭起，唐门高手的绝地反扑，重甲军士的伤亡直线上升。

"看来我还低估了这些唐门余孽，罢了，给他们分发解药！"虎威冷哼一声，立刻就有锦衣卫上去给正在旁边看得一脸焦急的江湖人士分发解药。

这些江湖人士急匆匆地吃掉解药，随后一拥而上，冲进缺口。

一众修为不错的江湖之人争先恐后地杀上前去，只为快些杀入唐门内堂，夺取各种传闻中的宝物。

而人群中，当数桐岭帮帮众最为嚣张，他们见人就杀，只为一雪前耻。

孙志晟早已杀红了眼睛，释放心中所有不满的怨气，更是冷声道："给我杀，杀入内堂，到时候不管男女老幼，一个不留！"

"孙志晟，助纣为虐，不得好死！"唐智仁在边城做生意，一眼就将孙志晟认了出来，直接杀了上去。

第三十八章
唐门儿郎死如归

乱局之中,唐智仁右脚蹬地,身子嗖的一声往前飞掠,竟是一拳砸向了孙志晟。此前,唐智仁不顾后遗症,又一次吃下劲霸丹,强行将劲气外放,拥有一流高手的实力。

"咔!"

孙志晟强势地以拳对拳,第一时间挡住了唐智仁。而后,孙志晟转守为攻,双手成爪,使用出一种狠毒的鹰爪功,对着唐智仁抓了过去!

唐智仁的双手极为灵活,腾挪闪转之间,暂时化解孙志晟的攻势。紧接着,唐智仁身形往后退了几步,一拉开距离就双手一甩,一根根飞针自袖口而出。

这是唐门器宗最常用的一开一合,以肉身近战暂时麻痹对手,又迅速拉开适当的距离,猛力释放出暗器,达到出其不意的效果。

只是唐智仁刚刚抬手,孙志晟就觉察出了异样,他立刻腾挪闪躲,躲开了飞针的攻击。然而,孙志晟虽然躲开了飞针,但身后的两个桐岭帮帮众却中了飞针连连倒下。

孙志晟回头看了看两个帮众,心中并无一丝波澜,仅是冷声喝道:"看你有多少暗器!"

一击不成,便不能继续用相同的招式,唐智仁再度发出各种暗器,实实虚虚,真真假假,一来消耗孙志晟的内劲,二来看准机会继续攻杀。

两位一流高手的对战,让周遭之人不敢靠近,但也只是不起眼的局部之战。

此时，唐门各堂香主和门人被大军冲散，不得不各自为战。前庭大厅等主要区域，也在进行十分不对等的战斗。数百镇南军军士围困唐门众长老，数十位重甲军士围困唐智杰和唐智明，桐岭帮左右护法、青木和白啸等四人也围困住了唐智奇。至于一帮江湖之人，大部分无心恋战。

"杀啊！"

冲入无尘山庄的江湖之人实在太多，有的人已经冲到了内院，见东西就抢，见人就杀，以此发泄心中的愤懑。

唐伯带着唐萧和唐倩，刚从前庭转入内院，而后又杀出一条血路去了柴房。唐伯端起灶台上的大锅，大锅之下居然有一条密道！

"快，快走！"唐伯催促道。

"唐伯，我……"唐萧张口想说什么，唐伯忽然恶狠狠地瞪了唐萧一眼。

"事已至此，难道你还想说你不走吗？与唐家共存亡的事还轮不到你！你必须活着，为唐门报仇，这是你欠唐门的债，在还清楚之前，你不能死，你没资格死！"

"是！"唐萧眼含热泪，狠狠地点了下头。

唐萧等三人马上进入了密道！这条秘道没有几个人知道，虽说可以通往后山，但同样无法逃出山脚下的包围圈。老太爷将生的希望留给了唐萧和唐倩，如果很多人走这条地道，目标一定很大，到时候被人发现，谁也无法脱身。

唐萧等三人沿着密道前行，发现密道竟然穿过山庄的内墙，墙外的战斗声清晰可辨！这个时候，唐萧和唐倩脚步一顿，他们躲在内墙中，透过砖缝，看着前庭大厅中的大战。

前庭大厅，孙志晟和唐智仁的战斗仍在继续，两人的一招一式都是杀招，已然交手了上百招。除了内墙中的唐倩，没有太多人关注这两位一流高手的大战。

"爹……"唐倩看着唐智仁苍白的面孔忧心地低语，似乎是父女连心，她感觉到了异样，心脏跳得越来越快。

确实，唐智仁第二次吃下劲霸丹，自身的潜力再次被激发，但副作用也越来越明显。一百多招后，唐智仁的体力渐渐不支，浑身上下都感到无比酸疼。

"唐智仁，你也不过如此，是我高看你了！"孙志晟见状冷声道，抓住机会冲杀了上来。他猛地轰出一掌，击中了唐智仁的胸口！

"咔咔！"

只听得胸骨断裂之声，唐智仁忍不住吐出一口血，身子不停地往后退。

"再吃我一掌！"孙志晟乘胜追击，又对着唐智仁的胸口一掌拍去，想要将后者一击毙命。然而，唐智仁嘴角挂起微笑，他居然不躲不避，反而对着孙志晟冲了上来。

孙志晟心中一寒，怎么都觉得不对劲，他从唐智仁的眼中，分明看到了决绝之意，这是要同归于尽！孙志晟急忙往后退，但他还是慢了一步，被唐智仁牢牢地环抱住了腰。

"放开！"孙志晟狠狠地朝唐智仁背部拍下一掌。

这一掌力道极大，又让唐智仁断了几根肋骨。但唐智仁仍旧牢牢地环抱着孙志晟，还从怀里掏出了一柄亮晃晃的飞刀。

"啊，让我们一起死吧。"唐智仁从血口里挤出几个字，用飞刀狠狠地扎向孙志晟的腹部，一刀，两刀，每一刀都扎在同一个地方。

"啊！"孙志晟发出撕心裂肺的吼声，又全力对着唐智仁背部拍下一掌。可唐智仁就像木头人一样，不但没有任何反应，还继续扎着孙志晟的同一处伤口。

"伯父……"唐倩早已泪如泉涌，双手捂住自己的嘴巴，她多想大声喊出来，大声哭出来。

"倩儿。"唐萧急忙让唐倩转过头，靠在自己的怀里。

"疯子，你这个疯子！"孙志晟害怕了，他腹部血如泉涌，发了疯一样想要甩开唐智仁。但唐智仁就这么挂在孙志晟的身上，而且还在继续扎后者的伤口，甚至已经将后者的肠子给扎了出来。

"辱我唐门……死……"唐智仁的气息很微弱，但他的脸上依然挂着笑意。

不多久，孙志晟流血实在太多，也慢慢地精疲力竭，就此一头栽在地上，他的脸上充满了绝望，看样子也活不成了。

"死……"唐智仁说出最后一个字，也咽下了最后一口气。

山庄前庭的战斗十分激烈，乃至桐岭帮的帮众并未注意到帮主孙志晟已经战死。大厅之中，数十重甲军士围住了唐智杰和唐智明二人。数十重甲军士刀枪不入，仅有双脚不被重甲包裹，而唐智杰兄弟二人速度奇快，利用轻功和重甲军士缠斗，双方有来有往，一时僵持。

但局面很快发生巨大变化，陆浩峰率领一队锦衣卫也杀到了山庄内。陆浩峰看到战况便冷声喝道："一群废物！"

重甲军士心中有一股怨气，却不敢说什么。接着，陆浩峰率领锦衣卫杀向了唐智杰，而剩下的重甲军士对付唐智明。

这是一场非常不对称的战斗！唐智杰吃下劲霸丹之后，实力突飞猛进，但面对陆浩峰也只能打个平手！战斗中，陆浩峰的绣春刀奇快无比，牢牢地牵制住了唐智杰。众多锦衣卫就像疯狗一样，一见到机会就不要命地往前扑。

初时，唐智杰还能应对陆浩峰和一众镇南军，偶尔出其不意地用飞镖斩杀数人。但随着时间推移，唐智杰的体力也渐渐不支，身上的伤口也越来越多，尤其是背部的一道伤口深可见骨，分外恐怖。

"啪嗒。"

唐智杰背上伤口渗出不少血，染红了衣服，血滴滴落，落地有声。

"斩杀此人，有重赏！"陆浩峰冷喝，想要不停地依靠锦衣卫继续消耗唐智杰的体力！

此时锦衣卫已经伤亡一半，如果不是畏惧陆浩峰，早就鸟兽四散了，哪里还敢轻举妄动。然而，陆浩峰竟抓起身边的一位锦衣卫，用力地往唐智杰那边推了过去。

"杀！"

唐智杰手起刀落，鲜血洒落一地，这是他斩杀的第二十三人！

陆浩峰还想抓身边的锦衣卫，众锦衣卫早已退到一边，远远地躲着陆浩峰。

"来啊！"唐智杰明明已经重伤，却还是大声怒喝，他的眼光冷得可以杀人，逼得一众锦衣卫不敢上前！唐智杰绝对不会示弱，就算死也要站着死！

"看你能坚持到几时，绣春刀！"陆浩峰无人可派，不得不亲自杀了上来。瞬间，陆浩峰爆发出全部实力，一刀接着一刀，每刀都带有刀气，这是他的必杀技！

"一呼吸六刀！"唐伯的瞳孔放大，他曾和陆浩峰交手过，体会过一呼吸四刀的恐怖，没想到后者的实力又精进，做到了一呼吸六刀！

唐智杰硬生生地挡住其中的四刀，第五刀眼看闪躲不及，便不再闪躲，也是以决绝的方式还击。

"扑哧，扑哧！"

唐智杰胸口连中两刀，他吊着最后一口气，仍然一刀砍向了陆浩峰。陆浩峰的反应很快，却还是被刀锋所伤，左臂留下一道深深的刀口，血流不止。

"杀！"

众多锦衣卫见唐智杰身中两刀，纷纷冲杀上前，一刀又一刀乱砍，将心中的恐惧和憋屈发泄在唐智杰身上。一时间，满地都是鲜血……

"爹！"唐萧浑身颤抖，全身都在冒着大汗，他也不敢看了。

"大伯！"唐倩也扭头，把头贴在唐萧胸口。

"爹，孩儿以后一定要为你报仇！"唐萧在心中狠狠地发誓！

"大少爷，二小姐，我们走吧！"唐伯又劝了一次。唐萧和唐倩两人木木地没有回话，他们还要继续看下去！

不远处，唐智明拼尽全力杀出重甲军士的包围，全身上下都是森然的伤口，连走路都跟跟跄跄。

"大哥……"唐智明朝着唐智杰缓缓地走去，状态已然十分虚弱。陆浩峰面色狰狞，他快步来到唐智明身后，一刀贯穿唐智明的胸口。

"嗯……"唐智明发出闷哼，眼睁睁地看着胸前的红刃，他忍着巨大的疼痛，继续朝着唐智杰而去。一步两步，三步四步，唐智明往前一个跟跄，最终倒在了唐智杰的身边。

"大哥，黄泉……一起走……"唐智明说出最后一句话，心满意足地靠在唐智杰身边，就像回到了小时候，兄弟俩抢一张床睡。

"三叔！"唐萧牙齿紧咬嘴唇，又记住了这一笔账。

"大少爷，二小姐，走吧！"唐伯于心不忍，不想让唐萧和唐倩再看下去。但唐萧和唐倩还是不愿意离去，他们必须要看，记住这一笔血债，血债要血偿！

不多久，唐门菊花堂堂主唐智奇也倒下了，他吃下劲霸丹之后一人独战青木、白啸和左右护法四人，斩杀了其中两人！

"幸亏我们人多！"青木喘着粗气心中十分后怕。

"青木堂主，我们……我们退下去歇息一下吧……"天不怕地不怕的白啸居然一反常态，他被唐门的手段逼怕了！

"一个都不许走！"陆浩峰走了上来，生生地将青木和白啸震慑住。青木和白啸见到陆浩峰左臂上的血口，咂了咂嘴巴。

此时，陆浩峰又指着前庭大厅，冷声道："没看到唐门掌门还没死吗？"

前庭大厅，老太爷以及一众长老仍在血战，他们个个都是一流高手，互相配合之下，无人敢轻易接近。而山庄大厅更成了血肉场，躺着不下两百具尸体，众人有时候只得站在尸体上去战斗！

第三十九章

癫狂贪婪误性命

　　陆浩峰强逼着青木和白啸，让他们继续面对老太爷和唐门众长老。但青木和白啸哪里还有心思去杀人，只想着搞点宝贝，马上离开这是非之地。

　　此刻，一批又一批的军士进入前庭大厅围杀唐门之人，而江湖人士们早就四散开来，到处劫掠物资，才不管唐门之人是死是活。无尘山庄内更乱了。

　　此时虎威和福安也带人走进山庄前庭，陆浩峰顾不得再管青木和白啸，立刻迎了过去。青木和白啸连忙趁机向后院溜去。

　　此时在无尘山庄不远处的山林里，阿妞和周不仪也在关注着战况的发展。

　　"周前辈，你怎么还不动身！"阿妞很着急，话语中带着埋怨之意，心中惦念着唐萧，生怕唐萧出了什么意外。

　　"不急，老夫早年和唐门之人打过交道，无尘山庄既然有这么多的暗器机关，就绝对有逃生暗道，不如再等一等。"周不仪难得说了几句真话。

　　"周前辈，不能再等了，阿妞求求你了！"阿妞的眼眶慢慢地湿润了。

　　"傻姑娘，你仔细想想，唐萧作为唐门的长房公子，会被困在山庄中等死吗？"周不仪难得耐心地问道。

　　阿妞有些哑口，仔细想一想周不仪的话，一点错都没有。但阿妞也不知道该怎么办，她只想快点救唐萧！

　　"老夫觉得，你家小情郎一定会出现在唐家山某处，咱们先盯紧镇南军。"说着，周不仪喝了口酒，还闭上眼睛打了个盹。原来，周不仪密切关注镇南军的动态，只等他们派遣分队往重点地域搜山。

　　山庄内，乱成了一片，青木和白啸本想离开无尘山庄这个是非之地，又按捺不住心中的贪婪。很快,两人找了个机会摆脱陆浩峰后,就和一群江湖人士四处搜罗唐门宝物,此时有江湖人士发现了暗道,正想进入,一只身材巨大的古猿却咆哮着从天而降。

"这什么东西?猴子?怎么这么大?"青木惊讶地说道,身后一群江湖人士也是目瞪口呆,非常惊讶。

这只古猿是唐家老太爷唐震一次上山采药时,在猎人陷阱中救下的猿猴,当时猿猴已经身受重伤,全靠唐震精心调养方才恢复,后来就不知所终,唐家人原本以为它已经重归大山,没想到竟然在关键时刻来保护唐家陵寝。

"管它是什么怪物,杀了它!"白啸大喝一声,率先冲了上去。

人猿大战就此开始,古猿力大无比,在众多江湖人士中横冲直撞,虽然自身也负伤累累,但也杀得那些江湖人士死伤惨重。

此时脚步轰鸣,一队镇南军的火铳手急急忙忙地跑了过来,原来虎威已经得知发现唐家陵寝的消息,急忙派人来分一杯羹。

"列队,瞄准,开火!"数十名火铳手排成两列横队,对着身材巨大的古猿扣动扳机。

数十枚铅弹呼啸着钻入古猿的体内,古猿悲鸣一声,身上飞出数十道血箭。

"它不行了,大家一起上啊!"青木趁机鼓动,剩下的江湖人士连忙一拥而上,古猿身受重伤,依然坚持血战,最终寡不敌众,死在乱刀之下。

杀死古猿以后,青木、白啸和剩下的江湖人士和镇南军士兵争先恐后地冲入暗道,暗道联通的唐门祖坟,竟然是一座规模宏大的陵寝!

而且,人们发现墓室的石壁上镌刻着各种武功秘籍、内功心法秘籍、暗器制作秘籍、毒药制作秘籍……除此以外,还有不少林林总总的陪葬品!

"发了,要发了啊!"

"唐家山中居然还有如此陵寝!"

"真的不虚此行了!"

不少人纷纷发出惊叹,一个个都开始哄抢,人们为了各种宝物疯抢,有人竟然开始厮杀!

青木和白啸被眼前的一切震惊,他们似乎也看到了宝贝,发了狂似的冲向一处刻有内功心法的石墙前。

"无念心法，排除心中的杂念！"青木入神地念出墙上的字。

"无上心经！"白啸也对一种心法入迷。

青木和白啸十分激动，两人的呼吸变得急促，不管墙上刻的是真是假，两人都把眼睛睁得大大的，试图将功法背下来。实际上，青木和白啸都缺内功心法，如果练了上好的内功心法，说不定能够成为一流高手！

正当墓中众人哄闹之际，却突然传出爆炸之声，接着又是隆隆的声响。

"怎么回事？"

"是我们来的方向，快出去看看！"

"墓道……墓道塌了！"

人们发出了惊恐的嘶吼，一番探究之下，才发现墓道发生了坍塌！

紧接着，墓中又弥漫起一股接一股的迷雾，竟然是十几种剧毒！墓中众人已成瓮中之鳖，根本离不开大墓，也呼吸不到新鲜空气！不久之后，墓中一切归于平静，一千多人全部葬身其中！

无尘山庄，老太爷和三位长老还在坚持，他们从前庭杀到了后院，发现敌手越杀越多，根本杀之不尽！

原来，镇南军军士源源不断地进入无尘山庄！虎威就是要用官军的雷霆手段，以绝对优势碾平唐门！此时，陆浩峰仍在指挥庄中的军士战斗，但他的脸上没有一丝喜色！

不久前，陆浩峰听到剧烈的爆炸声，也得知众多军士和江湖人士全部葬身墓中！如果镇南军出现较大伤亡，参将们一定会将战报禀告给兵部，兵部也会将奏报呈到圣上面前。到时候，陆浩峰请功不成，反倒会成为锦衣卫的弃子，用来保住刘公公、虎威、福安这样的车！

"各位列祖列宗，子孙不孝，劳烦你们了。"老太爷朝着南方祖坟方向拜了一拜。

"老大哥，祖宗们才不会怪罪咱们，又给他们送了这么多仇家当祭品，他们高兴着呢。"大长老洒脱地笑道。

"我听见了古猿的声音，没想到它竟然会回来报恩！"老太爷低声说道。

"这就是江湖，很多人连畜生不如的江湖！"大长老看着陆浩峰冷笑。

陆浩峰嘴角抽搐,眼前四人死到临头,居然还敢这么挑衅。但陆浩峰不敢轻举妄动,直至他见到火铳队后,脸色才稍好了一些。

唐萧三人没有顺着密道去后山,他们依旧躲在内墙之中,默默地替老太爷和三位长老祈祷,希望他们可以真正地杀出重围!

陆浩峰有了火铳队作为凭仗,语气也冷了很多:"唐震,交出暗器秘籍和制毒秘籍,留你们四人全尸!"

陆浩峰生怕两本秘籍在众人身上,万一铁弹击中秘籍,让秘籍出现破损,这是绝不允许的!

"有本事自己来取!"老太爷从怀里掏出两本秘籍晃了晃。陆浩峰心中一紧,更不敢让火铳队开枪!

"锦衣卫曾说,谁抢到秘籍就是谁的,可还算数!"一位中年人冷声道,这是实打实的一流高手,刚刚从外围走进来。眼下,从外围进来的一流高手不止一位,陆浩峰根本不敢当面反驳!

"到底算不算?"中年人又逼问。

陆浩峰心中一紧,如果不答应,这几位一流高手怕不会拿自己开刀吧,他急忙咬牙道:"算!"

几位一流高手暗自点头,竟然真的打算对老太爷和三位长老出手!老太爷等人本就精疲力竭,此刻劲霸丹失效让他们全身无力,岂会是几位一流高手的对手。

"陆浩峰,你与它们无缘了。"老太爷摇了摇头,竟然将手中的两本秘籍丢到了后院的墙外。唐萧双眼发出精光,两本秘籍的藏身处,唯有他一人知道,老太爷丢出的两本秘籍,全部都是假的!

几位一流高手见状,纷纷飞身翻墙!

"秘籍!"陆浩峰大喝,急忙跟上几位一流高手的脚步。

趁着这个机会,老太爷四人杀向了火铳队,他们深知自己绝无活下去的可能,能多杀几个算几个!

老太爷四人施展轻功,飞速接近的同时,直接撒出大把暗器。

与此同时,火铳队也纷纷扣动扳机,顿时"嗖嗖"的暗器破空声和"砰砰,砰砰!"的火铳声响成一片。

暗器飞至，火铳队惨叫着倒下一大片，老太爷四人也纷纷中枪！但老太爷四人并未就此倒下，他们憋着一口气，还是要杀！

失去了一流高手的掣肘，老太爷四人就像杀戮兵器冲入人群，所过之处，所向披靡，杀出一片尸山血海！

又一队军士抬着几门虎蹲炮冲上来，直接架炮开火，数百枚小型铁弹向老太爷四人以及还在和他们混战的火铳队飞去。

竟然是不分敌我的覆盖性射击！

铁弹如暴雨般刮过，将老太爷四人及数十名火铳队军士全部打倒。

"爷爷……"唐萧和唐倩嘴角默念，今日看着一位又一位的亲人赴死，他们心如刀绞却又无可奈何。

"唐门之人，不会白死！"唐萧嘴角默念。唐倩红肿着眼泡，紧紧地拉着唐萧的手，如今唯有他们兄妹俩活着！

"大少爷，二小姐，趁着他们抢夺秘籍，咱们走！"唐伯再一次说道。这一次，唐萧和唐倩都没有犹豫，他们必须快速逃生，想尽一切办法活下去，这样才有复仇的希望！

唐萧等三人顺着密道前行，不敢发出较大的声音。

大概半个时辰，唐萧等三人推开一块大石头，终于冲出了密道，来到了一处百丈断崖！老太爷说过，百丈断崖是唯一的生路，想要活下去，就只能从悬崖上爬下去！

一阵阵带着血腥味的冷风吹过，唐萧等三人往断崖之下看去，漆黑一片，什么也看不清楚，如果是白天，估计勉强可以看到崖底。

"哥哥，我害怕。"唐倩心中惴惴不安。

"没事，我们慢慢爬！"唐萧安慰道，其实他自己心里也没底，只不过强装镇定，不想让唐倩担心。

"那边有人！"

"别让他们跑了！"

有人大喊了一声，刹那间上百名士兵从四面八方围了过来。

唐萧等三人只是站在断崖边一小会儿，万万没有想到，如此偏僻的绝地，居然还有一队百户兵在此埋伏！

原来虎威和周不仪的想法差不多，怀疑唐门还有求生密道，所以早就派军士在唐家山上各处埋伏，以至于断崖附近也有军士。

"虎大人说得对，唐门余孽未清理干净！"一位参将冷声喝道，同时放出一枚火箭，传递出了信号！

"糟了！"唐萧暗叹不妙，他本就不善于攀爬，如果真的被缠住，还怎么爬下断崖？

第四十章

生死抉择终有命

一支穿云箭闪耀在夜空，吸引了唐家山上的不少目光。

断崖之前，一百余军士手持火把，对唐萧等三人步步紧逼。为首的参将更是冷声道："唐门逆贼，现在束手就擒，你们还能死个痛快！"

"哥哥……"唐倩虽然不怕死，但还是下意识地躲到唐萧的身后。

唐萧没有回答为首参将的话，唐伯则直接运转内劲，一个飞掠杀向了众军士。唐伯身负保护唐萧和唐倩的使命，哪怕——付出生命！

唐伯猛力丢出十几枚飞刀，刀无虚发，一刀又一刀，直击不少军士的要害，顿时让十几位军士倒地不起。

"唐门暗器！"

"就这么死了？"

众军士人人手持火把，见到十几位同伴突然身死，每个人都感到一阵慌乱。唐伯冲向了众军士，他犹如出鞘的快刀，迅捷且锋利无比，将众多军士杀得鬼哭狼嚎！

"结阵，把他包围了！"为首参将喊了一声。一众军士都经过严苛的训练，迅速结成作战阵形，将唐伯牢牢围在中间。

"去！"唐伯再次丢出十几枚飞刀。此次，军士们准备充足，纷纷竖起盾牌将飞刀挡住。

"杀上去，他身上没那么多暗器！"为首参将又下了命令。不得不说，为首参将的作战经验十分丰富，指挥百人小队游刃有余。

"杀啊！"一众军士冲杀上前，从四面八方攻击唐伯。

武功再高也怕群攻，时常会顾此失彼，应接不暇。没过一会儿，唐伯就微微喘着粗气，他的胸口和小腿都已受伤，面对百人阵并不容易。

"哥哥，唐伯他……"倩儿皱了皱眉头，隐隐为唐伯担忧。

"倩儿，我们走！"唐萧当机立断，他不想看到唐伯像长辈们一样，慢慢地被军士们耗死。而且，唐萧深知如若现在不走，只怕会有更多军士围过来，到时候谁也走不了！

唐倩有点于心不忍，但围困中的唐伯却对她微微点头，像是在支持唐萧的抉择，让她马上走。唐倩瞬间明白唐伯的用意，咬着嘴唇说道："哥哥，我听你的！"

随即，唐萧和唐倩走到深不见底的断崖旁。冷风凉飕飕的，唐萧两人往断崖下看了看，只觉得心中发寒，双腿也有点发软。

"爬！"唐萧咬了咬牙，马上蹲下身子，爬下断崖是唯一的生路！唐倩稍稍犹豫之后，也学着唐萧蹲下身子。

唐萧的脚刚刚下探，还未用力就将一块碎石碰落，碎石掉落断崖，顿时发出"咕噜噜"的回声。唐萧登时面色发白，把脚缩了回来，一旁的唐倩也被吓得不轻。

"想爬下断崖，真是异想天开！"为首参将冷声喝道，他举着明晃晃的刀冲杀了过来。早前，为首参将并未预见唐萧两人会尝试爬断崖，便将两人晾在一边，只等收拾完了老头，再来收拾两个小的。

面对气势汹汹的为首参将，唐萧一把拉着唐倩，狼狈地闪躲到一边，刚好躲过一击。为首参将又逼了过来："哼，看你们能躲到什么时候！"

唐萧往后退了几步，只见唐伯和众多军士仍在混战中，地上多了十几具尸体，但唐伯的状态很不好！

唐萧又看了看眼前的为首参将，这为首参将人高马大，是一位三流高手，对付自己和唐倩足矣。唐萧心中暗叹不妙，必须想办法脱身，不然谁都走不了！

危难关头，唐萧心生一计，冷笑道："你不就是想要唐门的两本秘籍吗？"

为首参将愣了愣，随即冷笑道："我乃堂堂大明将官，拿你秘籍有个鸟用！"

唐萧说："那你可想知道我唐门宝藏在哪里？"

"宝藏？"为首参将愣了一下，"什么宝藏？你小子莫不是想唬我！"

"狡兔尚有三窟，你该不会认为我们唐门一点后路都没留吧？如你所说，那些江湖中人能抢到我唐门的秘籍就够了，但你身为大明将官，死伤如此多的军士，却空手而回，你甘心吗？"

"小子，你以为你胡说八道一番，我就会放过你吗？"为首参将迫不及待地冷喝，慢慢地又往前逼上来。

唐萧强势地怒喝："你再敢上前半步，我就从这里跳下去，一死了之，让你永远得不到宝藏！"

"有种，你跳便是！"为首参将什么场面没见过，岂会被一个毛头小子唬住，他气势汹汹地不吃这一套。然而，唐萧又提高嗓音喝道："就算你不贪财，你敢保证锦衣卫也不贪财吗？我说的话你的手下都听见了，要是他们告诉锦衣卫，说因为你而失去一个宝藏，你觉得你的上司会放过你？"

"你……"为首参将咬牙，他知道锦衣卫的骇人手段，如果他们真找自己的麻烦，一定会让自己吃不了兜着走！

唐萧的话起到了效果，他又说道："我现在给你两个选择，要么你让他们离开，我随你去见锦衣卫。要么我就从这里跳下去，我倒想看看锦衣卫要是知道你让他们发不了财，他们会怎么对你！"

实际上，唐萧已经做好了赴死的准备，一旦唐伯和唐倩爬下断崖，他也会毫不犹豫地跳下去！唐萧将自己视为真正的唐门之人，在没有生机的情况下，他会选择和长辈们一样，慷慨赴死！

"哥哥，我不走，要死一起死！"唐倩也抱着必死的决心。唐萧摇了摇头，轻声坚定地说道："倩儿，你必须活下去，为了……唐门！"

"唐门……"唐倩嘴角默念，只觉得肩头挑着万斤重担，她又见唐萧的眼神如此坚定，便只能点了点头。

唐伯仍在极力出手，他的状态越来越差，速度也慢了不少，又有十几位军士死于他手。

"这人一连杀了四十多位兄弟！"

"他快不行了，为兄弟们报仇！"

众军士如同野狼一般，一个个也杀红了眼，一刀一枪更加玩命。突然，一柄锋利的长枪从暗中而来，冷不丁地刺入唐伯的腹部，白枪尖进，红枪尖出。唐伯闷哼一声，忍不住佝偻起腰，他知道自己会死在阵中，就像唐门的老兄弟们一样！

"唐伯！"唐萧急忙大喊。

"都给我住手！"为首参将喊了一声，不想再刺激唐萧，反正眼前的老头腹部被贯穿，一定活不成了！众多军士不甘地停手，否则非要将唐伯砍杀得血肉模糊不可。唐倩趁着间隙急忙冲入阵中，将唐伯慢慢地扶了出来。

唐伯忍着剧痛缓慢走着，一步又一步，所过之处都是他的鲜血。唐伯蹒跚地走向唐萧，短短的二十步距离，竟然走了好几十息。

"唐伯，都怪我，都怪我！"唐萧看到唐伯的惨状，泪流满面，他感到极其自责。无尘山庄中，唐萧没办法救老太爷他们，但他刚才有机会救唐伯，就差那么一点，那么一点啊！

"大少爷，不怪你。"一向寡言少语的唐伯笑了笑，又咳出一口鲜血。

"唐伯，你别说话，我给你止血！"唐萧压着唐伯的伤口，眼眶再次湿润了。他和唐伯的感情极好，虽是名义上的主仆，但两人的关系胜似爷孙！

唐伯看着自己的伤口，身体支撑不住，缓缓地半跪，他苦笑道："大少爷，没用的……你别伤心，我生是唐门人，死是唐门鬼！"

唐萧狠狠地摇头，他的双手已然被唐伯的血液染红。唐倩也不忍地说道："唐伯，你不会有事的……"

唐伯憋着一口气，他的声音越来越轻："大少爷，二小姐，我……"唐伯想说自己有负掌门重托，再也无法保护唐萧和唐倩，但他垂下了头，已经没了气息。

"唐伯！"唐萧仰天大吼，缓缓地将唐伯横放在地上！密道的内墙中，唐萧必须保持克制，无法发泄自己的情绪，如今退无可退的关头，他见唐伯死去，终于忍不住放肆宣泄！

"唐伯！"唐倩也呜呜地哭了起来。

众军士幸灾乐祸，看向为首参将，等待着最终的命令。而为首参将的脸色阴晴不定，暂时不想再刺激唐萧，不知该如何开口。

正当众人瞻前顾后之时，一道如风一样的身影，不知从何处踏空而来，翻过众军士和为首参将之后,直接掠向唐萧和唐倩二人!而在如风身影之后,周不仪也踏空而至,竟是紧紧地跟着前者!

唐萧和唐倩见神秘人急速飞掠而至,还未做出更多反应,便见神秘人对他们出手了!

"啪,啪!"

神秘人不由分说,对唐萧和唐倩各自拍出一掌!霎时,唐萧和唐倩倒飞出去,瘫在悬崖边无法动弹。

"好强的轻功,他们是谁!"

"放肆,胆敢动镇南军要的人!"

"不要轻举妄动!"

众军士纷纷恼怒,马上将周不仪和神秘人紧紧包围,而为首参将识人有数,不敢和强大的江湖人士硬碰硬,毕竟在围杀唐伯时自己这队人马已经损伤惨重。

果然,周不仪和神秘人也压根不搭理为首参将与众军士。

周不仪瞥了一眼地上的唐萧和唐倩,气愤地说道:"你连小孩子都打,还有没有人性,老夫现在越看你越不顺眼!"

"周不仪,老夫劝你少管闲事,待会儿锦衣卫到了,我们都有麻烦。"神秘的黑衣人冷声说道。

"锦衣卫不到,你也有麻烦!"说着,周不仪杀向了神秘人。原来,周不仪觉得眼前的神秘人很眼熟,似乎曾经见过,他想要知道对方究竟是谁!

第四十一章

险死还生中毒掌

周不仪看似随意地出掌,但每一掌都无形胜有形,不但速度奇快、变化多端,而且力道也非常大。神秘人居然也随意地对招,以不变应万变。

两位顶尖一流高手出手越来越快,交手的范围也越来越大,很快双方过了数十招,周遭扬起一大片灰尘,让人睁不开眼睛,众人不得不纷纷往后退开。

此时,一道身影悄悄地摸了过来,正是刚刚赶到的阿妞。阿妞趁着周不仪和神秘黑衣人的大战吸引了众人注意力之际,偷偷地接近了唐萧和唐倩。

"唐萧,唐萧!"阿妞轻声呼喝,她揭开唐萧脸上的假皮,果然见到了唐萧的真容,顿时又心疼又惊喜,眼泪也在眼眶中打转。

"可让我找到你了!"阿妞激动地摸着唐萧的脸。稍早之时,阿妞隔着很远听到唐萧的声音,绝对不会认错!

"阿妞,你怎么在这里……"唐萧睁开眼睛,他的气息很虚弱,方才挨了一掌,只觉得浑身瘫软,意识也模模糊糊。

"你别说话,我想办法带你走。"说着,阿妞将背着的包裹,撕成一条条布条,又将布条连在一起,将唐萧牢牢地绑在她身上。

阿妞的想法很简单,背着唐萧从断崖上爬下去!彝人是大山中的宠儿,作为彝人的阿妞从小不知爬过多少悬崖峭壁,只为摘取各种草药。有时候,阿妞背着上百斤的草药,依旧可以攀爬山崖。如今,阿妞将唐萧驮在背上,完全有能力爬下百丈断崖。

很快,阿妞依照自己的丰富经验,找到一条相对好攀爬的路线,正当她想要背唐萧爬下断崖之际。唐萧却气短地说道:"阿妞,倩儿……"

"你说什么?"阿妞没有听清楚。唐萧又不停地念叨:"倩儿,倩儿……"

"倩儿?"阿妞停下了脚步,看向趴在断崖边的女子,唯见女子头上插着一根自己送的簪子!阿妞心中一惊,将女子认了出来:"唐倩!"

阿妞左右为难,往前走了几步,又说道:"唐萧,我只能背一个!"

"救她……"唐萧憋出几个字,他感觉胸口火辣辣的,就像在烧一样,让他说话也变得很困难。

阿妞连连摇头,她不是不想救唐倩,而是她真的只能背一个人下山!阿妞摇头道:"不行,我要先救你,况且她可能已经死了……"

"救她……"唐萧仍旧这般说道。

阿妞为难之际,周不仪和神秘人已是边走边打,杀出去老远。

"快,过去看看他们死了没有!"远远地,就听见嘈杂的声音。为首参将和众军士抓住机会又围了过来,想要看看唐萧和唐倩两人的状况!

阿妞见众军士将要赶来,心想锦衣卫可能也将追着穿云箭赶到,必须尽快离开是非之地!阿妞咬牙狠心地说道:"唐倩姑娘,对不起!唐萧,我必须先救你!"

言罢,阿妞背着唐萧开始爬断崖,她将双手撑在崖边上,双脚慢慢地往下探,很快就找到了落脚点。阿妞继续找落脚点,但凡是凸出的石头,裂开的石头缝,长在崖上的草木,都成了她可以倚仗的点。好在断崖有一定角度,阿妞尽量让身体往前倾,牢牢地攀附在崖壁上,以此稳定身体,偶尔再休息一番。一步两步,阿妞在黑暗中不停地摸索,慢慢地继续下探。

"倩儿,救倩儿…"唐萧还在呢喃着,而他已经真正昏迷过去。阿妞听到唐萧的呼唤,心里很不是滋味,或许日后唐萧会责怪自己,但她没得选,因为只能救一个!

"你想救你所想救的人,可我也想救我想救的人。"阿妞心中默念,脸上挂着一丝倔强,要知道她为了救唐萧,已是千辛万苦。

夜色中,阿妞背着唐萧慢慢地攀爬着。对于阿妞来说,背一个人和背一筐筐草药很不一样,至少她有些不习惯。慢慢地,阿妞也感觉到很疲累,她的指甲盖被掀翻,双手磨得都是伤口,但她仍然这么爬着。

断崖之上，陆浩峰带着众人已经赶到。

"陆大人，这两个唐门余孽已死，还有个不知道往哪儿跑了，可能爬下了断崖。"为首参将忐忑地说道。唐萧精通药理，吃过不少补药，身体比寻常人强一些，他挨了神秘人一掌导致迷迷糊糊。唐倩的身子骨薄弱，挨了一掌让她经脉俱断，更可怕的是，这一掌非比寻常，当场让她香消玉殒。

"嗯。"陆浩峰点了点头，又拖来一个半死的唐家仆人，认出了唐伯和撕下易容面皮的唐倩的身份。

"一流高手，直系血脉的女子，绝密暗道逃生。"陆浩峰将这些要素联系到一起，又想到了很多。

"周不仪追着一个神秘人……"为首参将战战兢兢。

"周不仪也来了吗？"陆浩峰神色微微凝重，但又很快舒缓。

"不知为什么，他和神秘人交手了很多招。"为首参将不敢有所隐瞒，将知道的事情全部说了出来。好在陆浩峰听完以后，只是多问了几句，并未为难他。

"拥有顶尖一流高手实力的神秘人，居然对两个小辈出手。有意思！那个跑了的唐门余孽，一定是唐萧，两本秘籍也一定在他身上，立刻找几个攀爬高手，爬下断崖！"陆浩峰冷声下令。

凌晨将至，阿妞已将唐萧背到了崖底，但细心的阿妞又发现了不对劲，她见唐萧嘴唇发紫，印堂发黑，好像是中毒了！

"怎么回事？"阿妞急忙将唐萧放下了，检查唐萧的身体，这才发现胸口有一个黑色的大手掌印！原来，唐萧中了毒掌！

"唐萧，醒醒，你快醒醒！"阿妞有些急了，拍了拍唐萧的脸。唐萧迷迷糊糊地睁开眼睛，他的状态很不好："阿妞，我，我……"

"你先别说话，我来问你。"阿妞心疼地说道。

唐萧下意识地摸了摸胸口，半天说不出话，久久才憋出一句话："痛，很痛。"

"你胸口有掌印，是不是中了毒掌？我该怎么帮你？"阿妞也很无助，可当她想要再问什么的时候，唐萧又昏睡了过去。

"唐萧，唐萧！"阿妞用力摇了摇唐萧，她有点不知所措，急得哭了出来。

"中毒，对，中毒，封锁穴道！"阿妞又突然想起，烟峰山山寨的头人爷爷给人治疗蛇毒的时，点了点病人的重要穴道，可以减缓毒素的扩散。阿妞只能死马当活马医，按照自己学的一点皮毛，点了唐萧胸口的几处重要的穴道！

唐萧吐出一口瘀血，面色顿时好了一些。唐萧中的是毒掌，和治疗蛇毒的方法不一样，但终究都是治疗毒，医理有点相通。同时，经过阿妞这么一弄，唐萧身上的一枚竹哨子掉了出来。

阿妞看着竹哨子，一下子想到了一个厉害的女人，或许可以找她帮忙！

"唐萧，我不会让你死的。"阿妞撑起身体，她想到了十二连寨的圣女和金蚕。阿妞曾听唐萧在驿站中说过，金蚕可以解毒！

"圣女和唐萧的关系不错，一定不会见死不救的！"阿妞心中认定，她背着唐萧吃力地朝着十二连寨的大山方向走去，就是爬，她也要带唐萧爬到！半路上，阿妞又找到一根趁手的木棍，让她省了不少力气，她撑着木棍前行，速度也快了一些。

阿妞背着唐萧刚走，就有几位攀爬的好手从断崖上爬下来了，几人看到地上有人活动的痕迹，又继续追了下去。

阿妞知道唐家山附近很危险，她不敢走大路，而是按照彝人对大山的天然亲近感，一头扎入了大山中。阿妞要按照自己的方法，以最快的速度赶到十二连寨。

第四十二章

连绵大山陷绝境

唐家山之役进入尾声，锦衣卫率领大军不停地连夜搜山，偶尔抓到几个落单的唐家仆人，一番严刑逼问之后，一律就地格杀勿论。下午，锦衣卫又找到了一处唐门密室，死伤数十人，费了很大的功夫，才将密室打开。密室中有几位唐门的旁系子弟，还有一些老弱病残。

"暗器秘籍和制毒秘籍究竟在哪里？"陆浩峰冷声逼问，将长刀架在了唐门少年的脖子上。那唐门少年视死如归，用力一扭头，顿时鲜血喷涌，他竟然借着绣春刀抹了脖子！

其余唐门之人也绝不屈服，每人嘴里都含着致命毒药，纷纷咬碎毒药将之吞服下，没给锦衣卫一点机会！

"唐门余孽，冥顽不灵！"陆浩峰冷喝，他有些急了，如果找不到唐门最核心的暗器秘籍和制毒秘籍，他如何立功！

"给我继续搜！"陆浩峰又下令。同时，陆浩峰又有些怀疑周不仪和神秘黑衣人，或者他俩之中的一人，带走了两本秘籍。

而后，锦衣卫以及众多江湖之人，愣是翻遍了整个无尘山庄，还是没有找到唐门的两本秘籍！

不过，一众江湖之人仍然有所收获，他们从唐门的藏书房抢走大量的武功秘籍，有掌法、拳法、刀法、剑法、枪法、棍法，还有各类内功心法，甚至包括珍贵的锻体之术。唐门先辈们从死敌手中获得各种秘籍，却不屑于练习，故而将它们集中存放在一起，以彰显唐门先辈的功绩。

有人更从唐门长老的床头柜角等旮旯，翻出几本唐门的通用暗器秘籍，迅速引起了哄抢，最终被谁抢走也就不得而知。还有些实力不济的江湖人士，只抢到了一些有关机关术、医药、茶道、棋道、农耕等方面的孤本书籍，收获不多但也勉强让人满意。

除了功法和秘籍之外，江湖之人从无尘山庄的一些密室中找到不少独特之物：有的是一个小匣子，一旦打开就能爆发出数十根飞针，类似周不仪盗走的紫金壶；有的是一柄长剑，但长剑分为子母剑，从剑柄下又能抽出一柄细剑；有的是一根长棍，长棍上有一个暗扣，按下扣子就是一根九截鞭……不得不说，唐门的暗器和各种机关小巧且十分精妙，它们能在打斗的关键时刻出其不意地发挥作用，如果一个江湖高手配上这样的暗器和机关，无意于多了一种保命手段！

锦衣卫和江湖之人在无尘山庄折腾了整整两日，多多少少都有些收获。这日傍晚，锦衣卫佥事虎威率领七千镇南军浩浩荡荡地离开唐家山，唐家山之战才算彻底落下帷幕。

血日残阳之下，唐家山上除了战胜者的狂欢，还有十几处乱葬岗诉说凄凉。原来，镇南军的一部分军士用了两日，已将所有死者分批掩埋于十几处乱葬岗。

虎威率领镇南军沿着官道经过青牛镇，看样子是要返回原先的营地做休整，而一封又一封的捷报，也通过茶马官道传到了京城。然而，当镇南军来到官道上的青牛镇之后，竟然开始往东行军。青牛镇往东，便是苗人聚居的连绵大山！

"怎么回事，镇南军不打开藏有宝藏的唐门祖宗陵寝，却要往东走？"

"会不会因为墓中困死了很多人，怨气太重了？"

"绝不是这个原因。往东是苗人的十二连寨，虎威可是个狠角色，依我看，他想要把西南一带的势力都剿灭，向朝廷报个平定西南的大功。"

"对头，江湖被虎威搅得天翻地覆，唐门、洛阳李家、关中金刀门、桐岭帮、万金商会、春月茶楼，都覆灭了，相比于锦衣卫指挥使大位，小小的宝藏算什么啊！"

江湖之人议论纷纷，多半是他们自己的猜想，但他们一想起唐家山一役，就有些后背发凉。唐家山一役战况激烈，唐门虽然彻底战败，但它拉着一千八百余名江湖人士和两千多名镇南军军士垫背，已经在整个江湖引起轩然大波，不亚于二十年前的释空大师一案！只可惜，唐家山上的两千多名无辜村民，惨遭池鱼之祸！

"锦衣卫不是想要唐门的两本秘籍吗？难道两本秘籍在十二连寨，要不咱们也跟着去看看？"

"你不要命了吗，锦衣卫手段残忍，害死了多少同道中人，谁还敢与虎谋皮？"

江湖之人难得说了几句靠谱的话，他们对锦衣卫越发不信任，打消了跟着往东去的想法，只想留在外围听一听消息。

其实，虎威并不确定阿妞背着唐萧前往十二连寨，他只是按照探子给出的信息，做出了一些预判，才率领大军往东。

而在连绵又险峻的大山中，阿妞背着唐萧艰难地走了两日。一路上，阿妞饿了就吃随身带的干粮，渴了就喝树叶上的露水。至于阿妞背上的唐萧，依旧是面色发黑，每日只喝一点水，什么东西也吃不下。

阿妞感到太累了，她好几次都想放下唐萧，随地躺下好好地睡一觉，但她一想到唐萧危在旦夕，就咬紧牙关继续前行。

"阿妞，放下我，你走吧。"唐萧闭着眼睛轻声呢喃。阿妞言不由衷地苦笑道："我还要请你去烟峰山制茶，怎么能放下你。"

这两日，唐萧大部分时间都是浑浑噩噩的，每次清醒了一些，便让阿妞不用管他。唐萧一来心疼阿妞，二来觉得自己活不成了，三来他也不想活了！

原来，唐萧心中有一个无法打开的心结。那天晚上，唐萧想让阿妞救唐倩，但阿妞最终只救了自己，只因当时情况危急，兄妹二人中只能救一人。唐萧被阿妞背下断崖后，对阿妞又爱又恨，爱她不顾一切救下自己，恨她不听自己的话没有搭救唐倩。

每当唐萧清醒的时候，他便对阿妞没有搭救唐倩一事自责不已！又担心阿妞背着自己会被锦衣卫追上，因此一心想让阿妞把自己放下，免得自己连累了她。

阿妞背着唐萧继续前行，忽然，她疲倦的眼中多了一丝亮光，眼前居然出现了一片绿油油的菜地！这一片是苗人居住的大山，一定是附近的苗人在山中开垦了菜地!

阿妞急忙将唐萧放下,她取出圣女给的竹哨子,兴奋地说道:"唐萧,你坚持住,这里有苗人,我们马上就能到十二连寨了!"

说着,阿妞深吸一口气,对着竹哨子大口吹气。顿时,清脆的哨音自大山中响起,传出去很远,回荡在大山之间。很快,同样的哨音自远处而来!听到同样的哨音,阿妞更加兴奋,又吹了吹竹哨子。

阿妞收起竹哨子,将唐萧安顿在一棵树下,自己也背靠着大树,难得松了一口气:"有一样的回声,我们有救了。"

不多久,大山中响起窸窸窣窣的声响,有几个身影朝着阿妞和唐萧快速赶来。阿妞急忙站起来,朝着几个身影挥手道:"这边,我们在这边!"

阿妞看着几道身影快速赶来,但她脸上的喜色逐渐消失,面色也变得渐渐凝重。原来,赶到的三道身影并非苗人,而是锦衣卫!

"你们这对狗男女胆大包天,还敢吹竹哨子!"一个锦衣卫一边冷声道,一边擦着额头的汗。另一个锦衣卫发出淫笑:"呵呵,这个妞长得不错,还能孝敬给虎大人!"

然而,为首的锦衣卫小旗摆手,示意身旁两人不要轻举妄动。

"大人,这个少年重伤,没什么好怕的。"一位锦衣卫指了指唐萧,不解地说道。

锦衣卫小旗却皱眉道:"有点不对劲,一个女人怎么可能背着一个男人,走这么多山路,难道还有其他人?"

锦衣卫小旗的疑惑不无道理,他们都是探子中的佼佼者,追着阿妞留下的活动痕迹,在大山中吃尽苦头,追了两日才追上。他们怎么也想不通,一个弱女子可以背一个男人走这么久!

"哼,我既然敢吹竹哨子,就不怕你们追上来!"阿妞强自镇定,尽量拖时间,以便恢复自身的体力。此时,阿妞的身体很疲惫,再以她三脚猫的功夫,根本不可能以一敌三,眼下又陷入了绝境中!

"小妞,莫不是你在附近设下了机关?"锦衣卫小旗冷声问道。

阿妞看了看靠在树下的唐萧,她觉得还有一丝机会,不到最后绝不认输,一定要等回应竹哨子的那个人出现!阿妞想了想又说道:"附近不只有机关,唐门的好几位高手也在附近，你们走不了！"

几个锦衣卫相视一眼，并没有撤退，而是小心翼翼地开始试探，尝试慢慢地靠近阿妞和唐萧。

没用多少时间，几个锦衣卫见没有触发任何机关，也没有发现其他唐门高手，觉得阿妞只是在虚张声势，于是又紧逼了上来。吵闹声中，唐萧又慢慢地清醒过来，他睁眼就看到阿妞和三个锦衣卫在对峙，场面对阿妞很不利。唐萧撑起身子，决绝地苦笑道："阿妞，你自己走，让我死。"

"闭嘴！"阿妞忍不住啐了一口。阿妞说话之际，三个锦衣卫齐齐而动，一人杀向了唐萧，另两人杀向了阿妞。

锦衣卫分兵出击，战术十分狡诈。阿妞分身乏术，顿感有心无力，难道要眼睁睁地看着唐萧被杀吗？

说时迟，那时快，一阵长风不知从何处而起，吹得每个人都睁不开眼睛。紧接着，一道靓丽的身影飘忽而至，她出手的速度极快，手中的小刀一出一收，像是根本没出手过一样。而后，三个锦衣卫睁大了眼睛连连倒地，他们脖子处血流不止，说不出话来，竟是被一刀封喉！

长风渐渐平息，唐萧和阿妞得救了，他俩睁开了眼睛，眼前是一位十七八岁的少女。少女穿着黑色的大襟衣和百褶裙，脖子上和头上戴有银饰，正笑嘻嘻地看着唐萧和阿妞，还挥了挥另一只手上的竹哨子，她正是十二连寨的圣女阿瑶！

第四十三章

百草轩中解奇毒

好巧不巧，圣女阿瑶正在附近采药，一听到竹哨子声便也吹起了竹哨子，她又运转轻功，以最快的速度赶了过来。

阿瑶远远就看到了唐萧和阿妞，恰好山中起了一阵妖风。阿瑶趁着妖风而动，她脚步迷离、身影鬼魅，突然对三个锦衣卫探子出手！

三个锦衣卫没有还手之力，只因阿瑶已是真正的二流高手。阿瑶是十二连寨的圣女，从小就能得到充足的练武资源，平时不显山露水，其实，她在武道和医道上都小有所成，对付几个锦衣卫探子自然不在话下。

"阿……阿瑶姑娘！"阿妞第二次见到阿瑶，有些不太确定对方的身份，只是见阿瑶手中的竹哨子，才觉得没有认错。

"阿妞姑娘，唐大少爷，青牛镇相别不到一个月，你们就想我了？"阿瑶笑着走上来，又看了看地上的锦衣卫，"对了，怎么有三条尾巴跟着你们？"

"阿瑶姑娘，一切都说来话长，你还是先救救唐萧吧！"阿妞急忙扶着唐萧。

唐萧撑起身子，斜靠着大树，虚弱地说道："多谢，多谢阿瑶姑娘，咳咳……"说着，唐萧又忍不住咳出一口血。

阿瑶快步来到唐萧两人身侧，她见唐萧嘴唇发紫，印堂发黑，神情凝重地说道："唐大少爷，你中毒了！"

"嗯。"唐萧点了点头。

阿瑶也不多说，直接拉起唐萧的手，将他的袖子挽上去，只见唐萧手上的筋脉发黑，一直延伸到了手腕。

"连筋脉都是黑的，怎么回事！"阿瑶感到很震惊。

阿瑶认真地说道:"一般的毒液都会沿着筋脉在全身扩散,如果扩散到了指尖,说明毒液已经扩散到身体每一处,神仙也救不回来。"

"那就是说,唐萧还有救?"阿妞期待地问道。

"如果用上金蚕,应该有救。"阿瑶点了点头,又话锋一转,"不过,我还需要确认他中了什么毒。"

"毒掌……"唐萧还是气喘吁吁。

阿妞轻抚唐萧的后背,替他说道:"唐萧中了神秘人的毒掌,两日来浑身无力,什么都吃不下。我带着他避开官道,从大山里抄近路,才赶到这里。"

阿妞将唐家山上发生的事情大抵说了一遍,说着说着,她还哭了起来。阿瑶虽然耳闻锦衣卫率领镇南军包围唐家山一事,却不料他们如此狠毒,竟然害死了数千人!

"阿妞姑娘,你先别急,我来看看毒掌。"阿瑶一边安慰阿妞,一边对唐萧说道,"唐大公子,我要检查你的胸口。"

"嗯。"唐萧点了点头。

阿瑶得到了应允后,慢慢扒开了唐萧的衣襟,只见唐萧胸口有一个紫色手掌印,而且手掌印的大拇指处,有一节紫得发黑。阿妞也停下抽泣仔细观察起来。

阿瑶指着大拇指发黑处认真地说道:"你们看,这儿有个小孔,毒从这里进去,对方是个用毒的高手。"

阿妞顺着阿瑶所指,竟然真的发现了一个不起眼的小孔,就跟针孔一般大小。阿妞恍然地说道:"那个神秘人准备充分,他想要唐萧的命!"

阿妞见状,十分心急地说道:"阿瑶姑娘,你快救救唐萧吧!"

"唐大公子,情势危急,得罪了!"说着,阿瑶运转内劲到食指处,又朝着唐萧的膻中穴、云门穴、中府穴、神藏穴、乳中穴连连出击。很快,唐萧面色潮红,一连吐出好几口瘀血。

"好多血,你怎么下手这么重!"阿妞又惊又急地带着哭腔,眼泪止不住地流出来,她感到一阵害怕,怕唐萧就这么死了。

阿瑶只是嘟着嘴巴,一副不关我事的表情。

此时,唐萧忍不住说道:"阿妞,我没事。"

"还说没事,你都吐了那么多血!"阿妞依旧扶着唐萧,却感觉不对劲,"唐萧,你……你可以一口气说这么多话了!"

"方才吐出的是瘀血,我感觉好多了。"唐萧点点头,他的气息顺畅了很多,但依旧很虚弱。

阿瑶对着唐萧说道:"我只是暂时封住了你的穴道,让毒液不再继续扩散,想要彻底治愈,还要费不少功夫。"

阿妞听唐萧和阿瑶的对话,才知道自己错怪了阿瑶,好在后者并未计较。很快,阿妞又有些担忧唐萧:"阿瑶姑娘,我求你彻底帮唐萧解毒,无论你提什么要求,我阿妞可以做到的,一定都答应你。"

阿瑶听出了不一样的味道,她睁大了媚眼打量着阿妞:"阿妞姑娘,彝人从不求人,你为唐大公子却如此重情重义,当真让阿瑶十分佩服。"

"唐萧帮了我很多次,我不可能对他见死不救。"阿妞点了点头,而后又脸颊一红,"而且……"

阿妞欲言又止,小女人的心思写在脸上,阿瑶岂会看不出来。阿瑶笑了笑,看着唐萧说道:"我与唐大少爷也算性情相投,就算你不说,我也一定治好他!"

"阿瑶姑娘,这里不安全,不知会不会又有锦衣卫的探子。"阿妞表露了自己的担忧。阿瑶点头道:"锦衣卫还不敢在十二连寨乱来,我们先离开这里。"

随即,阿妞和阿瑶二人,带着唐萧穿梭在大山中,以最快的速度赶往十二连寨。

晚风吹过延绵大山,月光铺洒在一座巨大的山寨上。十二连寨依山而建,成片的木头房子错落有致,层层叠叠不见尽头。通往山寨的各处要道,都有苗人把守,是一处易守难攻的山中要塞。

今晚,是个特殊的日子,山寨响彻着芦笙的声音,苗人们载歌载舞,准确来说是在跳傩舞,进行着颇为盛大的祭祀仪式。苗人一向崇拜祖先,崇拜各式各样的图腾,通过祭祀和傩舞,与祖先和神兽进行沟通,从他们身上获取力量。

而关键时刻,圣女阿瑶却没有出现在祭祀场,还偷偷将一男一女带回十二连寨，消息传开，引起了不小的风波。十二连寨的长老们一直对阿瑶颇有微词，一来她很少参加圣女应该出现的祭祀场合，二来她整日在延绵大山和山民们打成一片，没有一个圣女的样子。这一回，长老们对阿瑶更为不满。

"十二连寨一向低调，不愿和汉人、彝人多打交道，圣女越来越糊涂了！"一位十二连寨的长老叹道。

"这一男一女来历不明，男的好像还受了重伤，他们会不会和唐家山之役有关？"另一位长老说道，他也在关注西南发生的大事。

"寨主，必须好好管管圣女了，她已经触及了寨规！"第三位长老开口。

十二连寨的寨主却不为所动，对长老们和阿瑶之间的矛盾十分清楚。寨主只是淡淡地说道："今晚莫要去打扰阿瑶，她有自己的打算。"

众长老见寨主明确表态，也不好再说什么。实际上，十二连寨也在关注锦衣卫和镇南军的动向，深怕对方突然来犯。然而，今日傍晚，镇南军一反常态地在绵延大山外围安营扎寨，没有继续前行的意思。

十二连寨圣女居住的百草轩中，弥漫着一股浓浓的药香。此时，唐萧脱了上身的衣服，坐在一个大大的木桶中，他闭着眼睛咬紧牙关，早已满头大汗，时而又发出一声声闷哼，正在接受痛苦的药浴。房间外，阿瑶和阿妞正在熬制各种药物，熬出药汤之后，将之倒入唐萧的木桶中。

"阿瑶姑娘，这些都是什么药，我怎么见都没见过？"阿妞指着一旁的不少药物说道。阿瑶也乐得说一些有关苗药的知识。方圆一百二十里的延绵大山中，盛产各种西南特色的药物，包括白龙须、黑骨藤、飞龙掌血、八爪金、海金沙等。但这次给唐萧用的，则是更为珍惜的八角莲、九月生、金铁锁等活血化瘀解毒的药物。

"阿瑶姑娘，你知道得真多，没想到苗医、苗药，竟也自成一体！"阿妞觉得有点不可思议。

阿瑶摇头叹道："彝人的药和茶也不差，不过，不管是你们彝人还是我们苗人，都世代生活在西南一隅，真想去中原武林治病救人，看看这个江湖有多大。"

阿瑶和阿妞一边忙活着，一边无话不谈。而药浴也到了关键时刻，唐萧的闷哼声变得越来越响，可见他感到十分痛苦。阿妞听到唐萧的闷哼声，不由得更加忧心忡忡，无心再炼制药汤。

"阿瑶姑娘，唐萧他……我们什么时候用金蚕?"阿妞不想唐萧再这么吃苦，她知道金蚕是好东西，对它念念不忘。

阿瑶认真地说道："金蚕刚蜕了一层皮，让它再睡一会儿。不过……"

"不过什么?"

"金蚕确实是祛毒的神物，但它也不是万能的，唐大公子体内的毒已经渗透到了五脏六腑，必须先将那些毒逼出来。"

阿妞又不解地问道："如果用这个办法逼不出来呢?"

阿瑶眼底闪过一丝深沉："如果逼不出来，哪怕我用金蚕吸毒，他也活不过三天。"

"唐萧，你一定可以!"阿妞在心中默念，她再也不敢大意，继续炼制药汤。一晚上，阿瑶和阿妞不停地将汤药丢入木桶中，其间也换了不少水。

第二日，阿妞和阿瑶两人实在撑不住，轮流开始休息，好在有几个人到百草轩送药。阿瑶索性让送药之人熬汤药，她到一旁小憩一会儿。

第四十四章

金蚕救命渡难关

阿瑶还未来得及休息，又有几位老者匆匆地来到百草轩，一见倒着满地的药渣，就十分气愤。

"圣女，你为了救一个来路不明之人，用了如此多的药物，当十二连寨是开善堂的吗？"一位长老冷声质问。

"圣女，你可知道锦衣卫就在延绵大山之外，这两人极有可能是他们想要抓捕的人，你要收留他们吗？"另一位长老也气愤地说道。

"你们说够了没有？"阿瑶眯着眼睛，并不待见几位长老。

几位长老也不甘示弱，又要再说什么。此时，为首的长老才说道："罢了罢了，你们少说两句，寨主请圣女去一趟。"

"去就去。"阿瑶摆了摆手，回头又和阿妞交代了一些事情。阿瑶让阿妞不要担心，继续往桶里加药汤，直到足够十二个时辰，也就是到今天晚上为止，自己去去就来。

阿妞看了看木桶里的唐萧，又看了看马上要离开的阿瑶，她只觉有点无助，但还是狠狠地点了点头。

阿瑶来到了主殿，主殿正中央坐着十二连寨寨主，两侧也坐满了各位长老。不一会儿，主殿里发生了激烈争吵，阿瑶承受着来自各方的压力。

"圣女，你若一心只想治病救人，对寨中之事漠不关心，那你干脆别做圣女了。"为首长老这般说道。

"做了圣女就不能救人了吗？再说这圣女又不是我自己要做的，不做就不做，有啥稀罕！"阿瑶冷声说道，她的性情十分多变，以真善对待生病的苗民，以冷冽对待不轨的寨中之人。

"我好言相劝你不听，如今你违反寨规，贸然带人来到十二连寨，你该如何交代！"为首长老冷声质问。

"治病救人，仅此而已。"阿瑶的理由很简单，接着，她又冷声说道，"十二连寨本就自成一体，你们却暗中派人和江湖之人勾勾搭搭，你们也违反了寨规，是不是也要给大家一个交代！"

"够了，十二连寨并非自绝于世，带几个外人进来，和江湖之人打交道，都不是大事，莫要再提这些！"寨主居中调停。

阿瑶和众长老不再争论，寨主又说道："圣女乃方圆一百二十里众寨推举而出，不能说换就换。大家有什么事，可以坐下来慢慢商量！"

最终，在寨主的调停之下，阿瑶和众长老各退一步，双方达成了妥协。阿瑶答应众长老等救治好了唐萧，就送他离开十二连寨；而众长老在此期间不得再去百草轩打扰。

处理完寨中的事情，阿瑶马上回到了百草轩。晚上，唐萧的药浴到了最关键的时刻，他浑身都在颤抖，药力好像流淌到了他的四肢百骸，像在洗涤他的身体一样。

"阿瑶，唐萧没事吧……"阿妞的脸上写满了担忧。

阿瑶仔细观察着唐萧的状态，长长地松了一口气："他不会有事，他的气息变得绵长，脸色也好了很多，现在用药力淬体，他反而会因祸得福。"

不多久，药浴正式结束。唐萧觉得浑身都很酸痛，他实在太累了，横躺在床上就睡了过去。此时，唐萧胸口的黑色手掌印已经变得很淡，手臂上黑色的筋脉也变得十分正常。

"药浴的效果很不错。"阿瑶查看掌印之后说道，让阿妞彻底放心了一些。而后，阿瑶取出精致的木头盒子，打开盒子之后，只见一只丰腴的金蚕。阿瑶按照唐萧所说的办法，对金蚕经过一段时间的调养，让它生命力变得十分旺盛，还进行了一次脱皮蜕变。

阿瑶小心翼翼地将金蚕放在手心，金蚕朝着阿瑶摆动着小脑袋，他们像是心有灵犀一般。阿瑶笑道："小金蚕，他可是你的恩人，看你的了。"

金蚕回头看了看唐萧，又看了看阿瑶，像是通人性一样地点了点头。阿瑶将金蚕放在唐萧胸口。金蚕像是能闻到毒的味道一般,挪动笨重的身体,慢慢地爬向了黑色掌印大拇指处的小伤口上。

慢慢地,金蚕开始以自己的特殊方式,为唐萧解毒。初时,效果不太明显,过了两个时辰,唐萧胸口的掌印完全消散。到了凌晨,唐萧已是苏醒了过来,感觉到胸口冰凉,又饿又累,唯独不再感到疼。

"我,我没有死吗?"唐萧的脑子有点混乱,不知道自己身处何处。很快,唐萧又看到了胸口的金蚕,讶然道:"金蚕?"唐萧仔细看着金蚕,只见金蚕十分懒散,偶尔动一动,像是在消化毒素一般。

"阿妞,阿瑶。"唐萧也看到身旁的阿妞和阿瑶,她俩趴在床边睡了过去。

唐萧就这么静静地看着阿妞和阿瑶,脑海中想起不少事情:阿妞背着他爬下断崖,带他进入延绵大山;阿瑶杀死三个锦衣卫解围,用药浴替他祛毒……一想到这些,唐萧由衷感谢阿妞和阿瑶对他的救命之恩。

然而,唐萧又想起了更多唐家山的事情,目睹一众至亲惨死,他却不能大声喊出来;断崖旁,他想要救唐倩却无能为力……一时间,唐萧心中又恨意滔天。

"他们都死了,唯独我唐萧苟活于世间……"唐萧悲怆地苦笑,浓浓恨意中带有悲绪。这一声,也把一旁的阿妞和阿瑶给惊醒了。

"唐萧,你醒了!"阿妞的睡意立刻消失,取而代之的是满心欢喜。阿瑶收起懒散睡觉的金蚕,也检查了唐萧身体各处,发现唐萧已经痊愈!

很快,唐萧又有了一丝懊恼,一如那日晚上一般,对着阿妞问道:"为什么,为什么不救倩儿,偏偏要救我!"

"我……唐倩她当时已经死了!"阿妞下意识地如此说道。当时,唐倩到底有没有死去,还真的不好说。

"不可能,她不会死的,你为什么不救她!"唐萧大吼一声,心中各种情绪交错在一起,有些失去了理智。

"我……"阿妞心中委曲万分,豆大的泪滴忍不住地往下滴落,一转头就跑出了房间。

"阿妞姑娘!"阿瑶想要追出去,但她追了几步又停下了脚步。

"唐萧,若不是阿妞姑娘,你早已死了,如今却要这般对她,你还有没有良心！"阿瑶看不下去，愤愤不平地说道，也不再称呼唐萧为唐大公子了。

唐萧不为所动："我本就该死，死了就一了百了。"

阿瑶曾听阿妞说起当日唐家山上发生的事情，似乎明白唐萧在说断崖之事，她冷静地说道："我可以非常认真地告诉你，如果倩儿姑娘中了毒，一定必死无疑。"

"必死无疑……"唐萧失魂落魄地喃喃说道。

阿瑶捏了捏唐萧的肩："我查看了你的身体，你虽然不会武功，身体却异于常人，想必一直以来都是由家中长辈用特殊丹药调理你的身体，所以才能被一流高手拍一掌而不死，中了毒也能支撑到阿妞把你带到十二连寨，你觉得倩儿姑娘也能如你这般吗？"

唐萧沉默了，一时半会儿不知怎么说。

阿瑶又继续说道："且不说阿妞姑娘当时救谁，就算倩儿姑娘还活着，她在只能救一人的情况下救你，那也无可厚非，你有什么资格责怪她！难道非要阿妞眼睁睁看着你们两个都死于非命才是对的？"

听阿瑶这么一说，唐萧像是如梦初醒一般，方才的怒意消散得无隐无踪，才意识到自己是如此天真！阿瑶摇了摇头，又说道："还不去追！"

"我……我……"唐萧有些手足无措，瞬间又好似清醒过来，手忙脚乱地追出门，向月色下那个让他魂牵梦绕的身影追去。

翌日一早，延绵大山数十里外的镇南军新大营。

"虎大人，三个探子和唐萧都在十二连寨的地界失踪。之前唐萧等人逃回唐家山的时候，好像在驿站意外碰见了十二连寨的圣女，我怀疑他们可能进了十二连寨！"陆浩峰低头汇报道。

"十二连寨，这还有点麻烦。"东厂掌刑千户兼锦衣卫佥事虎威摸了摸下巴，感到十分棘手。

反倒是福安不以为然地说道："这有何难，率领镇南军去要人，还愁小小的十二连寨不给吗？"

虎威看着福安笑道："福公公，十二连寨不简单，你只知其一，不知其二。"

接着，虎威将十二连寨的事情都说了一遍。原来，十二连寨的寨主不仅掌管一百二十里的众多苗寨，还是朝廷封的世代土司，几乎算是自成一体的半独立王国。用镇南军对付十二连寨，极有可能演变为官府和土司之间的战争，而且一旦官军打土司，这让西南大大小小众多土司怎么想，会不会逼他们造反？到时候整个西南战火连绵，皇帝雷霆大怒，他们统统都得掉脑袋。

福安听得后背直冒冷汗，连连说道："幸亏虎大人提醒，我差点犯了大错。"

"无妨。"虎威笑了笑。实际上，虎威也承受了重压，他原本想要封锁两千多名镇南军军士战死的消息。但世上没有不透风的墙，军中也有人暗中反对锦衣卫，用不了多久，就会将消息传到兵部。虎威不想做得太出格，所以不愿对十二连寨用强。

"虎大人，这样一来，我们岂不是无法向十二连寨要人？这可是关乎那件事啊！"福安着急地问道。

"那件事？什么意思，难道对付唐门的事并不是为了抢夺唐门秘籍，而是另有隐情？"侍立在一边的陆浩峰表面不动声色，内心却掀起一番波澜。

第四十五章

江湖虽大无处去

天蒙蒙亮，百草轩中飘着阵阵药香。原来，阿瑶熬了一晚上的草药，更将多余的药汤装在竹筒和葫芦中。

昨日，阿瑶和众长老进行了一番争辩，也从他们的口中得知，锦衣卫率领的镇南军驻扎在延绵大山之外。虽然双方目前还没有爆发冲突，但局势已经是一触即发，自己必须尽快送唐萧和阿妞离开。

"阿瑶姑娘，你怎么熬了这么多药，你不会一夜没睡吧？"刚醒的阿妞走到院子中，有些不解地问道。昨晚，阿妞和唐萧互诉衷肠，关系虽重归于好，但两人之间好似有一层薄如蝉翼的隔阂。

"睡了一会儿。"阿瑶十分淡然地说道。

"阿瑶姑娘，要不你先去睡会儿，熬药的事儿交给我。"阿妞走上前说道。

阿瑶一边盛药，一边说道："寨中有人不欢迎你们，我要提前做准备，送你们离开。"

"啊？可唐萧的病还没好啊！"阿妞愣了愣，感到一丝诧异。

唐萧听到了阿瑶所说，他也走到了院子中："锦衣卫在追捕我们，我们继续待在这里会给阿瑶姑娘和十二连寨带来危险，我们还是尽早离开为好。"

"你的身体好些了吗？"阿妞忙对唐萧问道，自然地拉起唐萧的手。

"好了很多。"唐萧边笑着说道，边轻轻地别开阿妞的手。

唐萧深知阿妞的心意，他也十分喜欢阿妞，而今，他是个无根之人，背负深仇大恨，还被锦衣卫追杀，他不敢去爱，不想连累心爱的人！阿妞感到微微失落，总觉得唐萧像变了个人。

"昨日大殿里，众长老对我颇有微词，如果锦衣卫利用朝廷的权威压迫，我担心他们会对你们不利。"阿瑶黛眉微蹙，说出心中的担忧。

"阿瑶姑娘，众长老与你的间隙，只怕是因我而起，如果有机会，我愿在走之前当面化解众长老和你之间的隔阂。"唐萧深吸一口气说道，如今的他知道了一些人情世故。

"哪有那么多机会，走还来不及呢。"阿瑶咯咯一笑。

"唉……也对。"唐萧点了点头，他不是磨叽的人，对着阿瑶重重地抱了一拳，甚至想要半跪，"救命之恩，我唐萧……"

阿瑶急忙将唐萧的双手拖住，笑道："我可受不起你的膝盖，再说，我们早就是朋友，帮朋友不是应该的吗？"

"阿瑶姑娘，多谢，日后需要我唐萧帮忙，只要知会一声！"唐萧做出承诺，经历了世事之后，身上多了一丝江湖气息。

阿瑶却摇了摇头，打趣地说道："唐萧，只怕日后，你要隐姓埋名，流浪于江湖之中，我去哪儿找你呀？"

"去，去……江湖之大，竟没有我的容身之处。"唐萧眼中有了一丝迷茫，不知何去何从。很快，唐萧眼中的迷茫被坚毅取代，他心中默念："天下之大，总有我的容身之处。我发誓，有朝一日，要用尽所有办法，替唐门报仇雪恨！"

此时，阿妞又说道："唐萧，不管你去哪里，我就跟着去哪里，不过在此之前，你要去一趟烟峰山！"

"烟峰山，我一定去。"唐萧认真地点了点头，他要用彝王茶鼎制出绝品好茶，还要将一部分茶叶送给阿瑶，这都是之前承诺的。大丈夫既然做出承诺，就要努力去做到。至于日后的打算，唐萧暂时也没有计划。

"唐萧，我的金蚕还需要绝品好茶滋养，你可别忘了。"阿瑶故意这般说道，倒不是为了绝品好茶，而是觉得唐萧应该去烟峰山隐匿一阵子。

唐萧郑重说道："阿瑶姑娘所托，唐萧记得！"

"收好这些药汤，早晚各服用一次。"说着，阿瑶递给了唐萧几个竹筒。

"多谢。"唐萧将之收下。

"趁着寨中长老还没反应过来，我送你们离开十二连寨，总算要将你们送走咯。"阿瑶性情洒脱,边走边笑,脸上多了两个小酒窝。

唐萧和阿妞跟上阿瑶,三人正要离开百草轩,此际,一位苗人匆忙跑到了百草轩。苗人一见到阿瑶就行了个礼,而后气喘吁吁地说道:"圣女,圣女……锦衣卫,锦衣卫在山脚下,快进寨了!"

唐萧等三人相视一眼,锦衣卫已经找上门来,会不会对十二连寨不利?

巳时,树上的朝露已经退去,太阳也刚刚挂在半空。一向与世无争的十二连寨,来了几位不速之客。锦衣卫百户陆浩峰,带着几位锦衣卫的好手,在山脚下遣人通报之后,来到了连寨的大殿之中。十二连寨寨主等人穿上官服,早就在此静候了。

大明在西南采用土司自治的羁縻之策,顺服于朝廷的土司按其职位尊卑,大致有宣慰使、宣抚使、招讨使等,品阶最高为从三品,世袭罔替,胥从其俗。土司泛指"世有其地、世管其民、世统其兵、世袭其职、世治其所、世入其流、世受其封"的土官。

玛瑙十二连寨寨主是一位"世有其地,世管其民"的土司,也是朝廷册封的正六品招讨使,品阶与边城府令沈度一样,但在十二连寨他就是这个独立王国的国王。

"锦衣卫百户陆浩峰,见过十二连寨招讨使。"陆浩峰见到十二连寨寨主,先礼后兵,笑着恭恭敬敬地行了一礼。

"陆大人请入座,上茶!"

"多谢招讨使。"陆浩峰入座,喝了口身前的茶水,而后环顾左右,像是在找什么。

"陆大人不远千里,风尘仆仆地从京畿繁华之所到西南蛮荒之地,不知所为何事?"十二连寨寨主谈笑风生,丝毫没有被锦衣卫镇住。

"下官到边城公干,沿途舟马劳顿,恰巧路过玛瑙十二连寨,因此特来叨扰。沿途但见苗民安居乐业,一定是招讨使治理有方。下官一定将盛况禀告圣上。"陆浩峰明着夸十二连寨,暗中却搬出了圣上。

"皇恩浩荡,泽被苍生,以至西南风调雨顺,玛瑙十二连寨方能安居乐业。不过陆大人你突然造访我十二连寨,该不会只是讨杯茶喝吧?"

陆浩峰直接说道:"招讨使,西南之地正值多事之秋,下官也没什么好瞒的，向你打听几个人。"

众长老均是心中一震，眼前锦衣卫想要打听的几个人，莫不是阿瑶带回来的一男一女？不过，众长老十分警惕锦衣卫，故而什么都未说，他们只等寨主表明态度。

然而，陆浩峰话锋一转："几日前，下官的几位下属在延绵大山中走失。众所周知，延绵大山乃十二连寨统辖之地，不知招讨使有未见过他们？"

在没有确凿证据的情况下，陆浩峰也不敢直接向十二连寨要人，故而拐弯抹角地打听失踪的三个锦衣卫探子，以此为切入点，再看看十二连寨是什么反应。

十二连寨寨主淡笑，深邃的眼睛仿佛看穿一切，他不紧不慢地喝了口茶，又缓缓地将茶杯放在桌子上。周遭陷入一片冷寂，寨主轻拿轻放，但茶碗和茶盘之间的触碰之声，依然清晰可闻。众多长老纷纷皱眉狐疑，从未见过寨主如此态度。

"下官一直在找他们，不知招讨使有未见过他们？"陆浩峰凝视着十二连寨寨主，又不卑不亢地问了一遍。十二连寨寨主笑了笑，反守为攻地沉声反问道："陆大人，你在问十二连寨要人？你的意思是，这失踪的锦衣卫是被我们十二连寨给谋害了吗？"

陆浩峰笑道："下官只是想知道，招讨使是否听到过有关他们的消息，毕竟，他们确实是不明不白地在十二连寨失踪的。"

十二连寨寨主用右手摸着自己的太阳穴，他在思索和衡量利弊。他知道是阿瑶斩杀三位锦衣卫探子，但他绝不可能承认！

"小小的锦衣卫百户，也敢屡次挑衅招讨使？"

"招讨使听到过又如何，未听到过又如何，难道还需要向你汇报？"

"玛瑙十二连寨世有其地，世管其民，招讨使一职也是朝廷册封的，你们锦衣卫还能查到我们头上？"

众长老见寨主不发话，一个个都义愤填膺，对锦衣卫没有一点儿好脸色。陆浩峰脸色微变，没想到土司没说话，一些长老却骂个不停，确实，土司乃是土皇帝，远不是一般的朝廷官员可比。

"够了！"十二连寨寨主终于出声，但见他冷声道，"听到过，而且，他们都已经……"

正当十二连寨寨主想要说更多之际,一个嘶哑的声音自不远处而来,接上了前者的话:"他们都已经死了。"

众人都往声音传来之处看去,只见一男一女一前一后地跨入大殿。女的穿着苗人特有的盛装,一颦一笑百媚生,正是十二连寨的圣女阿瑶;男的是一位苗人老者,身上挂着奇怪的挂饰,走路也颤颤巍巍的,看上去六七十岁,乃是唐萧易容假扮的祭司。

第四十六章

去而复返为道义

不久前，阿瑶让唐萧和阿妞一走了之，不要再回头陷入麻烦。阿妞也心疼地拉着唐萧，希望他和自己离开山寨。然而，唐萧绝不是贪生怕死之徒，也不是没有担当的弱者。唐萧的想法很简单，他给十二连寨带来了麻烦，那么，他必须把这个麻烦解决掉。最终，唐萧说服了阿瑶和阿妞，返回了百草轩。

唐萧用最快的速度进行了易容，将自己装扮成在苗人中地位很高的祭司，以便自己的行动。同时，唐萧又按照现有信息不断做推断，假设锦衣卫会说什么话，又该怎么去应对，以此发现锦衣卫的弱点！

阿妞留在百草轩中等待，唐萧和阿瑶则是前往了十二连寨大殿。进入大殿之前，唐萧已在大殿外听了一小会儿。

"他们都已经死了。"唐萧的声音有些嘶哑，但却十分坦然。此时，唐萧再度见到陆浩峰，心中有着滔天的恨意，却不得不暂时将之埋藏在心底。

众人不解老者是谁，但见阿瑶和他在一起，所以都没有胡乱说话。而且，阿瑶提前大声解释道："寨主，众长老，我已将莫巴祭司请到。"

十二连寨寨主看了看唐萧，虽不知道阿瑶两人想要做什么，但他对阿瑶依旧十分信任。十二连寨寨主顺着阿瑶的话，借坡下驴地说道："莫巴祭司，烦请你将一切告知陆大人。"

而其他长老则面面相觑，他们从来没见过也没听过这个突然冒出来的什么莫巴祭司，但既然寨主和圣女都这么说，他们也只能暂时观望，因此全都一言不发。

面对这半路杀出的程咬金，陆浩峰定了定心神，问道："他们是怎么死的，如果是被人杀死的，十二连寨是不是需要给一个交代？"

唐萧冷哼一声，心中早有了答案："这些人擅闯十二连寨的禁地，欲行不轨之事，简直死有余辜！陆大人和他们是什么关系，一来就问个不停，难道是你指使他们来的？"

"擅闯禁地？是什么禁地，不轨之事，又是何事？祭司你这么说，可有证据？"

"这三人擅闯我苗人先祖陵寝，意图掘墓盗宝！至于证据，我要说这玛瑙十二连寨的苗人个个都能做证，你信不信？"

陆浩峰顿时哑口无言，他突然意识到，在别人的地盘上，别人怎么说还不是全凭一张嘴，他还找人家要什么证据，简直是可笑！

"陆大人，这三人到底是不是受你们锦衣卫的指使？你们锦衣卫派人掘我们苗人先祖的坟墓，到底意欲何为？莫非你是想逼反我们苗人吗？"寨主不失时机地大声质问。

"锦衣卫怎么可能指使他们，这必定是他们擅自行动，欺上瞒下！"陆浩峰念头一转，现在已经不是自己向十二连寨要人的事情，而是必须先避开这些苗人泼过来的脏水！否则自己铁定吃不了兜着走！

唐萧思维缜密，继续冷声道："锦衣卫对这些无耻之人的下落都如此关心，要玛瑙十二连寨给一个交代，那我十二连寨寨主乃是朝廷册封的招讨使，一向奉公守法，世有其地，世管其民，你是不是也要给我们一个交代？"

"陆某……"陆浩峰一时间哑口无言，十二连寨众人也暗中佩服唐萧。

唐萧逐句反击，有理有据，硬生生地让锦衣卫无话可说。锦衣卫理亏在前，就算死了三个探子，却也不敢承认，还如何找碴？

陆浩峰调整好心绪，又说道："既然这三人已经身死，那也就无从追究。当然，这三人毕竟是下官的下属，下官在此向寨主、祭司以及各位长老深表歉意。下官保证，下不为例，否则下官必定到十二连寨先祖墓前自刎谢罪！"

"既然陆大人这么说了，那此事就此揭过吧！"寨主也不想把事情闹大，所幸大事化小，小事化无。

殿中的气氛缓和了不少。陆浩峰继续说道："既然他们都已经身死，可否让陆某将他们的尸体带回去?"

"把尸体带回去?"唐萧皱了皱眉头。此时,十二连寨寨主说道:"来人,将三具尸体从冰窖里抬过来!"

原来,十二连寨寨主早就做了准备,就等着陆浩峰要人。不久,人们抬着三具僵硬的尸体,丢在了大厅中。陆浩峰定睛一看,这三人正是他派出去的锦衣卫探子!

"带走。"陆浩峰对着左右低声说道。

"慢!"唐萧打断了陆浩峰的话,抓住时机又开口道,"陆大人,三具尸体可以给你,但老夫有一个要求。"

"什么要求,莫巴祭司明说便是。"陆浩峰没了脾气。

"陆大人必须保证,日后不再无端到十二连寨生事,否则,我十二连寨一定将文书送到宣慰司,奏明西南的一切情况。"唐萧说到"一切情况"四字之时,特别加重了语气,这是对锦衣卫的一种威胁。同时,唐萧冷冽的双眸凝视着陆浩峰,让后者感到极其不舒服。

陆浩峰不敢答应,他的脸色很难看,沉默了一会儿,又问道:"陆某实不相瞒,我们锦衣卫正在追踪一个反贼,此人最近也消失在十二连寨附近,陆某只想知道,锦衣卫追踪之人,从今或日后,可会与玛瑙十二连寨有瓜葛?"

阿瑶将目光投向了唐萧,而众长老纷纷看向了十二连寨寨主。

"绝无瓜葛!"让人意想不到的是,唐萧和十二连寨寨主竟然齐声开口,一起说出了这四个字!

十二连寨寨主不想有太多麻烦,保人一次,不可能保人一世。阿瑶心中微叹,叹唐萧重情重义,对他刮目相看。

陆浩峰看着众人的反应,马上猜到了不少事情;第一,唐门余孽现在或曾经在玛瑙十二连寨,第二,十二连寨无意和唐门余孽有太多牵扯!也就是说,唐门余孽日后一定不在玛瑙十二连寨,锦衣卫仍然有机会抓住他们!

陆浩峰思前想后,还是愿意做出退让,他重重地抱拳:"招讨使和莫巴祭司的意思,陆某已然知晓,既然如此,那便告辞。"

言罢,陆浩峰带着一行人,带上了三具尸体,匆匆离开了十二连寨。

等锦衣卫离去好一会儿,唐萧才摘下脸上易容的面皮,露出一张十分年轻的脸。

"他居然如此年轻!"

"这就是唐门之人?"

几位长老交头接耳,纷纷猜到了唐萧是唐门幸存者,惊讶于他的睿智和年轻,他们不知眼前少年究竟是唐门中的何人。

接着,唐萧又把青牛镇偶遇救金蚕,唐家山上发生的惨案,自己后来被圣女所救等事,当着寨主和众长老的面解释了一番,并未明说自己姓甚名谁。

"金蚕乃是十二连寨至宝,竟然是这位少年所救。"

"圣女和他有这样的交情,自然不能见死不救了。"

众长老渐渐明白了此中缘由,一个个摸着长长的胡子,有人发出懊恼声,似乎觉得他们错怪了阿瑶。阿瑶却没有说话,只是静静地听着唐萧和众人对话。

长老们摸着胡子,而唐萧却发现长老们的手指粗大,马上想到了风湿!唐萧笑道:"我见诸位指节粗大,只怕全身各处关节都是如此,应该是饮食、练功、湿气浓郁,导致气血不畅,淤积于关节,一旦发作便隐隐作痛。"

诸多长老均是微微一惊,唐萧说得一点没错。

"你懂武功?"首席长老感到疑惑,一眼看出唐萧身上没有内劲。

唐萧摇头说道:"我不懂武功,倒是知道一些药理,玛瑙十二连寨地处延绵大山,山高峰险,寒气和湿气都很重,食物以菌类和豆类居多,各位所练的又是一些霸道的武功,加上平日里高强度的练功,导致淤血积压,全身各处关节肿胀粗大。"

"小兄弟可有法子医治?"为首长老忍不住问道。

唐萧从怀里取出一张药方:"这是我在唐家山写的千金方,阿瑶圣女又用苗医的医理,对药方进行了改良。此方子对习武之人颇有帮助,另外,众长老应当少吃菌类和豆类,多饮水。"

说着,唐萧将一张药方交到了为首长老的手中,其间故意提到阿瑶,是想缓解众长老和阿瑶之间的关系。

"不会是假的吧?"

"真有这种药方?"

"难道比苗医药方还要好?"

众长老看着唐萧给过来的药方,他们多少也知道一些苗药,当他们见到其中的一味味独特的药材时,众人脸上的疑色慢慢退去。

"这几种药材还可以这样合用,又能降低毒性,还能加大剂量,难怪此子说他曾经救过金蚕!"有长老感慨几种药材的合用功效。

"世上还有这样的好方子?"

"真想快些试一试,老夫早已受够了关节上的暗痛!"还有长老感慨药方是真的,迫不及待地想要试一试!

而后,众长老看着唐萧,又看着阿瑶,目光明显柔和了许多。

"我们平日对圣女颇有微词,没想到她还愿意将药方通过小兄弟的手,变相给到我们手里!"

"圣女常说救治万民,我们也是万民之一啊,倒是我们的格局小了!"

"寨主一直护着圣女,原来是看到了圣女善良的品质。"

……

众长老的私语声虽然很小,但都传到了阿瑶的耳中。阿瑶心中十分开心,突然觉得这帮长老没有之前那么可恶了。十二连寨寨主也微笑地看着其乐融融的大殿。

唐萧和阿瑶两人又低语了几句,提及了还在百草轩中等待的阿妞。不久,唐萧对着众人抱了一拳:"诸位,在下感谢十二连寨的帮忙,马上离开此地,不再叨扰。"

"多谢小兄弟!"

"小兄弟,走好!"

众人纷纷点头,也对唐萧抱了一拳,一直将他送到了大殿之外。

不多久,三个人影在郁郁葱葱的延绵大山中穿梭。圣女阿瑶带着唐萧和阿妞,选择了一条十分隐秘的羊肠小道离开。

第四十七章

五龙纳水明王寺

雾海茫茫，云卷云舒，朝阳自雾海而起，慢慢地探出半个头。延绵大山的一处山顶，唐萧和阿妞依偎在一起欣赏眼前绝美的朝霞。

十日间，唐萧和阿妞已经走出了苗山十二寨的地盘，两人一路向西赶往彝人的烟峰山，他俩避开官道，缓慢地穿梭在大山中，时而在山涧旁取水，时而在山洞歇息。一路上，唐萧喝完了圣女阿瑶备下的药汤，他的伤势也在逐渐恢复，在休息间隙之时，他也会思考当下和未来。

"雾海，朝霞，好美。"唐萧发出一声感慨，此刻的他将所有烦恼丢开，心灵也进入了空灵的状态。

"彝人中流传着一个传说，只要对着最靠近天的地方许愿，就能将心愿传达给上天。"阿妞脸上映着红红的朝霞，对着唐萧说道。

唐萧就这么看着阿妞，多想将时间停下来。阿妞继续说道："当老天爷知道了你的愿望，他就会帮你实现。唐萧，我们现在就在山顶，应该是最靠近天的地方，不如一起许个愿吧。"

"许愿？"唐萧愣了愣，但一旁的阿妞已经闭上了眼睛，她双手合十，开始在心中默念愿望。

此处远离江湖恩怨，唐萧的心态也比之前好了很多，他深吸一口气，也学着阿妞许了个愿望。逝者已矣，活着的人还要继续活下去。唐萧希望帮助过自己的人，都能得到老天爷的眷顾，希望他们日后能有好运。

"老天爷呀老天爷，看在我这么相信你的分上，你就让我许三个愿望吧。"阿妞心中默念，也不等老天爷会不会答应，她就一连许了三个愿望。

不多久，阿妞睁开了眼睛，嘀咕道："老天爷，第一个愿望最重要，其他两个愿望，你就看着来吧。"

"阿妞，你怎么说了这么多，到底许了什么愿望？"唐萧对着刚刚睁开眼的阿妞问道。

阿妞扭捏着笑了笑："嘘，说出来就不灵验了，反正是个很简单的愿望！"

唐萧也笑道："行，那我就不问了。"

日出之后，唐萧和阿妞吃了些干粮，继续赶路。

到了下午，唐萧和阿妞隔着很远，发现远处那座山的山脚下，有一座不大的寺庙。

唐萧两人并未犹豫，正好可以在寺庙中借宿一晚，两人立刻朝着寺庙而去。寺庙看着不远，却也要翻下半座山，唐萧和阿妞用了足足两个时辰，直到傍晚才来到寺庙门前。

唐萧和阿妞打量着这座寺庙，寺庙大概占地五亩，门前长满了荒草。两人环顾四周，又发现寺庙处于五座大山之间，每座大山都有一条溪流流下，在寺庙不远处汇合在一起。

"宝盆藏风，五龙纳水，为一处藏风纳水的宝地！"唐萧惊讶地说道。实际上，此处叫作五龙山。

"什么是藏风纳水？"阿妞听不太明白。

"反正就是一处很好的地方。"唐萧只能这么说道。

唐萧继续扫视整个寺庙，发现寺庙前面是一座旧鼓楼，鼓楼之后还有几个大殿，粗略地看上一眼，大殿内似乎也没什么东西。

此时，唐萧发现荒草中露出半个石磴，他快步走上前，将荒草拨开，只见石磴上刻着三个大字。

"明王寺。"唐萧将石磴上的大字念了出来。

"这几个字苍劲有力，好像是用剑一气呵成的。"说着，阿妞蹲下了身子，不由得伸手摸了摸。然而，当阿妞的手摸到字上之时，却无意间在"明"字上，触碰下了一块小碎片！

唐萧和阿妞顿感意外，两人相视一眼，用力对着题字扣了扣，发现题字刻在一层石膏上，因为时间久远，导致石膏硬化脱落，石膏之下才是真正的石礅。

一盏茶的时间后，唐萧和阿妞将石膏彻底剥离，只见石礅上出现"牛王寺"三个大字。这三个字端端正正，一眼扫去稀松平常，但若是仔细端详，字里却有古朴苍凉，给人一种似曾相识之感。

"好像在哪儿见过这几个字。"唐萧皱了皱眉头，一时半会儿却想不起来。

"明明叫作牛王寺，为什么要敷上一层石膏，改成明王寺呢？"

"藏风纳水的宝地修建一座奇怪的寺庙，怎么任由它荒废了，断了香火？"

唐萧和阿妞都十分不解，阿妞更是感到有点不安："这寺庙怪怪的，庙里好像也没有佛像，要不咱们走吧。"

此时，山中下起了绵绵小雨，风雨中，阿妞打了个寒战，下意识地拉起唐萧的手。

这一次，唐萧没有推开阿妞的手，想了想说道："天色将晚，附近也没有躲雨的地方。咱们大风大浪都经历过，也不怕在庙里暂歇一晚。"阿妞见唐萧目光坚定，也壮起胆子点了点头。

唐萧和阿妞进入了寺庙中，两人绕着寺庙走了一圈，发现庙中除了钟鼓楼外，还有天王殿、正殿和三清殿等三座大殿，且三座大殿都是木结构建筑。除此以外，庙中空荡荡的，也没发现奇特之处。

"看来没什么好担心的。"唐萧对着阿妞摆了摆手。接着，唐萧正打算生火休息，不经意间，却发现在正殿的屋梁上有东西盯着自己。

"唐萧，屋梁上有东西盯着我们！"阿妞别过头不敢再看。

唐萧直直地往屋梁看去，确实有一双眼睛盯着自己，但当他再仔细地端详之时，却发现屋梁上是一座布满灰尘的石佛。

"别怕，屋梁上只是一尊石佛！"唐萧安慰阿妞说道。这座石佛悬托在梁架上，离地面两米多高，为赤脚踏着祥云的造型。

听唐萧这么一说，阿妞也朝着石佛看去，她越看越觉得有些熟悉，恍然地说道："他的光头前有一小撮'天菩萨'，好像还穿着彝人的衣服！"

天菩萨是彝人男子发型，小孩和未婚男子，在头顶前蓄一撮长发，彝语称"如比"，是男魂居住的地方。结婚后的男子，请人在头顶梳辫子，辫子较短小，盘于头上，称"如且"。男人死时，如有子女，则把头前头发打成尖状物形,称"天菩萨"。

"这座寺庙不简单,好像和你们彝人有关!"唐萧呢喃道,他从没有听说过佛像可以悬托在屋梁上,也没有听说过穿着彝人的衣服,留着"天菩萨"的佛像!

唐萧和阿妞对一切充满了好奇,他们又继续在寺庙中寻找悬托石佛,发现正殿和三清殿一共有十五尊悬托石佛,其中有十一尊佛像留有彝人的"天菩萨"。

"会不会是彝人的神明,等我们到了烟峰山,问一问头人爷爷。"阿妞皱着眉头说道。

"再找找,会不会有别的发现。"唐萧又说道。唐萧和阿妞仔仔细细地在寺庙中搜寻,居然真的有所发现!正殿左侧的墙壁上,写着一首无题诗。

唐萧看着这首无题诗,逐字逐句地将它念了出来:"牢落西南四十秋,萧萧华发已盈头。乾坤有恨家何在,江汉无情水自流。长乐宫中云气散,朝元阁上雨声愁。新蒲细柳年年绿,野老吞声哭未休……"

"唐萧,诗中说了什么?"阿妞不太懂这些文绉绉的诗词。

唐萧没有细细品味,内心却已经翻江倒海,这首诗的字迹,竟然和制茶秘籍中的十分相似!

"难道……"唐萧急忙从怀里掏出一本泛黄的书稿。

这就是唐萧意外得来的制茶秘籍,按理说,这本秘籍或许是导致唐家灾祸的罪魁祸首。因为没有它,唐萧的制茶技艺就不会突飞猛进,就不会在边城制茶大会上一举夺魁,更不会招来锦衣卫。然而唐萧终究是舍不得,因此在逃走之前还是将它揣进了怀里。

唐萧将书稿打开,仔细比对书稿和墙壁上的字迹,竟然一模一样!此时,唐萧才想到石磴上似曾相识的"牛王寺"三个字,原来,这三处的笔迹都相同,出自同一人之手!

不过,书稿上的字像是笔走龙蛇,而墙壁上和石磴上的字让人感觉十分沧桑。

唐萧百思不得其解,一瞬间,各种思绪汇聚在一起,他心中不免自问,送自己书稿的老者究竟是谁,他和这座寺庙以及寺庙的主人之间有什么关系?

"唐萧，你怎么了？"阿妞推了推发呆的唐萧。唐萧咂了咂嘴巴，慢慢地调整好心态，将他的疑惑一五一十地说了出来。阿妞也比对着书稿和墙上的字迹，听完了唐萧的叙述之后，同样无比震惊！

而后，唐萧又将墙壁上的诗细细品读，这是一位流落异乡之人，大概已经四十余岁，有家不能回，至于后面几句，却是不太好解读。

晚上，唐萧做了很多猜测，却始终找不出各种线索之间的联系。

一夜无眠，第二日，唐萧和阿妞又在寺庙中搜寻了一番，并没有其他重要发现，而后两人继续朝着烟峰山前行。

第四十八章

烟峰山寨遇变局

五日后,唐萧和阿妞穿过竹海,来到了大雾环绕的烟雨十八峰的顶峰——烟峰山。

一路走来,但见竹海荡漾,烟雨朦胧,大雾蒸腾,仿若走进人间仙境。

两人来到一座巨大的山寨。这座山寨不仅很大,而且年代久远,早已和烟峰山融为一体,正是西南赫赫有名的烟峰山山寨。

阿妞对山寨的每个角落都极其熟悉,她终于回到了山寨,脸上也挂着浓浓的笑意。阿妞一路小跑,迫不及待地想要带着唐萧去见山寨的头人爷爷。

唐萧初来乍到彝人生活的山寨,他对寨中的一切都十分好奇,他紧跟在阿妞的身后。偌大的山寨中,阿妞和唐萧一前一后,脚步匆匆。

山寨中的老老少少一见到阿妞,纷纷停下脚步做出避让,每个人还对着阿妞行礼,神色无比恭敬。阿妞虽然也礼貌地还礼,但是似乎已经见怪不怪。

"阿妞,这些彝人为什么都对你那么恭敬?莫非你身份很尊贵?"唐萧疑惑地问道。

"在上天和先祖的眼中,每一个彝人都是平等的,无所谓尊贵不尊贵。咱们现在先去见头人爷爷,之后我再慢慢讲给你听。"

"好!"唐萧知道阿妞非常思念头人,于是加快了脚步。

唐萧跟在阿妞身后,不知道爬了多少台阶,走了多少路,不禁有点气喘吁吁:"阿妞,你慢点!"

听着唐萧的喘气声,阿妞回头笑道:"唐萧,你走快点,马上就能见到头人爷爷了,他可好客了!"阿妞自小父母双亡,是山寨头人将她带大,她尊敬地称头人为头人爷爷。

没过多久，唐萧和阿妞终于来到头人的住处，这是一个不大的院落，院中堆满了各种柴火，可见头人的生活十分简单朴素。

"头人爷爷，头人爷爷！"阿妞远远地对着院子喊着。此时，从院子的房间里走出几个人，为首的年轻人竟然是曲布，他身边还有几位彝人的长老。

"阿妹？"曲布惊讶之后转为狂喜。

桐岭帮等江湖势力围攻唐家山时，曲布和阿妞离开了无尘山庄。半道上，阿妞偷偷离开了曲布重返无尘山庄，更是卷入了第二次唐家山之战。

当时，曲布回头找过阿妞，也听闻了攻山之战的惨烈，据说数千名江湖人士死于非命。曲布不敢靠近战场，只得一人回到烟峰山，一度以为阿妞死在了唐家山，还郁郁寡欢了一段时间。

此时，曲布再见阿妞，感觉恍如隔世一般，他兴冲冲地翻过篱笆，来到了阿妞的面前，上上下下打量着她。

"阿妹，你没有死，真是太好了，你可知道，我找你找得好辛苦！"曲布一把拉起了阿妞的手，双眼中泛着泪花，别提有多激动。

阿妞缓缓脱开曲布的手，不经意地看了看唐萧，而后在原地转了个圈子："阿哥，你别担心，我这不是好好的嘛！"

曲布随着阿妞的目光，也看到了一旁的唐萧，心中又泛起浓浓醋意，而后他双目一凝："唐萧，唐门不是……"

曲布听到有关唐门覆灭的消息，也从秘密的渠道得知，可能还有唐门幸存者。同时，江湖上流传唐门制毒秘籍和暗器秘籍下落不明，如今曲布见到唐萧，震惊和吃醋之余，各种想法在脑海中一闪而过。

唐萧摇了摇头，叹道："唐门确实已经不复存在，幸亏阿妞姑娘出手相救，我才侥幸活了下来。"

曲布点了点头，重重地拍了拍唐萧的肩膀："活着就好，唐萧公子可以把烟峰山当成家，好好休整一番。"

还不等唐萧回答，阿妞就急忙问道："阿哥，头人爷爷呢？"

曲布笑了笑："头人爷爷下山办事去了，没有三五天回不来，你们在这儿先行休息，我马上让人做些饭菜，给你们接风洗尘。"

"我都快憋坏了，我要吃坨坨鸡。"阿妞兴奋地随口说道。

"管够！"曲布爽快地答应。

曲布意味深长地看了一眼唐萧，并未多说什么，而后和几位长老神色匆匆地离开。阿妞则是带着唐萧在院中打转，说起彝人的生活习惯和传统。

但是，细心的唐萧却心不在焉，一直在回想刚才他和曲布的对话，还有曲布极不自然的神态变化。唐萧不由得问道："阿妞，我觉得曲布他们有问题。"

"有什么问题？"阿妞皱了皱眉头，"阿哥和几位长老都挺正常的啊，他还说给我们接风洗尘呢！"

唐萧马上摇头道："既然头人爷爷昨日就下山办事去了，为何曲布和几位长老会在他的院子里？"

唐萧的疑惑耐人寻味，阿妞也喃喃自语道："对啊，既然头人爷爷不在，他们到头人爷爷的院子里来干什么？"

唐萧马上又说道："曲布一直对你颇为关心在乎，这一次，他连你是怎么活着回来的都不问，就神色匆匆地离开，心中是不是有鬼？"

"阿哥，一向最关心我了……"阿妞也觉得曲布好像不对劲。

"阿妞，你叫曲布阿哥，但你们好像又不是亲兄妹，你们到底是什么关系？"唐萧急切地说道。

"这，这很重要吗？"阿妞有些疑惑。

"当然重要，你必须把你和曲布的事情告诉我，我才能分析出更多的东西来！"唐萧坚定地说道。

"好，彝人三雄互相征伐的事情你听说过吗？"

"略有耳闻。"

"当年洛诺司，鲨麻司和马都司三个彝人土司实力最强，又分别执掌神马大力阿左、神羊哟嘎哈杰和神鼎拉觉赫机，也就是我们烟峰寨的彝王茶鼎，三大土司都想统一彝人，独掌三件神器，成为真正的彝王，因此互相功伐拼杀，最终三败俱伤，洛诺司、鲨麻司灰飞烟灭，神马大力阿左、神羊哟嘎哈杰不知所终，唯有马都司和彝王茶鼎幸存，但也是元气大伤，不得不彻底向朝廷臣服。而我，就是马都司土司的女儿！"

"啊？我知道你身份尊贵，没想到你竟然是马都司土司的女儿。"唐萧惊讶地说道。

阿妞的脸色涌现出悲伤的神色："当初我父亲带领哥哥们征战的时候，将我托付给了烟峰山山寨的寨主玛海阿普，也就是我说的头人爷爷。后来我父亲和哥哥们在征战中相继阵亡，全靠头人爷爷把我养大成人。后来马都司也名存实亡，烟峰寨本是马都司下属的一个山寨，现如今也承担起了领导部落十九寨的使命。但这些都和我无关，我只是一个女子，我只想找一个喜欢的人，平平安安地过一辈子。"

"那曲布又是怎么回事？"唐萧问道。

"头人爷爷只有女儿，没有儿子。他的五个女儿都嫁给了族中的勇士或者烟峰十九寨中其他寨子里的头人。曲布的哥哥就是一名其他山寨的头人，他的哥哥娶了头人爷爷的大女儿，又把曲布送到头人爷爷这里来接受头人爷爷的教导。那时候我才十岁，曲布比我大一点，所以我一直就叫他阿哥。"

听着阿妞的几句话，唐萧更加确定地说道："如此看来，头人爷爷的大女婿送曲布来的动机就不单纯。你想想，头人爷爷没有儿子，他送曲布到头人爷爷身边，名义上是接受教导，可实际上就相当于是头人爷爷的半个儿子，等将来头人爷爷过世了，有了这层身份，再加上他哥哥的支持，曲布是不是有很大希望继承烟峰山山寨寨主的位置？"

"好像，好像还真能这样。没想到，他们的心机居然这么深。"

"这还没完，你是孤儿，曲布又和你一起朝夕相处，一起长大，他是不是喜欢你，想娶你？你是马都司土司的女儿，是马都司土司唯一幸存的血脉，曲布如果娶了你，就有理由和身份继承马都司土司的位置，成为新一代的土司！"

"他，他确实对我表露过情意，但我只当他是哥哥一般，也以为他就是单纯地喜欢我，可你这么一说，我才发现，这好像是一个阴谋！"阿妞有些焦急地说道。

"就是阴谋！"唐萧说得斩钉截铁，"现在情况可能有变，你和我在一起以后，曲布可能发现阴谋无法得逞，想要狗急跳墙，我担心头人爷爷遇到了麻烦，为今之计，我们最好马上离开山寨！"

"我不能走，如果我真的一走了之，头人爷爷怎么办？"原来，阿妞放心不下的是从小抚养她长大的头人爷爷，他们的关系亲如爷孙。

阿妞提起了头人爷爷，唐萧也想起了老太爷，还有唐门的各位至亲们，如果他真的有选择的机会，一定会毫不犹豫地救人，可他没有，只能眼睁睁地看着至亲们死去。

阿妞在寨中有很高的地位，而且进寨的时候，那些寨民态度都很正常，这代表着要么曲布已经控制了全寨，能让所有人配合他蒙骗阿妞，要么就是曲布等人的行动是秘密行动，不敢让太多人知晓。唐萧认为曲布即使有其他长老的支持，也不可能在短时间内就控制全寨乃至保证所有人都在阿妞面前神色如常不露马脚，因此应该是小范围的秘密行动，那这样阿妞就可以利用自己的身份地位，解救头人，眼前并非必死之局。唐萧深深地吸了口气："阿妞，你确实有机会，这鸿门宴，我陪你！"

"谢谢。"阿妞也感动地说道。

中午，山庄吹起夏日的凉风。唐萧和阿妞在院中静静等待，突然，一枚小小的箭镞不知从何处而来，射在了唐萧的脚下。

"箭镞，有人想杀我们！"阿妞马上站起来，变得非常警惕。唐萧却示意阿妞放松，让她往箭镞上看。

果然，这枚箭镞并不简单，上面绑着一张小纸条，有人想要帮唐萧和阿妞，而不是刺杀他们！附近可能有人盯梢，唐萧和阿妞隐蔽地捡起小纸条，将之打开，纸条上只有四个字"彝王茶鼎"。

"我明白了，他们在找彝王茶鼎！"唐萧回想方才曲布和几位长老的举动，他们像在找什么东西，那东西就是彝王茶鼎。

阿妞却百思不得其解："彝王茶鼎是彝人的圣物，祖祖辈辈流传下来，用以制出绝品好茶，阿哥他们找彝王茶鼎做什么？"

唐萧接着阿妞的话推测道："彝王茶鼎是圣物，便是权力的象征，看来果真是曲布等不及了，想要成为新的头人。那只要他们找不到彝王茶鼎，头人爷爷和你就一直是安全的。对了，刚才是谁射的箭？"

阿妞确实想到了几个人，彝人中擅长射箭的人很多，但也只有几个人可以这么精准，且不知不觉地将一枚箭镞射到唐萧脚下。阿妞将那几人的信息和自己的猜测告诉唐萧，唐萧听完之后，又做了不少的分析。

不多久，一位长老带着数十个彝人，又匆匆地来到院中，这架势像是来绑人的。

为首的长老高声说道："阿妞姑娘，唐萧公子，曲布在摘星崖备好了酒菜，请两位前去一叙。"

"摘星崖上风很大，为何选在那个地方吃饭？"阿妞扫视众多彝人，冷声说道。她知道摘星崖是一处悬崖，一旦被人堵住了路，就再也没有机会回头，这确实是一场鸿门宴！众彝人被阿妞这么目光一扫，纷纷低下头。而为首长老不惧阿妞，他摆了摆手："阿妞姑娘，这得问一问曲布，老夫也不知道。"

"阿哥，是阿哥让你来的吗？"阿妞心中惴惴不安，她不愿意唐萧的分析会成为现实。

"不错，是曲布让老夫来的。"为首长老信誓旦旦，击碎了阿妞的幻想。此际，阿妞眼中有眼泪打转，她咬着嘴唇问道："如果我们不去呢？"

"如果你们不去，可能会有很多遗憾，老夫可能就要得罪了。"说着，为首长老看了看身后的十几位彝人。

彝人们咄咄逼人，唐萧轻轻地拍了拍阿妞的后背，想让她冷静一些不要流泪。

照着目前的情况，唐萧和阿妞非去摘星崖不可了！

第四十九章

摘星崖设鸿门宴

唐萧与阿妞在为首长老的带领之下,来到了摘星崖。此时,摘星崖上站满了彝人,一个个严阵以待,其中不少人怒目盯着唐萧,让唐萧浑然不自在。

"你们难道忘了彝人好客的传统吗?请尊重我的客人。"身为土司遗孤的阿妞冷声扫视众彝人,自身带着上位者的气息。彝人们有所收敛,但仍有几人神色冷峻,直勾勾地盯着唐萧。

唐萧不经意地扫视那几人,感觉到一丝异样,但什么都没有说。而后,众彝人纷纷让开一条路,唐萧和阿妞得以来到摘星崖。

摘星崖上建有一座简易亭子,平日里,彝人们在崖上祭司,偶尔在简易亭子内歇息。今日,亭子外放了不少祭祀的物品,而亭子内设了一桌丰盛的酒席。曲布等人在亭中坐了许久,只等唐萧和阿妞入座。

"唐萧公子,阿妹,请入座。"曲布对唐萧和阿妞客客气气。

"阿哥,你要做什么?"阿妞冷声问道,在她的认知中,曲布根本没有这么大的权力,动员这么多人,而且似乎在为祭祀做准备!

阿妞在伤心的时候仍会流泪,但她已不再是当初的阿妞,她和唐萧一起经历了很多,成长了很多;如今,曲布也不再是当初的曲布,他变得让人看不透,野心勃勃的,似乎想要掌控一切。

"阿妹,这些日子在外面受苦了,阿哥只是想给你接风洗尘。"说着,曲布亲自给阿妞搬凳子。

"阿妞,坐下,站着多累呀。"唐萧笑着坐了下去,阿妞见状也跟着坐下。

接着,不等曲布说什么,唐萧便拿起筷子,竟然自顾自地吃了起来,更

· 255 ·

是给自己倒了一杯茶。阿妞急忙用肘子碰了碰唐萧,生怕食物有毒,而唐萧只是微微一笑,依旧大口吃菜。

"阿妞,这个叫啥?"唐萧指着一盘菜,十分自然地问道。

阿妞紧紧地皱眉,她不知唐萧为什么这么问。曲布则轻蔑地看了一眼唐萧,倒想看看瓮中之鳖想要做什么。

为首长老冷声说道:"这叫萝卜肠节,将猪肠子洗干净,打节,切成小段,再和萝卜一起炖熟即可。"

唐萧吃了一段猪肠,又用红黄黑相间的土漆勺舀了一口汤,细细地品了品:"这个汤卖相不佳,味道却很不错,叫作什么汤?"

为首长老又冷哼道:"这是红豆和干菜熬制的酸汤,有开胃的功效。"

唐萧并不搭理为首长老,又自然地拿起一个荞麦饼:"这个应该是荞麦饼吧?"

曲布终于忍不住问道:"唐萧公子,你就不怕有毒吗?"

唐萧自顾自地吃起土豆,边吃边说:"曲布兄弟如果想杀我,也用不着专门设宴吧?"

听到唐萧这么说,阿妞也顿时恍然,她也拿起筷子,吃起了桌上的美食。

曲布拍了拍手笑道:"唐萧公子不愧是唐门英才,不过,我对杀你却没有一点兴趣。"实际上,曲布对杀唐萧没兴趣,不等于他对唐萧没兴趣。

唐萧岂会不知曲布心中所想,他边吃边说道:"曲布兄弟,我们不如开诚布公一些,何须拐弯抹角?"

为首长老见不惯唐萧如此随性,冷声喝道:"唐萧,我们头人请你吃饭,你放尊重点,不要给脸不要脸!"

"头人,头人在哪儿?"唐萧愣了愣,又看了看亭子外祭祀的物品,恍然道,"你们想要祭祀彝人的诸神,推举曲布兄弟为新的头人吧?"

"头人!"阿妞突然狠狠地拍了拍桌子,猛地站了起来,"毛长老,你再说一遍!"

为首长老的彝人姓氏是"蒙孔",首字与"毛"相近,所以阿妞称他为"毛长老"。彝人有众多姓氏,很多姓氏与汉族百家姓中的读音相同或相近,所以彝人就用谐音来取自己的汉姓。如玛氏,取汉姓马;"木垫""莫色"

"蒙孔"中的"木""莫""蒙"与汉姓"毛"发音相近,便姓为"毛"。

还有一大部分姓氏根据彝姓意译,如曲比的姓,"曲"意为"白色",故取汉姓为"白"。又如俄、阿主、依火、阿溜等彝姓,翻译过来分别是熊、狐狸、柳树、猴子等意思,故取熊姓、胡姓、柳姓、侯姓。

毛长老丝毫不忌惮阿妞,继续冷声说道:"曲布乃是各大长老和家支众望所归的头人,今日我们便要进行祭祀与诸神沟通!"

"毛长老,这只是你的意思吧,我不相信阿哥会答应你做头人的!"阿妞冷声回答,她死死地盯着曲布,想要从曲布口中得到答案!

曲布不敢和阿妞对视,他答非所问地叹道:"阿妹,三雄之战后,马都司已经名存实亡,你难道不想恢复你父亲的基业吗?我可以帮你做到,甚至完成你父亲的夙愿,让马都司统一整个彝人部落,成为彝人王庭!"

曲布没有直接回答,却暗中说出了他的心声,他不会拒绝众长老的推举,要做新的头人,不但如此,他还要重建马都司,乃至统一整个彝人部落!

"曲布,马都司已经没有了,你要重建马都司,要统一彝人部落,就要掀起连绵的战争和血腥的厮杀,当初三雄争斗的时候,多少女人失去了丈夫,多少老人失去了儿子,多少孩子没有了父亲,你难道不知道吗?而且烟峰山只有一个头人,永远都轮不到你,你把头人爷爷怎么样了?"阿妞大声质问,更直呼曲布的名字。

曲布急忙走上前:"阿妹,你听我说,头人爷爷只是病了,现在还在养病呢。"

"你不是说他下山了吗,怎么又病了?你别靠近我,头人爷爷到底在哪里,我要见他!"阿妞一把推开曲布,对他非常警惕。

曲布脸上浮现出恼怒的神情,唐萧连忙上前一步,将阿妞挡在自己的身后。

"阿妹,你什么意思?"曲布指着一旁的唐萧,怒火中烧,"这个人,一定是这个人!自从这个小子缠上了你,就把你迷得神魂颠倒,你心里到底有没有我这个阿哥!"

阿妞挡在唐萧的身前,直面曲布地说道:"他没有缠着我,我阿妞愿意和谁在一起,用不着你指手画脚,我要见头人爷爷!"

"呵呵,用不着我指手画脚!"曲布咬牙切齿地说道,"我哪里不如他了!

你就是嫌弃我不是头人，配不上你土司女儿的身份吧！"

阿妞面对歇斯底里的曲布，心里感到一丝害怕，但她还是说道："曲布，你不要胡说八道。你是不是头人和我没有任何关系！我一直把你当我亲哥哥看，以前是，现在是，以后也是！曲布，你不要再执迷不悟了，你带我去见头人爷爷，你向他认错，现在还来得及。只要你认错，头人爷爷一定会原谅你，你还是我的阿哥。"

曲布不甘地大声吼了出来："认错？天真，真是太天真了！我曲布哪里有错！当年，我们彝人三大土司雄霸西南，是多么荣耀和光彩！而今烟雨十八峰，部落十九寨是一盘散沙，大家都守着穷山坳得过且过，这不是我们彝人该有的日子！我们彝人都是顶天立地的男子汉，我们应该团结起来，统一起来，为我们自己和我们的后世子孙争取更好的生活！"

众长老纷纷点头，一旁的众多彝人也交头接耳。三人成虎，众口铄金，很多人都觉得曲布说得有道理。

阿妞感到一阵无力，不知如何辩驳。此时，唐萧高声大喝："诸位，莫要被曲布给骗了，他口口声声说要团结，要统一，不还是想重演彝人三雄相互残杀的故事吗？他就是想用我们彝人的血来铺他自己的路！"

摘星崖上的众多彝人均是皱眉，但没人出来反对曲布。唐萧继续高声大喝："打仗是要死人的。到时候谁打头阵，会是曲布和这些长老吗？还不是你们这些普通的彝人！就算你们是曲布和各位长老的亲信，一样都是炮灰！你们何必拿自己的命去给他们换荣华富贵，你们想想自己的父母，还有老婆孩子！"

唐萧的话在彝人中出现一丝骚动，曲布派系里许多属于中下层的彝人脸上明显浮现出犹豫的神色。

曲布很不满地喝道："唐萧，你少在这里胡说八道，这是我们彝人内部之事，轮不到你一个汉人插嘴！"

唐萧平静地说道："彝人之事本与我这外人无关，可你为了当头人，偏偏借助官府的势力，这就与我有关！"

"官府的势力？"阿妞面带疑色。

唐萧认真地点头道："摘星崖上有锦衣卫！"

众人一片哗然，摘星崖上怎么会有锦衣卫，根本没人穿着飞鱼服，也没人带着绣春刀啊！唐萧冷声说道："大家若是不信，请往鞋子上看，彝人都穿布鞋，而锦衣卫穿飞云靴，乍一看鞋子都是黑色，相差无几，但飞云靴的鞋头往上翘，可以与布鞋做出区分。"

唐萧刚来到摘星崖，就感受到了不一样的目光，这种目光带着贪婪和冷冽，绝不是一般的彝人。所以，唐萧重点扫视了几个人，果真发现了飞云靴！

唐萧的话语落下，众人都纷纷往脚上看去，竟然真的找出了七个穿着飞云靴的锦衣卫！这七个锦衣卫全部都是三流高手，每个人都穿着彝人的服饰，但因为飞云靴外表上和普通布鞋相差不大，因此他们就没有刻意更换，没想到在这里露出破绽。

原来，曲布一心认为自己是头人的继承人，阿妞的男人，但他发现头人似乎并不认同他想要统一彝人的理念，再加上他感觉到自己从小爱慕的阿妞和自己渐行渐远，在野心和嫉妒的驱使下，他开始有了其他想法。

在边城和锦衣卫发生冲突之后，曲布忽然意识到，想要实现自己的理想，乃至想要娶到阿妞，他必须做头人！而要做头人，就必须要有一股强悍的势力支持自己，能够协助自己拉拢不满于现状的长老，镇压反对自己的势力，彻底控制山寨！

此后，曲布主动联系锦衣卫，想要借助锦衣卫的势力登上头人之位。锦衣卫多年来一直插手江湖之事，此次来到西南也对土司势力有想法，他们收到曲布的请求后，认为是一个千载难逢的好机会，便全力支持曲布做头人。

想要做头人并不简单，曲布从众长老那里了解到，想要担任头人，除了得到众长老的支持外，还需要得到象征权力的彝王茶鼎。

今日，曲布见到阿妞和唐萧来到烟峰山，除了震惊之余还有狂喜，急忙将消息告知了烟峰山的锦衣卫。曲布在摘星崖设下宴席，一是想从阿妞身上找到彝王茶鼎的信息；二是想把唐萧交给锦衣卫，立下一个功劳，这是一场不折不扣的鸿门宴。

第五十章

彝人禁地遇古猿

烟峰山上，锦衣卫帮助曲布夺权，却无心插柳柳成荫，意外发现锦衣卫正在追捕的唐萧，急忙往虎威那里飞鸽传书。

摘星崖上，唐萧的一席话让锦衣卫们纷纷暴露，彻底揭露了曲布的野心。但周围的彝人都没有露出惊讶的神情，明显早就知道这些锦衣卫的存在。

曲布冷冷一笑："只要能成为烟峰山的头人，借助锦衣卫的势力又如何！"

曲布对唐萧起了杀心，但他不能杀锦衣卫十分看中的唐萧，而是对着锦衣卫使了个眼色。此时，一个锦衣卫小旗走出人群，沉声说道："唐萧，天堂有路你不走，地狱无门你偏进来，那就乖乖跟我们走吧，虎大人找你很久了。"

唐萧没有搭理锦衣卫，而是对着曲布继续冷声问道："曲布，我和阿妞是生死之交，阿妞的事就是我的事，我要替她再问问你，头人爷爷究竟在哪里，你今日设宴邀请我和阿妞，到底是什么目的？"

"哈哈，哈哈哈……"曲布仰天而笑，狂笑不止。笑过之后，曲布的眼睛充满了血丝，他对着众长老说道："今日事，已没有回头路，只能进行祭祀与诸神沟通，我曲布就是烟峰山的头人。"

众多长老相视一眼，众人均是重重点头！

曲布对着阿妞又说道："阿妹，头人爷爷从小就对你偏心，除了你以外，我们都没见过彝王茶鼎。不过既然是鼎，那肯定就小不了，一般的地方根本藏不住，我们迟早会找到。不过念在这么多年的情分，只要你说出彝王茶鼎的下落，我就让头人爷爷跟你们走。"

阿妞欲言又止，唐萧急忙喝止："阿妞，不能说，一旦你说出来，便会将头人爷爷还有你我都置于死地！"

"阿妹，我只想做头人！"曲布急忙解释道，"不管怎么说，是头人爷爷把我养大，你和我也兄妹相称多年，我保证只要得到了彝王茶鼎，就让你们离开！"

阿妞没有相信曲布，进一步问道："头人爷爷到底在哪里？"

"阿妞，你敬酒不吃吃罚酒，勾结外人试图破坏彝人的祭祀，来人，把他们拿下！"曲布挥了挥手。顿时，不少彝人朝着阿妞和唐萧冲上来，试图将他们拿下。

"谁敢！"阿妞喝了一声，众彝人身子一愣。

曲布冷声喝道："我马上要成为新的头人，你们就应该听我的，拿下他们！"

彝人们咬咬牙继续上前，将要靠近唐萧和阿妞之际，几枚箭镞突然而至，稳稳地落在众彝人的脚尖之前，只差分毫就能射中他们的脚尖。眼下的箭镞和之前射在唐萧跟前的箭镞一致，很显然，射箭者是之前用纸条提醒唐萧之人。

"放肆！"远远地，一位手持弓箭，相貌威严的老者，带着几位壮汉挤入人群。

"马长老！"阿妞立马认出了老者的身份。马长老一脉是烟峰山彝人中重要的家支，他们极其擅长射箭，没想到关键时刻愿意挺身而出。

马长老一来就呵斥道："曲布，你如此狠毒，连阿妞都不放过，你不是人，是吃人的野兽！"

"马长老，你不是曾经发誓不问山寨之事吗，你现在想违背誓言？"毛长老翻出陈年旧事冷哼。

马长老冷眼扫视众人，对着众长老呵斥："我不问山寨之事，不代表可以容忍你们在山寨勾结锦衣卫！更何况头人待你们如亲兄弟、亲子侄一般，你们却做出如此忘恩负义之事，我不得不管！阿妞，唐公子，你们放心，有我在，没人敢动你们分毫！"

"多谢马长老。"唐萧对着马长老恭敬地抱了一拳。

"曲布，我问你，你的大哥在哪里？他也是一寨之主，为什么今天没有到摘星崖为你呐喊助威？"马长老冷声说道。

"不错，他是没有来，因为他知道我要借助官府的力量，所以就不愿意支持我。他就是个傻子，我和官府合作怎么了？只要能重振我们彝人的荣光，就算把灵魂献给魔鬼我也在所不惜！"

曲布疯狂地说着："马长老，识时务者为俊杰，单凭你们家支，掀不起什么风浪，实话告诉你，虽然我大哥没有支持我，但用不了多久，虎大人，陆大人就会亲自率锦衣卫上山，还有镇南军上万兵马！"

阿妞听到曲布的话，连忙在马长老耳边说道："马长老，我们要快点离开，等锦衣卫的人一到，就真的走不了了！"

曲布看向阿妞又说道："阿妞，我看你还是留下来吧，撇开这个姓唐的小子，做我的女人，以后你就是头人夫人，我们一起给族人带来更好的生活！"

"呸！你不是我认识的那个曲布了，你简直无药可救！"阿妞总算认清了曲布的面目。

此时，唐萧看了看马长老，是时候离开了。

马长老点了点头，又大声喝道："摘星崖外围，都是本家的神箭手，谁敢上前一步，一定一箭射中心脏！"

马长老家支中有几位神箭手，射箭十分精准，在山寨中赫赫有名。众多彝人纷纷颇为顾忌，竟然没人敢上前阻拦。

"拦住他们！"锦衣卫总旗大喝，几名锦衣卫立刻上前，这时破空声起，这几人竟然在同一时间被利箭穿心！

几名锦衣卫惨叫着倒地，总旗心下一惊，周围的彝人都忍不住后退了两步。

"曲布，不如让他们先走……"毛长老贴在曲布的耳根说了不少话。一方面，马长老家的神箭手确实厉害，毛长老觉得不如先虚与委蛇，等锦衣卫赶到再做打算；另一方面，毛长老想让曲布尽快完成祭祀仪式，成为明面上的头人，这样才会更有号召力。

毛长老进一步说道："而且，锦衣卫正在赶来，他们离不开烟峰山。"

曲布的脸色阴晴不定，最终点了点头。

马长老："阿妞，唐萧，我们走！"

阿妞和唐萧点点头，阿妞对曲布说道："曲布，如果你敢伤害头人爷爷，我绝对不会放过你!"

"快走吧!"唐萧牵着阿妞的手,在曲布可以杀死人的眼光中,跟着马长老离开了摘星崖。

一路上,唐萧和阿妞从马长老口中得到不少消息。原来,头人被曲布等人刺杀受伤后,奋力逃脱,随后在马长老的暗中掩护下,逃入彝人禁地忘忧河谷洛依达,在禁地中休养身体,由于彝人禁地十分隐秘,且周围布满陷阱,极难进入,因此曲布只能放弃追击,全力寻找彝王茶鼎,并抓紧登上头人大位,为此甚至不惜暂时放过唐萧和阿妞。

"彝人禁地?忘忧河谷洛依达?"唐萧皱了皱眉头,从没有听说过这个地方。马长老曾听阿妞提起过唐萧制茶很厉害,如今又见他舌战曲布有勇有谋,所以对唐萧另眼相看,也说了一些有关彝人禁地之事。

烟峰山的不远处,有一处天地灵气极为浓郁的禁地,叫作忘忧河谷洛依达,是一处风景绝美、仿若人间仙境的山谷,彝人中流传着一个有关禁地的传说。传说禁地中有不少神明,其中包括彝人自己的茶神。

"马长老,禁地只有历代头人才能进入,我们……"阿妞有些不确定地问道。马长老连连摇头道:"都什么时候了,后有追兵,前无去路,还在乎那些规矩干啥,况且,我有进入禁地的信物!"

听到马长老这么一说,阿妞和唐萧也就释然了。接着,唐萧一行人,穿过一座山谷和一条索道,终于来到了彝人禁地。

刚刚穿过索道,禁地中就传出让人震颤的怪叫之声,唐萧一行人均是身子一震,而眼前雾蒙蒙的,什么也看不清楚。

至于远远跟着唐萧一行人的曲布手下和锦衣卫,听到让人心颤的怪叫后,更是不明所以。

"不能再往前了,过了索道就是禁地!"彝人中有人停下脚步。

"私自踏入禁地,多半不能活着出来了!"还有彝人担忧地说道。

"只有这条进出的索道,看他们能逃到哪里去!"又有彝人开口。

彝人们的话让几个锦衣卫左右为难,好在只有索道作为出入口,于是,众人打算在索道口等待其他人的增援。

唐萧一行人驻足险峻的禁地之前,不知到底何去何从。突然,两个巨大的身影从远处一前一后而来，猛地落在了众人的身前，它们一落下，连地面也跟着震了震。

这是两只古猿，体形巨大，眼睛周边布满黑毛，眼神锐利瘆人，全身充满了力量和野性的气息，一呼一吸之间，仿佛能够吹出大风。此时，两只古猿就这么盯着唐萧一行人。

"唐萧……"阿妞自然而然地躲到了唐萧的身后。

唐萧也惊得张大了嘴巴，从未见过这般强横的巨兽，堪比《山海经》的上古神兽！马长老等人更感觉头皮发麻，忍不住吞下一口口水。

此时，马长老从怀里掏出一枚古怪的物件，看起来似乎是一只"茶杯"被分成两半，而马长老手里拿着其中一半，整个造型古老又别致，呈现古铜色，上面雕刻着繁杂的晦涩符文。

两只古猿见到半边"茶杯"，一只古猿上前，摊开一只爪子，马长老将半边"茶杯"放进古猿巨爪里，古猿接过令牌凑到眼前仔细地闻了闻，端详了一小会儿，随后又将"茶杯"送还到马长老面前，待马长老接过半边"茶杯"，两只古猿转过身去，径直走向了禁地深处，像是给唐萧一行人引路。

第五十一章

洞天福地古茶树

两只古猿悠哉地在前面开路，每踏出一步，好像都能让地面跟着晃动。唐萧一行人确定古猿没有恶意之后，不安地跟上前。

"马长老，你手中是什么东西，是茶杯吗？两只古猿也认得它们？"惊魂稍定的阿妞问道，她从没见过这么奇怪的茶杯。马长老对着阿妞展示半边"茶杯"，不太确定地说道："这个……应该是彝王茶鼎。"

"彝王茶鼎！"唐萧和阿妞一脸震惊，所有人都以为彝王茶鼎是一尊象征权力的巨鼎，却没想到它竟然是一个样式特异的半边"茶杯"！难怪当两只古猿见到这半边"茶杯"之后，愿意带着众人前行！

马长老又将彝王茶鼎递给唐萧。众人一边走，一边仔细观察彝王茶鼎。茶鼎上刻满各种晦涩符文，上面的符文也不太完整，似乎只画了一半！

"马长老，这些符文并不完全。"唐萧忍不住说道。

马长老点了点头，一脸忧色地叹气道："那是当然，你应该也看得出来，这只是半边茶鼎嘛，关于它的事情，老夫也说不明白。我们先跟着古猿前行，等见到了头人，再问一些事情！"

随即，众人跟随两只古猿前行，而前方的雾气也变得越来越浓，显得不同寻常。

"怎么会有这么浓厚的雾！"阿妞感到一阵不解。

马长老摸了摸胡子说道："传说禁地中常年有浓雾，可能是这里温度比较低，还缺少阳光吧。"

唐萧不太认同马长老的说法，他觉得禁地中的光照比较充足，引起低温应该为其他原因，而且，唐萧越来越觉得这些浓雾有问题。

两只古猿继续引路，唐萧一行人紧紧地跟着，过了好一会儿，前方的迷雾渐渐消散，映入眼帘的是一片四面环山的谷地。

谷地中生机盎然，长满了各种乔木，一条弯弯曲曲的小河穿过谷中，小河两岸还长满了各种山花。两只古猿一来到平地，便朝着远处飞掠而走，也不管唐萧一行人了。

"好美，好一片世外桃源！"阿妞发出一阵惊呼，她听说过禁地，但不知道禁地里还有这么神秘的世外桃源。马长老等人也揉了揉眼睛，不敢相信眼前看到的一切。

唐萧张开手掌在空气中划过，只见手掌马上变得湿润，他仔细观察手上的水汽，细闻之下有甘味，吸入体内整个人分外舒爽。唐萧的呼吸也微微急促，他越来越确定之前的雾气不是水汽，而是浓郁的天地灵气所化！

"好浓郁的天地灵气，这简直是道家所说的洞天福地！"唐萧重重地叹道。

"道家？"阿妞和马长老等人都不明白唐萧在说什么。

唐萧迫不及待地想要对禁地有进一步的了解，他的目光扫视整片平地，在平地的中央，发现了一株参天大树。

"好熟悉的树型，难道……"唐萧看着参天大树咂了咂嘴巴，急忙小跑着过去。当唐萧来到参天大树近前，惊得说不出话来，眼前的树木不是迎客松，居然是一株巨大的茶树！唐萧打量着水桶粗细的茶树，他怎么都想不到，一棵茶树可以长成这样！

"茶树，这是一棵茶树！"阿妞来到近前时也啧啧称奇，全然没了之前的不安。

马长老也打量着茶树叹道："老夫曾听先辈们说禁地中有一棵古茶树，树龄超过了千年，没想到如此高大！"

"原来上千年了，难怪给人一股沧桑之感，原来是一棵古茶树。可是，茶树竟然能活这么久，长这么大吗？"唐萧观察许久，感到极度震撼。

马长老又不经意地说道："先辈们说，这棵古茶树遮天蔽日，今日一见，虽然震撼，但与传闻中不甚相符。"

唐萧等人慢慢地平复心情，又在地上发现不少掉落的茶叶，不免猜测可能是头人爬过树。阿妞对着马长老问道:"马长老,你说头人爷爷在禁地中,会不会是他采过茶叶?"

马长老皱眉道:"头人让我多带一些草药,还特地嘱咐了一些药材,想必他在禁地的某处疗伤。"

马长老的话刚刚落下,远处又传来古猿叫声。众人朝着远处看去,只见两只古猿又回来了,它们对着众人一顿比画,好像要带他们去一个地方。

唐萧众人相视一眼,猜到两只古猿的用意之后,再度跟着它们而去。很快,两只古猿带领唐萧等众人来到一个山洞,山洞口堆满了各种制茶工具,仅仅是地上茶渣就发出了超乎寻常的香味。

"好香!"唐萧忍不住心头一动,蹲在地上研究茶渣。而马长老等人在山洞旁看到各种药渣,他们均是一筹莫展,暗中担忧头人。

"头人爷爷?"阿妞朝着山洞大喊,她的声音响彻在山洞中。

"咳咳……"山洞中传出两声咳嗽,一道身影从中蹒跚地走了出来。这是一位年近七旬的佝偻老者,额头已经满是皱纹,精神有些不好,但一双眼睛却很明亮。

"见过头人!"马长老一行人急忙行礼。唐萧也跟着抱了一拳。

"头人爷爷!"阿妞更是满心欢喜地快步上前,如同往常那样扶着头人。然而,当阿妞碰到了头人的右手时,后者却是身子一颤,肩头有鲜血从衣服下渗出来。

"你……你受伤了!"阿妞花容失色。

头人点了点头,他的肩头虽经过简单包扎,却还是被鲜血浸透,只是红色的血液在黑色的彝服上,看上去不太明显。

"需要重新包扎,快让我看看。"阿妞急忙说道,扒开头人的衣领,只见一道骇人的深可见骨的刀口。

看着这道刀口,阿妞豆大的眼泪止不住地流了下来。唐萧也觉得很棘手,这种程度的伤势,已经伤到了骨骼和筋脉,一旦引起体寒,甚至会丢了性命!

"头人爷爷,到底是怎么回事?"阿妞含泪追问,撕下布条帮头人包扎伤口。头人宠溺地看着阿妞,他语速不快,说话也有些气短,慢慢地将山寨中发生的事情和盘托出。

前几日夜晚，头人刚刚打算入睡，不料遭遇了曲布和锦衣卫的刺杀。缠斗中，头人凭借一己之力，硬生生杀出一条生路，但他的右肩也在战斗中负伤。

深夜，头人秘密找到了马长老，将曲布的所作所为全盘告知，让马长老小心行事。同时，头人将彝王茶鼎一分为二，还写下不少草药，让马长老带够各种草药之后，携带半个彝王茶鼎去禁地找他。

马长老深感责任重大，连夜召集本家支中的高手防备，几日间，他也听说曲布挟持各大家支的长老胡作非为。马长老深知曲布背后有锦衣卫势力，所以一直在暗中蛰伏，以免被锦衣卫盯上。

不久，马长老准备好了所有草药，让他觉得奇怪的是，很多草药竟然不是治病的，反而像是某种养料！今日，马长老打算悄悄地来到禁地，却听到了阿妞带唐萧回到山寨的消息，他不会坐视阿妞落入曲布和锦衣卫的手中，故而在第一时间出手了！

听完了头人的叙述，阿妞擦着眼泪大声呵斥："头人爷爷看着曲布长大，他怎么这么狠心！"

头人却摇头道："曲布从小就志向远大，却物极必反，被野心蒙蔽了双眼，可惜了。"

阿妞气不打一处来："头人爷爷，他和一些长老沆瀣一气，都想自立为新的头人了！他是罪人，应该万箭穿心！"

"这也不只是他的责任，他从小就被我收养，我没有教导好他，所以才会遭到今天的劫难。"说着，头人溺爱地摸着阿妞的脑袋，"好了，不哭了，爷爷现在不也没事了吗？"

阿妞又看着头人的右肩："头人爷爷，你的肩膀以后还能好起来吗？"

头人无奈地摇了摇头，眼中没有悲喜，早已接受了这个事实。此时，马长老等人急忙将携带的药物通通拿了出来，大大小小有好几箩筐。

马长老忙说道："头人，药我都带来了，你要不试着再熬点药，治好你的伤。"

头人又摇了摇头，他非常清楚自己的伤势，光用药物已经很难治疗。接着，头人又将视线投向了一直没有说话的唐萧，直觉告诉他，眼前的少年不一般。

唐萧对着头人抱拳行礼，略带歉意地说道："在下唐家山唐萧，拜见头人。在下家门蒙难，全靠阿妞相助，方能逃得大难，来到烟峰山寨。"

"嗯。"头人点了点头，没有过多的表示。

唐萧深知自己是外人，本不应该来到彝人禁地，他继续解释道："阿妞姑娘多次搭救在下，我这才跟着她来到烟峰山，又误打误撞地进入了禁地……"

头人见唐萧一表人才，说话也有礼有节，心中逐渐对他欣赏。阿妞又忙着补充道："头人爷爷，他就是制茶大会上夺魁的肖唐大师，他的真名叫唐萧，肖唐是他的化名。"

"制茶大会头魁，肖唐！"马长老惊呼了一声，他也听闻过肖唐的大名，没想到就是眼前的这个少年！

头人深邃的眼中多了一些波动，但又紧紧地锁住了眉头。头人非常需要一位强有力的帮手，利用祖传的彝王茶鼎，和他一起炼制真正的绝品好茶！如今，头人的肩膀受伤，连带着右臂无力，就算找到了帮手，也无法炼制！

很快，阿妞又将唐萧在制茶大会夺魁，锦衣卫接踵而来，青牛镇治疗金蚕，唐家山遭遇危难等事情一一道来，直言唐萧和自己活着回到烟峰山十分不容易。

"治疗金蚕，你不仅懂茶道，还懂医道？"头人心中一动，朝着唐萧缓步走过去。

"略懂一二。"唐萧谦虚地说道。

头人连连摇头："小兄弟莫要谦虚，就算老夫也想不到用茶渣医治金蚕，你的医道绝不在老夫之下！小兄弟九死一生来到烟峰山，确实是天意，天意！"

"天意？"阿妞和马长老等人有些疑惑。

唐萧听到头人称呼自己为"小兄弟"，也感觉受不住："头人爷爷，我和阿妞是生死之交，你叫我唐萧就行。"

头人哈哈大笑，一来他十分认可唐萧的谦恭；二来他佩服唐萧年纪轻轻便在茶道和医道上有所成就；三来当他听到唐萧应对锦衣卫的计谋，更对后者的智谋刮目相看。

头人笑道："小兄弟，你们汉人曾说'闻道有先后，术业有专攻'，达则为师，你既然已是真正的制茶大师，你我平辈相称又如何？"

　　"头人爷爷，可是我和阿妞她……"

　　"不碍事，你称呼你的，我称呼我的，哈哈哈！"

　　头人一向十分豁达，三两句就打开了话匣子，唐萧最后只得点头。

　　众人互相熟悉，打成了一片。此时，阿妞又问道："头人爷爷，你为什么说唐萧来到禁地是天意？"

　　头人的目光逐渐深邃，远远地看着那一棵古茶树，缓缓地说道："其实，古茶神树正在逐渐枯萎……"

第五十二章

妙手回春至重生

彝人禁地是一处夺天地造化的洞天福地，其中天地灵气非常浓郁，孕养了一棵十分神奇的古茶树，而两只古猿便是古茶树的伴生灵兽。很多年前，彝人先辈用彝王茶鼎和古茶树的嫩尖，炼制出了绝品好茶，其药效十分强大，甚至能够让人起死回生。一时间，彝人的绝品好茶轰动江湖，消息也传到了皇宫中。

当年太祖皇帝就十分爱茶，想要得到此绝品好茶，然而，绝品好茶只有一锅，乃是三位彝人制茶大师耗尽心血炼制，当炼制完茶叶之后，其中一人当场气绝而亡，再也没人可以炼制出此茶。太祖皇帝派人遍访江湖，却寻而不得，引为平生憾事。近些年，头人一直苦心参研先辈留下的制茶秘籍，总算小有所成，想要找个得力帮手，一起再度研制绝品好茶。只是当头人再度进入禁地之时，发现古茶树的生机在流逝，如果再不施救，一定会彻底枯萎。

"难怪满地的茶叶，根本不是有人采摘，而是它自行掉落的！"唐萧马上明白过来。马长老也叹道："先辈们都说古茶树遮天蔽日，如今古茶树树叶凋零，原来它行将枯萎！"

"可是我看见它的枝头还长出了一些嫩叶啊！"阿妞不解地说道。

"古茶树如今病入膏肓，只是回光返照。这次怕是最后一次长出少许嫩叶。"头人对古茶树检查过数次，边说边目光殷切地看着唐萧。唐萧感受到头人目光问道："头人爷爷，你想让我医治古茶树？"

头人认真地点头道："你与十二连寨圣女多有交集，多少融汇了汉、苗的医术，加上彝人的医术，三种医术相结合，再加上你在茶道上的造诣，或许可以救治古茶树。"

"这可是树龄超过千年的古茶树，我……"唐萧会的是治病救人的医术，就算是那金蚕蛊羽也是有血有肉的生灵，哪里会医树木，没有太多信心，感到有些为难。

头人指着几箩筐草药说道："这些都是上好的草药，我的手使不上力气，反正古茶树一定会枯萎，小兄弟不如死马当作活马医，放手一搏又如何？"

"唐萧，你要不试试看？"马长老劝道。其他几位彝人见头人如此看中唐萧，他们也跟着点了点头。

同时，阿妞对唐萧有着莫名的信心："唐萧，没什么好担心的，我还等你治好古茶树，再炼制出绝品好茶，治好头人爷爷的伤呢！"

头人见唐萧左右为难，又说道："小兄弟，老夫向你保证，如果治不好古茶树，一切都与你无关。"

头人的话已经说到这个份上，唐萧重重地点头道："好，我试一试。"

随即，唐萧对几箩筐的药材进行了分类，发现这些药物多半属于降寒去燥，确实可以辅助茶叶驱虫，但治标不治本。

头人也将他的想法告诉了唐萧，将熬制好的药液一部分倒在古茶树的根部，另一部分涂抹在古茶树的枝干上，总之，要让古茶树可以完全吸收药液。

唐萧一行人又来到古茶树旁，再次检查古茶树的病，他发现古茶树的一部分叶子上有圆形斑块，说明它真的到了病入膏肓的地步。

"斑块？"唐萧想到了两本古书，又联想到自己以前打理茶园之时，总会修剪一些多余的枝丫，以此让其他枝丫上的嫩芽长得更好。如果将古茶树上生病的枝干剪掉……

头人见唐萧似有所悟："小兄弟，怎么了？"

唐萧一字一句道："断臂求生。"

"断臂？"阿妞皱了皱眉头。

"小兄弟，古茶树的每一条枝干都珍贵无比，如果将之裁剪，反而会加速古茶树生机的流逝。"头人知道唐萧的用意，感到有些担忧。

"如果枝干病了就裁剪掉，好比手脚上长了一个疮，便把手脚砍掉，会不会太过鲁莽了？"马长老也试探性地问道，几位彝人更是连连摇头。

唐萧按照之前所想说道："宋代的《橘录》中指出，应剪去过于繁盛且无法开花结实的枝条，以长新枝。元代的《农桑衣食撮要》中提及，剪去低小乱枝，以免耗费养分。人和古茶树不可相提并论。对于人来说，四肢极为重要，虽然病了也可以辅助自身；但对于古茶树来说，病了的枝干是负担，仍旧要吸收养料，只会连累自身。而今，古茶树树干中空，养分虽足，却无法同时满足所有枝干，应该剪掉一部分生病的枝干……"

"我相信唐萧！"阿妞虽不明白唐萧所说，但仍然马上表态。

"小兄弟所言在理，便依你。"头人琢磨了一番，也点了点头，他确实也没有其他好办法。马长老和几位彝人不明所以，但唯头人马首是瞻。

"况且，我的方法并不激进，只裁剪病枝。"唐萧想让众人放心。确实，在头人的方法之下，唐萧又做出了创新，继承在根部浇药液、在枝干等处涂抹药液的做法，再裁剪掉一些已经溃烂到实在无法挽回的枝干！

一行人说干就干，阿妞和几位彝人负责寻找枯枝生火，头人和马长老负责熬制药液，唐萧坐在一只古猿的背上，裁剪不好的枝干。

不多久，多余的枝干全部被裁剪，周遭也飘起了药香。药液自然凉了以后，唐萧一行人按照原先的计划，用药液浇灌树根，涂抹树干。

唐萧又让每个人从衣服上撕下一部分布条，将布条用药液浸湿，再绑在树干病害较为严重的地方，时刻保证有药液覆盖在病害之处。

太阳渐渐下山，一行人分工合作，一直忙到了晚上。晚上，古茶树下生起了一堆篝火，马长老拿出早就准备好的干粮。同时，两只古猿毫不客气地吃了不少干粮，还喝了一大壶酒，兴奋地哇哇直叫，让第一次看见这样巨大又神奇生物的唐萧和阿妞叹为观止。

一晚上，唐萧在不知不觉中睡去，阿妞依偎在他的身旁。

天蒙蒙亮，一滴露珠从古茶树上落下，不偏不倚地滴在唐萧的脸上。

唐萧在蒙眬中睁开眼，只见头顶已是光秃秃的一片，原本就已经萎靡的古茶树，竟然在加速凋零！

"怎么回事？"唐萧直接惊坐而起。

"不，不应该啊！才一个晚上，就算方法不对，也不可能这么快！"头人也惊讶地说道。

"他，他害死了我们的神树！"一名彝人惊叫道。

"他害死了我们的神树，杀了他！"几名彝人悲愤之下，将唐萧团团围住。

"你们干什么！住手！"阿妞连忙护在唐萧身前。

形势顿时紧张起来。

"住手！"头人开口制止，他仿佛一瞬间苍老了十岁。

"我早就说过，就算失败也和唐公子无关，你们是想让我做违背诺言的小人吗?!"

几名彝人面面相觑，最后悻悻地退开了。

"头人爷爷，对不起！"唐萧心下惭愧，十分抱歉。

"不关你的事，这都是命，唉！"头人爷爷忧伤地说道。

就在此时，破空声起，两只古猿不知从何处跳到唐萧的面前，大地都颤抖了两下。

一只古猿看着加速凋零的茶树，捶胸顿足，哀嚎声如天雷滚滚。

一只古猿看着唐萧，眼神凶狠得像要把他生吞活剥。

唐萧叹了口气，径直向古猿走去。

"唐萧！"阿妞忍不住惊叫。

"你们不要过来，这是我自己造成的，如果古猿要我抵命，我就抵给它们便是，反正我这条命本来就是捡回来的！"

唐萧径直走到古猿面前，闭上眼睛说道："对不起，是我医死了古茶神树，要杀要剐，都随你吧！"

古猿扬起巨大的手掌，向唐萧按去。

"不要！"阿妞失控尖叫。

出人意料的是，古猿并没有一巴掌将唐萧拍成肉酱，而是将唐萧轻轻握起，然后径直走到古茶神树的另一侧，将他放下，随后指了指地面。

地面上，一株新开的嫩苗已经破土而出，迎着朝阳散发出让人心醉的绿色。

"这里有一株嫩苗！"唐萧叫了起来，阿妞、头人和马长老等人连忙跑了过去。

正在哀嚎的古猿两步就跳到唐萧身边，看着嫩苗，又高兴得手舞足蹈，不断发出哈哈的声音，像个天真的孩子。

"古茶神树没有死，破而后立，它是获得新生了，哈哈哈！"头人欢快地笑了起来，他突然明白，古茶的加速凋零是为了给这个分身输送足够的养分。

"这是古茶神树的分身吗？但是这么小，什么时候才能长大？"唐萧好奇地问道。

头人深吸一口气叹道："禁地中的天地灵气极为浓郁，古茶树的吸收能力也非常强。禁地中一天好比外界一个月，一个晚上就是半个月，足够古茶树恢复和重新生长了。

阿妞开心地笑道："唐萧，我就知道你可以！"

接着，头人又丢给唐萧一本札记："小兄弟，这是我彝人祖祖辈辈的制茶心得，你好好研究一番，或许会有所启发，炼制出绝品好茶！"

"好！"唐萧点头。

阿妞羡慕地说道："头人爷爷，你偏心。"

头人摇了摇头，十分沉重地说道："你的茶艺还有所欠缺，炼制绝品好茶非常考究，差之毫厘谬以千里，十分消耗心力，甚至非生即死……"

阿妞的心情也变得很沉重，但还是鼓励唐萧："唐萧，如果能够炼制出绝品好茶，就能治好头人爷爷的伤，还能送一部分给阿瑶。"

唐萧拿着头人给的札记，心里沉甸甸的，他也想炼制出绝品好茶，除了能够治疗头人的伤势，送一些给阿瑶以外，他甚至可以用治病救人的绝品好茶，让江湖之人为自己卖命！

"嗯！"唐萧对着阿妞重重地点头，也对头人抱了一拳。

随后，唐萧找了一处僻静的地方，非常认真地阅读彝人先辈留下的制茶心得，在脑海中不停地推演各种制茶手法。

然而，唐萧越看彝人制茶心得，心中越感到吃惊，只因制茶心得中记载的内容，竟然和神秘老者送他的制茶秘籍有一些相似之处！

"怎么会这样！"唐萧又翻看了几页，居然还是差不多，他的呼吸也变得急促了！

同时，谷中的两只古猿突然变得暴躁，它们齐齐往谷口的索道而去。

"是不是有人来了，怎么办？"阿妞心中惴惴不安，而头人已经回到了山洞中休养。

· 275 ·

"有两只古猿镇守索道，一般人根本闯不进来，先不要去打扰唐萧和头人。"马长老对阿妞说道。随即，阿妞和马长老等人跟着两只古猿而去。

在索道另一端，陆浩峰率领一众锦衣卫严阵以待，若不是曲布有所阻拦，他们早就冲杀了过来。

"曲布，你屡次阻拦陆某，到底想要做什么？"陆浩峰感到很不满。

"哼。"曲布轻哼，对锦衣卫大张旗鼓地在烟峰山行事很不满，这让刚刚成为头人的他在彝人之中难以建立威望。

毛长老代替曲布十分忧虑地说道："陆大人，此处是我彝人禁地，如果贸然踏足，恐怕会引起寨众的不满，更会惊扰到神灵！"

"难道在外面等他们出来吗？"陆浩峰冷声问道。

毛长老想了想说道："陆大人，禁地中应该没什么食物，只要我们守住了这条唯一的索道，最多三五日，就不信他们不出来。"

陆浩峰的脸色阴晴不定，回头看了看身后的数千彝人，不想把事情做得太过，他压下了心中怒气。

自始至终，曲布都没有表态，但陆浩峰却对着曲布冷声道："曲布头人，陆某就依你们守三日，如果第三日他们还不出来，就别怪陆某不客气。"

古茶树下，唐萧终于厘清了一些事情：第一，彝人先辈的制茶心得内容十分深奥；第二，神秘老者送的制茶秘籍，多有模仿彝人制茶心得和反向推算制作绝品好茶工艺的痕迹；第三，唐萧还是不明白牛王寺、彝人先辈的制茶心得和神秘老者送的制茶心得，这三者之间到底有什么关联？

唐萧一时间想不明白就不再想，不管如何也要先炼制出绝品好茶，再找机会问问头人有关牛王寺的消息。

第五十三章

融会贯通百家技

整整一天,唐萧都在钻研彝人先辈的制茶心得,反反复复逐字逐句琢磨后,熟记了所有制茶手法的要点。唐萧当即采了一些茶叶,打算先行尝试炼制。此时,阿妞匆匆忙忙地赶来:"唐萧,曲布和锦衣卫他们已经来到了索道边。"

唐萧还算比较镇定:"索道悬在峭壁之上,入口又有两只古猿镇守,一夫当关,万夫莫开,曲布和锦衣卫他们想要攻进来,不是一件易事。"

"我和马长老他们依稀听到,锦衣卫打算在三天之后闯入禁地,算一算时间,后天下午就是第三天了。"阿妞还是有些担忧。

"他们没有第一时间冲入禁地,也许是锦衣卫碍于彝人对禁地的顾忌,或者是曲布的号召力还差了一些,当然,最大的可能还是在等待援军!"唐萧冷静地做出猜测。

阿妞认同唐萧的说法,但还是叹道:"不管如何,锦衣卫迟早会进入禁地。"

唐萧看着阿妞呢喃道:"后天下午……只剩下不到十八个时辰了。必须快些炼制出绝品好茶,治好头人爷爷的伤势。"

"对了,怎么不见头人爷爷?"阿妞环顾四周却不见头人,不免有些焦急地问道。

唐萧往山洞指了指,又从怀里取出方方正正的小物件:"头人在山洞中疗伤,只把这个交给我了。"

"这是完整的彝王茶鼎。"阿妞一眼认出了唐萧手中的茶鼎。不久之前,

· 277 ·

头人将彝王茶鼎的另一半交给了唐萧,只说它可以辅助唐萧炼制绝品好茶。

"头人爷爷没说别的了吗?"阿妞不禁追问道。唐萧摇了摇头:"我也觉得奇怪,他什么话都没说。"

"炼制绝品好茶是头人爷爷的执念,可能他的伤势很严重,所以不想说话吧。"阿妞黛眉微皱,又叹道,"算了,我给你搭把手。"

"好。"唐萧重重地点头,他正好需要一个帮手。

唐萧和阿妞说干就干,两人将山洞口的所有制茶工具,通通搬到了古茶树之下,又连夜采下不少古茶神树上尚存的新鲜嫩叶。同时,古茶树下有不少枯萎的枝干,这些枝干也是吸收了天地灵气的绝佳耗材,唐萧将它用来生火煮茶。

一切准备就绪之后,唐萧和阿妞开始制茶,他们跳过了摊凉、初摊等工序,直接尝试炼制了两锅茶叶。

制茶一共分八道工序,分别是:采茶、摊凉、头锅、二锅、初摊、毛火、复摊、足火。现在是大晚上,唐萧没打算将每一道工序都做足,如今只是小试牛刀,他只想熟悉彝人先辈的制茶心得中的手法。而在制茶之时,唐萧按照头人所说,将彝王茶鼎丢入锅中。

第一锅茶叶茶香四溢,但茶叶的品质差了不少,有的茶叶断为了两截,有的茶叶出现不少碎屑。第二锅茶叶依旧很香,而且茶叶的品质也不错,但一旦用热水冲泡,它的叶子便无法展开,可见工序不到位,茶叶的韧性不好。

"不知彝王茶鼎究竟有什么作用。"唐萧心中有些疑惑,但对两次制茶效果感到满意。

天蒙蒙亮,四周环绕着浓浓的雾气,古茶树长出了更多的嫩叶,树下的阿妞也已经睡了好一会儿。而唐萧没有一点儿睡意,他对两次尝试比较满意,不但找回了制茶的感觉,还发现不少制茶小窍门。唐萧信心十足地认为,如果把每一道工序走足,或许真的可以炼制出绝品好茶!

清晨,唐萧在最好的时辰采最鲜嫩的茶叶,他又将所有的茶叶摊在大大的竹板上,进行摊凉的工序。当然,摊凉所需的时间较长,唐萧也趁着这个空隙,好好地打了个盹。

辰时,唐萧才慢慢醒过来,而阿妞早已备好了干粮以及一些新鲜的野果。

"头人爷爷的伤势怎么样?"唐萧一边吃着干粮,一边对阿妞问道,很想听一听头人的意见。

阿妞今早去山洞送了些吃食,和头人有过不少沟通。阿妞如实地说道:"头人爷爷的伤势不太乐观,他虽有一些制作绝品好茶的失败经验,但他说不能唐突地告诉你,这样反而会影响你制茶。"

唐萧点了点头,明白了头人的良苦用心,每个制茶大师都有自己的心得,没有谁优谁劣,只有谁能炼制出好茶!

唐萧饱食了一顿,又开始认认真真地炼制绝品好茶。这一回,唐萧打算将剩余的六道工序认真走一遍!

唐萧将昨晚上就初摊好的嫩叶,有序均匀地放入锅中,双手极为娴熟地进行均匀按压和翻炒。不得不说,唐萧的制茶手法有了长足的进步,一来制茶大会上,唐萧学到了不少其他制茶好手的技艺;二来唐萧又从彝人先辈的制茶心得受到启发;三来唐萧的制茶功底非常扎实,马上可以将新的技艺融会贯通。

阿妞也没有闲着,不时给炉底添火,不时给唐萧擦汗端水。这一回,唐萧制茶的时间足够,没有用自创的两流三分法,而是稳扎稳打,步步为营,力求每个步骤都很完美!

头锅之后便是二锅,唐萧采用淮西制茶好手的制茶手法,双手如同无情铁掌不停地翻炒嫩叶,让每一片叶子都受热均匀。

接着便是复摊,唐萧又采用江南女子雪霜姑娘的制茶手法,从多个方位用蒲扇降温,以求让茶叶表面的温度均匀下降。

复摊之后是毛火,毛火之后又是足火。这两个阶段,唐萧用了彝人的制茶手法,类似加强版的两流三分法,选取此法中最好的一流一分。

到了足火阶段,唐萧又用了福建制茶好手盲师的制茶手法。唐萧虽没有内劲作为辅助,但仍旧非常细致地进行茶叶挑选,极尽地做到盲师的眼盲心不盲。

两个时辰之后,唐萧将锅上的烘笼移开,顿时,伴随着一阵白色雾气,锅中还飘出了浓浓茶香。茶香弥漫在古茶树周围,唐萧和阿妞深深地吸上一口,顿感精神抖擞。

"茶香中似乎还蕴含了提神的药力！"唐萧以多年的医道经验说道。

"不愧是吸收天地灵气的古茶树！"阿妞也兴奋地笑起来，脸上挂着两个小酒窝。此时，唐萧和阿妞迫不及待地看向锅中，除了一枚古铜色的彝王茶鼎，锅中的茶叶每一片都十分平整，可谓品质绝佳！

阿妞从未见过这么好的茶，不由得伸手抄起几片茶叶，仔细地观看："唐萧，这便是传说中的绝品好茶吗？"

看着锅里品质绝佳的绿茶，唐萧的脸色却一变再变，与阿妞的惊叹完全不同。唐萧急忙从怀里取出彝人先辈的制茶心得，按照自己的记忆，直接翻到最后一页。而后，唐萧直勾勾地盯着最后一页，双手微颤："怎么会这样……"

阿妞觉察到不对劲，她也看向制茶心得中的叙述，发现真正的绝品好茶是金色乃至赤红色的，绝不是绿色的！也就是说，唐萧炼制的茶，并非绝品好茶！

唐萧平复懊恼的心绪，仔细回想之前的制茶手法，不停地念叨："到底哪里出错了，分明每个步骤都十分完美，可偏偏炼制不出绝品好茶？"

阿妞见唐萧神神道道，急忙安慰道："唐萧，你先别着急，咱们还有时间，一锅不行，就再炼一锅。而且我们彝人崇拜太阳，或许这书中对绝品好茶的记载与此有关，但这不代表天下间的绝品好茶就都只能是赤红色的，或许……"

"行了阿妞，你不用安慰我。既然我是用你们彝人的茶经来制茶，那自然就要按照你们彝人的标准。你放心，我不会放弃的！"

唐萧收拾心情，开始查找问题。如果制茶手法没有问题，会不会制茶工具出了问题？于是，唐萧又开始仔细检查所有的制茶工具，还是没有发现问题。

"难道彝王茶鼎不是这么用的，但头人明明说只要将它放进去就行啊。"

"难道是火候控制不对？"唐萧思前想后，觉得火候是阿妞进行把控，问题或许出在这里。

"火候应该也没问题……"阿妞不太自信地嘀咕，她觉得自己的火候控制得还行，但却没有打搅唐萧的思绪。

接着，唐萧回过神来，又对阿妞认真地说道："阿妞，我要再炼制一锅茶叶，你在边上不要插手。"

得到阿妞的应允之后，唐萧又开始认真制茶，好在清晨采摘的嫩叶足够，完全可以炼制七八次！

唐萧从头开始，严格按照制茶八道工序，力求精益求精，接近两个时辰之后，又一锅茶叶出炉！唐萧的精神极度紧张，再次移开烘笼后，发现除了古铜色的彝王茶鼎以外，锅中的茶叶依旧是绿色的！

"怎么会这样，为什么？"唐萧一屁股坐在了地上，他明明没有任何错漏，为何炼制不出赤红色的绝品好茶？

"唐萧，大不了再试试。"阿妞蹲下身子安慰唐萧，她也想不出别的方法。然而，唐萧依然陷在自己的思绪里，一时半会儿走不出来。

阿妞又想起头人所说，关键时刻可以去问问他，便直接小跑到了山洞。不多久，阿妞和面色发白的头人来到了古茶树下。

唐萧像是失了神，仍旧在琢磨哪里出了差错，并未注意到阿妞和头人已经来到身旁。

"头人爷爷，唐萧不会走火入魔吧？"阿妞感到惴惴不安。

头人也有这种担忧，一见唐萧便非常确定地说道："小兄弟，莫要懊恼，你的制茶手法没有任何问题。"

听到声音的唐萧抬起了头，见到阿妞和头人才回过神来，他不解地看着头人："我的制茶手法没有任何问题，那……"

头人做了个深呼吸，话锋一转道破玄机："先辈们曾告诉老夫，炼制绝品好茶除了绝佳的工艺以外，还需要极好的心境。"

"头人爷爷，什么是极好的心境？"阿妞替唐萧问道。

"用心。"头人说了两个字。

"用心？"唐萧仍旧不太明白。

头人看着肩头的伤势，沉声说道："老夫与你一样，自始至终炼制不出绝品好茶，直至重伤这段时日，方才有些许感悟，但自觉还差得很远，而且有伤在身，难以辅助你，唉。"

"用心……"唐萧嘴角呢喃，又开始翻看彝人先辈的制茶心得。半个时辰里，唐萧没有说一句话，只是逐字逐句地看着心得。

· 281 ·

"头人爷爷，唐萧他……"阿妞担忧唐萧受到了打击，从此一蹶不振。

头人只是说道："他似懂非懂，还没有完全理解，处在很关键的时刻，千万不要打扰他。"

阿妞懵懵懂懂地点点头，她和头人暂时在古茶树下歇息。

古茶树下没有任何声音，远远地可以听到小溪的水流声，整个谷里都十分宁静。就这么过了半个时辰，唐萧屡次皱眉又舒展，有时还会傻笑，好像从彝人先辈的心得中发现了什么。突然，唐萧又发出了大笑声，他好像真的明白了！

第五十四章

四重心境制神茶

唐萧发现彝人先辈的心得上除了各种制茶手法，字里行间更有一些真情流露，包括失败的懊恼，未来的期盼，将要成功的喜悦，功败垂成的不甘……

"我明白了，我明白了！"唐萧一边说着，一边畅快地大笑，他还站起来，绕着古茶树跑了好几圈。

"阿妞，头人爷爷，我明白了，我都明白了！"唐萧又兴奋地对着一老一少说道，像极了一个贪玩的孩童。阿妞被唐萧的情绪感染，她也笑着站了起来，拉起唐萧的手。

兴奋劲儿散去后，唐萧马上说道："头人爷爷，我今晚就能生灶制茶。"

头人的经验更加充足，他微微摇头："小兄弟明白了就好，但不要急着再制茶，今天你需要好好休息。"

"嗯！"唐萧虽有些迫不及待，不过他确实消耗太多，需要好好休整。

一夜晚，唐萧听头人的建议，都在养精蓄锐。其间，马长老将索道处最新的情况通禀头人，众人商议以后如何应对曲布和锦衣卫攻入禁地。当然，众人并未让唐萧知道这些，以免打扰他炼制绝品好茶。

一大早，唐萧就精神抖擞，他要以最佳的心绪，制作传说中的绝品好茶！唐萧早已摊凉好嫩叶，从头锅的工序开始。

这一回，唐萧的态度有了极大的转变，是一种最为初级的随心所动之境。制茶之际，唐萧想起茶园被毁的痛心疾首，想起制茶大会夺魁的意气风发，想起金牌被夺江湖险恶的心如死灰，想起口舌做刀保护茶园的快感，想起唐门惨遭灭门之祸的绝望,想起二选一却无法救唐倩的痛楚……

唐萧一边制茶,一边在不停地体悟着悲欢离合,心中却是不悲不喜。

很快,唐萧又开始炼制二锅,他还是不紧不慢地,采用各大制茶好手的手法。在这个状态下,唐萧又进行了初摊、毛火、复摊、足火等所有工序。

到了最后的足火阶段,唐萧已经闭上了眼睛,但他的双手依旧十分快速地翻炒,让彝王茶鼎在锅中和锅壁不停地碰撞。

慢慢地,唐萧进入了一个第二层次的无我忘我之境,他仿佛听到锅中有人在吟唱,好像在唱着彝人的山歌,也好像是一种天籁之音。

唐萧的心情变得很愉悦,他觉得制茶是一种心灵的享受,所有东西都在天地之间,他也渐渐地将自我融入了天地间。

"头人爷爷,锅里好像有不一样的声音!"阿妞似乎也听到了什么。

"阿妞,你是不是听错了,老夫没有听到。"头人一脸错愕地摇了摇头。

"肯定没有听错,头人爷爷,你再听听嘛!"阿妞急忙说道。

唐萧在不知不觉中,完成了最后一道工序,他缓缓地睁开了眼睛,感到一切都那么亲近,那么自然,他达到了第三层次的天人合一之境。唐萧制茶花了前所未有的一个时辰,而他更觉得好像才过了一炷香的时间。

阿妞和头人没想到唐萧如此迅速,两人没有发问也不敢打搅。然而,直至打开蒸笼的前一刻,唐萧依旧是心绪极为平静,做到了真正的用心,也就是第四层次的返璞归真之境!

"成也罢,不成也罢,又能说明什么?"唐萧嘴角呢喃,自然地移开了锅上的烘笼。阿妞和头人则有所期盼。

烘笼移开,并未发出浓浓的茶香,取而代之的是淡淡的青草香,难道炼制绝品好茶又失败了?阿妞和头人迫不及待地往锅中看去,只见锅中的茶叶先是呈现金色,然后变成赤红色,最后竟然又逐渐暗淡,变成了褐红色。而彝王茶鼎却变成了七彩之色!

"彝王茶鼎好像有了共鸣,变成了祥瑞的彩色,但茶叶居然是褐红色,比赤红的颜色暗淡了不少!"阿妞喜忧参半地说道。

头人为唐萧捏了一把汗:"先辈的制茶心得中记载,绝品好茶除了浓浓的香气,茶叶应该是金色乃至赤红色的!这褐红色是什么情况?"

"但是彝王茶鼎是彩色的！"阿妞又提醒道。

头人也疑虑地说道："先辈的制茶心得里，并未提及彝王茶鼎会变成彩色的。"

"无妨。"唐萧经历四次心境变化，已经十分豁达，还是不急不躁。而在阿妞的眼里，唐萧好像有些神经质，她马上想起曾有一位彝人先辈制茶而亡之事。

阿妞坐不住了，马上找来一些茶具，要在第一时间泡茶，试一试眼前褐红色的茶叶究竟是什么品质。

开水冲泡着褐红色的茶叶，茶叶全部牢牢地浮在水中央，每一片茶叶都马上完全舒张，顷刻又有淡香四起，这是最高级的品质！

阿妞深吸一口气，这香气比昨天的香气更加醒神，而且还能让人心情舒爽："这个香味……"

"或许成了……"头人的眼中也闪动金光。只有唐萧还是不急不躁，等待茶叶不再那么滚烫。

阿妞和头人正在试验和感慨之时，唐萧却打量着方方正正的彝王茶鼎，好似从中看到了无尽的沧桑。此时，彝王茶鼎又恢复成了古铜色，但悠悠岁月留下的痕迹，让它显得那么古朴和独一无二。

实际上，当锅达到适宜温度并时长足够的情况下，彝王茶鼎可以变成彩色，它会释放出更多看不见的东西，催促茶叶品质继续提升。

不久，茶水不再滚烫。头人毫不犹豫端起一杯茶，将之一口饮下，他想要以最终的药效，判断褐红色的茶叶是不是绝品好茶。

一杯茶水下肚，头人先是没什么反应，接着只觉得浑身燥热。

"头人爷爷，你的脸！"阿妞提醒道。

原来，头人发白的面色已经变得潮红，额头也满是汗水，这个现象有点不正常。

"头人爷爷，你没事吧？"

"我没事。"头人扭动着全身，又觉得右肩又痒又热。很快，头人索性将衣服脱下，只见右肩偌大的伤口不但不再流血，而且竟然开始结痂！

"结痂了，好强的药效！"头人连连感慨。

一旁的阿妞也看呆了，惊得张大了嘴巴。不久，阿妞回过神来，也将面前的茶水一口饮下。果然，才一会儿，阿妞的疲劳之感全部消失，而后食指感到难受。

"我的指甲……"阿妞看着自己的双手，曾经背着唐萧下崖而磨损的十指，也以肉眼可见的速度长出全新的指甲！

"老夫多年的夙愿终于实现了，不用愧对先辈们了，这比绝品好茶的药效还强，应该把它叫作真的神茶！"头人兴奋地说道，迫不及待地又泡了几杯。

"唐萧，我的指甲又长出来了，你炼制出了真正的神茶，我就知道你可以！"阿妞拉起唐萧的手，不停地蹦跶。

"好像做梦一样，太好了。"唐萧也难得露出了笑容，他的心境确实豁达了，但他还是曾经那个自己。

"头人爷爷，彝王茶鼎还给你。"唐萧将彝王茶鼎还给了头人。头人接过了彝王茶鼎，有些不好意思地说道："小兄弟，这神茶比绝品好茶药效更强，一半给你，一半留给我们彝人，如何？"

"头人爷爷，真的将一半给我吗？"唐萧有点受宠若惊，他和头人依旧是各自称呼各自的。

"当真，你不但救活了古茶树，还炼制出了神茶，这份天大的功劳，应该得到足够的回报。"头人非常认真地说道。

说着，头人看了看阿妞又看了看唐萧，就差说出将阿妞许配给唐萧，让唐萧做彝人的赘婿这样的话，这让阿妞急忙羞涩地低下了头。

唐萧也感受到头人灼热的目光，急忙抱了一拳，岔开话题："在下多谢头人爷爷。"

"头人爷爷，不如让唐萧多炼制两次，如此一来，我们彝人就有足够的神茶了。"阿妞在一旁提议。

而唐萧和头人均是摇了摇头，两人都十分明白，心境这东西可遇不可求，只能说是机缘巧合，想要第二次炼制神茶十分困难。

"看以后的机会了。"唐萧只能如是说道。

半个时辰后，一股大风从谷口而起吹到了谷中，将周遭的迷雾全部吹散。头人已经第三次饮下茶水，身上的伤势好得七七八八，整个人的神色也好了很多。

其间，唐萧和头人平分了神茶，他又从头人口中得知，神茶的药效比绝品好茶更强，能够治百病解百毒。

此时，一位彝人匆匆忙忙地跑到古茶树旁，对着唐萧等三人说道："锦衣卫打算攻入禁地了！"

唐萧不由得抬头看了看太阳，推算出下午具体的时辰，看来锦衣卫已经等不及了，就是不知道他们的援军是否能按时抵达。

唐萧等众人匆匆来到谷口，见到了马长老等人，从他们口中得知两只古猿躲在暗处，随时准备发起突然袭击。

"两只古猿好灵性！"阿妞轻声感慨。

"古猿乃是古茶树的伴生灵兽，终生守护古茶树，它们的灵智不比常人差，也有自己的七情六欲，它们和老夫也算老朋友了。"头人意味深长地说道，他经常凭借彝王茶鼎进出禁地。

马长老见到头人精神不错，而且说话之时气息绵长，并不像受伤的样子。马长老便问道："头人，你的伤好了？"

头人捋着胡子，指了指唐萧："多亏唐萧小兄弟，不，应该是唐萧大师！"

马长老等人听头人这么说，更不敢怠慢唐萧，纷纷对着他抱拳。唐萧也笑着还礼。

谷口还在吹着大风，将唯一的索道吹得摇摇晃晃，而不少锦衣卫正在索道之上，打算冲杀过来。同样，大风也将一阵阵迷雾吹散，隔得远远地，锦衣卫等人和唐萧等人四目相对。

"唐萧，果然是你，命可真大！"陆浩峰一眼就盯住了唐萧，恨不得长了翅膀飞过去。

"陆浩峰！"唐萧狠狠攥拳，也盯住了双手沾满唐家人鲜血的恶徒，恨不得亲手杀之，以泄心头之恨。

锦衣卫们行动迅速，没用多久就杀到了谷口。此时，马长老家支的众人抓住机会，射出不少箭镞，每一箭都精准地直击敌人要害。

不过，负责打头阵的锦衣卫们实力不弱，个个都是经过精挑细选的好手，达到了三流高手的实力。锦衣卫们不但挡住了精准的箭镞，而且一个个眼神火辣地盯着唐萧。

"把其他人都杀了,再将唐萧活捉,领取头功!"

"虎大人之前也说了,谁能捉拿唐萧,连升三级,赏银千两!"

锦衣卫们冲杀了过来,但唐萧一行人并未慌乱,只是静静地等着他们。锦衣卫都露出贪婪的神色,眼看猎物近在眼前,马上就要手到擒来。

正当锦衣卫们火热冲杀之际,两只巨大的古猿突然自谷口两旁蹦出来,它们的跳跃能力很强,飞掠的速度也很惊人,而且手里都拿着两块巨石。

"这是什么东西!"

"是两只猿猴!"

"啊!"

不少锦衣卫来不及招架,甚至根本来不及做出更多反应,就被两只古猿用石头砸死。

"快跑!"剩下的锦衣卫急忙逃跑,但此处是一个谷口,根本没有多余的地方闪躲。两只古猿没有手下留情,只听见各种惨叫声,抢先冲向唐萧的一众锦衣卫全部被砸死,无一生还!

第五十五章

护卫禁地有古猿

不得不说，两只古猿在狭小的谷口突然发起袭击，表现得极为迅猛，将闯入的锦衣卫全部抹除。索道另一端，陆浩峰和曲布一众人皆是震惊无比，没想到禁地内还有如此高大迅猛的巨兽！

"它们究竟是什么东西！"陆浩峰忍着心中巨震，将目光投向了曲布，眼光中还带有一丝质疑。

如今，曲布在锦衣卫扶持下自立为头人，但他同样不甘心做锦衣卫的牵线木偶，故而与锦衣卫保持了一定距离。此时，曲布远远地见到被自己砍伤的头人，还有头人身旁的两只巨兽，心中顿时有些惴惴不安，如果头人反过来夺权，他该怎么办？

想罢，曲布收起心中的抵触情绪，认真地抱拳道："陆大人，事发突然，我也不太清楚。"

此时，毛长老在一旁插嘴道："陆大人，曲布头人，我曾听先辈们提起，禁地中有两只古猿，守候着一棵古茶树！"

"两只古猿，你为什么不早说！"陆浩峰气愤至极地看向毛长老。

毛长老擦着额头冷汗，不太确定地说道："我以为只是传说，也没听人说见过古猿，不曾料想是真的！更没想到所谓古猿竟然会是此等凶残巨兽！"

"陆大人，锦衣卫损失惨重，一切都是烟峰山的过错，我们一定给您一个满意的交代。"曲布又真诚地说道，与三日前的意气风发判若两人。

听着曲布的保证，陆浩峰满意地点点头："曲布头人既然这么说，陆某也不好再提什么，只是彝人的事情应当彝人解决，这两只古猿……"

陆浩峰没有把话说完，但他似有所指地看着谷口，分明是想让彝人打头阵，对付两只强大的古猿。此次，陆浩峰率领不少锦衣卫增援烟峰山的特别行动，本以为会一帆风顺，没想到意外频出，陆浩峰不想部下再出现重大死伤，不然对虎威不好交代。

曲布和毛长老明白陆浩峰的意思，紧要关头不敢反驳和怠慢。毛长老拿捏不定主意，对着曲布低声问道："曲布头人，两只古猿镇守在谷口，这该如何是好？"

曲布一时间脸色阴晴不定，他刚刚成为头人，对彝人们做了很多许诺，难不成要让身后的几百彝人冲锋陷阵去和古猿搏杀？这摆明着是让他们去送死！

与此同时，唐萧一行人也震惊古猿的凶猛，他们缓步来到索道口，与陆浩峰和曲布众人遥遥相望。

隔着一条不长的索道，陆浩峰和曲布等人冲不过来，唐萧一行人杀不出去。而且，这条索道是联系两头的唯一通道，一旦人为将之斩断，陆浩峰将永远得不到唐萧身上的秘密，曲布将永远拿不到头人身上的彝王茶鼎，唐萧一行人也将永远被困在禁地。三方都明白各自的处境，都没有打索道的主意。

"头人，头人怎么也在，他不是重病在床吗？"

"到底怎么回事？"

"曲布和毛长老在骗我们？"

除去一部分曲布和毛长老的铁杆支持者外，剩下的数百彝人一见到头人就议论纷纷。头人对着众彝人点了点头，众彝人也纷纷弯腰行礼，好似又回到了当初。至于新头人曲布和毛长老等人则是被晾在了一边，场面极为不和谐。

阿妞抓住这个机会，代替头人对着索道另一头喊道："曲布，回头是岸，我们彝人应当团结在一起，将锦衣卫赶出烟峰山，头人爷爷说不会计较你以前的事情。"

"以前的事？曲布到底做了什么事？"

"是啊，我们为什么要和锦衣卫合作？我们彝人从来没有这样做过！"

"头人爷爷既然没事，曲布就不该当头人！"

数百彝人交头接耳，对曲布投去质疑的目光，连带着也不待见陆浩峰等一众锦衣卫。不过，陆浩峰见惯了各种场面，他站在原地不为所动，冷眼旁观。

曲布是彝人年轻一辈第一人，面对此情此景也是临危不乱，只是淡定地笑了笑，又对着毛长老使了个眼色。

毛长老心领神会地大声喊道："阿妞姑娘，曲布现在已经是彝人的新头人，你有何权力质疑新头人？另外，锦衣卫是烟峰山的客人，反倒是你们，私藏了锦衣卫缉拿的要犯，给烟峰山带来了灾祸，你们速速将要犯交出来才是！"

"对啊，阿妞和马长老他们窝藏要犯，给烟峰山带来了灾祸！"

"原来锦衣卫是来捉拿要犯的！"

"有点不对劲，我觉得头人是被马长老他们挟持的！"

彝人中出现了不一样的声音，原来，是曲布和毛长老的一部分死忠者在作祟，试图引导彝人们的舆论。

听着毛长老的话，阿妞有点气不过，又大喊道："毛长老，你的舌头是不是太长了，你让曲布自己说，当着头人爷爷的面说！"

曲布脸上虽然挂着微笑，心中却有些心虚，不敢面对从小抚养自己长大的头人，又对毛长老使眼色。

毛长老当下不理会阿妞，他径直转过身子，对着数百彝人喊道："诸位，曲布头人是众家支一起选出来的，又通过祭祀告诉了祖先和神明，原先的头人不思进取，对寨中事物不闻不问，早已不再适合做彝人的头人。"

"对，曲布头人才是众望所归！"

"我们需要一个更有魄力的头人！"

"彝人不应该永远龟缩在烟峰山！"

曲布和毛长老的死忠者再次高喝，让不少不明所以的彝人更加摇摆不定。

马长老双耳嗡嗡作响，他早就听不下去了："毛长老，你不过是锦衣卫的一只狗腿，说得如此冠冕堂皇，头人活着就永远是头人，世袭罔替，只能有一个，你坏了彝人的规矩，这是对神明和祖先的大不敬！"

不等彝人们议论，毛长老马上狡辩道："马长老，坏了规矩的是你，贸然带着外人进入禁地，这才是对神明和祖先最大的不敬！"

毛长老也提到了神明和祖先，他的诡辩得到了不少彝人的支持。接着，毛长老又老调重弹地对数百彝人喝道:"诸位,老头人和阿妞身份尊贵,本该承担起复兴马都司,振兴我们彝人部落的责任,但他们却不思进取,自己不做事,还不许其他人做事,这样的头人有什么用!"

"头人爷爷……"阿妞感觉有些不妙。头人却苦笑着摇头,他亲身经历过彝人三雄的征战,知道那场战争是多么残酷,然而这才过去十几年,这些彝人就已经把之前的惨烈都忘记了!

到头来却没什么用。

毛长老乘势又大喊:"彝王茶鼎一定在他们身上,这是咱们彝人仅剩的神器,只要我们拿到彝王茶鼎,就可以让其他彝人部落主动归心,我们烟峰山将会成为彝王王庭!"毛长老的话让数百彝人激动不已。

"诸位,彝王茶鼎至关重要,曲布就拜托你们了!"曲布狠了狠心,无毒不丈夫,多死一些彝人算什么,只要自己坐稳头人之位,就能带领彝人走出烟峰山!

说着,曲布竟然身先士卒,率先冲到了索道之上。当然,曲布身边有四五位彝人高手,他们个个都是二流高手,将曲布保护得严严实实。

众多彝人见曲布第一个上,一些死忠者纷纷跟了上去,少部分彝人犹犹豫豫。当然,众人有序地保持距离,索道上自始至终不超过二十人,以免让脚下的索道断裂。

"头人爷爷,他们人太多了,要不让古猿断开索道!"阿妞咬牙说道。

"没用的,一条索道,毁掉以后他们也能再搭。就算有古猿相助,不让他们搭建索道,但我们也会被永远困在此处!"头人无奈地摇了摇头。

此时,两只古猿仰天嘶吼,又对众人摇头努嘴,似乎在让众人往后退。

"是不是让我们先往后退?"唐萧对着两只古猿问道,似乎从它们的举动得到了不一样的讯息。两只古猿早已可以听懂人话,它们纷纷点头。

唐萧很快明白过来,两只古猿是想诱敌深入,一举歼灭!

"头人爷爷,阿妞,马长老,我们先撤!"唐萧马上说道。众人别无选择,纷纷退后几十丈,退守到原来的谷口位置。

"头人,是否射箭?"马长老等人搭起弓箭,面对同族的彝人,不愿同胞相残。头人性情温和,自然不会下令射箭。

· 292 ·

"必须放箭，不能有妇人之仁，而且最前面这些都是曲布的亲信！"唐萧非常坚定地说道。唐萧在唐家山经历过锦衣卫逼迫村民往前冲，这与眼前彝人被人蛊惑往前冲，简直如出一辙！

情势非常危急，头人没有多做考虑，马上说道："都听小兄弟的！"

随即，马长老等人纷纷射出精准的箭镞，连连射中不少曲布和毛长老的死忠者。一时间，索道上满是惨叫之声。

"保护曲布头人！"

"马长老下令放箭，连自己人都不放过，竟然如此狠毒！"

一片骂声中，马长老等人继续射箭，只是他们携带的箭镞不多，造成的杀伤十分有限。不多久，曲布众人穿过索道来到了谷口，随时准备和唐萧一行人正面交锋。

"曲布头人，陆某总算见识了什么叫身先士卒。"陆浩峰脸上挂着笑意，拍了拍曲布的肩膀。原来，陆浩峰率领锦衣卫跟在数百彝人身后，安全地来到了谷口。

"吼！"面对咄咄逼人的态势，两只古猿发出怒吼。

第五十六章

禁地谷口陷死战

双方在禁地入口对峙，没有立刻陷入乱战，只因不少彝人对头人仍旧有感情，一时间，场面颇为微妙。

陆浩峰自然发现了端倪，他凑到曲布耳根低语："曲布头人，你若能在此役立威，便可坐稳头人之位，陆某也定帮你向虎大人邀功。"

用不着陆浩峰说这话，曲布心中已经暗自发狠，开弓没有回头箭，既然投靠锦衣卫做了头人，他已经没有回头路了！曲布从腰间抽出长刀，冷声喝道："诸位，前头人不理寨务，在禁地中窝藏要犯，给山寨招来灾祸，此举背叛先祖和神明，我曲布被众家支推为新头人，有心担起振兴彝寨之重任，然而欲担重任，必先夺回彝王茶鼎！"

"夺回彝王茶鼎！"

"夺回彝王茶鼎！"

众多死忠者纷纷大喊，他们的情绪极为高涨，也带动了一部分彝人。

"灭杀吃人禽兽，夺回彝王茶鼎！"毛长老也大声喝道，他与众多彝人的二流高手一起，站在最前面开路，带领一部分彝人稳步上前。不过，还是有一部分彝人没有行动，而是坐看局势的发展。

毛长老为首的彝人们杀到了谷口，他们的第一目标是灭杀两只古猿。两只古猿拍了拍胸脯，又发出声声嘶吼，吼声中带有一丝怜悯和不甘，它俩守护着彝人禁地，到头来却要和彝人生死相向！

谷口宽度大概只有十余丈，不适合所有人冲入。随即，毛长老等十人率先进入，一进来便与两只古猿展开了激战。两只古猿再次手举巨石，表现得十分凶猛，每次将石头砸下，必然让地面跟着震颤。毛长老等人均是二流高手，众人闪躲速度也很快，守望互助之下，牢牢地缠住了两只古猿。

两只古猿数次尝试都以失败告终，索性丢掉了手中的石头，直接在谷口拔起了两棵大树，用大树当作武器！

很快，两只古猿熟练地甩动大树，像是横扫千军一般，让毛长老他们吃了苦头。在古猿连连横扫之下，轻功和内劲稍差的三位长老死于非命！

"它们也不是没有弱点，各自散开！"毛长老沉声大喝，示意众人马上分散。而后，毛长老选择从一只古猿的侧方攻击，眼看就要得手，但还是被古猿甩动的大树逼退。

毛长老尝试性的进攻，印证了自己所言非虚，也让其余六位彝人高手获得了很大的启发。众人不再被动防守，转而开始合纵连横，从不同方位发起攻击。

两只古猿力大无比，移动的速度也非常快，但它们有一个弱点，便是原地转身相对较慢！不多久，毛长老运足力气一刀砍在了古猿的背上，虽然砍得不深，但还是流出了鲜血。

"头人爷爷，古猿受伤了！"阿妞有点不敢再看。马长老等人甚至有加入战圈的冲动，但被头人拦住。

此时，唐萧也看出了破绽，嘴角呢喃道："他们抓住了古猿转身较慢的弱点，这下糟了！"

头人早已将两只古猿当成了老朋友，但有点束手无策，不禁对着唐萧问道："小兄弟，你觉得如何是好？"

唐萧也没有太多办法，但他觉得此时此刻，不管怎样都必须要尝试一番！唐萧对着阿妞问道："阿妞，当初在边城，你把我从锦衣卫看守的宅子中救出来，身上是否还有上次的特制迷药？"

"没了。"阿妞失落地摇了摇头。

"是彝人的特制迷药吗？我这里有！"马长老忙从怀里掏出一包迷药，彝人中也只有地位比较高的人才有特制迷药。唐萧的办法非常简单，在谷口点燃迷药，将所有人迷晕！

"小兄弟，现在刮的是西风，风往我们这边吹，如何迷得住他们？"头人有些不解地问道。

唐萧对风非常敏感,他摇头道:"每天下午酉时之前,风都往谷中吹,但到了辛时,风就往谷外吹一刻钟,现在太阳往西斜,只要再等片刻,就会改变风向,只是……"

"小兄弟但说无妨。"头人似乎看到了希望,马上说道。

"只是迷药的量比较少,虽然谷口狭小人群拥挤,但索道口的风较大,也比较空旷,到时候不一定能将人迷晕。"唐萧将心中担忧说了出来。

头人笑道:"小兄弟多虑了,迷药只要能让他们稍显迟钝就行了,这样他们肯定不是古猿的对手!"

唐萧点了点头,看来必须这样做了。

谷口的大战仍在继续,毛长老等人虽然找到了两只古猿的破绽,但古猿身体强悍,甚至可以说是钢筋铁骨,即使能砍中古猿,他们也要运足全身功力才能让古猿受点皮毛伤害,因此他们仍旧非常狼狈,随时可能被砸死。

"毛长老,陆某来助你一臂之力!"陆浩峰看准时机,亲自率领几位锦衣卫高手,杀入了阵中!

而在烟峰山中,一行锦衣卫匆匆而行,每个人都绷着脸,不敢停下脚步。众人之中,为首的是御马监掌印太监李英和吏部侍郎张合,而他们身后跟着锦衣卫佥事虎威和福安。

李英走得气喘吁吁,回头对着虎威冷声:"虎大人,无论是肖唐大师也好,还是唐萧也罢,如若他出了一点差池,本公公看你如何向圣上交代!"

"是,是。"虎威连连点头,竟然不敢有任何反驳。

"我们离禁地还有多远?"张合也对着一位彝人向导问道。彝人向导说道:"差不多还要半个时辰。"

不久前,李英和张合带着圣旨千里迢迢来到西南,他们奉旨要带制茶大会夺魁的肖唐大师,去京城面见圣上。

李英和张合的突然到来,将虎威吓出一身冷汗。原来,圣上的淑妃得了一种怪病,御医们也束手无策。前阵子,圣上做了一个怪梦,梦见只要喝了绝品彝茶,就可以祛除淑妃的怪病。

这是皇帝第一次听说彝茶,他开口询问宫中老人,得知皇室档案里有关于彝茶的记载。他令人找来档案,细细翻阅,随后久久无言。

随即,皇帝连夜下密诏,让御马监掌印太监李英和兵部侍郎张合一起去西南公干。

御马监掌印太监执掌南军,这是一支由健壮太监组成、专门负责保卫皇宫大内的太监军队,是皇帝的贴身侍卫。李英作为御马监掌印太监,自然是皇帝亲信中的亲信。兵部侍郎张合则更不用说,出身官宦世家,世受皇恩,这两名身份特殊的钦差奉密诏前往西南,自是非同小可。

两人带着一队人马日夜兼程赶到西南以后,并没有马上亮明身份,而是在暗中进行了一系列的调查,直到如今带人匆匆赶往彝人圣地。

李英和张合一行人仍在朝着禁地快速行进。而谷中的战斗仍旧在继续,正如阿妞所担忧的那样,两只古猿再强却也敌不过高手的轮番作战!陆浩峰作为真正的一流高手,他出刀的速度极为快速,而且真气十足,一连数次都割伤了两只古猿。而且,陆浩峰每次伤到了古猿,就马上往后退,从不恋战,看来是想用游斗和古猿周旋,就看谁先坚持不住。

两只古猿皮糙肉厚,也耐不住陆浩峰这样磨,它们屡次想要针对陆浩峰出击,却怎么也逮不着,这不免让两只古猿焦躁!

辛时,太阳西斜,如唐萧所说,禁地的风向果然发生了转变!唐萧等人立刻点燃迷药,看着迷烟随风吹向了谷中。

迷烟随风飘入谷中,很快就起到了作用。战斗中,毛长老和六位高手都发现自己使不上力气,不知究竟发生了什么。而两只古猿却是杀红了眼睛,嘴角流出了白沫,变得越来越狂躁。

"是特制迷药!"毛长老马上反应过来,想要立刻吃解药,却发现自己全身瘫软,已经动弹不得。

"它们也应该中了迷药,怎么……"毛长老嘴角呢喃,眼看着古猿飞掠而至,举起大树狠狠砸中自己,最后一命呜呼。

两只古猿进入癫狂状态,它们开始大杀特杀,只要见到活着的人就一顿猛砸,剩下的六位彝人高手也死于非命。而谷口之外的众多彝人,均是被古猿的凶狠吓住,纷纷往后退,无人敢杀入谷口救人。

剩下的锦衣卫也没好到哪里去,一个个纷纷伏倒在地。只有陆浩峰凭借强大的实力和雄厚内劲，马上闭气，硬生生地退出了谷口。

"曲布，解药！"陆浩峰对着曲布冷声，他在边城见识过迷药的药效，至今仍旧非常忌惮。曲布见情况有点不对，急忙从身上摸出一些药丸，递给了陆浩峰。

"是迷药，我们没有解药啊！"

"快撤！"

不少彝人陷入了慌乱中。曲布大喝："此处空旷，风大，且迷药的量不多，就算中了迷药，只需片刻也会自行消散，大家不用担心！"

听到曲布这样说，彝人们才不再慌乱。

"待会儿等迷药散去，谁愿再杀入谷口？"曲布举起长刀奋力发问。没有彝人响应，他们眼见毛长老等十位彝人高手死于两只古猿手中，哪里还敢面对古猿。

"都是废物！"陆浩峰冷声，他吃了解药之后，又运功逼出体内的迷药残余，随后竟然又杀入了谷口，还找机会给伏倒在地的锦衣卫喂下解药。

"陆浩峰是疯了吗？"曲布不敢相信自己所见。

陆浩峰岂会只身犯险，他在绣春刀上抹了虎威转交给自己的毒药，据说是大内的制毒大师所提供，威力强大。他连连割伤了两只古猿，早已让它们中毒。陆浩峰早就算好了时间，就等着古猿毒发身亡！

很快，两只古猿动作缓慢了很多，它们连走路都变得跟跟跄跄，手中的大树也掉落在地，四肢也跟着抽搐起来。

"吼，吼！"两只古猿又发出嘶吼，带着浓浓的悲怆，像是最后的回光返照。不久，两只古猿的目光也变得有些暗淡。此时，头人和马长老等人杀入谷口，要将两只古猿救出来。

"唐萧，古猿是不是也中了迷药？"阿妞有些担忧地问道。唐萧却摇头道："它们不像是中了迷药，面色发黑，嘴角有白沫，目光暗淡，反而像中了……"

"中了什么？"阿妞追问。

"我也不知。"唐萧摇了摇头，心中却怀疑两只古猿中了唐门的噬心散，就连他自己也不敢相信！

头人和马长老等人冲入谷口，好在陆浩峰也在急着救人。头人和马长老等人顺利将两只古猿救了出来，但两只古猿却气息奄奄，就连意识也变得不清，眼看是活不成了。

"唉！"头人发出一声重重的叹息自责道，"老兄弟，都是老夫无能，害了你们！"

唐萧在第一时间将神茶送入了两只古猿的嘴里，但两只古猿中毒太深，神茶的药效还没有来得及散开，它们就已经死去！

"不！"阿妞也大喊一声，她的眼中虽没有泪，但还是很悲伤。自从唐家山的经历和曲布的背叛后，阿妞告诉自己可以悲伤，但不能再流泪了。

"阿妞，节哀顺变。"马长老也安慰道。而唐萧一直心绪稳定，目视谷口。

谷中的风向又变回了西风，陆浩峰率领锦衣卫来到了谷中，曲布也及时地跟了上来。

阿妞冷眼看着陆浩峰和曲布，喝道："锦衣卫，还有曲布，你们还要害死多少人？"

第五十七章

妙计逆转清门户

陆浩峰眯眼看着阿妞:"阿妞姑娘,明明是你们指示两只古猿杀人,反倒污蔑在陆某和曲布头人的身上,到底是什么居心?"

"你……强词夺理!"阿妞气得胸口生疼,一双大眼看向了曲布,对后者仍有一丝幻想。而曲布冷冷地和阿妞对视,眼中对她的宠爱早已消失不见,取而代之的是贪婪和冷漠。

曲布扫视唐萧一行人,他知道唐萧不会武功,阿妞的武功不入流,头人先前受了重伤,唯有马长老是个准二流高手。如今两只古猿已死,曲布心想只要拿下马长老,其他人便会任人宰割,所有难事也会迎刃而解!想罢,曲布对身边的亲信们低语。一众人闻言大喜,均是看向陆浩峰,等待后者有所表示。

禁地谷中,响着潺潺的水声。陆浩峰不失时宜地说道:"曲布头人,锦衣卫只管捉拿要犯。"

"彝人之事自当彝人自己解决。"曲布接上陆浩峰的话,嘴角挂起一抹笑意。他挥了挥手,率领二十余位死忠者一起上前,欲要和唐萧一行人做最后的决战。

马长老等七八人迅速朝头人靠拢,将头人、唐萧和阿妞三人保护在最中间。头人神色凝重:"退无可退,只能和他们决一死战了!"

"哧——"阿妞抽出身上的短刀,侧头对唐萧低语道,"唐萧,待会儿打起来,你躲到我身后,再找个机会先逃跑,跑到山洞里去,头人爷爷说,山洞里有玄机。"先前,头人猜测山洞里的暗河通向外界,但也仅仅是猜测而已。

唐萧对阿妞的举动充满感激，但他绝不是丢弃同伴独自逃跑之人，而且，唐萧认为毛长老等二流高手全部身死之后，曲布失去了左膀右臂，未必能在彝人中一呼百应，或许还有翻盘的机会！

"唐萧，你快走啊！"阿妞又推了唐萧一把。唐萧仍旧未走，拍了拍阿妞的肩膀，坚定地说道："阿妞，我们还有机会。"

"唐萧，你……"阿妞欲言又止，她还是选择相信唐萧！

"小兄弟，你想到办法了？"头人也忍不住问道。唐萧点了点头笑道："正如头人爷爷所说，既然彝人之间无法避免一战，我建议将战斗控制在最小的范围内，以一对一！"

以一对一？

阿妞和马长老等人相视一眼，他们都有些不解，只有头人在稍稍思考后，双目发出一道精光，理解了唐萧的用意！

唐萧又在头人耳畔说了很多话，告诉头人应该如何应答。头人连连点头，越听越觉得唐萧的话有道理。

"头人爷爷，他们杀上来了。"阿妞有点着急。阿妞的话刚刚落下，头人已站到了最前排，并将唐萧的所有话牢记心中。

"前头人窝藏要犯，更带要犯进入彝人禁地，这是对神明和先辈大不敬！前头人必须交出彝王茶鼎，以死谢罪！"曲布气势十足地边走边说，众多死忠者也连连号叫。

面对气势汹汹的攻势，头人回头看了唐萧一眼，才慢悠悠地从怀里摸出了一个样式古怪的小茶杯，正是方方正正的彝王茶鼎。头人将彝王茶鼎在手中掂量了两下，再将之高高举过头顶。阳光下，古铜色小茶鼎不停地反光，颇为引人注目。

如此生死攸关之际，头人取出一件小东西，这让曲布等人马上停下了脚步。而其他彝人见到头人手中的东西，一个个也都瞪大了眼睛，想要一探究竟。

"他手里拿的是什么？"

"你们看到了没，好像是古铜色的！"

"难道……难道是什么先辈留下的宝贝？"

彝人们纷纷猜测，一个个投去询问的目光，只觉得小物件非常重要，而曲布也拿捏不定头人手中到底是什么。

一阵窸窣碎语中，头人捋着胡子仰天大笑："诸位看好了，这就是祖祖辈辈留下来的神器——彝王茶鼎！"

"哗！"人群发出一阵骚动。

"彝王茶鼎居然是个小东西，怎么可能！"

"一定是假的！"

"他想骗我们！"

曲布的死忠者们提出疑问，剩余的彝人们也交头接耳。曲布环顾左右，皮笑肉不笑地冷声道："如何证明这就是彝王茶鼎！"

彝王茶鼎吊足了所有人的胃口，双方来来回回的对话不知不觉间慢慢消磨了曲布一行人的气势。

头人也不紧不慢地说道："相信诸位多多少少都知道，彝王茶鼎是古铜色的，上面有晦涩的符文！而且，它可以一分为二！"

说着，头人果真将彝王茶鼎一分为二，高高举在头顶，又在众目睽睽之下，将两半马上组合到了一起。

"真的组合在了一起！"彝人中不少人大喊。

"古铜色，一分为二，那茶杯上的符号不就是晦涩符文！"

"肯定是彝王茶鼎！"

头人演示完毕，几乎所有人都相信小物件就是彝王茶鼎！

"踏破铁鞋无觅处，得来全不费功夫，老头，将彝王茶鼎交出来！"曲布趁着众人议论之际冷声道，也不再喊头人为头人爷爷。

头人侧头看着谷中的水流，按照唐萧刚才跟他交代的话，又说道："这条小溪通向百丈瀑布，你就不怕老夫……"

头人未将话说完，但他的用意非常明确，一旦曲布强行逼迫上前，他可能会将彝王茶鼎丢入水流中。其实，头人绝不会将彝王茶鼎丢弃，只是吓唬曲布的缓兵之计，毕竟妥善保管彝人神器才能对先辈和神明负责！

"别……"曲布生怕得不到彝王茶鼎，顿时不敢再逼上来。如今，没有智囊毛长老在一旁帮衬，曲布为了彝王茶鼎又畏畏缩缩，气势上顿时弱了很多。

此时，头人又冷声道："曲布，你说彝人之事应该彝人自己解决，老夫也非常赞同。只是，老夫不愿彝人自相残杀，固有一个提议。"

"什么提议？"曲布沉声问道。头人拿着彝王茶鼎说道："老夫愿以彝王茶鼎为赌注，与你公平一战，你可敢应战？"

曲布的脸色阴晴不定，平常时间他绝不是头人的对手，但他却没有一口否决。不久前，曲布一刀狠狠地砍在头人肩头，深知头人受了很严重的伤，眼下头人仍穿着血衣，状态一定非常不好！

"曲布，你连应战的勇气都没有，还痴心妄想做新头人！"阿妞在唐萧的授意下大声嘲讽。彝人们也交头接耳，都在议论局势。

姜还是老的辣，陆浩峰见局势改变，半逼半建议地催促："曲布头人，你们彝人最崇拜勇士，如果你此时退缩，就算拿到彝王茶鼎，你这头人位置也坐不安稳！你只管放心应战，如果你真有差池，陆某绝不会袖手旁观。"

陆浩峰变相地为曲布兜底，在刺耳的嘲讽声和细碎的议论声中，曲布咬了咬牙道："老头，要战便战，我曲布有何不敢？"

曲布是烟峰山年轻一辈中的第一人，他对战胜重伤的头人最少也有五成把握。前不久，曲布对武学有了自己的感悟，至臻真正的二流高手，短短时间进步神速，可以说今非昔比。

"杀！"曲布运转内劲，手持长刀便冲了上来。头人从腰上取出一柄柴刀，以不变应万变，在原地等待攻势。

"开山刀！"曲布蓄力朝着头人的右侧肩膀劈出第一刀，他的刀速比之以前快了不少，分明想要从头人最致命处入手。

"你的进步确实不小。"头人微微一侧身，躲开了曲布的攻击。"老头，这些都是你教我的！"曲布把心一横，双手握刀，又砍出了第二刀，第三刀！然而，头人仍旧从容闪躲，躲开一刀又一刀。

"你……"曲布惊讶地瞪大双眸，意识到不对劲。头人看准时机一脚上前，一手抓住了曲布的手，贴着曲布身子，竟然手把手地让他再次砍出一刀。这一刀，竟然带着一丝劲气，在地面划出一个刀痕，可见头人乃是顶尖二流高手！

头人一边教曲布挥刀，一边大声说道："你的刀速不够快，手腕力道不足,脚底发软发虚,注意集中精神。"

曲布被头人控制,大为惊慌,但是却始终无法挣脱,硬是被头人控制着舞出好几刀,竟都是自己火候未到的刀法,随后只见头人顺势一用力,便让曲布一个跟跄飞了出去。曲布一直往后退了很多步,才勉勉强强站稳。

高下已分,身胜立判!

"曲布头人输了……"曲布的死忠者们面面相觑。

"怎么会这样……"曲布看着缓步走来的头人,始终不敢相信眼前的一切。那日晚上,曲布确定自己一刀斩在了头人的肩膀上,当时伤口深可见骨,鲜血如瀑,头人的实力应该严重倒退才是!

一个时辰前,头人饮用了唐萧炼制的神茶,不但原有的伤势复原,还让身体变得更强,暗中提升了实力!

"陆大人!"曲布慌乱之际,朝着陆浩峰喊道。彝人们见曲布向锦衣卫求救,心中都有点隔阂。

"咻——"陆浩峰缓缓地拔出了绣春刀,他需要曲布作为傀儡,有必要关键时刻保他一命。

此际,谷中又吹起了大风,不等陆浩峰有所行动,人群就发出了一阵骚动。

此时,一队锦衣卫自山下而来,挤到了人群的最前面,为几位大人物开路。

"陆浩峰,彝人之事莫要插手!"一位大人物急忙说道。陆浩峰怔住了身子,每当听到这个声音,他总觉得全身发毛,回头一看,果真是锦衣卫佥事虎威!

陆浩峰正想解释,却见虎威也只是跟在另两人身后,显然那两人的身份更是不俗。而且,陆浩峰又发现这队锦衣卫面生得很,顿时,一股不安涌上了他的心头。

"是,虎大人。"陆浩峰恭恭敬敬地收刀抱拳,没有多问。虎威又直接说道:"御马监掌印太监李公公、吏部侍郎张合张大人至此,速速避退!"

陆浩峰心绪难平,看了一眼不远处的曲布,就夹着尾巴率领部众退到一边。

唐萧一行人也见到了虎威等人,众人都不知发生了什么事情,但他们已经知道,这几个突然到来之人,不让锦衣卫干涉彝人之事!

"太好了,锦衣卫不再干涉彝人之事!"马长老长长吁了一口气。

"唐萧,他们是什么人?"阿妞有些不解地问道,隐隐为唐萧担心,毕竟锦衣卫不再插手彝人之事,不代表他们会放过唐萧!

"都是该死的人……"唐萧从未见过虎威,但陆浩峰的种种表现以及"虎大人"的称谓,让唐萧确定下令者是双手沾满唐门鲜血的虎威。

头人和曲布的对决还未结束,众人又将目光投向了场中。

"陆大人,陆大人?"曲布见头人将要来到他的身前,又连连喊了几声,但陆浩峰低着头没有应答。

头人居高临下地看着曲布,却没有直接一刀将之了结。头人早将曲布当成自己的孙子,怎会忍心杀他!

曲布在刹那间明白了头人的想法,他仿佛抓到了救命稻草,急忙跪在地上:"头人爷爷,我错了,我真的错了!一切都是毛长老,毛长老逼我这么做的!"

曲布可怜巴巴地说着,早没了那股子年轻一辈第一人的风范。难道真要这么和解了?唐萧有心说话,可是他方才刚提醒过头人,此时未免有些欲言又止。

然而,风云突变,曲布竟然从怀中掏出一柄匕首,一刀刺向了头人的胸口。说时迟,那时快,头人听唐萧说过,万万不能心慈手软,对曲布早有防备,一脚将曲布踹飞!

马长老早已看不惯曲布所作所为,马上飞掠上前,明晃晃的长刀一出,将曲布一刀斩杀。

做完这些,马长老对着所有彝人大声道:"曲布阴险毒辣,谋害头人,蛊惑彝人自相残杀,如今头人已经清理门户!"

第五十八章

扑朔迷离寻真相

"唉。"头人重重地叹气，阿妞也转过头去不敢看，她对曲布又怜又恨。

曲布的死忠者见曲布已死，一个个不知如何是好。头人再次大喊："彝人之乱的始作俑者均已伏罪，盲从者不管出于何种目的，老夫既往不咎！"

得到头人的保证，不少彝人纷纷放下武器。曲布表现得实在太差劲，而头人自始至终恩威并重，又对众多彝人保证，日后将更多心思放在寨务上，保烟峰山的彝人安居乐业，这让彝人们也渐渐释怀。

烟峰山内乱彻底结束，自始至终，锦衣卫果真没有插手，新来的两位大人也没有说话。没人知道锦衣卫葫芦里究竟卖的是什么药，只有唐萧觉得要变天了！

李英和张合对虎威没有好脸色，却时不时地对唐萧微笑，这分明是表露善意！而且，这两人的地位比虎威更尊崇，完全没必要对"插翅难逃"的唐萧示好，除非他们另有目的。

彝人之事处理完毕，李英和张合就迫不及待地走向了唐萧，虎威等人也急忙跟上。锦衣卫众人围上来，阿妞和头人感到有些紧张，暗中让马长老动员拨乱反正的彝人，无论如何都要保护唐萧。

如此大的阵仗中，唐萧却十分镇定，不仅让阿妞和头人不用担心，还静静地听起李英和张合自报家门。

"御马监掌印太监李英，吏部侍郎张合！唐公子，不，唐萧大师，我们找你很久了。"

"他们都是圣上身边的人!"

所有人都在震惊李英和张合的身份,没想到西南又迎来了两位大有身份之人。

而唐萧却摇了摇头:"我只是锦衣卫通缉的要犯,先前也只是个小人物,李公公和张大人找我做什么?"

李英笑嘻嘻地说道:"谁说唐公子是要犯,谁说唐公子是个小人物?我们可是奉圣上之命专门来寻你的。"

"圣上?"唐萧皱了皱眉头。

"此事说来话长,简而言之,我们奉皇命到西南,你的事情,还有这些彝人的事情,我们都已经探查清楚了。你即刻随我们去京城,用古茶树制作彝人的绝品好茶,治疗淑妃的怪病。"

唐萧仔仔细细地听着,脸上没有一丝波澜,内心却已经翻江倒海,他在乎的不是为圣上制作神茶,而是趁着面见圣上为唐门洗冤!

唐萧按照心中所想,鼓起勇气问道:"李公公,一个多月前,锦衣卫灭我唐门,唐门老少除了我无一幸免。如果锦衣卫此举是奉了圣上的旨意,我即使碎尸万段,也不会为圣上制茶。"

"唐门之事在朝廷和江湖传得沸沸扬扬,咱家向你保证,圣上从未下过这样的圣旨!"李英非常认真地说道。

唐萧依然有些不太相信。此时,吏部侍郎张合似有深意地看了看虎威,又对唐萧说道:"唐公子,本官来到西南,也得知了一件事,居然有人没有用兵符,而是用圣旨调动了镇南军,本官之前还很疑惑,经过这些时间和李公公一起明察暗访,本官可以确定,那份圣旨是假的!"

"假圣旨?"唐萧愣了愣,马上想到了很多事情。难道说……一切都是一个局,有人故意假传圣旨,只是为了要灭唐门!唐萧只猜对了一半。

此时作为传旨人的福安公公顿时惊恐万分,他的双腿止不住地颤抖,似乎随时会失禁一般。

"福安公公,你这是做什么,身体不舒服吗?"张合随口问了一句。

福安以为张合在向自己问罪,他马上脸色煞白,直接哆哆嗦嗦道:"是虎威,虎威让本公公假传圣旨的……还有……"

"扑哧!"

白刀子进,红刀子出。

不等福安把话说完,虎威的刀子扎进了福安的心脏,福安的鲜血流了一地。虎威冷声解释道:"福安假传圣旨,肆意污蔑本千户,死有余辜!"

"虎威,你大胆,竟敢在咱家面前杀人!"李英大声呵斥,马上看着地上奄奄一息的福安,"福安,你说,还有什么?"

福安的眼珠子转向了一旁的陆浩峰。众人都随着福安的目光看向了陆浩峰。陆浩峰见情况不对想要脱身,却被李英带来的生面孔们紧紧包围。

"原来还有同党。"虎威见陆浩峰走不了,又动了杀心,索性抽出了绣春刀。陆浩峰拔出绣春刀应对:"虎大人,真要赶尽杀绝吗?"

"陆浩峰,你竟然假传圣旨,本千户劝你束手就擒!"虎威冷声呵斥。

"哈哈,哈哈哈,我本江湖闲云鹤,却为朝廷做鹰犬。只为博得锦衣贵,谁知沦为替罪羊?时也,命也!"陆浩峰仰天而笑,他原本是自由自在的江湖高手,为了荣华富贵为锦衣卫卖命,如今竟然成了弃子!

陆浩峰很清楚虎威是铁了心要栽赃自己,如今只有杀出去才有一丝生机。他鼓起勇气,大喝一声,却突然反向冲向唐萧!

原来陆浩峰知道唐萧是皇帝点名要的人,而且唐萧不会武功,眼下只有控制住唐萧他才有一条生路。

陆浩峰快,虎威比他更快!

半空之中,刀光一闪,人头落地!

身手强悍的陆浩峰,竟然连惨叫都来不及,就已经身首异处!

这才是虎威的真正实力,已经杀入了一流高手门槛的陆浩峰如杀鸡一般!

虎威收起了绣春刀,对着李英和张合行礼道:"刘公公,张大人,锦衣卫亲军百户陆浩峰、司礼监宣旨太监福安,都已经伏法。"

虎威表面执礼甚恭,却是在赤裸裸地挑衅,而李英和张合却奈何不得他,虎威的背后是司礼监掌印太监,东厂厂公刘进,名副其实的内相,是李英的顶头上司,就是内阁首辅都要让他三分。李英和张合也只能先咽下这口恶气,准备回京之后由皇帝定夺。

唐萧将李英和张合的举动看在眼里，他已经相信了两人所言，至少，福安和陆浩峰已经身死，也算替唐门死难者出了一口恶气。同时，唐萧还想让更强的虎威伏法，甚至找出唐门一案的背后原因，他必须要去一趟京城。

李英见唐萧态度软化，再次说道："唐公子，如今罪人已经伏法，你看……"

这一回，唐萧没有磨叽，直接抱拳道："刘公公，我可以跟你去京城，但需要一点时间，收集一些古茶树的嫩芽，作为炼制绝品好茶的材料。"唐萧已经炼制出了神茶，但假装仍需要材料炼制。

"我要和唐萧一起去！"阿妞突然插嘴道。

"阿妞，唐萧不是去京城玩的，你别跟着添麻烦！"头人马上拉了一把阿妞。

阿妞不服气地噘嘴道："我和唐萧是生死之交，他去哪里，我就去哪里，他若是死了，我也不活了！"

唐萧早已爱上阿妞，也不愿意和她分开，便对李英说道："她是我的制茶帮手，恳请刘公公应允，让我带上她。"

"只要是制茶所需，全凭唐公子安排。"李英笑着点了点头，他其实看出了一点端倪，但就如他所说，只要是制茶需要，就是天上的星星他也要想办法戳下来，唐萧想带个女人又算得了什么。

头人无奈地摇头，感到女大不中留，也暗暗祝福唐萧和阿妞在一起。

收集嫩芽的间隙，马长老等人将曲布和一众死去的彝人埋葬在一起。而唐萧和阿妞等人将两只古猿埋在古茶树之下。

"两位古猿前辈，日后阿妞会常来看你们。"阿妞对着两只古猿的坟拜了拜，又对头人说道，"头人爷爷，我要拜托你一件事情。"

"你放心，我们会好好守护古猿的坟冢的。"头人欣慰地点头，觉得阿妞是真的长大了。

唐萧也对着头人说道："头人爷爷，我也有一件事情要拜托你，请你派人送一点茶叶去十二连寨，给圣女阿瑶姑娘。"

"小兄弟，包在老夫的身上。"头人笑着保证，自然知道唐萧说的茶叶就

·309·

是神茶。

"多谢!"唐萧抱拳。

处理完了所有事情,唐萧又对着唐家山方向拜了拜,他要去京城为唐门洗冤,寻找唐门灭门案的所有真相!

不久,一行数十人的队伍在官道上前行,队伍中间是两辆马车。唐萧和阿妞坐在其中一辆马车上,李英和张合坐着另一辆马车,众人一同前行。

队伍之中并不见虎威的马车。原来,李英和张合一来对虎威很不放心,二来怕唐萧见到虎威极为不自在,所以故意派人盯着虎威,让虎威晚两天再上路。

烟峰山之乱正式了结,头人也顺势对烟峰山做了很多改革,但山上却仍不平静。隔日,唐萧前脚刚上路,周不仪就火急火燎地来到烟峰山。

原来当初周不仪和神秘人大战,结果被神秘人引入陷阱,差点折在陷阱里,花费好大力气才脱困,自己却受了伤,不得不找地方疗养,等伤一好,他就直奔烟峰山而来。一找到头人就开口问道:"你好歹是彝人的头人,怎么这么大意,眼睁睁看着阿妞和唐萧被人诓骗走了?"

头人和周不仪一番交流之下,得知眼前这个邋里邋遢的酒鬼就是似醉非醉的酒痴周不仪,而且周不仪多次帮过唐萧。

于是,头人好吃好喝招待,还认真地向周不仪解释了很多遍事情的来龙去脉,可周不仪就是听不进去。头人无奈地说道:"李公公和张大人亲自找唐萧,他们和虎威不是一路人,而且陆浩峰、福安都已经死了。"

周不仪吃着坨坨鸡,头摇得跟拨浪鼓一样,自言自语地说道:"那个神秘人极善用毒,又擅用机关,老夫差点折在他手上。而他神出鬼没,行事作风,倒是很像那群人。"

"哪群人?"头人有些疑惑地问道。

"现在不确定我也不好乱说,总而言之,如果他和那群人真的有关系,那么他很有可能还擅长易容,那就极有可能混在锦衣卫里面,这样唐萧和阿妞可就危险了!"

头人有些不明白周不仪的话,但知道唐萧和阿妞处境并没想象中这么好,顿时有些焦急。接着，周不仪又说道："老夫听人说，两只古猿是被毒死的。"

"不错……"

周不仪放下筷子，认认真真地说道："带老夫去验尸！"

头人感觉事关重大，就照着周不仪所说办事。彝人禁地中，周不仪和头人挖坟验尸，得出一个惊人的结论，两只古猿中了唐门毒宗的剧毒噬心散！

"这种毒药失传二十多年，十有八九是那神秘人给了陆浩峰毒药，这人究竟想干什么！"周不仪十分不解地自语，他又想起了阿妞和唐萧，"不行，老夫也得去一趟京城！"

第五十九章

通州驿站遇刺杀

烟峰山内乱已了,镇南军返回营地,这意味着锦衣卫在西南的行事彻底结束。而在不大的边城,江湖人士们并未散去,他们茶余饭后议论着各种真真假假的消息,包括唐门的暗器秘籍与制毒秘籍的去向。

数日之后,边城又发生一件不大不小的事情:府令沈度染病而亡。不过,江湖之人更关心春月茶楼徐三娘和万金商会会长的行踪,自唐家山一役之后,没人见过他俩,有人怀疑他俩死在了唐家祖坟里。

……

数月后,李英、张合等人带着唐萧和阿妞紧赶慢赶,终于抵达了通州,通州虽然不是大城,但毕竟在京师左邻,也比唐萧和阿妞见过的所有城市都要繁华得多。唐萧深知在江湖上行事当小心谨慎,而像通州这样京师近邻的地方,水只会更深,因此保持着十分警惕。

李英和张合身份高贵,而且此时已经临近京师,也没有必要再隐瞒身份,于是李英和张合亮出钦差身份,通州知州得知后,大为惊讶,连忙亲自安排接待事宜,甚至想腾出自己的内宅给钦差居住,但张合却拒绝了他的提议,李英也害怕会被言官弹劾,只能作罢,众人依然住在驿馆。

通州知州恭敬无比,诚惶诚恐地将唐萧一行人送到驿馆安顿,又设宴款待钦差一行,通州知州的座师和张合是同僚,张合自然要卖两分薄面,李英身为太监,一直被文官排斥,此次和张合一起担任钦差,在西南一番磨砺,双方竟然有些惺惺相惜,李英也乐得和张合再加深一下关系,在外朝寻一强援，因此也欣然前往。倒是唐萧和阿妞婉拒了张合和李英的邀请，准备留在驿馆。

李英和张合前去赴宴，唐萧和阿妞随意吃了点东西，便着手在房间内设下简单提醒机关，如果有人推开房门，便会让房门上的花瓶打碎。一旦花瓶打碎，传出破裂的声响，会立刻引起驿站军士的注意。同时，唐萧两人又做了另一手防备，暂时在床底下过夜。

晚上，三道人影悄然而至，他们的脚步很轻，身法也很好，轻轻地推开房门。

"砰！"

一如唐萧设想的那样，花瓶重重地落地摔成了碎片，夜晚的宁静瞬间被打破。

尽管闹出这么大的动静，驿站军士却未出现，而三个刺客也并不慌乱，大步走入房间之中。

床底下的唐萧和阿妞心中一紧，看来大事不妙！

三个刺客在房间中寻找唐萧和阿妞，搜寻无果之后，注意到了床底下。三人相视一眼，缓缓朝着木床靠近，慢慢地蹲下身子。

突然，床底下闪过一阵白光，近百根银针从中击射而出，每一根银针都非常锋利和迅猛。电光石火之间，三个刺客根本来不及闪躲，纷纷中了银针，发出几声惨叫后倒地不起。

在唐家山的时候，周不仪将从唐门顺走的紫金壶赠送给了阿妞，让阿妞有一点自保之力。而唐萧选择在空间狭小的床底下休息，是为了完全发挥出紫金壶的威力，杀敌一个措手不及。关键时刻，阿妞催动紫金壶上的机关，这才将三个试图近身的刺客诛杀。

三个刺客倒地不起，唐萧和阿妞急忙从床底下爬出来，关上房门。直至这个时候，张合的亲信以及驿站军士，仍旧没有赶来援救。

"唐萧，张大人和李公公不会出意外了吧？"阿妞皱着眉头念叨。

"刺客的目标是我们，应该不会对他们下手，至于他们的亲信和驿站军士，只怕……"唐萧摇了摇头，说到细节处不敢多想。无意间，唐萧发现其中一个刺客手握软剑,好像有种似曾相识的感觉。

"唐萧,怎么了?"阿妞见唐萧好像出神了。

唐萧没有说话,径直走向地上的一具尸体,他将尸体脸上的面罩扯下,只见一张精致的面孔!地上的尸体不是别人,正是春月茶楼风情万种的徐三娘!

"徐三娘!"唐萧心中一惊,没想到徐三娘在京城,而且还打算刺杀他!

"怎么会是她?"阿妞也十分不解。唐萧又将剩下两个刺客的面罩摘下来,阿妞认出其中一人是万金商会会长。

唐萧和阿妞来不及多想,就听到房门外传来激烈的打斗声,有人不停地大骂疯子,还有人发出奇怪的笑闹声。

"好像……"唐萧有点不确定。

阿妞倚着大门,又将不少银针按入紫金壶,一旦有人冲进来,就给予近身的必杀一击。

不久,打斗声渐渐平息,只剩下一人还站着,他的影子在月夜下拉得很长。而后,一道声音从院中传来:"狗腿子们死有余辜,从西南闹腾到通州,连两个娃娃都不放过!"

"真的是他!"唐萧和阿妞听见声音,顿时双眼放光,这个声音太有辨识度了,一定是酒痴周不仪!

周不仪一边喝着酒,一边朝着房间大声喊道:"傻小子,傻姑娘,快出来,你们不会死了吧?"

"吱嘎。"唐萧和阿妞推出房门,被眼前的一幕所震惊,院子里躺满了刺客尸体,一眼扫去大概有三十余具。

宁静的月夜之下,院中充满了血腥。唐萧和阿妞见识到周不仪的强大实力,灭杀敌手如同探囊取物。

此际,唐萧又见到刺客们的兵器上沾满鲜血,猜测是来自张合的亲信们和驿站军士。原来,刺客们早有准备,先将外围之人清理干净,再对唐萧和阿妞下手,如果不是周不仪及时出手,后果不堪设想!

唐萧和阿妞见过不少血腥场面,在深呼吸中调整好了心态。阿妞忙走上前问道:"周前辈,你怎么也来京城了?"

"唐萧见过周前辈，多谢救命之恩。"唐萧对着周不仪重重地行了一礼。先前，周不仪在镇南军大营敢为唐门说话，后来，周不仪又在阿妞软磨硬泡下前来救唐萧。唐萧将这份恩情铭记在心中。

"还算你小子有良心。"周不仪拍着唐萧肩膀。

"周前辈，之前发生了什么，您为何也到了通州？"唐萧问道。

周不仪冷笑道："你和阿妞走得早，虎威他们晚了两天才走，走之前杀了府令沈度……"

"沈大人死了？"唐萧感到错愕，但细想之下只怕和假圣旨有关。

周不仪对唐萧点头："沈度死后，老夫跟着虎威他们一路往北，发现春月茶楼的徐三娘、万金商会的会长都在队伍里。我就知道这几个家伙会不安好心。他们骑着快马后发先至，昨日就到了通州，害得老夫一路跟得好不辛苦，还好你们俩还算机灵，不然老夫明知他们要对你们下手却不能阻止，岂不是一世威名毁于一旦？"

"虎威为什么急着要杀我们？"阿妞嘴角呢喃。

唐萧则想到了更多："虎威背后是东厂厂公刘进，他们在西南行事却假传圣旨，如果我们面见圣上，一定会提及此事，一旦这个罪名被坐实，对他们来说就是杀头之罪，还要株连九族！"

"喂，你们俩有没有在听老夫说话？"周不仪吹胡子瞪眼，唐萧和阿妞连连点头。

"周前辈，还是你最好，你来京城是为了保护唐萧吧？"阿妞又惊又感动，连连说道，"这样吧，等回到了西南，我天天给你做坨坨鸡吃！"

"小丫头，老夫没有白疼你。"周不仪满意地点头，"不过，老夫来京城是为了追查一个人，顺带保护你的小情郎。"

"追查一个人？"唐萧和阿妞对视了一眼。

周不仪双眸一滞，想起了不少事情，他缓缓地点了点头："唐家山断崖出现的神秘人，像老夫认识的一个熟人！"周不仪透露的消息像是一颗惊雷，震得唐萧脑袋发蒙，一下子想到了不少问题。

"他对老夫至关重要。"周不仪又说道，他心中有一个结，导致自己的心境停滞不前。唐萧和阿妞静静地听着周不仪说。

"他的轻功很不错。"周不仪又嘴角呢喃，他一直想要找神秘人追查清楚，所以死死地追踪后者。其间，周不仪和神秘人交手数次，虽压制了对方却留不住对方。后来，周不仪追着神秘人到烟峰山，更追到京城。

第六十章

万千线索在深宫

听到周不仪的叙述，唐萧心中有一口恶气，是神秘人差点将自己毒死，也是神秘人将唐倩害死！唐萧将唐倩的债算到了神秘人头上，继续问道："周前辈，你确定神秘人去了烟峰山？"

周不仪点头道："老夫确定他在烟峰山，很可能混在锦衣卫中。"

唐萧想了想，大胆地问道："周前辈，神秘人是否和唐门有关？"

听着唐萧的追问，周不仪的思绪回到了很多年前，他喝下一口闷酒，久久之后说道："神秘人很像唐门的一个人，老夫不太确定，你又是如何得知？"

唐萧对着周不仪抱拳，提及彝人禁地中，两只古猿死前的惨状，极可能是中了唐门毒宗的噬心散。如果按照周不仪推测，确定神秘人一定在烟峰山中，那就很有可能是神秘人用了噬心散。根据以上几点，唐萧推测神秘人可能是唐门之人，但唐家山上没人会用噬心散，神秘人可能是唐门未被灭门前的幸存者。

"周前辈，以前到底发生了什么？"阿妞托起下巴眨着大眼睛，想要知道过去的事情。周不仪看着阿妞的样子，好像看到了当初的她。周不仪笑了笑："也不是什么大事，很多年前，老夫和阿莲青梅竹马，但落花有意流水无情，老夫虽爱着阿莲，阿莲却嫁入了唐门，所以老夫最讨厌唐姓之人……"

阿莲嫁入唐门不久，江湖上爆发了释空大师奇案，紧接着，唐门陷入器宗和毒宗内斗，后来又是各大门派围剿唐门。而让周不仪耿耿于怀的，便是唐门器宗和毒宗内斗之时，他火急火燎地赶往唐门，却没能救下身中数刀且中毒的阿莲。

"阿莲死于一种剧毒之下，老夫本以为再也查不到真相，没想到，又在断崖上见到了疑似唐门毒宗之人。"周不仪一口气又说了很多。

这个时候，唐萧和阿妞再也不觉得周不仪是个酒痴，觉得他是个情痴，这么多年过去，一直对心爱之人念念不忘，还一直没有娶妻。

久久之后，周不仪擦掉眼中的一滴老泪，又回到了似醉非醉的状态。唐萧又问道："周前辈，你知道神秘人现在在哪里吗？"

周不仪晃了晃酒葫芦，似笑非笑地看着唐萧："老夫不太确定，不过你在哪里，他可能就在哪里。"

"仔细想想，神秘人想要置我于死地，但凡我出现的地方，他就会跟着出现，周前辈说得在理。"唐萧回想之前的事，非常认可周不仪的话。

"唐萧，如此说来，你的处境岂不是很危险！"阿妞感到一阵后怕。但周不仪拍着胸脯说道："傻丫头，你放心，只要老夫在，你的小情郎就没事。"

"那……那就要多谢周前辈了！"面对周不仪的调侃，阿妞却没有反驳，只是红脸低头，声音小得像蚊子。

"你小子，好福气啊，哈哈！"周不仪大笑着对唐萧说道。

此时脚步轰鸣，李英、张合和通州知州带着大队人马赶到。

"唐公子，唐公子！"李英走在最前面，一脸焦急。

"李公公，张大人，你们放心，我没事！"唐萧连忙应道。

"哎呀，吓死咱家了！你要是有个三长两短，咱家可是万死莫辞啊！来啊，把他给我拿下！"李英仿若变脸一般，对着唐萧的时候还是满面春风，一转头指着通州知州，就已经是冷若冰霜。

"李公公，张大人，下官冤枉！"通州知州扑通一下跪在地上，连连磕头。

"冤枉不冤枉，和大理寺说去！先拿了！"李英厉声说道。

"张大人，救我！"通州知州可怜巴巴地看着张合。

"清者自清，浊者自浊，事情出在通州驿站，你身为通州知州，难辞其咎。你放心，如果你真是冤枉的，我自会为你分说。现在就先委屈你一下吧！"张合冷声说道。

"谢谢张大人！谢谢张大人！"通州知州连连叩头，他知道张合虽然表面冷漠，但有了他这句话，自己的处境会好过许多。

李英不耐烦地挥了挥手，几名军士走上前将通州知州带了下去。

　　"这位大侠是……"张合上前一步，对着周不仪拱手问道。

　　"老夫周不仪，江湖上的闲云野鹤，张大人不必多礼。"周不仪懒洋洋地回答道，神色间有些倨傲。

　　"原来是周大侠，本官和李公公探访西南期间，大侠之名如雷贯耳，今日一见，果然名不虚传！"

　　"真的？他们都说我啥？"一听张合拍自己马屁，周不仪马上变了个人，脸上全是期盼神色。

　　"自然说大侠英明神武，一身正气，路见不平拔刀相助，实在是侠客典范！"张合一本正经地说道，就连李英都忍不住暗中给他比了个大拇指。

　　"这张合，平时一副道貌岸然的样子，没想到拍起马屁来比咱家还厉害！"李英在心里暗暗说道。

　　"张大人，李公公，刺客既然能摸到驿站，代表通州已经不安全了，咱们还是速速离开为好！"唐萧自然知道，以周不仪的性格，就算武功再高，做的好事再多，也不会留下什么威名。张合奉承周不仪肯定是另有目的，不过眼下还是安全第一。

　　"唐公子所言甚是。我和李公公本想等天亮了再进京，等候圣上召见。但既然刺客已经找上门，咱们现在事不宜迟，立刻进京，天一亮就入宫面圣！届时，还请周大侠随行。"

　　"我……"周不仪正要开口说话，却见李英一把将张合拉到了一边。

　　"张大人，你想带这种江湖草莽去见圣上，你疯了吗？"李英一脸不满。

　　"李公公，根据咱们调查到的线索，假传圣旨一事肯定和刘进有关。虽不知道他到底有什么目的，但这已经是诛九族的大罪。所以……"

　　"怎么？你还怕刘进会狗急跳墙吗？咱们宦官不过是圣上的家奴，圣上一句话就能把他打发了。"

　　"咱们之前已经派了使者进京，为何还没有刘进被捉拿的消息传来？通州在京师左邻，天子脚下，竟然还有刺客意图行刺，可见刘进并非无计可施。虽然不知道他假传圣旨、诛灭唐家的目的何在，但事关重大，不可不防啊。有一个江湖高手在侧，总要保险一点。"

李英还有些犹豫，周不仪却已经不耐烦起来。但见他大声说道："你们在那儿啰啰唆唆的作甚，可是不要我去见那皇帝？我告诉你们，我周不仪天生就喜欢反着来，要是你们求着我去见他，我还懒得见，如今你们不要我去，我就偏要去！否则，我就把唐萧带走，我看你们谁拦得住我！"

"周前辈，你怎么还和小孩似的！"阿妞急得直跺脚。

"我不管，反正老夫就是这脾气！"

"周大侠误会了，圣上最敬英雄，能让周大侠入宫面圣，我们高兴还来不及呢。"眼见周不仪来了犟脾气，生怕他真的把唐萧带走的李英只能硬着头皮说道。

"那就好，事不宜迟，咱们赶快出发吧！"见李英同意了自己的方案，张合立刻趁热打铁。

当下众人连夜启程，直奔京师而去，到达京师已是半夜，张合和李英亮出钦差身份，顺利进京，随后众人来到一处秘宅安顿，准备天一亮就入宫面圣。

第二日，李英和张合带着唐萧等三人穿过层层叠叠的宫殿，来到宫中的御书房。

御书房中，摆满了西南特有的制茶工具，一名身着团云龙袍，和唐萧年纪相仿的年轻人坐在书案后，年纪虽然不大，但却器宇轩昂，不怒自威，唐萧知道，这就是大明皇帝，当今亿兆臣民的君父。

圣上高高瘦瘦，他的年纪和唐萧相当，端坐在御书房的龙椅上，穿着龙袍气宇不凡。而在圣上身旁站着一位面色发白的太监，他穿着地位崇高的紫色太监服，正是东厂厂公兼司礼监掌印刘进！

"刘进……"李英面色微变，他之前就已经派心腹使者秘密回京，欲将西南诸事汇报给圣上，照理说刘进应当被拿下才是，怎会站在御书房中！

"咱们之前已经派了使者进京，为何还没有刘进被捉拿的消息传来？通州在京师左邻，天子脚下，竟然还有刺客意图行刺，可见刘进并非无计可施。"顿时，张合昨晚说的话又浮现在他的脑海，他现在对张合的高瞻远瞩佩服得简直五体投地。

李英又看了看两眼朝天，却又在不断偷瞄皇帝的周不仪，定了定心神，说道："奴才李英……"

"行了，免礼了。他们三个我都知道，唐萧，阿妞，周不仪。"皇帝轻描淡写地说道，伸出御手对着唐萧等三人一一指过。

唐萧见皇帝指过来，就要下跪，却被周不仪一把抓住。

"你没听见吗？皇帝说免礼，不用跪！"

"大胆，你竟敢君前失仪！"李英条件反射般就要呵斥，浑然忘了周不仪是自己目前最大的倚仗。

"行了，朕金口玉言，既然说了不用跪，就不用跪。周不仪你真人真性，和江湖传闻倒也一般无二。唐萧，阿妞，朕发现太祖时期有大臣记载，西南边城有彝人炼制神茶，可包治百病，延年益寿，不知真假？"

唐萧和阿妞对望一眼，唐萧恭敬施礼道："启奏陛下，烟峰山彝人确有一棵千年茶树，所生茶叶可炼制神茶，有腐骨生肌，妙手回春之功效。"

"太好了，那此等神茶你可炼制成功？"

"承圣上洪福，草民侥幸炼得些许神茶，此刻就在草民身上。"唐萧恭敬地说道。

"好，很好！如此一来，朕的爱妃就有救了！唐萧，朕要重重赏赐你！对了，李英，张合，既然唐萧已经炼制出神茶，如此重要的消息你们为何不事先禀报？朕自从收到你们第一封奏报之后，就再也没有收到你们的消息，到底是何原因？"

原来李英、张合在西南明察暗访之后，很快就给皇帝发了第一封奏疏，简单描述了边城制茶大会以及唐萧之事。这也是皇帝至今为止收到的唯一一封奏疏。

"陛下，臣和李公公早在三个月前就已经派出使者，将西南之事如实禀报，陛下没有收到吗？"张合惊讶地说道。

"使者？朕确实没有见过，刘进……"

"万岁爷，此事必然是刘进所为。奴才等在边城调查到，东厂掌刑千户虎威，司礼监宣旨太监福安等，竟然假传圣旨，调动镇南军围剿唐家山，死伤数千人，后又逼迫烟峰山彝人，差点酿成西南动乱！"

"假传圣旨？"皇帝的眉头深深皱起。

唐萧连忙说道："陛下，数月前，我唐门上下数百人被虎威带镇南军赶尽杀绝，唐萧求陛下为草民做主！"

阿妞也气冲冲地补充道："陛下，唐萧说的都是真的，虎威等人还挑动我们彝人内斗，差点把我们彝人逼反了！"

"刘进，这到底是怎么回事？你给朕说清楚！"皇帝转过头看着刘进，一字一句地说道。

第六十一章

图穷匕见争端至

站在皇帝身边一直没有动静的刘进终于说话了,但见他阴恻恻地笑道:"万岁爷,您天资聪慧,事已至此,还需要老奴自辩吗?"

皇帝沉默地点点头,突然拍案而起,一脚踹在刘进身上。

刘进闷哼一声,一下子飞出老远。

本来在刘进承认自己假传圣旨之后,李英和张合都准备冲上去保护皇帝,就连周不仪也眯着眼睛随时准备出手,然而见到皇帝一脚将刘进踹飞,众人又安静了下来。在他们看来,既然刘进无法对皇帝造成威胁,那么如何处置刘进也不过是皇帝一句话的事。

"万岁爷,老奴不过是个手无缚鸡之力的阉人,万岁爷何苦下此重手。"刘进不阴不阳地说道。

"朕想知道,你这么做的原因!"

"原因我可以说,但是我怕万岁爷您不愿意听呢。"面对皇帝的质问,刘进竟然毫无惊慌恐惧之色,反而满脸戏谑。

"说!"皇帝忍不住怒喝。

"那老奴可就说了,您的堂弟晋王,想做皇帝,老奴也觉得这个位置可以换个人做,仅此而已。"

"刘进,死到临头,你居然还诬陷晋王,挑拨天家!"张合大怒,他知道刘进此话一出,皇帝和晋王之间就无法善了。虽然晋王只是一个闲散亲王,但兄弟相残,日后史册里又会怎么写这段历史?

"诬陷?我巴不得晋王能真的做皇帝,又怎么会诬陷他,我假传圣旨调动镇南军，也是为了帮他寻找建文遗宝。"

"建文遗宝？"唐萧忍不住一惊。

"唐萧，你的制茶技艺里有建文的影子，你是不是看过他著的茶经？"刘进忽然对唐萧说道。

"我……"唐萧一时无言，竟然不知道怎么回答。

"这个你拿去看看。"刘进从袖子里掏出一本书，直接扔向唐萧。

周不仪伸出一掌，掌风吹过，书本被吹得哗啦啦作响。

原来周不仪是担心刘进在书本上做了手脚，因此抢先出手试探。

唐萧接住书，打开一看，熟悉的字迹跳入眼帘，竟然和他当初从一名神秘老者身上得到的茶经的字迹一模一样，和他与阿妞在明王寺的墙壁上看到的那首诗的字迹也一模一样！

"牢落西南四十秋，萧萧白发已盈头！"

明王寺，明王寺，该寺原本叫牛王寺，建文帝朱允炆，失国去位，仓皇逃走，没有了文臣武将，恰如朱字少了一撇一捺，不就是牛吗？

原来朱允炆竟然到过边城，自己从神秘老者身上得到的茶经竟然是朱允炆所写！明王寺也是他修建，至于寺庙栋梁上的彝族佛像，多半是朱允炆曾得到过当地彝人的帮助，因此以此报答，同时还能起到混淆视听的效果！

"朱允炆已亡故一百多年，和我唐家何干？"唐萧双目赤红，厉声质问。

"传言当年成祖靖难，连战连捷，直逼南京。朱允炆自知不敌，于是将皇宫大内的奇珍异宝全都偷偷运出南京，找地方藏了起来，意图假若削藩失败，能借此东山再起。后朱允炆失国去位，怀揣藏宝图化装成僧侣逃走，朝廷遍寻其踪迹而不得，只得逐渐做罢，建文遗宝的下落也无从知晓。直到你去参加制茶大赛，福安将你做的茶叶带进宫献给咱家，也亏得咱家博览群书，精通茶道，你做的那茶叶咱家一闻、一喝就知道是皇宫大内的手法，且和建文帝朱允炆所著的茶经手法十分相似！你既然学习过朱允炆所著的茶经，自然就有可能知道建文遗宝的下落，你说，咱家不对付你对付谁？偏偏你们又是唐门余孽，精通机关暗器，武艺高强，江湖人士不是你们的对手，逼得咱家只能假传圣旨，调动镇南军来镇压你们，本以为西南地处偏僻，虎威行事迅速，可神不知鬼不觉。谁知淑妃病重，万岁爷又从太祖手记里得知西南边城有彝人神荼，派李英和张合到西南暗访，这就是智者千虑必有一失啊，时也，命也？"

"你就为了一个传闻，一个所谓的建文遗宝，就害了我唐家满门三百七十口性命！"

"不然呢？你们这些江湖人物，咱家想碾死你们比碾死一只蚂蚁还简单！"

"我杀了你！"唐萧怒吼一声，就向刘进冲去。

阿妞连忙将唐萧抱住："唐萧，你不要激动！"

"唐公子，你切莫君前失仪！"张合也连忙劝阻。

"是啊唐公子，刘进已死之人，只需万岁爷一声令下，就能将他碎尸万段！"李英也连忙劝说。

"刘进，朕很好奇，先帝和朕对你恩重如山，你已经是司礼监掌印太监，东厂厂公，是阉人中的第一人，为何还要帮晋王造反？"

"万岁爷说的是，老奴一个阉人，承蒙先帝和万岁爷厚爱，已经是升无可升，赏无可赏，本不用来蹚这浑水，但奈何，老奴尚有不得已的苦衷。"

"什么苦衷？"皇帝很疑惑。

"万岁爷当知，老奴和那些自小进宫的宦官不一样，老奴乃是年过三十方才进宫，当时老奴还是个举人呢！"

"朕当然知道。当年你已经身有功名，却进宫当了宦官，闹出好大风潮。先帝也是见你知书达理，见识不凡，方引为心腹，让你在宫中平步青云，乃有今日之位。"

"那万岁爷可知，老奴好端端一个举人，家有良田，身有功名，为何要抛家舍业，主动进宫做宦官，做出此等千夫所指，万人唾弃，让祖宗蒙羞的事情来？"

"你不是因为生性好赌，家道中落，生计困难，被迫进宫吗？"

"那是演给别人看的，不然怎么得到先帝还有万岁爷您的信任和重用？实际上老奴进宫，乃是因为老晋王！"

"老晋王？"

"不错，老晋王强取豪夺，抢了老奴青梅竹马的表妹！而且当初表妹已经怀了我的孩子！"

"竟有此事！"皇帝大惊失色。

"怎么没有？你们天家子弟，大明王爷，不是百无禁忌，最喜欢胡作非为吗？可怜我和我表妹两情相悦，私订终身，最终却被老晋王横刀夺爱，最后郁郁而终！我恨，我恨！我一直告诉我自己，我要报复，我要报仇！但是我只是一个小小的举人，不知道该怎么才能对付一个王爷，最后我没有办法，只有装作嗜赌成性，故意败光家产，然后自行阉割，进宫做了宦官。因为要报复一个王爷，只有投靠比王爷更大的皇帝！万岁爷，您知道自己下刀阉自己的时候有多痛吗？不光是身上的痛，还有心里的痛，我越痛我就越恨，我本想挑拨老晋王和先帝的关系，将晋王一脉彻底铲除，直到我偶然得知，我表妹在晋王府诞下一名男婴，按时间推算，那名男婴是我的儿子，我的儿子！"刘进一口气说完，竟然忍不住仰天大笑。

"那个男婴，就是现在的晋王？"

"不错，现在的晋王就是我的儿子！我刘进的儿子！我刘家没有绝后，没有！哈哈哈！"

"晋王本是庶出之子，没有资格继承王位，但老晋王几个嫡出儿子都自小夭折，无奈之下才让现在的晋王继位。看来，这些也都是你的杰作了？"

"那是当然！老晋王夺我所爱，我就要他断子绝孙！我不但要绝了他的种，我还要篡了你朱家的江山，让我的儿子做皇帝！从此以后，这大明就是我刘家的了！我没有对不起列祖列宗，我让刘家成了帝王之家，百年以后，我必被后世子孙所称颂！"

"疯了，你简直疯了！来人！来人！把刘进这个疯子给朕抓起来！"听了刘进的话，皇帝被气得浑身颤抖，他愤然大喝，随即一堆强壮的太监进入御书房，这些太监个个带着武器，一个个眼光冰冷，和普通的太监完全不一样。原来，这些太监就是南军兵卒，是专门负责保卫皇宫的太监军队，乃是皇帝亲信中的亲信！

然而，这支太监军队进入御书房之际，却并未拿下刘进。

"速速拿下刘进！"李英又喊了一声，太监们依然一动不动。

"李公公，你在使唤本千户吗？"一道熟悉的声音传来，李英定睛一看，见一名强壮的太监撕下脸上的人皮面具，露出真容，竟然是虎威！

"这……"李英说不出话来,他没想到,刘进的势力竟然渗透进了南军!

"万岁爷,您莫怪老奴,老奴本想取得建文遗宝,徐徐图之,您偏要派张合、李英去西南暗访,查出了老奴假传圣旨之事,老奴不得不行此激烈手段。您放心,晋王继位以后,大明还是大明,这大好河山,表面上还是你们朱家的,您就安心上路吧!"

说着,刘进对着虎威挥了挥手。

"杀!"虎威二话不说,率先冲向皇帝,想要最快时间结束战斗,以免夜长梦多。

"贼子大胆!"关键时刻,周不仪直接迎了上去。

顿时,御书房中爆发一场没有退路的大战,每个人都杀红了眼。

"我拦住他们,你保护万岁爷!"趁着周不仪阻拦虎威之际,李英赤手空拳迎向虎威的手下。他作为掌管南军的御马监掌印太监,自然会武功,但是毕竟是赤手空拳,只能勉强应对虎威的众多手下。而张合只是一个文官,除了冲到御案后将皇帝牢牢护在身后以外,也实在做不出更多的举措。

一场大战,李英寡不敌众被乱刀砍死,周不仪气喘吁吁回到唐萧身边,他没想到虎威竟然如此强悍,竟然逼得自己手忙脚乱。虎威带着剩下的十几名手下将周不仪、唐萧、阿妞、张合和皇帝团团围住,局面陷入绝境!

虎威等人并未继续出手,而是在等刘进的命令,毕竟弑君为大不吉。刘进眼中腾起疯狂之色:"杀了旧帝,另立新帝,你们便是新朝的大功臣!"

虎威等人听到刘进的允诺,一不做,二不休,再度杀了上来。

"没那么容易!"万分危险之际,唐萧和阿妞却同时扔出一把粉末。

众人急忙躲避,却发现自己有点不对劲,还感到身体瘫软。原来,唐萧和阿妞扔出的是彝人的迷药,而且还是唐萧利用唐门的技巧改进的加强迷药!

"圣上,含着这片茶叶!"唐萧又取出神茶,让阿妞、圣上等人纷纷含着茶叶,以做到百毒不侵。

"虎威,快杀了他们!"刘进有些焦急地大喊,只是他刚刚喊完,却也是身子一软,中了迷药瘫倒在地上。

"趁人之危不是江湖道义,但眼下也顾不得那么多了!"周不仪一声大喝,再次杀入虎威众人之中,因为中了迷药,虎威这次完全不是周不仪对手,周不仅掌起掌落，顷刻之间就将虎威和众手下全部击毙。

皇帝见状，抄起地上的一柄长刀，对着刘进快步而去，一刀落下，将后者的人头斩落在地。皇帝觉得还不解气，又对刘进的尸体砍了几刀！

"唐萧，刘进和虎威都死了，恭喜你大仇得报。"阿妞重重地说道。唐萧点了点头，他也算为唐门至亲复仇出了力。

"唐萧大师，多亏有你护驾！"皇帝心有余悸地擦着额头冷汗。

"好像不对劲……"唐萧扫视御书房，脑海中想到了一个人。

"怎么不对劲？"圣上有所不解。

唐萧很警惕，马上说道："陛下，咱们立刻离开，这里应该还有一个可怕的人，随时都会出现！"

圣上虽然不解却还是选择相信唐萧，毕竟眼前的少年给了他不少惊喜和意外。不过，圣上等人还未来得及动身，一个南军太监缓缓地从死人堆中爬了起来。

"怎么还有人活着，他不怕我们彝人的迷药吗？"阿妞震惊地说道。

"想让圣上马上离开，是在怕老夫出现吗？"南军太监沉声说道，一双眼睛有些混浊，说话的声音也十分沧桑。

唐萧注意到南军太监右手大拇指上的戒指，他马上想起当时自己胸口的黑掌印，大拇指处那截有注入毒药的小孔，显得特别黑。

"毒戒？你和唐门究竟什么关系，当时为何要置我于死地，且隐藏在虎威的锦衣卫之中？"唐萧一连发出多个疑问，他几乎确定这位南军太监，就是当初拍出毒掌之人，也是周不仪苦苦寻找之人！

南军太监发出低沉的笑声，他缓缓地摘掉面皮，露出一张垂垂老矣的脸。

"唐门易容术！你真是唐门的人！"阿妞惊讶道。

"不然你以为虎威等人是如何蒙混进宫的？就凭刘进这个废物吗？"老者冷笑道。

"你……是你！"唐萧感到有点窒息，他怎么都不会忘记这张老脸，眼前的老者居然是在边城赠送自己制茶秘籍之人！

制茶秘籍带有朱允炆字迹，与彝人先辈的制茶心得内容相似，种种迹象表明，这个老者心机深沉，似乎做了一场大局，他当初送自己制茶秘籍，就是为了将祸水引到唐门！

顿时，唐萧百感交集，惊讶，仇恨，不解，各种思绪汇聚在一起。但唐萧思来想去，根本想不明白这老者为何这么做！

"你既是我唐门中人，却赠送我建文帝的制茶秘籍，将祸水引到唐家，又在断崖上欲置我于死地，你究竟是谁？为什么要这么做？"唐萧目眦欲裂地问道。

"论起辈分，你还得喊老夫一声太爷爷。"南军太监不缓不急地说道。此时，周不仪终于开口道："他就是唐门毒宗宗主唐靖礼，你让老夫找得好辛苦！"

"唐靖礼，唐门毒宗宗主，难怪他不仅会易容术，擅长用毒，还不怕我彝人的迷药！"阿妞恍然地说道。

"唐靖礼！你不是死了吗？"唐萧却皱起了眉头。

唐靖礼却仍旧十分平淡，只是对着唐萧等人问道："你们想听故事吗，这么多年了，老夫也很想找人说一说。"

当即，唐靖礼也不管众人什么反应，自顾自地说起来。原来当年中原武林拒绝承认唐门的领袖地位，当时唐靖礼年轻气盛，再加上自己又没能当上掌门，心中十分恼怒嫉恨，于是亲自出手毒杀了当时中原武林的领袖人物释空大师。刻意挑起唐门和中原武林的战争，想要借此一举荡平中原武林，让唐门独霸天下，并让自己坐上掌门之位。然而器门唐靖成一脉却不赞同和中原武林开战，甚至还要将他交给中原武林发落，于是他抢先下手，掀起了唐门内战，中原武林趁机围剿，结果唐门彻底覆灭，唐靖礼靠假死脱身，他对唐门器门唐靖成一脉和中原武林都恨之入骨。唐靖礼恨唐靖成执迷不悟，软弱可欺，害了唐门；更恨中原武林虚伪做作，趁唐门内乱之际发动围剿。对一手造成唐门灭门悲剧的自己，他却从无悔意，一心自欺欺人。

第六十二章

相生相克战强敌

唐靖礼假死脱身以后，知道凭自己一己之力，再难和中原武林抗衡。他意外结识了刘进，于是刻意投靠，躲藏在深宫之中，意图报复。他也用自己的制毒能力帮刘进做了不少伤天害理之事，比如老晋王的几个嫡子连续夭折又找不出原因，就是出自他的手笔。

唐靖礼藏于深宫，一直为自己的复仇计划暗中布局，几年前，唐靖礼感慨年岁已大时日无多，便想起了唐门祖坟一事，希望自己有朝一日也能葬入祖坟之中。

当唐靖礼按照记忆来到唐家山，却见到了隐姓埋名的唐门药门之人，他当初曾经想拉拢药门和自己一起反对器门，却被药门门主拒绝，念及往事，他顿时恨意难平！恰巧，唐靖礼又见到了沉迷制茶的唐萧，心中便生出一计，将皇宫中朱允炆的制茶心得交给唐萧，一旦唐萧制出好茶，势必会引起有心之人的注意，因为西南还流传建文遗宝的传说。

而后，唐靖礼的计划非常成功，唐萧炼制的绝品彝茶来到宫中之后，顿时引起了刘进和虎威等人的注意，他们不惜千里迢迢来到西南，召集不少唐门的死敌，只为灭了唐门余孽和寻找建文遗宝！

总体来说，唐靖礼的计划成功了，顺利抹除了唐门药门一脉，也铲除了不少唐门当年的死敌。而唐萧的幸存，周不仪的出现，只是两个意外。

"当年，如果唐靖成听了老夫的话，集合所有力量和中原武林决一死战，必然能荡平中原武林，让我唐门独霸天下。然而他却畏惧退缩，还想将老夫交出去，可恨！所以老夫要杀绝器门一脉，你们唐家山众人，虽然是唐门后裔，但偏偏是药门一脉，药门、器门都是狼狈为奸，一个鼻孔出气，所以你也别怪老夫心狠手辣！"唐靖礼冷笑着说道。

"胡说八道，明明是你自己暗藏野心，一心想要挑起唐门和中原武林的大战，用同门，用亲人的血成就你的江湖霸业，我唐门有你这样的败类，真是家门不幸！"唐萧愤然喝道。

"你懂什么？我唐门武功秘籍，机关暗器独步天下，为何还要对中原武林献媚讨好，屈居人下？若不是你们药门和器门都是废物，我们唐门早就独霸江湖了！好在唐门还有老夫，也只有老夫，能让唐门发扬光大！老夫这些年藏于深宫，利用皇宫大内的天材地宝，终于炼制出了一味从来未出现过的神药，皇帝老儿，这药可专为你准备的！"

"为朕准备？你什么意思？"皇帝惊讶地问道，隐隐竟有些恐惧。

"这药可控制人的心神，让人为我所用！天下间可只此一份，皇帝，你乖乖服下此药，从此成为老夫的傀儡，远离世间烦恼，岂不美哉？唐萧，老夫为唐门夺来这大好河山，你说老夫是不是将唐门发扬光大了？"

原来唐靖礼竟然是想用此药控制皇帝，让皇帝成为自己的傀儡，届时整个大明江山都是唐门的！

唐靖礼脸上挂着邪异的微笑，一言一语中让人看不出深浅。说话期间，他悄然运转内劲，想要将怀中的块状毒药震成粉末状，并随时将它丢出来。这些年来，唐靖礼耗尽心血，终于研制出制毒秘籍中记载的奇毒——迷心散。迷心散十分奇特，一旦有人中了此毒，便会被施毒者控制心神。

这个时候，周不仪缓缓上前，冷声逼问道："唐靖礼，老夫问你，阿莲是不是你杀死的？"

唐靖礼的眸中泛着冷意："周不仪，老夫怜你是将死之人，便告诉你真相，她确实是老夫所杀！"

周不仪终于得到答案，此时他血脉偾张，全身都发出"咔咔"的骨骼爆响，欲要和唐靖礼决一死战。

唐靖礼不缓不急地继续说道："你那相好的实在不识抬举，老夫本想把她纳入房中，她却不肯顺从，老夫只得让她吃了老夫亲自炼制的合欢散，啧啧啧，只是刹那间贞洁烈女就变为淫娃荡妇，有趣，着实有趣，哈哈哈！老夫享用完毕之后，就送她归西，实在是痛快！"

"你！"听着唐靖礼的描述，周不仪身体微颤，双耳嗡嗡作响，往事仿佛历历在目，当他再次见到阿莲的时候，阿莲早已身死而且浑身是血。

唐靖礼见周不仪全身微颤，进一步说道："你可知她跪在老夫面前，苦苦哀求老夫和她欢好的时候是何等模样？你怎么也想象不到吧，毕竟这辈子你用情至深，却连她的手都没牵过，又何曾知道她是如何使尽百般解数讨好老夫的，哈哈哈哈！"

周不仪迟迟无法在武道上更进一步，与他无法走出情感桎梏有关。如今，唐靖礼故意说出不少刺激他的话，就是要扰乱周不仪的心智！

"你给我闭嘴！"周不仪激动地大吼。

"周前辈！"唐萧意识到情况不对，想要稳住周不仪的情绪。

然而，唐靖礼仍旧大笑道："周不仪，你着什么急，即使阿莲死了，她也是我唐门的女人，和你没有半分关系。"

"老夫要将你碎尸万段！"周不仪再也忍不住，就像一头疯了的狮子，一头冲向了唐靖礼。

"杀！"唐靖礼没有闪躲，反而正面迎上前。

"砰！"刹那间，两位顶尖一流高手拳掌相对，发出一声震耳的闷响。

紧接着，周不仪和唐靖礼又各自运转内劲到相交的拳掌之上。顿时，两股强大内劲又开始互相冲击，激发出一股劲风。一流高手李英劲气外放抵挡劲风，护住身后的圣上。

"砰！"

又是一声震耳的闷响，周不仪的身子倒飞而出，狠狠地落在地上，更将地面砸出一道道裂缝。

"噗……"周不仪猛地吐出一口血！

"周前辈！"唐萧和阿妞心中一惊，急忙上前将周不仪扶起来。

"唐萧，周前辈受伤了，他怎会敌不过唐靖礼？"阿妞担忧地问道。

"周前辈被扰乱了心境，气血攻心，没能发挥出真正的实力。"唐萧找出了症结所在，他马上抓起一把神茶，往周不仪嘴里塞过去。周不仪受了重伤之后，反而平复了激动的心绪，也不管唐萧给他吃什么，直接将它吞了下去。

"可笑，受了这么严重的内伤，无论吃什么都没用，受死吧！"唐靖礼一边轻蔑地说道，一边朝着周不仪再次杀过来，他是一个十分果决的人，不给周不仪任何机会。

"你们先走！"关键时刻，周不仪一把推开唐萧和阿妞，再次飞身而起，硬生生挡下唐靖礼一掌。

"嗯？"唐靖礼觉得有点奇怪，周不仪明明已经身受重伤，为何还能挡下自己的全力一击。

"唐靖礼，受死！"周不仪大喝了一声，主动发起进攻，朝着唐靖礼杀了过去。

唐靖礼全力应对，虽然稳稳压制了周不仪一头，但一时半会儿居然拿不下后者。一连十多招以后，唐靖礼仍旧没有占到便宜，方才恍然道："你根本没有受伤！"

周不仪继续不要命地出手，他感觉浑身有使不完的力气。周不仪冷笑道："今天我要将你碎尸万段！"

"笑话！"唐靖礼手握迷心散，感到有恃无恐。唐靖礼本想着控制皇帝的心智，但如果真的陷入危机，他不介意用唯一的奇毒控制周不仪的心智，杀光在场的所有人！

然而，随着时间的推移，周不仪竟然越战越勇，似乎武功在生死关头又有精进！

"怎么回事？"唐靖礼在惊讶中百思不得其解，竟然逐渐落入下风。

"去！"唐靖礼手段颇多，一个转身便激发出不少飞针和飞刀。周不仪先前讨教过唐靖礼的暗器，他早就有所准备，一个飞身闪躲便躲了过去。

"卑鄙！"阿妞在远处冷声喝道。

"不对，这不可能，难道是彝人神茶的功效？"唐靖礼突然恍然大悟。

唐靖礼深知各种药理，他马上联想到更多："能够治疗严重伤势，甚至让人武功更进一层的神茶，一定饱含各种天地精华，如果能够得到它，说不定还能再延寿三十年！"一想到这里，唐靖礼看向唐萧和阿妞的双目便露出贪婪，能再活三十年，比什么都重要！

阿妞感受到唐靖礼的目光，下意识地躲到唐萧的身后。唐萧安抚着阿妞，又大喊道:"周前辈,速速拿下唐靖礼,以免夜长梦多!"

周不仪再度杀向了唐靖礼。唐靖礼一时手忙脚乱,渐渐不支,无奈之下,唐靖礼把手一甩,一大片粉末自他的左手而来,一大半丢在周不仪的脸上。

周不仪着了唐靖礼的道,中了迷心散,不由得往后退了几步。才一会儿,周不仪就面色铁青,整个人踉踉跄跄。

周不仪在第一时间封住穴道,运转内劲试图将毒药逼出身体。然而,迷心散毒性十足,它一瞬间就进入了周不仪的口鼻,又从口鼻到了血液和五脏六腑,乃至到脑袋。

"唐萧,周前辈中毒了,你快想办法!"阿妞马上说道。

"这是唐靖礼炼制的迷心散!"唐萧眉头紧皱,显然周不仪情况有点不妙。

唐靖礼邪异地笑道:"你们也是厉害,居然逼老夫用掉了迷心散,看来,老夫只有杀掉你们所有人了!周不仪,把他们给我杀光!"

"是!"周不仪木然地答应一声,双手开始聚集内力,要发动倾力一击。

"周前辈!"阿妞大惊失色。

"周不仪,快对付反贼啊!"皇帝也忍不住大喊。

然而,周不仪却突然闪电般出现在唐靖礼身边,狠狠一掌向他拍去!

唐靖礼猝不及防,倒飞而出,他的身体狠狠地砸在墙壁上,墙壁碎裂,他的全身筋脉俱断!

"不可能……你分明中了老夫的毒,应该听老夫的才是……"唐靖礼嘴角咳血,他很想站起来,但却动也动弹不得,只能绝望地等待死亡的来临。

第六十三章

彝人禁地神仙侣·大结局

"唐靖礼,就算你炼出了迷心散这种天下奇毒,也无法和彝人神茶的功效抗衡!"大仇得报,周不仪傲然说道。

"哈哈,哈哈哈。"唐靖礼大笑,又咳出一口血,"没想到啊没想到,天下间竟然有克制迷心散的神奇之物!唐萧,这神茶是你炼制的吧,老夫纵横一世,竟然会栽在你这个药宗小辈的手里!"

唐萧摇头道:"万物相生相克,神茶能克制天下万毒,自然包括迷心散,只能说你多行不义必自毙。"

"好一个万物相生相克,唐萧,莫看你今日得意,匹夫无罪怀璧其罪,你有彝人神茶,又不懂武功,必如小儿持金饼于闹市,来日终会有人取你性命!"唐靖礼挣扎着发出恶毒的诅咒后直接咽了气。

恶有恶报,唐靖礼总算结束了偏执而邪恶的一生。

御书房,皇帝劫后余生,龙颜大悦,要对唐萧一行人论功行赏。

皇帝直视唐萧求贤若渴:"唐萧,你精通制茶之道,朕想封你为御用制茶师,为朕炼尽人间好茶,你可愿意?"

"陛下,草民不想做官。"唐萧干脆利落地拒绝。

圣上皱了皱眉头:"唐萧,你可知有多少人挤破脑袋想要登上天子之堂,如今官位唾手可得,你真要这样放弃机会?朕可以给你几天时间考虑。"

唐萧无奈地摇头道:"圣上,草民确实志不在此,如今唐门大仇已报,草民此生只想做闲云野鹤,弹琴煮茶。"

圣上想了想又说道:"唐萧,救驾是大功一件,说什么都要赏赐,既然你不想做官，那朕便赏你爵位，保你一生荣华富贵。"

"陛下，草民不想要爵位荣华，只是有一事相求，求陛下下诏书为唐门平反。"

唐萧炼制神茶之后，心境极为豁达，他不需要名，也不需要利，只想为唐门洗刷冤屈，婉拒了皇帝的好意。

"唐萧，你放心，朕马上下诏为唐门平反。"皇帝欣然答应，而后又问道，"你真不要朕的赏赐？"

唐萧仍旧笑了笑："功名利禄只是过眼云烟，如若圣上非要赏赐草民，不如让朝廷多投入一些精力开发西南，让西南的百姓永泽皇恩。"

"朕准了。"皇帝哈哈一笑。

接着，唐萧又提到了彝人的烟峰山山寨和苗人的十二连寨，他们世代守护边疆，没有功劳也有苦劳。

圣上有感唐萧的叙述，承诺会善待这两处土司。

"太好了，阿妞替头人爷爷和彝人们，谢过圣上！"阿妞激动地跳了起来。

"圣上，彝人和苗人都赏了，老夫也想要赏赐。"周不仪露出大黑牙，笑呵呵地说道。

圣上十分真挚地笑道："老人家，你也是救驾功臣，理应得到重赏，你武功如此高强，要不日后留在朝中，为朕羽翼？"

"不不不……"周不仪连连摇头，他也不喜欢拘束。

"老人家，你到底要什么赏赐？"皇帝耐心问道。

周不仪摸了摸肚子，不好意思地说道："老夫想把宫廷的美食都吃一遍，好喝的酒都喝一次，嘿嘿，最好，最好以后都能经常吃到，喝到。"

众人听闻均是哈哈一笑，强如周不仪却如此爱好美食和美酒，实在是别具一格。

皇帝笑道："朕也准了。"

……

唐萧将剩下的神茶送给了皇帝，随后和阿妞启程返回西南。而周不仪真的留在了皇宫，每日吃着山珍海味，他打算好好地吃上一段时间，等吃够了再回到江湖。

这些日子，唐萧等人在宫中的事迹传遍整个江湖，江湖之人诧异唐门还有如此年轻的后辈，竟然能够保护皇帝，扭转乾坤。同时，对于刘进和虎威之死，江湖之人也无不拍手称快。

数月后，唐萧回到了边城。

这数月间，圣上推波助澜地宣传唐萧事迹，将唐萧塑造为江湖的大侠，还命人为唐萧写传。唐萧虽不求名，却早已名满江湖。同时又颁下诏书，宣布建文遗宝已被朝廷获得，解除了唐萧的后顾之忧。

边城到处都是江湖之人，只想见一见唐萧的真容，并为之疯狂。

江湖上，掀起一阵风潮：女子们说，要嫁就嫁唐家郎；男子们说，不到西南非好汉。

边城外，乔装改扮的唐萧和阿妞坐在茶棚中，他们亲耳听到一些江湖人士的对话，差点把喝下去的茶给喷出来。

"御书房一战，唐萧以一敌三百，不但将三百锦衣卫杀得屁滚尿流，还一连斩杀三位一流高手！"

"唐萧莫非已经是绝顶高手，只怕剑术、医术、茶术都已经到了出神入化的地步，开宗立派不在话下！"

"看来唐门复兴有望，只要唐萧振臂一呼，就会有不少有识之士投入他的门下，更能问鼎武林盟主之位！"

唐萧感到一阵头大，好在认得他面容的人本就不多，眼下也没人知道他的去向。

三日后，唐萧和阿妞带了不少东西重回唐家山。唐家山上有很多无名坟包，唐萧不知道至亲们埋在哪个坟包中，只得对着破败的无尘山庄祭拜。

唐萧取出香烛和酒，好生祭奠死去的至亲们。这一晚，唐萧喝了很多酒，大醉了一场。阿妞陪着唐萧一起喝酒，两个人依偎在一起，坐在破落的无尘山庄中。

唐萧大醉之后突然又大哭起来，他对着山庄的前庭大厅说了很多话，像是在宣泄自己的情绪。

"老太爷，萧儿终于给唐门洗刷冤屈，报仇雪恨了，你们泉下有知，都可以瞑目了。"

"爹，我现在好好的，你不用担心我，你在那一边和娘好好团聚，不要闷着不说话。"

"二叔，我还是不喜欢做生意，以后我要继续制茶，以后祭给你喝。"

"三叔，你还记得春笋吗，又一年春天来了，好想跟着你去挖笋啊！"

"唐伯，你要照看好倩儿，她爱哭，别让她被那些小鬼欺负。"

翌日，唐萧蒙蒙眬眬地醒了过来，他来到曾经自己的房间，从地面翻开一片砖，砖下放着很多七七八八的小工具。唐萧又将小工具一一拿开，最底下竟然是两本古朴的书籍，它们便是世人都想得到的唐门暗器秘籍和制毒秘籍！没有人可以想到，这两本秘籍还在无尘山庄中！

唐萧和阿妞在无尘山庄住了多日，这片落魄和血腥之地，不会有人前来打扰他们。不过，凡事总有例外，数日后，无尘山庄外多了个纤瘦的人影，竟然是十二连寨的圣女阿瑶。

唐萧和阿妞见到阿瑶之际，百思不得其解。唐萧不禁问道："阿瑶姑娘，你怎么也到了唐家山？"

阿瑶明眸闪动，笑道："我来唐家山自然是寻你的，你不仅将珍贵的神茶送我，还给苗人争取了天大的好处，我能不感谢你吗？"

说着，阿瑶将雕花盒子打开，只见一只胖乎乎的金蚕，它的块头更大了，水灵灵的，被养得肥肥胖胖。

唐萧看着金蚕，又对阿瑶问道："你怎么会知道我在唐家山？"

阿瑶笑着又从怀里取出一枚竹哨子，晃了晃："你是个重情重义之人，岂会忘了自己的根，我算了算时间，你差不多在这段时间回西南，一定会回到唐家山。"

"阿瑶姑娘，你可真聪明，不愧是苗人的圣女。"阿妞在一旁啧啧称赞。

同时，阿瑶也带了不少吃的，她与唐萧和阿妞有说有笑，打成了一片。

酒过三巡，阿瑶问道："唐萧、阿妞，你们日后要去哪里，如果不嫌弃，可以来我百草轩。"

唐萧摇头笑道："昔日，两位古猿前辈为了保护我，最后战死在禁地谷口，我要留在彝人的禁地，继承两位古猿前辈的遗志，守护古茶树。"

阿瑶看向了阿妞。

阿妞小脸一红，眼中满是光："唐萧去哪儿，我就去哪儿，如果留在彝人禁地的话，我们还能继续尝试炼制神茶，说不定还能帮到不少人呢！"

阿瑶掩嘴而笑："你们呀，有情人终成眷属咯，什么时候办喜事，可别忘了我。办完喜事之后，再生个大胖娃娃，最后三年抱俩。"

阿妞抡起拳头："阿瑶，你又拿我开玩笑！"

阿瑶马上起身逃跑，回头还不忘喊道："反正记得请我喝喜酒！"

唐萧看着二女嬉闹，不觉地笑了笑。

不久之后，阿瑶向唐萧和阿妞告别。而唐萧和阿妞得到了头人的应许，来到了彝人禁地。从此，唐萧和阿妞只专心炼制彝茶，不再过问江湖之事。每当重要的祭日，唐萧都会来到唐家山祭奠逝去的至亲们。

多年后，西南的百姓仍然感恩唐萧，时刻将他提起。而江湖上也流传着唐萧智斗锦衣卫、英勇护驾的传说。

某一天，一场暴风雨将一些石头的雕像，从烟峰山山脚冲刷出来。这些雕像有的形似古猿，有的形似飞鸟，还有两块像极了唐萧和阿妞！彝人们大感意外，纷纷将这对石头称为情侣石，还写成奏折呈递给了宣慰司。

圣上从宣慰司得知消息后，认为这是茶神对唐萧和阿妞的嘉奖和祝福。于是，皇帝又下旨，命人将唐萧和阿妞的传说写成故事，让其世代流传。

而作为当事人的唐萧和阿妞，却对外界的反应似乎一无所知，他们在彝人的禁地弹琴制茶，如一对神仙眷侣，快乐幸福地生活着。

唐萧已远离江湖，但江湖仍有他的传说。

全书完